Taylor Jenkins Reid vit à Los Angeles avec son mari, Alex, et un chien nommé Rabbit. Après une carrière dans la production cinématographique, elle se consacre à l'écriture. Ses romans ont été récompensés par de nombreux prix littéraires et sont traduits dans le monde entier. Pour en savoir plus, rendez-vous sur www.taylorjenkinsreid.com.

CE LIVRE EST ÉGALEMENT DISPONIBLE
AU FORMAT NUMÉRIQUE

www.editions-hauteville.fr

Taylor Jenkins Reid

Les Sept Maris d'Evelyn Hugo

Traduit de l'anglais (États-Unis) par Nathalie Guillaume

Hauteville

Hauteville est un label des éditions Bragelonne

Bragelonne – Hauteville
60-62, rue d'Hauteville – 75010 Paris

E-mail : info@editions-hauteville.fr
Site Internet : www.editions-hauteville.fr

Pour Lilah
Défonce le patriarcat, chérie.

NEW YORK TRIBUNE

Evelyn Hugo vend ses robes aux enchères

PAR PRIYA AMRIT   2 mars 2017

La légende du cinéma et star des années 1960 Evelyn Hugo vient d'annoncer son intention de vendre aux enchères douze de ses robes les plus mythiques chez Christie's afin de lever des fonds pour la recherche contre le cancer.

Âgée de soixante-dix-neuf ans, Hugo a long-temps été une icône du glamour et de l'élégance. Elle est connue pour son style à la fois chic et sensuel, et les plus célèbres looks de Hugo ont fait date dans l'histoire de la mode à Hollywood.

Ceux qui aspirent à être propriétaires d'un fragment de l'histoire de Hugo seront intrigués non seulement par les robes elles-mêmes, mais aussi par le contexte dans lequel elles ont été portées. Seront présentés à la vente la Miranda La Conda vert émeraude que Hugo portait à la cérémonie des Oscars en 1959, la robe à soufflet violet au décolleté rond en organdi dont elle était vêtue à la première d'*Anna Karénine* en 1962, et la Michael Maddax en soie bleu marine qu'elle portait en 1982 lorsqu'elle a remporté son Oscar pour *All of Us*.

Hugo a connu son lot de scandales hollywoodiens, parmi lesquels, et non le moindre, ses sept mariages, notamment sa relation de plusieurs dizaines d'années avec le producteur de cinéma Harry Cameron. Ces deux monstres sacrés d'Hollywood ont eu une fille ensemble,

Connor Cameron, dont le décès a sans aucun doute été à l'origine de ces enchères. Miss Cameron a succombé l'année dernière à un cancer du sein, peu après son quarante et unième anniversaire.

Née Evelyn Elena Herrera en 1938, fille d'émigrés cubains, Hugo a grandi dans le quartier de Hell's Kitchen à New York. En 1955, elle s'était déjà frayé un chemin à Hollywood, les cheveux teints en blond, et fait rebaptiser Evelyn Hugo. Du jour au lendemain, Hugo s'est imposée comme une légende hollywoodienne. Elle est restée sous le feu des projecteurs pendant plus de trois décennies avant de prendre sa retraite à la fin des années 1980 et d'épouser le financier Robert Jamison, frère aîné de l'actrice aux trois Oscars Celia St James. À présent veuve de son septième époux, Hugo vit à Manhattan.

Prodigieusement belle, parangon de glamour et modèle d'émancipation féminine, Hugo a longtemps fasciné les cinéphiles du monde entier. Ces enchères extravagantes pourraient atteindre jusqu'à deux millions de dollars.

CHAPITRE PREMIER

— Tu peux venir dans mon bureau ?

Je regarde les postes de travail autour de moi, puis de nouveau Frankie, en tentant de déterminer à qui elle s'adresse. Je me désigne du doigt.

— Tu veux dire, moi ?

Frankie s'impatiente.

— Oui, Monique, toi. C'est précisément la raison pour laquelle j'ai dit : « Monique, tu peux venir dans mon bureau ? »

— Désolée, je n'ai entendu que la dernière partie de la phrase.

Frankie se retourne. J'attrape mon bloc-notes et lui emboîte le pas.

Il y a quelque chose de très frappant chez Frankie. Je ne sais pas si l'on dirait qu'elle dégage un charme conventionnel – elle a les traits sévères, les yeux très écartés –, mais c'est néanmoins quelqu'un qui attire tous les regards et inspire l'admiration. Avec son mètre quatre-vingts longiligne, sa coupe afro très courte, et son penchant pour les couleurs vives et les gros bijoux, quand Frankie entre dans une pièce, on ne voit qu'elle.

Elle faisait partie des raisons pour lesquelles j'ai accepté ce boulot. Je l'admire depuis que je suis en école de journalisme, lisant ses articles dans les pages mêmes du magazine que désormais elle dirige et pour lequel aujourd'hui je travaille. Et si je suis honnête, il y a un aspect très motivant dans le fait qu'une femme Noire soit à la barre. Étant moi-même métisse – mon père est Noir et ma mère est blanche –, Frankie me donne davantage la certitude que je pourrai un jour, moi aussi, être à la barre.

—Assieds-toi, dit Frankie qui prend place en esquissant un geste vers un siège orange de l'autre côté de son bureau en Plexiglas.

Je m'assois calmement et croise les jambes. Je la laisse parler en premier.

—Alors, mystérieuse tournure des événements, dit-elle, en regardant son ordinateur. L'équipe d'Evelyn Hugo demande un article. Une interview exclusive.

D'instinct, j'aurais lâché : « Oh, la vache ! », mais aussi : « En quoi est-ce que ça me concerne ? »

—À quel sujet en particulier ? demandé-je.

—À mon avis, ça doit être en lien avec sa vente aux enchères. Je crois savoir qu'elle tient à réaliser une énorme levée de fonds pour l'American Breast Cancer Foundation.

—Mais son agent refuse de le confirmer ?

Frankie secoue la tête.

—Tout ce que je sais, c'est qu'Evelyn a quelque chose à dire. C'est l'une des plus grandes stars de tous les temps. Elle n'a même pas besoin d'avoir quelque chose à dire pour que les gens écoutent.

—Ça pourrait être une grosse couverture pour nous, pas vrai ? Cette femme, c'est une légende vivante. Et puis quelle vie ! Elle n'a pas été mariée huit fois ?

—Sept, rectifie Frankie. Et oui. Cette interview peut nous rapporter gros. Raison pour laquelle j'espère que tu vas te montrer indulgente avec moi dans la partie qui va suivre.

—Qu'est-ce que tu veux dire ?

Frankie prend une profonde inspiration, et son expression me laisse penser que je suis sur le point de me faire virer. Mais elle dit alors :

—Evelyn t'a demandée en particulier.

—Moi?

C'est la deuxième fois en l'espace de cinq minutes que je suis choquée qu'on ait eu envie de parler avec moi. Il faut vraiment que je travaille sur ma confiance en moi. Disons juste que mon ego en a pris un coup récemment. Cela dit, il n'a jamais atteint des sommets.

—À vrai dire, j'ai eu la même réaction, avoue Frankie.

Eh bien, à vrai dire aussi, je suis un peu froissée. Même si je vois parfaitement où elle veut en venir. Je suis chez *Vivant* depuis moins d'un an, à écrire surtout des papiers sans importance. Avant ça, je bloguais pour le *Discourse*, un site dédié à la culture et à l'actualité qui se qualifie de magazine d'information, mais qui est, en fait, un blog aux gros titres accrocheurs. J'écrivais surtout pour la rubrique *Vie moderne*, composée de sujets tendance et d'articles d'opinion.

Après des années en free-lance, le job à la rédaction de *Discourse* était une bouée de sauvetage. Mais lorsque *Vivant* m'a offert un poste, je n'ai pu m'en empêcher ; j'ai bondi sur l'occasion de rejoindre une institution, pour travailler parmi des légendes.

Lors de mon premier jour là-bas, je suis passée devant des murs décorés des couvertures emblématiques du magazine : celle de l'activiste féministe Debbie Palmer, nue dans une pose étudiée, au sommet d'un gratte-ciel dominant Manhattan en 1984 ; celle de l'artiste Robert Turner, en train de peindre une toile tandis que le texte déclarait qu'il avait le sida, en 1991. Je n'en revenais pas d'appartenir désormais à l'univers de *Vivant* alors que j'avais toujours rêvé de voir mon nom sur ses pages de papier glacé.

Mais malheureusement, depuis les douze dernières parutions, je n'ai rien fait d'autre que des interviews plan-plan d'héritiers vieillissants de vieilles fortunes, pendant que mes anciens collègues du *Discourse* tentent de changer le monde en faisant le buzz. Donc, en un mot comme en cent, je crois que je suis capable de mieux faire.

— Écoute, ce n'est pas qu'on ne t'aime pas, au contraire, dit Frankie. On a de grands projets pour toi chez *Vivant*, mais j'espérais mettre un de nos journalistes plus chevronnés là-dessus. Et je vais être franche avec toi : nous n'avons pas soumis ton nom à l'équipe d'Evelyn. Nous avons proposé cinq pointures, et voici leur réponse.

Frankie tourne son écran d'ordinateur vers moi et me montre le mail d'un certain Thomas Welch, dont je peux seulement déduire qu'il est l'agent d'Evelyn Hugo.

De : Thomas Welch
À : Troupe, Frankie
Cc : Stamey, Jason ; Powers, Ryan

C'est Monique Grant ou rien.

Je relève les yeux vers Frankie, sidérée. Et, pour être honnête, un peu impressionnée qu'une célébrité comme Evelyn Hugo veuille s'entretenir avec moi.

— Est-ce que tu connais Evelyn Hugo ? Tu peux me dire ce qui se trame, là ? me demande Frankie, en retournant l'ordinateur de son côté du bureau.

— Non, dis-je, surprise qu'elle puisse croire une chose pareille. J'ai vu quelques-uns de ses films, mais elle faisait déjà partie de la vieille garde pour moi.

— Tu n'as aucun lien personnel avec elle ?

— Absolument pas, dis-je en secouant la tête.

— N'es-tu pas de Los Angeles ?

— Oui, mais la seule façon que j'aurais d'être reliée à Evelyn Hugo, j'imagine, c'est si mon père a travaillé sur l'un de ses films en ce temps-là. Il était encore photographe sur les plateaux de tournage. Je peux demander à ma mère.

—Super. Merci.

Frankie me regarde avec impatience.

—Tu voulais que je lui pose la question tout de suite ?

—Ce serait possible ?

Je sors mon téléphone de ma poche et envoie un texto à ma mère :

Est-ce que papa a déjà bossé sur des films d'Evelyn Hugo ?

Je vois trois points commencer à apparaître, et je relève le nez, seulement pour me rendre compte que Frankie essaie de saisir un aperçu de mon portable. Prenant conscience de son indiscrétion, elle recule.

Mon téléphone fait « ding ».

Ma mère a écrit :

Peut-être ? Il y en a eu tellement, difficile de garder le fil. Pourquoi ?

Longue histoire, mais j'essaie de découvrir si j'ai le moindre lien avec Evelyn Hugo. Tu penses que papa aurait pu la connaître ?

Maman répond :

Ha ! Non. Ton père n'a jamais traîné avec personne de célèbre sur les plateaux. Malgré tous mes efforts pour l'inciter à se faire des amis dans le show-biz.

Je ris.

—On dirait que non. Aucun lien avec Evelyn Hugo.

Frankie hoche la tête.

—OK, eh bien, alors, l'autre théorie est que son personnel a choisi quelqu'un sans grande influence afin de pouvoir essayer de te contrôler, toi, et par conséquent, le récit.

Je sens mon téléphone vibrer de nouveau :

Ça me rappelle que je voulais t'envoyer un carton du travail passé de ton père. Des choses ravissantes. J'adore avoir ça ici, mais je pense que tu l'aimerais encore plus. Je vais t'expédier ça cette semaine.

—Tu crois qu'ils s'en prennent aux plus faibles, dis-je à Frankie.

Elle sourit légèrement.

—En quelque sorte.

—Donc l'équipe d'Evelyn étudie l'ours, trouve mon nom en tant que journaliste de second rang, et ils pensent pouvoir me manipuler. C'est ça, l'idée ?

—J'en ai bien peur.

—Et tu me confies cela parce que…

Frankie pèse ses mots.

—Parce que je ne pense pas qu'on puisse t'intimider. Je pense qu'ils te sous-estiment. Et je veux cette couverture. Je veux qu'elle fasse les gros titres.

—Qu'est-ce que tu dis ? demandé-je, en remuant un peu dans mon siège.

Frankie tape des mains devant elle et les pose sur le bureau, en se penchant vers moi.

—Je te demande si tu as le cran d'affronter Evelyn Hugo.

Bonne question ! Est-ce que j'ai le cran d'affronter Evelyn Hugo ? Aucune idée.

—Oui, finis-je par articuler.

—C'est tout ? Juste oui ?

Je veux cette chance. Je veux écrire cette histoire. J'en ai marre d'être la petite main, tout en bas de la pyramide hiérarchique. Et j'ai besoin de montrer de quoi je suis capable, bon sang!

—Putain, oui!

Frankie acquiesce, en réfléchissant.

—C'est mieux, mais je ne suis toujours pas convaincue.

J'ai trente-cinq ans. J'écris depuis plus de dix ans. Je veux signer un contrat d'édition un jour. Je veux choisir mes histoires. Je veux finir par être celle que les gens s'arrachent quand quelqu'un comme Evelyn Hugo a des confidences à faire. Et je suis sous-exploitée ici, chez *Vivant*. Si je compte gravir les échelons, j'ai intérêt à me bouger, et vite, parce que cette foutue carrière est tout ce qui me reste. Si je veux que ça change, je dois commencer par changer d'attitude – et il y a du boulot.

—Evelyn me veut, dis-je. Tu veux Evelyn. Je ne crois pas avoir besoin de te convaincre, Frankie. C'est plutôt toi qui as besoin de me convaincre.

Frankie est bouche bée, les yeux rivés sur moi. J'avais l'intention de me montrer redoutable, je suis peut-être allée trop loin.

Je me sens comme quand j'ai essayé de faire de la musculation et que j'ai démarré avec les poids de vingt kilos. Faire trop et trop vite montre clairement que vous ignorez ce que vous fabriquez.

Il me faut rassembler tout mon sang-froid pour ne pas retirer ce que j'ai dit, ne pas me confondre en excuses. Ma mère m'a appris la politesse, la discrétion. J'ai longtemps cru que civilité et servilité revenaient au même. Mais cette confusion ne m'a pas menée très loin. Le monde respecte les gens qui se croient les mieux placés pour le diriger. Je n'ai jamais compris ça, mais je vais faire avec. Un jour, je serai peut-être à la place de Frankie, peut-être plus haut encore.

Pour accomplir un travail considérable, dont je serai fière. Pour laisser une trace. Et j'en suis encore à des années-lumière.

Le silence est si long que je crains de craquer, la tension s'accumulant à chaque seconde qui passe. Mais Frankie cède en premier.

— OK, dit-elle.

Elle me tend la main en se levant.

Un choc mêlé d'une fierté fulgurante me traverse alors que je tends la mienne. Je veille à avoir la poigne ferme ; celle de Frankie est comme un étau.

— Fais un carton, Monique. Pour nous, et pour toi, s'il te plaît.

— J'y compte bien.

Je me dirige vers la porte, lorsque Frankie ajoute :

— Evelyn Hugo a peut-être lu ton article sur le suicide avec assistance médicale pour le *Discourse*, suggère Frankie juste avant que je sorte de la pièce.

— Quoi ?

— Il était stupéfiant. Peut-être est-ce la raison pour laquelle elle tient à te parler. C'est comme ça qu'on t'a repérée. C'est une histoire géniale. Pas seulement à cause des visites qu'il a eues sur le site, mais parce que c'est du beau travail.

C'était l'un des premiers sujets vraiment importants sur lesquels j'aie pris l'initiative d'écrire. À l'époque, on m'avait confié un article sur la hausse de popularité des jeunes pousses, surtout dans le monde des restaurants de Brooklyn. J'étais allée au marché de Park Slope pour interviewer un fermier local, et quand j'ai avoué ne pas saisir l'attrait des feuilles de moutarde, il m'a dit qu'il croyait entendre sa sœur. Elle avait été carnivore jusqu'à l'année passée, avant de se convertir à un régime vegan entièrement organique pour lutter contre un cancer du cerveau.

Alors que nous discutions davantage, il m'a parlé d'un groupe de soutien du suicide par assistance médicale que sa sœur et lui avaient rejoint. Des gens se battaient pour le droit à mourir dans la dignité. Un régime sain ne suffirait pas à sauver la vie de sa sœur, et ni elle ni son frère ne souhaitait qu'elle souffre plus longtemps que nécessaire.

J'ai su alors que je voulais, au plus profond de moi, donner la parole aux gens de ce groupe de soutien.

Je suis retournée au bureau du *Discourse* et j'ai présenté l'histoire. Je pensais me faire refouler, étant donné ma récente liste d'articles traitant des tendances hipsters et de coups de gueule contre les célébrités. Mais, à ma grande surprise, j'ai obtenu l'accord de la rédaction.

J'ai travaillé sans relâche sur mon article, assistant à des réunions dans des sous-sols d'églises, interviewant les membres du groupe, passant des heures à écrire et réécrire, jusqu'à être certaine que l'article représentait toute la complexité des sentiments – à la fois le soulagement et les tiraillements moraux – qu'on éprouve à aider à mettre un terme à la vie de quelqu'un qui souffre.

C'est l'article dont je suis la plus fière. Plus d'une fois, je suis rentrée chez moi après une journée de boulot ici, et j'ai relu cet article pour me rappeler de quoi j'étais capable. Je me souviens aussi de la satisfaction que j'avais ressentie en faisant connaître la vérité, parce que même si c'est parfois difficile à avaler, j'en suis convaincue : toute vérité est bonne à dire.

— Merci, dis-je à Frankie.

— Je dis juste que tu as du talent. C'est peut-être pour ça.

— Je ne crois pas que ce soit pour ça.

— Peut-être pas. Mais si tu écris bien cette histoire, la prochaine fois, on fera appel à toi pour ton talent.

LERÉVÉLATEUR.COM

Evelyn Hugo se confesse

PAR JULIA SANTOS   4 mars 2017

Le bruit court que la sirène/légende vivante/ plus belle blonde du monde Evelyn Hugo vend des robes aux enchères et accorde une interview, ce qu'elle n'a pas fait depuis des décennies.

PITIÉ, dites-moi qu'elle est enfin prête à parler de tous ces satanés époux. (Je peux comprendre quatre, peut-être même cinq, six à la rigueur, mais sept? Sept maris? Sans évoquer le fait que nous sommes tous au courant de la liaison qu'elle entretenait avec le membre du Congrès Jack Easton au début des années 1980. Cette fille a vraiment vu du pays.)

Si elle ne lâche rien sur ses époux, prions pour qu'elle révèle au moins le secret de ses incroyables sourcils. DITES-NOUS TOUT, EVELYN.

Quand on voit les photos d'Evelyn à l'époque, avec ses cheveux blond cuivré, ses sourcils bruns et droits comme des flèches, son teint hâlé, et ses yeux brun doré, on ne peut que se laisser hypnotiser.

Et c'est sans parler de son corps de rêve.

Pas de cul, pas de hanches, juste d'énormes nichons sur une brindille.

En gros, je me suis échinée toute ma vie d'adulte à avoir un corps comme ça. (Soit dit en passant, j'en suis très loin. Peut-être à cause des spaghettis bucatini que j'engloutis tous les midis.)

Voici la seule partie qui m'excite : Evelyn aurait pu choisir n'importe qui pour s'épancher. (Hum, moi ?) Mais, à la place, elle a pris une petite nouvelle de chez *Vivant* ? Elle aurait pu avoir n'importe qui. (Hum, moi ?) Pourquoi cette Monique Grant (et pas moi) ?

Argh, d'accord. Je suis juste jalouse.

Je devrais vraiment décrocher un job chez *Vivant*. Ils chopent tous les bons plans.

COMMENTAIRES :

Hihello565 a dit : Même les gens de chez Vivant ne veulent plus bosser chez Vivant. Des capitaines d'industrie qui engraissent un annonceur censuré en faisant de la merde.

Réponse de Pppppppppppps à Hihello565 : Ouais, OK. Quelque chose me dit que si le magazine le plus sophistiqué et fiable du pays te proposait un poste, tu l'accepterais.

EChristine999 a dit : La fille d'Evelyn n'est-elle pas récemment morte d'un cancer ? Il me semble avoir lu quelque chose là-dessus il y a peu. Si déchirant. D'ailleurs, cette photo d'Evelyn sur la tombe de Harry Cameron m'a anéantie pendant des mois. Belle famille. Si triste qu'elle les ait perdus.

MrsJeanineGrambs a dit : Je me moque COMPLÈTEMENT d'Evelyn Hugo. CESSEZ D'ÉCRIRE AU SUJET DE CES GENS. Ses mariages, liaisons et la plupart de ses films ne tendent qu'à prouver une chose : c'était une salope. Trois heures du matin était une honte pour les femmes. Accordez plutôt votre attention aux gens qui le méritent.

SexyLexi89 a dit : Evelyn Hugo est peut-être la plus belle femme de tous les temps. Ce plan dans Boute-en-Train où elle sort nue de l'eau et que la caméra coupe au noir juste avant qu'on voie ses tétons ? Extraordinaire !

PennyDriverKLM a dit : Ave Evelyn Hugo, pour avoir fait des cheveux blonds et des sourcils bruns LE LOOK. Evelyn, je vous salue.

YuppiePigs3 a dit : Trop maigrichonne ! Pas pour moi.

EvelynHugoestunesainte a dit : Voici une femme qui a fait don de MILLIONS DE DOLLARS à des œuvres de charité pour des organisations en faveur des femmes battues et de la défense des LGBTQ+, et maintenant elle vend aux enchères des robes pour financer la recherche contre le cancer, et tout ce qui vous intéresse, ce sont ses sourcils ? C'est une blague ?

JuliaSantos@LeRévélateur a répondu à EvelynHugo-estunesainte : J'imagine que vous marquez un point. DÉSOLÉE. Pour ma défense, elle a commencé à gagner des millions en étant une impitoyable connasse en affaires dans les années 1960. Et elle n'aurait jamais fait le poids pour ça sans son talent et sa beauté, et elle n'aurait jamais été aussi belle sans ces SOURCILS-LÀ. Mais OK, vous marquez un point.

EvelynHugoestunesainte a répondu à JuliaSantos@LeRévélateur : Argh. Désolée d'être aussi vache. J'ai sauté le déjeuner. Mea culpa. Si vous voulez mon avis, ce que Vivant fera de cette histoire sera largement inférieur à ce que vous en auriez fait. Evelyn aurait dû vous choisir.

JuliaSantos@LeRévélateur a répondu à EvelynHugo-estunesainte : N'est-ce pas ??? Qui est Monique Grant, d'ailleurs ? ASSOMMANTE. Je m'en vais la trouver…

CHAPITRE 2

J'ai passé ces derniers jours à faire des recherches sur Evelyn Hugo. Je n'ai jamais été une grande mordue de ciné, et encore moins des vedettes hollywoodiennes. Mais la vie d'Evelyn – du moins la version officielle à ce jour – suffirait à elle seule à alimenter dix feuilletons télé.

Il y a le mariage précoce qui a fini en divorce alors qu'elle n'avait que dix-huit ans. Puis la cour montée de toutes pièces par le studio, suivie du mariage tumultueux à Don Adler, Sa Majesté de Hollywood. Les rumeurs selon lesquelles elle l'aurait quitté parce qu'il la battait. Son come-back dans un film français de la Nouvelle Vague. Sa fugue nuptiale bâclée à Vegas avec le chanteur Mick Riva. Son mariage glamour avec l'élégant Rex North, qui a débouché sur des aventures extraconjugales des deux côtés. Le bel amour de sa vie avec Harry Cameron et la naissance de leur fille, Connor. Leur divorce déchirant et sa brève liaison avec son réalisateur, Max Girard. Sa prétendue aventure avec le jeune Jack Easton, membre du Congrès, qui a mis un terme à sa relation avec Girard. Et enfin, son mariage avec le financier Robert Jamison, qui a été, paraît-il, en partie inspiré par le désir d'Evelyn de blesser sa covedette – et sœur de Robert – Celia St James. Tous ses maris étant décédés, Evelyn est désormais la seule susceptible de raconter sa version des faits.

Autant dire que j'ai du pain sur la planche si je veux qu'elle lâche le moindre mot là-dessus.

Après être restée tard au bureau ce soir, je finis par rentrer chez moi un peu avant 21 heures. Mon appartement est petit. Je crois que le terme le plus approprié est «minuscule boîte de sardines». Mais c'est fascinant à quel point un petit endroit peut vous paraître vaste quand la moitié de vos affaires sont parties.

David a déménagé il y a cinq semaines, et je n'ai pas encore réussi à remplacer les assiettes qu'il a emportées ni la petite table que sa mère nous a offerte l'année dernière en cadeau de mariage. Bon sang! Nous n'avons même pas tenu jusqu'à notre premier anniversaire.

Tandis que je passe ma porte d'entrée et que je pose mon sac sur le canapé, je suis frappée encore une fois par l'inutile mesquinerie dont il a fait preuve en embarquant cette petite table. Son nouveau studio à San Francisco était entièrement meublé, grâce à l'aide à la relocalisation dont il avait bénéficié avec sa promotion. Je le soupçonne d'avoir placé la table en garde-meuble, ainsi que *la* table de chevet qui, a-t-il soutenu, lui revenait de droit, ainsi que tous nos livres de cuisine. Ces derniers ne me manquent pas, car je ne cuisine pas. Mais quand il est écrit en première page: «À Monique et David, pour toutes vos années de bonheur», vous êtes tenté de croire qu'elles vous appartiennent à moitié.

Je suspends mon manteau et me demande – pour la énième fois – quelle version se rapproche de la vérité: est-ce que David a pris ce nouveau job et déménagé à San Francisco *sans moi*? Ou ai-je refusé de quitter New York *pour lui*? Alors que j'ôte mes chaussures, je conclus une fois de plus que la réponse se situe quelque part entre les deux. Mais alors je reviens à la même réflexion qui me pique d'une douleur toujours renouvelée: *en fait, il est parti.*

Je me commande un pad thaï, puis entre dans la douche. Je règle la température au maximum. J'adore le contact de l'eau chaude, presque brûlante. J'adore l'odeur du shampoing. L'endroit où je me sens le mieux ici-bas, c'est précisément sous la douche. Ici, dans la vapeur, couverte de mousse, je ne me sens pas Monique Grant, femme délaissée. Ni même Monique Grant, écrivain dans l'impasse. Je suis juste Monique Grant, heureuse propriétaire de produits de bain de luxe.

La peau fripée comme un pruneau, je me sèche, j'enfile mon bas de jogging, et rabats en arrière mes cheveux mouillés, au moment où le livreur sonne à ma porte.

Je m'assois avec le récipient en plastique, en essayant de regarder la télé. Je tente de m'enfermer dans ma bulle. J'essaie tant bien que mal de focaliser mes pensées sur quelque chose. Tout et n'importe quoi, sauf le travail et David. Mais, une fois que mon repas a disparu, je m'aperçois que ça ne sert à rien. Je ferais aussi bien de bosser.

Tout ceci est très intimidant : l'idée d'interviewer Evelyn Hugo, la nécessité de garder le contrôle sur son récit, de faire en sorte qu'elle ne contrôle pas le mien. J'ai souvent tendance à trop me préparer. Mais, plus précisément, j'ai toujours été un peu comme une autruche, prête à m'enfoncer la tête dans le sable pour éviter de voir les choses en face.

Alors, pendant les trois jours qui suivent, je ne fais rien d'autre que des recherches sur Evelyn Hugo. Je consacre mes journées à déterrer d'anciens articles sur ses mariages et scandales. Je passe mes soirées à visionner ses vieux films.

Je la regarde dans des extraits de *Coucher de soleil sur la Caroline*, *Diamant de jade*, *Anna Karénine* et *Tout pour nous*. Je regarde la scène où elle sort de l'eau dans *Boute-en-Train* tant de fois que, quand je m'assoupis, elle repasse en boucle dans mes rêves.

Et je commence à tomber amoureuse d'elle, juste un tout petit peu, tandis que je découvre ses films. Entre 23 heures et 2 heures du matin, pendant que le reste du monde dort, c'est elle qui fait clignoter la lumière de mon ordinateur portable, et le son de sa voix remplit mon salon.

Il est indéniable que cette femme est d'une beauté stupéfiante. Les gens parlent souvent de ses épais sourcils droits et de ses cheveux blonds, mais le reste de son visage est absolument parfait. Elle a le menton carré, les pommettes hautes, et l'ensemble pointe vers ses lèvres infiniment pulpeuses. Ses yeux en amande sont immenses. Sa peau hâlée, qui contraste avec ses cheveux clairs, évoque la plage, mais avec élégance. Je sais que ce n'est pas naturel – des cheveux si blonds avec une peau si bronzée –, et je ne parviens pourtant pas à chasser le sentiment que ça *devrait* l'être, que tous les humains devraient ressembler à ça.

Je ne doute pas que ce soit en partie la raison pour laquelle l'historien du cinéma Charles Redding a dit un jour que le visage d'Evelyn semblait « inévitable ». « Si exquis, si proche de la perfection, écrivait-il encore, qu'en la regardant vous avez le sentiment que ses traits, dans cette combinaison, ces proportions, allaient forcément se réaliser tôt ou tard. »

Je punaise des images d'Evelyn dans les années 1950, vêtue de pulls moulants et de soutiens-gorge pointus, des photos de presse de Don Adler et elle aux Sunset Studios peu après leur mariage, des clichés d'elle datant du début des années 1960, en mini-short, avec de longs cheveux raides, une frange souple et épaisse.

Il y a une photo d'elle dans un maillot une-pièce blanc, assise sur une plage immaculée, avec un large chapeau mou noir couvrant presque tout son visage, ses cheveux blond platine et le côté droit de sa figure inondés par le soleil.

L'une de mes préférées est une image en noir et blanc prise aux Golden Globes en 1967. Elle est assise dans l'allée, ses cheveux relevés dans un chignon flou. Elle porte une robe en dentelle de couleur claire à profonde encolure dégagée, son décolleté étudié mais pleinement exposé, et sa jambe droite s'échappant de la fente vertigineuse de sa jupe.

Il y a deux hommes assis à ses côtés, leurs noms aujourd'hui oubliés, qui la dévisagent tandis qu'elle regarde la scène devant elle. Son voisin a les yeux rivés sur sa poitrine. L'homme à côté de lui a les siens rivés sur sa cuisse. Ils semblent tous deux en extase et emplis de l'espoir d'en voir un tout petit peu plus.

Peut-être que je surinterprète cette photo, mais je commence à voir un motif se dessiner : Evelyn vous laisse toujours l'espoir que vous obtiendrez juste un tout petit peu plus. Et elle vous le refuse toujours.

Même dans sa scène érotique dont on a tant parlé dans *3 heures du matin* de 1977, dans laquelle elle se tortille, en position du cheval inversé sur Don Adler, vous voyez entièrement ses seins pendant moins de trois secondes. La rumeur a couru des années durant que les chiffres incroyables du box-office pour le film venaient du fait que les couples retournaient le voir plusieurs fois.

Comment parvient-elle à doser ce qu'elle peut donner d'elle-même et ce qu'elle doit cacher ?

Et tout cela change-t-il maintenant qu'elle a quelque chose à dire ? Ou va-t-elle me duper de la même manière dont elle a dupé les spectateurs pendant des années ?

Evelyn Hugo va-t-elle me raconter juste de quoi me maintenir au bord de mon siège, mais jamais assez pour vraiment révéler quoi que ce soit ?

CHAPITRE 3

Je me réveille une demi-heure avant mon alarme. Je consulte mes mails, dont un de Frankie ayant pour objet « TIENS-MOI AU COURANT », me hurlant ses majuscules à la figure. Je me prépare un petit déjeuner léger.

Je mets un pantalon noir et un tee-shirt blanc avec mon blazer à chevrons préféré. Je rassemble mes longues boucles serrées dans un chignon au sommet de mon crâne. Je renonce à mes lentilles de contact et opte pour mes lunettes à monture noire la plus épaisse.

En regardant dans le miroir, je remarque que j'ai minci du visage depuis que David est parti. Si j'ai toujours été fine de silhouette, mon derrière et ma figure semblent être les premiers à stocker le moindre gramme en trop. Et être avec David – durant les deux ans où nous sommes sortis ensemble et les onze mois depuis notre mariage – a induit d'en prendre quelques-uns. David aime manger. Et s'il se levait tôt le matin pour les éliminer en courant, pour ma part je faisais la grasse matinée.

En m'observant à présent, maîtresse de moi et plus fine, je retrouve confiance en moi. Je présente bien. Je me sens bien.

Avant de passer la porte pour sortir, j'attrape l'écharpe en cachemire fauve que ma mère m'a offerte à Noël cette année. Puis je mets un pied devant l'autre, jusqu'au métro, je pénètre dans Manhattan, puis en ville.

Le domicile d'Evelyn est situé juste à côté de la 5e Avenue, et donne sur Central Park. J'ai fait assez de recherche sur

Internet pour savoir qu'elle possède cet endroit, ainsi qu'une villa en front de mer juste à la sortie de Málaga, en Espagne. Elle est devenue propriétaire de cet appartement à la fin des années 1960, quand elle l'a acheté avec Harry Cameron. Elle a hérité de la villa quand Robert Jamison est mort il y a presque cinq ans. Pourvu que je me réincarne en star de cinéma dans ma prochaine vie, il n'y a rien de tel pour faire fortune.

L'immeuble d'Evelyn, du moins de l'extérieur – pierre calcaire, style beaux-arts d'avant-guerre –, est extraordinaire. Je suis accueillie, avant même d'entrer, par un portier plus âgé et séduisant, avec des yeux doux et un air avenant.

— En quoi puis-je vous être utile ? demande-t-il.

Je suis embarrassée rien qu'à l'idée de formuler ça à voix haute.

— Je suis là pour voir Evelyn Hugo. Mon nom est Monique Grant.

Il sourit et m'ouvre la porte. Il est clair qu'il m'attendait. Il m'escorte jusqu'à l'ascenseur et appuie sur le bouton pour le dernier étage.

— Passez une bonne journée, Miss Grant, dit-il, avant de disparaître quand les portes de l'ascenseur se referment.

Je sonne à l'appartement d'Evelyn à 11 heures pile. Une femme d'une cinquantaine d'années en jean et chemisier bleu marine répond. Elle est d'origine asiatique, ses cheveux raides et noir de jais retenus en queue de cheval. Elle tient une pile de courrier à moitié ouvert.

Elle sourit et me tend la main.

— Vous devez être Monique, devine-t-elle tandis que je tends la mienne.

Elle a l'air d'être de celles qui prennent un plaisir sincère à rencontrer d'autres gens, et je l'apprécie déjà, malgré ma ferme résolution de rester neutre vis-à-vis de tout ce qui se présente à moi aujourd'hui.

—Je suis Grace.

—Bonjour, Grace, dis-je. Ravie de vous rencontrer.

—De même. Entrez donc.

Grace s'efface sur mon passage et m'invite d'un signe de tête à l'intérieur. Je pose mon sac par terre et enlève mon manteau.

—Vous pouvez l'accrocher juste ici, dit-elle, en ouvrant un placard dans l'entrée et en me tendant un cintre en bois.

Cette penderie fait la taille de l'unique salle de bains de mon appartement. Evelyn a plus d'argent que Rockefeller, ce n'est un secret pour personne. Mais il faut que je veille à ne pas me laisser intimider. Elle est belle, riche, puissante, séduisante et dotée d'un charme irrésistible. Et je ne suis qu'un être humain normal. Je dois me convaincre, d'une façon ou d'une autre, que nous sommes elle et moi sur un pied d'égalité, sans quoi mes efforts seront vains.

—Super, dis-je en souriant. Merci.

Je mets mon manteau sur le cintre, le glisse sur la tringle, et laisse Grace fermer la porte du placard.

—Evelyn se prépare à l'étage. Est-ce que je peux vous offrir quelque chose à boire? De l'eau, du café, du thé?

—Du café, ce serait parfait, dis-je.

Grace m'emmène dans un salon. Il est lumineux et spacieux, avec des bibliothèques blanches qui vont du sol au plafond, et deux fauteuils rembourrés couleur crème.

—Asseyez-vous, dit-elle. Comment l'aimez-vous?

—Mon café? dis-je d'une voix mal assurée. Avec de la crème? Je veux dire, du lait ça ira, aussi. Mais de la crème, ce serait génial. Ou ce que vous avez. (Je me reprends.) Ce que j'essaie de dire, c'est que j'aimerais un nuage de crème si vous en avez. Est-ce que ça se voit que je suis nerveuse?

Grace sourit.

—Un peu. Mais vous ne devez surtout pas vous inquiéter. Evelyn est très gentille. Elle est particulière et secrète, ce qui demande un temps d'adaptation. Mais j'ai travaillé pour beaucoup de monde, et croyez-moi : Evelyn est au-dessus du lot.

—Est-ce qu'elle vous a payée pour dire ça ? demandé-je.

Je tente de faire une plaisanterie, mais ma remarque est plus acerbe que prévu. Par chance, Grace s'esclaffe.

—Elle nous a effectivement envoyés, mon mari et moi, à Londres et Paris l'année dernière pour ma prime de Noël. Donc indirectement, oui, j'imagine que c'est le cas.

Seigneur !

—Eh bien, c'est décidé. Quand vous démissionnerez, je me porterai candidate pour vous remplacer.

Grace rit de plus belle.

—Marché conclu. Et vous avez un café qui arrive avec son nuage de crème.

Je m'assieds et consulte mon téléphone portable. J'ai reçu un texto de ma mère qui me souhaite bonne chance. Je pianote pour répondre, et suis perdue dans mes tentatives d'écrire convenablement le mot *tôt* sans que le correcteur automatique me le change en *totalement*, quand j'entends des pas dans l'escalier. Je me retourne, pour voir une Evelyn Hugo de soixante-dix-neuf ans marcher vers moi.

Elle est aussi époustouflante que n'importe laquelle de ses photos.

Elle a le maintien d'une ballerine. Elle porte un pantalon moulant noir et un long pull à rayures grises et bleu marine. Elle est aussi mince qu'elle l'a toujours été, et si je sais qu'elle a le visage retouché, c'est uniquement parce que personne de son âge ne peut ressembler à ça sans chirurgie esthétique.

Elle a la peau rayonnante, avec juste une petite touche de rouge, comme si on l'avait frottée pour la nettoyer. Elle porte des faux cils, ou peut-être se fait-elle poser des extensions.

Là où ses joues ont été un jour anguleuses, elles sont aujourd'hui un peu creusées. Mais elles ont un petit ton rose délicat, et ses lèvres sont d'un nude foncé.

Ses cheveux descendent sous les épaules – un joli camaïeu de blanc, gris et blond –, les mèches les plus claires encadrant son visage. Je suis sûre que c'est le fruit de savantes colorations, mais l'effet est celui d'une femme vieillissant avec grâce qui aurait pris le soleil.

Ses sourcils, toutefois – ces lignes épaisses et brunes qui étaient sa marque de fabrique –, se sont affinés au fil des années. Et ils sont désormais de la même couleur que ses cheveux.

Au moment où elle m'a rejointe, je remarque qu'elle ne porte pas de chaussures, mais, à la place, de grosses chaussettes à larges mailles.

— Bonjour Monique, salue Evelyn.

Je suis furtivement surprise par la décontraction et l'assurance avec lesquelles elle prononce mon prénom, comme si elle me connaissait depuis des années.

— Bonjour, dis-je.

— Je suis Evelyn.

Elle me serre la main. Je suis frappée par le fascinant pouvoir de ceux qui se présentent par leur prénom alors que le monde entier le connaît déjà.

Grace entre avec le café, servi dans une tasse blanche sur une soucoupe assortie.

— Voici. Avec un nuage de crème.

— Merci infiniment.

— C'est exactement comme ça que je l'aime aussi, dit Evelyn.

Je suis gênée d'admettre que j'en suis tout excitée. J'ai l'impression de lui avoir fait plaisir.

— Puis-je vous apporter quoi que ce soit d'autre ? demande Grace.

Je secoue la tête, et Evelyn ne répond pas. Grace quitte la pièce.

— Venez, dit Evelyn. Allons au salon nous installer confortablement.

Tandis que je m'empare de mon sac, Evelyn prend le café que j'ai à la main, et le porte pour moi. J'ai lu un jour que le charisme, c'est un « charme qui inspire le dévouement ». Et je ne puis m'empêcher d'y songer maintenant, quand elle me tient mon café. La combinaison d'une femme si puissante et d'un geste si petit et humble est assurément envoûtante.

Nous pénétrons dans une pièce claire et spacieuse, avec des fenêtres qui vont du sol au plafond. Des fauteuils gris perle trônent en face d'un canapé bleu ardoise. Le tapis sous nos pieds est épais, d'un ivoire éclatant, qui s'étend jusqu'à un piano à queue, ouvert sous la lumière des fenêtres. Sur les murs, des agrandissements de photos en noir et blanc.

Celle qui se trouve au-dessus du canapé représente Harry Cameron sur le plateau d'un film.

Au-dessus de la cheminée est suspendue l'affiche de la version de 1959 avec Evelyn des *Quatre Filles du docteur March*. Evelyn, Celia St James, et les visages de deux autres actrices composent l'image. Ces femmes étaient peut-être toutes les quatre connues dans les années 1950, mais seules Evelyn et Celia ont résisté à l'épreuve du temps. En les regardant aujourd'hui, il semble qu'elles dégagent plus d'éclat que les deux autres. Mais je suis assez certaine que c'est juste un a priori dû au recul. Je vois ce que je veux voir, en faisant une relecture du passé à la lumière du présent.

Evelyn pose ma tasse et ma soucoupe sur une petite table laquée noire.

— Asseyez-vous, dit-elle en prenant place dans l'un des luxueux fauteuils.

Elle remonte ses pieds sous elle et ajoute :

— Où vous voulez.

Je hoche la tête et pose mon sac. Tandis que je m'assois sur le canapé, j'attrape mon bloc-notes.

— Alors comme ça, vous mettez vos robes aux enchères, dis-je en m'installant.

Je fais cliquer mon stylo, suspendue à ses lèvres.

C'est à ce moment qu'Evelyn lâche :

— En vérité, c'était simplement un prétexte pour vous faire venir ici.

Aussitôt, je la regarde, persuadée d'avoir mal entendu.

— Pardon ?

Evelyn se repositionne dans le fauteuil et soutient mon regard.

— Il n'y a rien de spécial à dire sur le fait que je confie quelques robes à Christie's.

— Eh bien, alors…

— Je vous ai appelée ici pour discuter d'autre chose.

— Quoi donc ?

— L'histoire de ma vie.

— L'histoire de votre vie ? dis-je, abasourdie.

— Une interview vérité.

Une interview vérité d'Evelyn Hugo serait… Je ne sais pas. Pas loin du scoop de l'année.

— Vous voulez faire une interview vérité avec *Vivant* ?

— Non.

— Vous ne voulez pas faire d'interview vérité ?

— Je ne veux pas en faire une avec *Vivant*.

— Alors pourquoi suis-je ici ?

Je suis encore plus perdue que l'instant précédent.

— Vous êtes celle à qui j'ai choisi de livrer cette histoire.

Je la regarde, en essayant de comprendre ce qu'elle est en train de dire.

— Vous allez livrer le récit enregistré de votre vie, et vous allez le faire avec moi, mais pas avec *Vivant* ?

Evelyn acquiesce.

— Vous commencez à comprendre.

— Que proposez-vous précisément ?

Il est impensable que je fonce tête baissée dans cette situation invraisemblable. La personne la plus intrigante au monde m'offre l'histoire de sa vie *sans aucune raison* ? Il doit y avoir une subtilité qui m'échappe.

— Je vais vous raconter ma vie de telle sorte que nous en tirions profit toutes les deux. Quoique, pour être honnête, ça devrait vous profiter plus qu'à moi.

— Mais de quel genre de révélations parlons-nous ?

Peut-être souhaite-t-elle une rétrospective légère ? Une histoire sans grande intensité publiée là où elle l'aura choisi ?

— La totale. Le bon, le mauvais et même l'affreux. Toute la vérité, rien que la vérité.

Waouh !

Je me sens tellement idiote d'être venue ici en m'attendant à ce qu'elle réponde à des questions sur ses robes. Je pose doucement le bloc-notes sur la table devant moi, et le stylo par-dessus. Je veux gérer ça à la perfection. C'est comme si un délicat et ravissant oiseau avait volé vers moi pour se percher sur mon épaule, et qu'il risquait de s'envoler au moindre mouvement.

— OK, si je vous comprends bien, vous aimeriez confesser vos péchés…

L'attitude d'Evelyn, qui jusque-là traduisait un certain détachement, se met à changer. À présent, elle se penche vers moi.

— Je n'ai jamais parlé de confession. Et encore moins évoqué de péchés.

J'ai un mouvement de recul. Je viens de tout gâcher.

— Je vous présente mes excuses, dis-je. J'ai très mal choisi mes mots.

Evelyn garde le silence.

— Je suis désolée, Mrs Hugo. Je n'en reviens toujours pas.

— Vous pouvez m'appeler Evelyn.

— OK, Evelyn, quelle est la prochaine étape, maintenant ? Qu'allons-nous faire ensemble exactement ?

Je prends la tasse de café et la porte à mes lèvres, en sirotant la plus petite des gorgées.

— Nous ne faisons pas une histoire qui sera en couverture de *Vivant*.

— OK, jusque-là, je vous suis, dis-je, en reposant la tasse.

— Nous allons écrire un livre.

— Vraiment ?

Evelyn hoche la tête.

— Vous et moi. J'ai lu votre travail. J'aime la manière dont vous communiquez avec clarté et concision. Vous pourriez mettre votre style à profit en écrivant mon livre.

— Vous me demandez d'être votre nègre pour votre biographie ?

Voilà qui est fantastique. Voilà qui est absolument fantastique. Voilà une bonne raison de rester à New York. Une raison géniale. De telles opportunités ne se présentent pas à San Francisco.

Evelyn secoue de nouveau la tête.

— Je vous offre l'histoire de ma vie, Monique. Je vais vous dévoiler toute la vérité. Et vous allez écrire un livre sur moi.

— Et nous allons le publier avec votre nom dessus, et dire à tout le monde que vous l'avez écrit, n'est-ce pas ?

Je reprends ma tasse.

— Mon nom ne figurera pas dessus. Je serai morte.

Je m'étrangle sur mon café et, ce faisant, je tache le tapis blanc avec des moucheture brun rouge.

—Oh, mon Dieu, dis-je, peut-être un peu trop fort, en reposant la tasse. J'ai renversé du café sur votre tapis.

Evelyn écarte cela d'un geste de la main, mais Grace frappe à la porte et l'entrouvre juste assez pour passer la tête.

—Tout va bien ?

—Je crains d'en avoir renversé.

Grace ouvre complètement la porte et entre, en jetant un coup d'œil.

—Je suis vraiment désolée. J'ai été un peu choquée, c'est tout.

Je croise le regard d'Evelyn, et même si je ne la connais pas très bien, je devine qu'elle m'invite à me taire.

—Pas de problème, dit Grace. Je vais m'en occuper.

—Est-ce que vous avez faim, Monique ? demande Evelyn, en se levant.

—Pardon ?

—Je connais un endroit dans la rue qui fait de délicieuses salades. Je vous invite.

Il est à peine midi, et quand je suis angoissée, la première chose que je perds, c'est mon appétit, mais j'accepte quand même, parce que j'ai la nette impression que ce n'est pas vraiment une question.

—Parfait, conclut Evelyn. Grace, voulez-vous bien appeler chez *Trambino's* pour les prévenir ?

Evelyn me prend par l'épaule, et moins de dix minutes plus tard, nous parcourons les trottoirs impeccables de l'Upper East Side. La vive fraîcheur de l'air me surprend, et je vois Evelyn agripper son manteau fermement autour de sa taille fine.

À la lumière du soleil, les signes du vieillissement sont plus visibles. Le blanc de ses yeux est laiteux, et la peau de ses mains diaphane. Le ton bleu clair de ses veines me rappelle ma grand-mère. J'adorais la délicatesse de sa peau parcheminée.

— Evelyn, que voulez-vous dire par « je serai morte » ?

Elle s'esclaffe.

— Que je veux que vous publiiez le livre en tant que biographie officielle, avec votre nom dessus, une fois que je serai morte.

— OK, dis-je, comme si ce genre de requête était monnaie courante.

Puis je finis par prendre conscience que c'est dément.

— Sans vouloir être inconvenante, poursuis-je, seriez-vous en train de me dire que vous êtes mourante ?

— Tout le monde l'est, mon ange. Vous, moi, ce type est en train de mourir.

Elle désigne un homme d'âge moyen qui promène un chien noir plein de poils. Il l'entend, voit son doigt pointé vers lui, et reconnaît celle qui parle. L'effet sur son visage est celui d'une personne qui se retourne trois fois sur son passage.

Nous tournons en direction du restaurant, descendons les deux marches jusqu'à la porte. Evelyn s'assoit à une table dans le fond. Aucun membre du personnel ne l'y a guidée. Elle sait simplement où aller et suppose que tous les autres en prendront connaissance. Un serveur en pantalon noir, chemise blanche et cravate noire vient à notre table et pose deux verres d'eau. Celui d'Evelyn ne contient pas de glaçons.

— Merci, Troy, dit-elle.

— Une salade composée ? demande-t-il.

— Eh bien, pour moi, évidemment, mais je laisse à mon invitée le soin de choisir, répond-elle.

Je prends la serviette sur la table et la mets sur mes genoux.

— Je vais prendre la même chose, merci.

Troy sourit et se retire.

— Vous allez adorer leur salade composée, dit Evelyn, comme si nous nous connaissions depuis toujours.

—OK, dis-je, en tentant de réorienter l'échange. Dites-m'en plus sur ce livre que nous écrivons.

—Je vous ai dit tout ce que vous avez besoin de savoir.

—Vous m'avez dit que je l'écrivais et que vous étiez mourante.

—Vous devez faire plus attention aux termes que vous employez.

Je ne me sens peut-être pas exactement à la hauteur de la situation – et je ne suis peut-être pas exactement là où je voudrais être dans la vie en ce moment –, mais je m'y connais en vocabulaire.

—J'ai dû mal à vous comprendre. Je vous promets que je suis très vigilante sur le choix de mes mots.

Evelyn hausse les épaules. Les enjeux de cette conversation sont très faibles pour elle.

—Vous êtes jeune, et votre génération emploie à tort et à travers des mots lourds de sens.

—Je vois.

—Et je n'ai pas dit que je confessais le moindre *péché*. Dire que ce que j'ai à raconter est un péché n'est pas seulement inexact, c'est blessant. Je n'éprouve aucun regret pour les choses que j'ai faites – du moins, pas celles auxquelles vous pourriez vous attendre –, aussi dures qu'elles aient pu être ou aussi répugnantes qu'elles puissent paraître.

—*Je ne regrette rien**, dis-je, en levant mon verre d'eau pour le siroter.

—C'est l'idée, acquiesce Evelyn. Bien que cette chanson évoque davantage le fait de ne pas regretter parce que vous ne vivez pas dans le passé. Ce que je veux dire, c'est que si c'était à refaire, je ferais presque la même chose. Pour être claire, il y a des choses que je regrette. C'est juste que… ce ne sont pas vraiment les choses sordides. Je ne regrette pas d'avoir raconté des mensonges, ni d'avoir offensé des gens. La fin justifie les moyens, et je n'ai aucun problème avec ça. Et par ailleurs, j'ai de la compassion pour moi-même. Je me fais confiance. Par exemple, quand je me suis énervée contre vous tout à l'heure, à l'appartement, au moment où vous avez parlé de ma « confession » et de mes « péchés ». Ce n'était pas gentil de ma part, et je doute que vous l'ayez mérité. Mais je ne le regrette pas. Parce que je sais que j'avais mes raisons, et j'ai fait de mon mieux avec chaque pensée et chaque sentiment qui a déclenché ça.

— Vous prenez ombrage du terme *péché* parce qu'il implique que vous êtes désolée.

Nos salades apparaissent, et Troy moud du poivre sans un mot sur celle d'Evelyn, jusqu'à ce qu'elle lève une main pour lui faire signe d'arrêter. Je décline.

— Vous pouvez être désolée d'une chose sans la regretter, dit-elle.

— Absolument. Je vois ça. J'espère que vous pourrez m'accorder le bénéfice du doute, à l'avenir, que nous sommes sur la même longueur d'onde. Même s'il y a de multiples manières d'interpréter ce dont nous parlons.

Evelyn prend sa fourchette, sans attaquer sa salade pour autant.

— Je trouve très important, avec une journaliste qui tiendra mon héritage entre ses mains, de dire précisément ce que je veux dire, et de vouloir dire ce que je dis, déclare Evelyn. Si je m'apprête à tout vous révéler sur ma vie, ce qui s'est vraiment passé, la vérité derrière tous mes mariages, les films que j'ai tournés, les gens que j'ai aimés, avec qui j'ai couché, à qui j'ai fait du mal, comment je me suis compromise, et où tout ça m'a menée, alors je dois être certaine que vous me *comprenez*. J'ai besoin de savoir que vous écouterez *exactement* ce que j'essaie de vous dire, sans tenter d'interpréter ça à votre sauce.

J'avais tort. Les enjeux ne sont pas faibles pour Evelyn. Evelyn peut aborder avec décontraction des questions primordiales. Mais à cet instant même, alors qu'elle prend tant de temps à établir des points si spécifiques, je me rends compte que tout ceci est *réel*. C'est en train de se produire. Elle a véritablement l'intention de me raconter sa vie ; une histoire qui inclut sans aucun doute les vérités brutes derrière sa carrière, ses mariages et son image. Elle se place dans une position d'extrême vulnérabilité. C'est un immense pouvoir qu'elle me donne. Je ne sais toujours pas *pourquoi* elle m'a choisie. Mais cela ne remet pas en cause le fait qu'elle me fasse cette faveur. Et c'est mon travail, à présent, de lui montrer que j'en suis digne. Je vais recueillir ses confidences comme quelque chose de sacré.

Je repose ma fourchette.

— C'est parfaitement logique, et je suis confuse si j'ai pris ça avec frivolité.

Evelyn balaie mes excuses d'un geste désinvolte.

— La culture tout entière est frivole, désormais. C'est le nouveau truc à la mode.

— Est-ce que ça vous dérange si je pose quelques questions supplémentaires ? Une fois que j'aurai le topo, je promets de me concentrer uniquement sur ce que vous dites et ce que vous voulez dire, afin que vous vous sentiez comprise à un niveau tel que vous ne pourrez penser à aucune meilleure gardienne que moi pour vos secrets.

Ma sincérité la désarme très brièvement.

— Je vous écoute, dit-elle en prenant une bouchée de sa salade.

— Si je dois publier ce livre après votre décès, quelle sorte de gain financier envisagez-vous ?

— Pour moi ou pour vous ?

— Commençons par vous.

— Aucun pour moi. Souvenez-vous, je serai morte.

— Vous l'avez déjà dit.

— Question suivante.

Je me penche en avant d'un air conspirateur.

—Je déteste soulever un sujet aussi vulgaire, mais quel délai visez-vous ? Suis-je censée conserver ce livre des années jusqu'à votre…

—Décès ?

—Eh bien… oui, dis-je.

—Question suivante.

—Quoi ?

—Question suivante, s'il vous plaît.

—Vous n'avez pas répondu à celle-ci. (Evelyn reste silencieuse.) Bon, alors, quel type de gain financier est prévu pour moi ?

—Question beaucoup plus intéressante, et je me demandais pourquoi ça vous prenait autant de temps pour la poser.

—Eh bien, c'est chose faite.

—Vous et moi nous retrouverons aussi souvent que nécessaire dans les jours qui viennent, et je vous raconterai absolument toute ma vie. Et ensuite, notre relation prendra fin, et vous serez libre – ou peut-être devrais-je dire tenue – d'en faire un livre et de le vendre au plus offrant. Et j'entends vraiment au plus offrant. J'insiste sur le fait que vous soyez impitoyable dans vos négociations, Monique. Obligez-les à vous payer comme ils paieraient un homme blanc. Une fois que vous aurez fait ça, chaque penny qu'il produira sera à vous.

—À moi ? dis-je, abasourdie.

—Vous devriez boire de l'eau. Vous avez l'air au bord de l'évanouissement.

—Evelyn, une biographie officielle dans laquelle vous abordez vos sept mariages…

—Oui ?

—Je sais que je peux obtenir des millions de dollars pour un bouquin comme celui-ci, même sans négocier.

— Mais vous négocierez, dit Evelyn, en prenant une gorgée d'eau d'un air satisfait.

La question suivante doit être posée. Nous tournons autour du pot depuis bien trop longtemps.

— Pourquoi feriez-vous une chose pareille pour moi ?

Evelyn hoche la tête. Elle s'y attendait.

— Pour l'instant, voyez ça comme un cadeau.

— Mais pourquoi ?

— Question suivante.

— Sérieusement ?

— Sérieusement, Monique, question suivante.

Je lâche accidentellement ma fourchette sur la nappe ivoire. L'huile de la vinaigrette pénètre dans le tissu, le rendant plus foncé et transparent. La salade composée est délicieuse, mais chargée en oignons, et je sens la chaleur de mon haleine imprégner l'espace autour de moi. Mais qu'est-ce qui se passe ?

— Je n'essaie pas de me montrer ingrate, mais je pense mériter de savoir pourquoi l'une des plus célèbres actrices de tous les temps m'extirperait de l'anonymat pour devenir sa biographe officielle et m'offrirait l'occasion de tirer des millions de dollars de son histoire.

— Le *Huffington Post* prétend que je pourrais vendre mon autobiographie jusqu'à douze millions de dollars.

— Bon sang !

— Les esprits curieux veulent savoir, j'imagine.

La façon dont Evelyn s'amuse au plus haut point de la situation, la façon dont elle semble se délecter en me choquant, me laisse comprendre que tout ceci est, en partie, un jeu de pouvoir. Elle aime l'idée de pouvoir changer la vie des autres. N'est-ce pas la définition même du pouvoir ? Regarder les gens se tuer pour quelque chose qui ne signifie rien à vos yeux ?

—Douze millions, c'est beaucoup, ne vous méprenez pas…, dit-elle.

Elle n'a pas besoin d'achever la phrase pour qu'elle soit finie dans ma tête. *Mais ce n'est pas grand-chose pour moi.*

—Mais quand même, Evelyn, pourquoi ? Pourquoi moi ?

Evelyn relève les yeux vers moi, le visage stoïque.

—Question suivante.

—Avec tout le respect que je vous dois, vous ne vous montrez pas particulièrement juste.

—Je vous offre la chance de gagner une fortune et de vous propulser au sommet de votre domaine. Je n'ai pas à être juste. Beaucoup de gens tueraient père et mère pour être victimes de ce genre d'injustice.

D'un côté, on dirait une évidence. Mais, en même temps, Evelyn ne m'a donné absolument rien de concret. Et je pourrais perdre mon boulot en accaparant une histoire comme celle-là. Ce travail est tout ce qui me reste.

—Puis-je avoir un peu de temps pour y réfléchir ?

—Réfléchir à quoi ?

—À tout ça.

Evelyn plisse très légèrement les yeux.

—À quoi diable faut-il réfléchir ?

—Je suis désolée si cela vous offense, dis-je.

Evelyn m'interrompt.

—Vous ne m'avez pas *offensée.*

La simple insinuation que je puisse l'agacer l'agace.

—Il y a beaucoup à prendre en considération, dis-je.

Je pourrais me faire virer. Elle pourrait revenir sur son engagement. Je pourrais me vautrer magistralement en écrivant ce livre.

Evelyn se penche en avant, en essayant d'écouter mes arguments.

—Par exemple ?

— Par exemple, comment suis-je censée gérer ça avec *Vivant* ? Ils pensent avoir une exclusivité avec vous. Ils contactent des photographes en ce moment même.

— J'ai dit à Thomas Welch de ne rien promettre du tout. S'ils sont allés faire de folles hypothèses pour des couvertures, c'est leur problème.

— Mais c'est le mien aussi. Parce que, maintenant, je sais que vous n'avez aucune intention d'aller plus loin avec eux.

— Et donc ?

— Donc, qu'est-ce que je fais ? Je retourne au bureau et j'annonce à ma patronne que vous ne traitez pas avec *Vivant*, qu'à la place nous envisageons, vous et moi, de publier un livre ? Ça va donner l'impression que j'ai profité de cette opportunité pour leur enfoncer un poignard dans le dos.

— C'est votre problème, pas le mien, dit Evelyn.

— Mais c'est pourquoi je dois y réfléchir. Parce que c'est *mon* problème.

Evelyn m'entend. Je devine qu'elle me prend au sérieux à la manière dont elle repose son verre d'eau et me regarde droit dans les yeux, en se penchant avec les avant-bras sur la table.

— Vous avez une chance inouïe, Monique. Vous le voyez bien, n'est-ce pas ?

— Évidemment.

— Alors rendez-vous service, et attrapez la vie par les couilles, chérie. Ne vous mettez pas d'entraves en essayant de faire ce qui est le plus convenable, quand le plus malin saute aux yeux.

— Vous ne pensez pas que je devrais être franche avec mes employeurs sur tout ça ? Ils croiront que j'ai conspiré pour les doubler.

Evelyn secoue la tête.

— Quand mon équipe vous a réclamée spécifiquement, votre rédaction a répondu en proposant le nom d'un journaliste plus chevronné. Ils ont accepté de vous envoyer seulement une fois que j'ai précisé sans ambiguïté que ce serait vous ou rien. Savez-vous pourquoi ils ont fait ça ?

— Parce qu'ils pensent que je ne…

— Parce qu'ils mènent une affaire. Et vous aussi. Et, à cet instant, votre carrière est en mesure de décoller. Vous avez un choix à faire. Est-ce que nous écrivons un livre ensemble ? Sachez que si vous refusez, je ne le donnerai à personne d'autre. Il mourra avec moi.

— Pourquoi ne confieriez-vous l'histoire de votre vie qu'à *moi* ? Vous ne me connaissez même pas. Ça n'a aucun sens.

— Je ne suis absolument pas obligée d'être sensée vis-à-vis de vous.

— Que cherchez-vous, Evelyn ?

— Vous posez trop de questions.

— Je suis ici pour vous interviewer.

— N'empêche.

Elle prend une gorgée d'eau, déglutit, puis me regarde droit dans les yeux.

— Quand nous en aurons terminé, vous aurez toutes les réponses, poursuit-elle. Toutes ces choses que vous voulez désespérément savoir, je promets de vous les révéler avant que nous ayons fini. Mais je ne le ferai pas une minute avant d'y être disposée. C'est moi qui mène la danse. C'est comme ça que ça va se passer.

Je l'écoute et j'y réfléchis, et je prends conscience que je serais une abrutie finie si je ne saisissais pas cette opportunité, quelles que soient ses conditions. Je ne suis pas restée à New York en laissant David partir à San Francisco parce que j'aime bien la statue de la Liberté. Je l'ai fait parce que je veux gravir les échelons aussi haut que possible. Je l'ai fait parce que je veux voir mon nom, le nom que mon père m'a donné, en majuscules et caractères gras un jour. Ceci est ma chance.

—OK, dis-je.

—OK, alors. Heureuse de l'entendre.

Les épaules d'Evelyn se relâchent, elle reprend son verre d'eau et sourit.

—Monique, je crois que je vous apprécie.

J'inspire une profonde bouffée d'air, et je prends conscience que j'ai retenu mon souffle pendant tout mon échange avec Evelyn.

—Merci, Evelyn. Cela représente beaucoup.

CHAPITRE 4

E velyn et moi sommes de retour dans son hall d'entrée.
—On se retrouve dans mon bureau d'ici une demi-heure.

—OK, dis-je, tandis qu'Evelyn se dirige dans le couloir avant de disparaître.

Je retire mon manteau et le mets dans la penderie.

Je devrais en profiter pour faire le point avec Frankie. Si je ne prends pas les devants pour la tenir au courant, elle va me traquer.

J'ai juste à décider de la manière dont je vais gérer la situation. Comment m'assurer qu'elle ne tentera pas de m'arracher tout ceci ?

Je pense que ma seule option est de feindre que tout se passe comme prévu. La seule stratégie valable, à ce stade, c'est le mensonge.

Je respire.

L'un de mes premiers souvenirs d'enfance est celui de mes parents qui m'emmènent à Zuma Beach, à Malibu. C'était toujours le printemps, je crois. L'eau ne s'était pas encore assez réchauffée pour être accueillante.

Ma mère est restée sur la plage, installant les serviettes et le parasol, pendant que mon père me soulevait pour courir avec moi jusqu'au rivage. Je me rappelle m'être sentie très légère dans ses bras. Et puis il a trempé mes pieds dans l'eau, et j'ai pleuré, en lui disant qu'elle était trop froide.

Il était d'accord avec moi. Elle *était* froide. Mais il a alors dit :

—Inspire et expire cinq fois. Et quand tu auras fini, je parie qu'elle ne te paraîtra plus aussi froide.

Je l'ai regardé tremper ses pieds. Je l'ai regardé respirer. Puis j'ai remis mes pieds dans l'eau et j'ai respiré avec lui. Il avait raison, bien entendu. Elle n'était pas si froide.

Après ça, mon père a respiré avec moi chaque fois que j'étais au bord des larmes. Quand je me suis écorché le coude, quand mon cousin m'a dit que je n'étais pas Noire, quand ma mère a dit qu'on ne pourrait pas prendre de chiot, mon père s'asseyait avec moi et respirait. Ça fait encore mal, même des années plus tard, de penser à ces moments.

Mais, pour l'instant, je continue de respirer, là, dans l'entrée d'Evelyn, en me recentrant comme il me l'a appris.

Et puis, lorsque je me sens calme, je prends mon téléphone et compose le numéro de Frankie.

—Monique, répond-elle à la seconde sonnerie. Dis-moi. Comment ça se passe ?

—Ça se passe bien, dis-je, surprise que ma voix soit aussi posée et neutre. Evelyn est à peu près tout ce qu'on attendrait d'une icône. Toujours ravissante. Charismatique comme jamais.

—Et ?

—Et… ça avance.

—Est-ce qu'elle va parler d'autre chose que des robes ?

Que puis-je dire maintenant pour commencer à couvrir mes arrières ?

—Tu sais, elle est assez réticente concernant quoi que ce soit d'autre que du buzz dans les médias pour la vente aux enchères. J'essaie de la jouer sympa pour le moment, de gagner sa confiance avant de passer à l'offensive.

—Est-ce qu'elle veut bien faire une couverture?

—Il est encore trop tôt pour le dire. Fais-moi confiance, Frankie, poursuis-je, détestant l'aisance avec laquelle le mensonge sort de ma bouche. Je sais combien ceci est important. Mais pour l'instant, le mieux que j'aie à faire, c'est de veiller à ce qu'Evelyn m'apprécie afin que je puisse essayer d'engranger un peu d'influence et de plaider pour ce que nous voulons.

—OK, dit Frankie. À l'évidence, je souhaite plus que des petites phrases toutes faites sur des robes, mais ça reste plus que ce que n'importe quel autre magazine a obtenu d'elle depuis des décennies, donc…

Frankie continue de parler, mais j'ai cessé d'écouter. Je suis bien trop focalisée sur le fait que Frankie ne va même pas récupérer de petites phrases toutes faites.

Et que je vais récupérer bien, bien plus.

—Je devrais y aller, dis-je, en m'excusant. Nous reprenons l'entretien elle et moi dans quelques minutes.

Je raccroche et expire profondément.

C'est bon, tout est sous contrôle.

Tandis que je traverse l'appartement, j'entends Grace dans la cuisine. J'ouvre la porte et la trouve en train de couper des tiges de fleurs.

—Désolée de vous déranger. Evelyn m'a dit de la rejoindre dans son bureau, mais je ne suis pas certaine de savoir où c'est.

—Oh, dit Grace, en reposant les ciseaux pour s'essuyer les mains sur une serviette. Je vais vous montrer.

Je la suis en haut d'un escalier, puis dans l'espace d'étude d'Evelyn. Les murs sont d'un gris mat et charbonneux, le tapis d'un beige doré. Les larges fenêtres sont flanquées de rideaux bleu foncé, et de l'autre côté de la pièce, il y a des bibliothèques encastrées.

Un canapé bleu-gris est disposé en face d'un gigantesque bureau en verre.

Grace sourit et me laisse attendre Evelyn. Je lâche mon sac sur le canapé et consulte mon téléphone.

— Installez-vous au bureau, dit Evelyn en entrant. (Elle me tend un verre d'eau.) J'imagine que la seule manière dont ça peut marcher, c'est sans doute que je parle et que vous écriviez.

— Probablement, dis-je, en m'asseyant dans le fauteuil désigné. Je n'ai jamais rédigé de biographie auparavant. Après tout, je ne suis pas biographe.

Evelyn me regarde avec insistance. Elle s'assied en face de moi, sur le canapé.

— Laissez-moi vous expliquer quelque chose. Quand j'avais quatorze ans, ma mère était déjà morte, et je vivais avec mon père. En grandissant, je me suis aperçue que ce n'était qu'une question de temps avant qu'il essaie de me faire épouser l'un de ses amis ou son patron, pour tirer profit de ce mariage. Et, à vrai dire, j'ai même fini par me demander, au fil des années, si mon propre père n'allait pas finir par tenter d'abuser de sa position.

Nous étions tellement fauchés que nous détournions l'électricité de l'appartement du dessus. Il y avait une prise chez nous qui se trouvait sur leur circuit, alors nous branchions tout ce que nous avions besoin d'utiliser sur cette seule prise. Si j'avais des devoirs à faire après la tombée de la nuit, j'y branchais une lampe et je m'asseyais en dessous avec mon livre.

Ma mère était une sainte. J'en suis intimement convaincue. D'une beauté stupéfiante, une chanteuse incroyable, avec un cœur en or. Des années avant sa mort, elle me répétait que nous allions partir de Hell's Kitchen et filer à Hollywood. Elle disait qu'elle allait devenir la femme la plus célèbre du monde et nous acheter un manoir avec vue sur la mer. Je nous imaginais toutes les deux, dans une maison, donnant des fêtes, buvant du champagne. Et puis elle est morte, et le rêve a pris fin brutalement. Soudain, je me suis retrouvée dans un monde où rien de tout cela ne se produirait jamais. Et je serais coincée pour toujours à Hell's Kitchen.

J'étais jolie, même à quatorze ans. Oh, je sais bien que le monde préfère les femmes qui ne sont pas conscientes de leur charme, mais j'en ai assez de toute cette hypocrisie. Je fais tourner les têtes. Bon, je n'en tire aucune fierté. Je ne me suis pas fabriqué mon visage. Je ne me suis pas attribué ce corps. Mais je ne vais pas non plus jouer la carte de la fausse modestie et dire : «Oh, ça alors! Les gens pensaient vraiment que j'étais belle?».

Mon amie Beverly connaissait un type dans son immeuble nommé Ernie Diaz, qui était électricien. Et Ernie connaissait un type à la MGM. Du moins, c'était la rumeur qui courait. Et un jour, Beverly m'a dit qu'elle avait entendu qu'Ernie s'apprêtait à partir pour une mission de montage de lumières à Hollywood. Alors, ce week-end-là, j'ai trouvé un prétexte pour aller chez Beverly et j'ai «accidentellement» frappé à la porte d'Ernie. Je savais exactement où était mon amie. Mais j'ai frappé à la porte d'Ernie et dit : «Est-ce que vous auriez vu Beverly Gustafson?»

Ernie avait vingt-deux ans. Il n'était en aucun cas séduisant, mais il n'était pas désagréable à regarder. Il a répondu qu'il ne l'avait pas vue, mais il ne m'a pas échappé qu'il me dévisageait. Je l'ai observé tandis qu'il me déshabillait du regard, me scrutant centimètre par centimètre dans ma robe verte favorite.

Puis Ernie a dit : « Ma chérie, est-ce que tu as seize ans ? »
J'en avais quatorze, souvenez-vous. Mais vous savez ce que
j'ai fait ? J'ai dit : « Eh bien, je viens de les avoir. »

Evelyn me regarde avec assurance.

— Est-ce que vous comprenez où je veux en venir ?
demande-t-elle. Lorsqu'on vous offre l'occasion de changer
le cours de votre vie, soyez prête à faire ce qu'il faudra pour
que ça arrive. Le monde ne *donne* pas les choses, c'est vous
qui les *prenez*. Si je peux vous enseigner quoi que ce soit, ça
devrait probablement être cette leçon.

Waouh !

— OK, dis-je.

— Vous n'avez jamais été biographe, mais vous en êtes
une à partir de maintenant.

Je hoche la tête.

— Pigé.

— Bien, dit Evelyn, en s'adossant au canapé. Alors, par
où voulez-vous commencer ?

J'attrape mon bloc-notes et regarde les mots gribouillés
dont j'ai noirci les dernières pages. Il y a des dates et des
titres de films, des références à de célèbres portraits d'elle,
des rumeurs suivies de points d'interrogation. Et puis, en
lettres capitales sur lesquelles je suis repassée maintes et
maintes fois, fonçant chaque caractère jusqu'à changer la
texture de la page, j'ai écrit : « Qui a été l'amour de la vie
d'Evelyn ??? »

C'est la grande question. C'est l'accroche de ce livre.

Sept maris.

Lequel a-t-elle le plus aimé ? Lequel a été le *vrai* ?

En tant que journaliste et consommatrice, c'est ce que
je veux savoir. Ce ne sera pas le point de départ du bouquin,
mais c'est peut-être par là que nous devrions commencer,
elle et moi. Je veux savoir, en parlant de ces mariages, quel
est celui qui a le plus compté.

Je lève les yeux vers Evelyn pour la voir se redresser, prête à satisfaire ma curiosité.

— Qui a été l'amour de votre vie ? Harry Cameron ?

Evelyn réfléchit puis répond lentement.

— Pas de la façon dont vous l'entendez, non.

— De quelle façon, alors ?

— Harry était mon meilleur ami. Il m'a inventée. Il était la personne qui m'aimait de la manière la plus inconditionnelle. La personne que j'ai aimée de l'amour le plus pur, je pense. À part ma fille. Mais non, il n'était pas l'amour de ma vie.

— Pourquoi pas ?

— Parce qu'il s'agissait de quelqu'un d'autre.

— Dans ce cas, qui était donc l'amour de votre vie ?

Evelyn acquiesce, comme si c'était la question qu'elle attendait, comme si la situation se déroulait exactement comme elle l'avait prévu. Mais alors, elle secoue de nouveau la tête.

— Vous savez quoi ? dit-elle, en se levant. Il se fait tard, non ?

Je consulte ma montre. C'est le milieu de l'après-midi.

— Vraiment ?

— Je pense que oui, dit-elle, se dirigeant ensuite vers moi, vers la porte.

— Très bien, dis-je, en me levant à mon tour pour la rejoindre.

Evelyn met son bras autour de ma taille et m'escorte dans le couloir.

— Reprenons lundi. Est-ce que ça vous irait ?

— Euh… bien sûr. Evelyn, ai-je dit quelque chose qui vous a offensée ?

Elle m'accompagne pour descendre l'escalier.

— Pas du tout, proteste-t-elle, en balayant mes craintes de la main. Pas du tout.

Il règne une tension je suis incapable de comprendre la cause. Evelyn marche avec moi jusqu'à ce que nous ayons regagné l'entrée. Elle ouvre la penderie. J'y tends le bras pour saisir mon manteau.

— Ici ? dit Evelyn. Lundi matin ? Que diriez-vous de commencer vers 10 heures ?

— Très bien, dis-je en mettant mon épais manteau autour de mes épaules. C'est comme vous voulez.

Evelyn hoche la tête. Elle regarde au-delà de moi, par-dessus mon épaule, semblant toutefois ne rien observer en particulier. Puis elle ouvre la bouche.

— J'ai mis très longtemps à apprendre comment… tisser la vérité. C'est difficile de défaire ces fils. Je suis devenue trop douée pour le mensonge, je crois. Rien qu'à l'instant, je ne savais pas vraiment *comment* raconter la vérité. Je ne suis pas rompue à cet exercice. Ça paraît antithétique à ma survie même. Mais j'y arriverai.

J'acquiesce, hésitant sur ce que je dois répondre.

— Donc… lundi ?

— Lundi, dit Evelyn avec un long clin d'œil et un hochement de tête. Je serai prête.

Je retourne à pied au métro dans l'air froid. Je m'entasse dans une voiture bondée de monde, en me tenant au rail au-dessus de ma tête. Je marche jusqu'à mon appartement et passe la porte d'entrée.

Je m'assieds sur mon canapé, j'ouvre mon ordinateur portable, et je réponds à quelques mails. J'envisage de commander quelque chose pour le dîner. Et c'est seulement quand je vais relever les pieds que je me rappelle qu'il n'y a plus de table basse. Pour la première fois depuis qu'il est parti, je n'ai pas pénétré dans cet appartement en pensant aussitôt à David.

Au lieu de ça, ce qui me trotte dans la tête tout le week-end – de mon vendredi soir à mon samedi soir et même mon dimanche matin au parc –, ce n'est pas : *Comment mon mariage a-t-il coulé ?* mais plutôt : *De qui Evelyn Hugo pouvait-elle bien être amoureuse ?*

CHAPITRE 5

J e suis de nouveau dans le bureau d'Evelyn. Le soleil brille directement dans les fenêtres, illuminant son visage avec une telle intensité que son côté droit s'en trouve occulté.

Nous faisons vraiment cela. Evelyn et moi. Sujet et biographe. Ça commence maintenant.

Elle porte un legging noir et une chemise d'homme bleu marine à col boutonné avec une ceinture. Comme d'habitude, je suis en jean, tee-shirt et blazer. Je me suis vêtue avec l'intention de rester là toute la journée et même la nuit, si besoin. Si elle continue de parler, je serai là, à l'écouter.

— Donc, dis-je.

— Donc, dit-elle, sa voix me défiant de me lancer.

J'ai du mal à me faire à l'idée d'être assise à son bureau alors qu'elle est sur le canapé. Je voudrais lui donner l'impression que nous sommes dans la même équipe. Parce que c'est le cas, n'est-ce pas ? Même si j'ai le sentiment de ne jamais savoir avec Evelyn.

Peut-elle vraiment dire la vérité ? En est-elle capable ?

Je prends place dans le fauteuil à côté du canapé. Je me penche en avant, mon bloc-notes sur les genoux, un stylo à la main. Je sors mon téléphone, j'ouvre l'appli de mémo vocal et appuie sur « enregistrer ».

— Vous êtes prête ? demandé-je.

Elle acquiesce.

—Tous ceux que j'aimais sont morts, à présent. Il n'y a plus personne à protéger. Personne pour qui mentir, à part moi. Les gens ont suivi de si près les détails les plus complexes de la fausse histoire de ma vie. Mais ce n'est pas... je ne... Je veux qu'ils connaissent la véritable histoire. La vraie moi.

—Très bien. Montrez-moi cette vraie version de vous, dans ce cas. Et je veillerai à ce que le monde comprenne.

Evelyn me regarde et sourit brièvement. Je devine que j'ai dit exactement ce qu'elle souhaitait entendre. Par chance, je le pense vraiment.

—Procédons par ordre chronologique, poursuis-je. Dites-m'en plus sur Ernie Diaz, votre premier mari, celui qui vous a sortie de Hell's Kitchen.

—OK, dit-elle en hochant la tête. C'est un point de départ comme un autre.

PAUVRE
ERNIE DIAZ
◊◊◊

CHAPITRE 6

— $\mathbf{M}$a mère avait été danseuse off-Broadway. Elle avait émigré de Cuba avec mon père à l'âge de dix-sept ans. Plus grande, j'ai découvert que *danseuse* était aussi un euphémisme pour *prostituée*. J'ignore si elle l'était ou pas. J'aimerais penser qu'elle ne l'était pas ; pas parce qu'il y a la moindre honte à cela, mais parce que je sais un petit peu ce que ça fait de donner son corps à quelqu'un quand on en n'a pas envie, et j'espère qu'elle n'a jamais eu à le faire.

J'avais onze ans quand elle est morte d'une pneumonie. Évidemment, je n'ai pas beaucoup de souvenirs d'elle. Je me rappelle qu'elle sentait la vanille bon marché et qu'elle cuisinait un fantastique *caldo gallego*. Elle ne m'appelait jamais Evelyn, seulement *mija*, ce qui me donnait l'impression d'être vraiment unique au monde, comme si je lui appartenais et réciproquement. Par-dessus tout, ma mère voulait devenir une star de cinéma. Elle pensait vraiment pouvoir nous sortir de là et nous éloigner de mon père en entrant dans l'univers du grand écran.

Je voulais être exactement comme elle.

J'ai souvent regretté qu'elle n'ait rien dit d'émouvant sur son lit de mort, quelque chose que j'aurais gardé avec moi pour toujours. Mais nous ignorions combien elle était malade jusqu'à ce que ce soit fini. La dernière phrase qu'elle m'ait dite a été : *Dile a tu padre que estaré en la cama*. « Dis à ton père que je serai au lit. »

Après sa mort, je ne pleurais que sous la douche, là où personne ne pouvait me voir ni m'entendre, où je ne pouvais distinguer mes larmes de l'eau. Je ne sais pas pourquoi je faisais ça. Je sais juste qu'après quelques mois j'ai pu prendre une douche sans pleurer.

Et alors, l'été qui a suivi sa mort, j'ai commencé à me développer.

Ma poitrine s'est mise à pousser, et ne voulait pas s'arrêter. À douze ans, j'ai dû fouiller dans les vieilles affaires de ma mère, à la recherche d'un soutien-gorge qui m'irait. Le seul que j'ai trouvé était trop petit, mais je l'ai quand même porté.

Arrivée à treize ans, je faisais 1,73 m, avec des cheveux bruns et soyeux, de longues jambes, une peau dorée, et des seins qui poussaient sur les boutons de mes robes. Des hommes adultes me regardaient marcher dans la rue, et certaines filles de mon immeuble ne voulaient plus traîner avec moi. C'était une histoire de solitude. Plus de mère, un père violent, pas d'amis, et un corps dégageant une sexualité pour laquelle mon esprit n'était pas encore prêt.

Le caissier du petit magasin au coin de la rue était ce garçon prénommé Billy. Il avait seize ans, et c'était le frère de ma voisine de classe. Un jour d'octobre, je suis allée au magasin m'acheter un bonbon, et il m'a embrassée.

Je ne voulais pas. Je l'ai repoussé. Mais il m'a agrippé le bras.

«Oh, allez!», a-t-il dit.

Le magasin était vide. Billy avait des bras puissants. Il m'a serrée plus fort. Et, à cet instant, j'ai su qu'il allait obtenir ce qu'il désirait de moi, que je le laisse faire ou pas.

Alors j'avais deux options. Je pouvais le faire gratuitement. Ou je pouvais le faire pour un bonbon gratuit.

Les trois mois qui ont suivi, j'ai pris tout ce que je voulais dans ce bazar. Et, en échange, je le voyais tous les samedis soir et le laissais enlever mon chemisier. Je n'ai jamais eu le sentiment d'avoir le choix en la matière. Être désirée signifiait devoir satisfaire. Du moins, c'était ma vision des choses à l'époque.

Je me souviens de lui, dans la réserve exiguë et sombre, de mon dos plaqué contre une caisse en bois. Il disait : « Tu as ce pouvoir sur moi. »

Il s'était convaincu que c'était ma faute s'il avait envie de moi.

Et je l'ai cru.

Regardez ce que je fais à ces pauvres garçons, je pensais. Mais aussi : *Voilà ma valeur, mon pouvoir.*

Alors quand il m'a larguée – parce qu'il s'ennuyait avec moi et qu'il avait trouvé quelqu'un d'autre de plus excitant –, j'ai éprouvé un profond soulagement et une sensation très réelle d'échec.

Il y a eu un autre garçon comme ça, pour qui je retirais mon chemisier parce que je pensais y être obligée, avant de prendre conscience que *je* pouvais être celle qui prenait la décision.

Je ne voulais personne ; c'était ça, le problème. Pour être parfaitement franche, j'avais vite commencé à comprendre mon corps. Je n'avais pas besoin des garçons pour me sentir bien. Et ce constat m'a donné un immense pouvoir. Donc personne ne m'intéressait sexuellement. Par contre, je voulais *quelque chose.*

Je voulais partir loin de Hell's Kitchen.

Je voulais fuir mon appartement, mon père avec son haleine de vieille tequila et sa main lourde. Je voulais que quelqu'un prenne soin de moi. Je voulais une belle maison et de l'argent. Je voulais partir en courant, loin de ma vie. Je voulais aller où ma mère m'avait promis que nous finirions un jour.

Voilà le problème avec Hollywood. C'est à la fois un endroit et un mythe. Si vous vous enfuyez là-bas, vous pouvez vous diriger vers la Californie du Sud, où le soleil brille toujours, et où les immeubles crasseux et les trottoirs sales sont remplacés par des palmiers et des orangeraies. Mais vous courez aussi vers la façon dont la vie est dépeinte dans les films.

Vous vous enfuyez vers un monde moral et juste, où les gentils gagnent et les méchants perdent, où la peine que vous affrontez a pour seul but de vous rendre plus fort, afin que vous rafliez le gros lot au final.

Ça allait me prendre des années pour comprendre que la vie ne devient pas plus facile simplement parce qu'elle est plus glamour. Mais vous n'auriez pas pu m'expliquer ça quand j'avais quatorze ans.

J'ai donc mis ma robe verte préférée, celle dans laquelle je ne rentrais quasiment plus. Et j'ai frappé à la porte du type qui, d'après ce que j'avais entendu, partait à Hollywood.

J'ai deviné rien qu'à l'expression sur son visage qu'Ernie Diaz était content de me voir.

Et voilà contre quoi j'ai marchandé ma virginité. Un trajet à Hollywood.

Ernie et moi nous sommes mariés le 14 février 1953. Je suis devenue Evelyn Diaz. Je n'avais que quinze ans à ce moment-là, mais mon père a signé les papiers. Je suis obligée d'avouer qu'Ernie me soupçonnait de ne pas avoir l'âge. Mais je lui ai menti effrontément sur le sujet, et ça lui a semblé suffisant. Il n'était pas laid, mais il n'était pas non plus particulièrement érudit ni charmant. Il n'aurait pas beaucoup d'occasions d'épouser une belle fille. Je crois qu'il le savait. Je crois qu'il a été assez avisé pour saisir sa chance quand elle s'est présentée à lui.

Quelques mois plus tard, Ernie et moi sommes montés dans sa Plymouth '49 et avons roulé vers l'ouest. Nous avons séjourné chez des amis à lui pendant qu'il commençait son travail de machiniste caméra. Bientôt, nous avions assez économisé pour prendre notre propre appartement. Nous étions sur Detroit Street et De Longpre. J'avais de nouveaux habits et de quoi nous préparer un rôti le week-end.

J'étais censée finir le lycée. Mais Ernie n'allait certainement pas consulter mes bulletins scolaires, et je savais que l'école était une perte de temps. J'étais venue à Hollywood dans un but, et je comptais bien l'atteindre.

Au lieu d'aller en classe, je me rendais tous les jours à pied au *Formosa Cafe* pour déjeuner et j'y restais jusqu'à l'*happy hour*. J'avais reconnu l'endroit d'après les journaux à potins. Je savais que des célébrités traînaient là-bas. C'était juste à côté d'un studio de cinéma.

Le bâtiment rouge avec l'inscription en cursive et le store noir est devenu mon point de chute quotidien. Je savais que c'était un coup minable, mais c'était le seul que j'avais. Si je voulais devenir actrice, il faudrait qu'on me découvre. Et je ne savais pas vraiment comment on s'y prenait, à part en errant dans les endroits où les gens du cinéma pourraient être.

Alors je suis allée là-bas tous les jours et j'ai siroté un verre de Coca.

Je l'ai fait si souvent et si longtemps que le barman a fini par en avoir marre de faire comme s'il ignorait à quel jeu je jouais.

— Écoute, m'a-t-il dit au bout de trois semaines, si tu veux rester assise par ici en espérant que Humphrey Bogart se pointe, pas de problème. Mais il faut que tu te rendes utile. Je ne renonce pas à un siège payant pour que tu biberonnes ton soda.

Il était plus âgé, peut-être la cinquantaine, mais il avait les cheveux bruns et épais. Les rides sur son front me rappelaient celles de mon père.

— Qu'est-ce que vous voulez que je fasse? lui ai-je demandé.

Je craignais légèrement qu'il ne veuille de moi quelque chose que j'avais déjà donné à Ernie, mais il m'a lancé un carnet de serveur et m'a dit de m'entraîner à prendre les commandes.

Je ne savais pas du tout comment faire, mais je n'allais certainement pas le lui avouer.

—Très bien, ai-je dit. Par quoi est-ce que je devrais commencer?

Il a désigné les tables dans la salle, les box en rang serré.

—Là, c'est la table 1. Tu peux deviner le reste des numéros en comptant.

—OK, ai-je dit. J'ai pigé.

Je me suis levée du tabouret de bar pour marcher vers la table 2, où trois hommes en costume étaient assis et discutaient, leurs menus fermés.

—Hé, gamine? a lancé le barman.

—Oui?

—Tu es canon. Cinq dollars que ça se réalise pour toi.

J'ai pris dix commandes, je me suis trompée sur les sandwichs de trois personnes, et je me suis fait quatre dollars.

Quatre mois plus tard, Harry Cameron, alors jeune producteur aux Sunset Studios, est entré pour rejoindre un cadre du studio d'à côté. Ils ont tous les deux commandé un steak. Lorsque j'ai apporté la note, Harry a levé les yeux vers moi et a dit :

—Seigneur!

Deux semaines plus tard, je signais un contrat aux Sunset Studios.

Je suis rentrée à la maison et j'ai dit à Ernie que j'étais choquée que quelqu'un aux Sunset Studios puisse être intéressé par mon humble petite personne. Je disais que faire l'actrice serait juste pour rigoler, une activité pour passer le temps jusqu'à ce que je commence mon vrai métier de mère. Une connerie de catégorie A.

J'avais alors presque dix-sept ans, même si Ernie pensait toujours que j'étais plus âgée. C'était fin 1954. Et je me levais tous les matins pour me rendre aux Sunset Studios.

Je ne jouais pas très bien, mais j'apprenais. J'ai été figurante dans deux ou trois comédies romantiques. J'ai eu une réplique dans un film de guerre.

« Et pourquoi ne devrait-il pas ? » C'était mon unique réplique.

Je jouais une infirmière qui soignait un soldat blessé. Le docteur dans la scène accusait malicieusement le soldat de flirter avec moi, et je disais : « Et pourquoi ne devrait-il pas ? » Je m'exprimais comme une enfant dans une pièce de CM 2, avec un léger accent new-yorkais. À l'époque, j'accentuais tant de mots. L'anglais parlé comme une New-Yorkaise. L'espagnol parlé comme une Américaine.

Quand le film est sorti, Ernie et moi sommes allés le voir. Ernie pensait que c'était drôle, sa petite femme avec une petite réplique dans un film.

Je n'avais jamais gagné beaucoup d'argent avant, et à présent, j'en gagnais autant qu'Ernie après sa promotion en tant que chef machiniste. Je lui ai donc demandé si je pouvais me payer des cours de théâtre. Je lui avais préparé un *arroz con pollo* ce soir-là, et j'ai fait exprès de garder mon tablier quand j'ai abordé le sujet. Je voulais qu'il me voie comme une ménagère inoffensive. Je me disais que j'irais plus loin si je ne le menaçais pas. Ça me tapait sur les nerfs de devoir lui demander comment dépenser mon propre argent. Mais je ne voyais pas d'autre choix.

— Bien sûr, a-t-il dit. Je pense que c'est intelligent de faire ça. Tu vas t'améliorer, et qui sait, tu pourrais avoir le premier rôle dans un film un jour.

Je *serais* premier rôle.

J'avais envie d'éteindre ses lumières à coups de poing.

Mais depuis, j'ai fini par comprendre que ce n'était pas la faute d'Ernie. Rien de tout ça n'était sa faute. Je lui avais dit que j'étais quelqu'un d'autre. Et je me suis mise ensuite à lui en vouloir d'être incapable de voir qui j'étais vraiment.

Six mois plus tard, j'arrivais à sortir une réplique avec sincérité. Je n'étais en aucun cas remarquable, mais j'étais assez bonne.

J'étais apparue dans trois autres films, que des seconds rôles. J'avais entendu qu'il y avait un rôle à pourvoir pour jouer la fille adolescente de Stuart Cooper dans une comédie romantique. Et j'ai décidé que je le voulais.

Alors j'ai fait quelque chose que peu d'autres actrices de mon niveau auraient eu le cran de faire. J'ai frappé à la porte de Harry Cameron.

—Evelyn, a-t-il dit, surpris de me voir. Que me vaut le plaisir?

—Je veux le rôle de Caroline, ai-je dit. Dans *Il n'y a pas que l'amour.*

Harry m'a fait signe de m'asseoir. Il était beau, pour un dirigeant. La plupart des producteurs qui fréquentaient le studio étaient rondouillards, beaucoup perdaient leurs cheveux. Mais Harry était grand et mince. Il était jeune. Je le soupçonnais de ne même pas avoir dix ans de plus que moi. Il portait des costumes qui lui allaient très bien et qui s'accordaient toujours à ses yeux bleu glacier. Il avait un côté vaguement Midwest, pas tant dans son apparence, mais dans sa manière d'approcher les gens, d'abord avec gentillesse, puis avec force.

Harry était l'un des seuls hommes au studio qui ne regardaient pas directement mes seins. En vérité ça me dérangeait, comme si je faisais quelque chose de travers pour ne pas attirer son attention. Cela ne tend qu'à prouver que si vous dites à une femme que son unique talent est d'être désirable, elle vous croira. Je le croyais avant même d'avoir dix-huit ans.

— Je ne vais pas te baratiner, Evelyn. Ari Sullivan ne sera jamais d'accord pour que tu aies ce rôle.

— Pourquoi ?

— Tu n'es pas du bon type.

— Qu'est-ce que c'est censé vouloir dire ?

— Personne ne croirait que tu es la fille de Stu Cooper.

— Je pourrais certainement l'être.

— Non, tu ne pourrais pas.

— Pourquoi ?

— Tu me demandes pourquoi ?

— Oui, je veux savoir pourquoi.

— Tu t'appelles Evelyn Diaz.

— Et alors ?

— Je ne peux pas te mettre dans un film en essayant de feindre que tu n'es pas mexicaine.

— Je suis cubaine.

— Pour ce qui nous concerne, ça revient au même.

Ça ne revenait pas au même, mais je ne voyais absolument aucun intérêt de tenter de lui expliquer la différence.

— OK, ai-je dit. Et le film avec Gary DuPont, dans ce cas ?

— Tu ne peux pas tenir un premier rôle romantique avec Gary DuPont.

— Pourquoi pas ?

Harry m'a dévisagée comme pour me demander si j'allais vraiment l'obliger à le dire.

— Parce que je suis *mexicaine* ?

— Parce que, pour le film avec Gary DuPont, il faut une jolie blonde.

— Je pourrais être une jolie blonde.

Il m'a regardée. J'ai insisté.

—Je le veux, Harry. Et tu sais que je peux le faire. Je suis l'une des filles les plus intéressantes que vous ayez en ce moment.

Harry s'est esclaffé.

—Tu as de l'audace, je te l'accorde.

La secrétaire de Harry a frappé à la porte.

—Je suis désolée de vous interrompre, Mr Cameron, mais vous devez être à Burbank à 13 heures.

Harry a consulté sa montre. J'ai tenté un dernier coup.

—Penses-y, Harry. Je suis bonne, et je peux être encore meilleure. Mais tu gâches mon talent dans ces petits rôles.

—Nous savons ce que nous faisons, a-t-il dit, en se levant.

Je me suis levée en même temps.

—Où est-ce que tu vois ma carrière d'ici un an, Harry? Dans un rôle d'institutrice à trois répliques?

Harry est passé devant moi et a ouvert la porte de son bureau, me conduisant vers la sortie.

—Nous verrons.

Ayant perdu la bataille, j'ai pris la résolution de gagner la guerre. Alors quand j'ai vu Ari Sullivan la fois suivante au restaurant du studio, j'ai lâché mon sac à main devant lui, et je lui en ai mis « accidentellement » plein la vue en me penchant pour le ramasser. Il a établi un contact visuel avec moi, et puis je me suis éloignée, comme si je ne voulais rien de lui, comme si je n'avais aucune idée de qui il était.

Une semaine plus tard, j'ai fait semblant de m'être perdue dans les bureaux des cadres, et je suis tombée sur lui dans le couloir. C'était un homme costaud, mais cette corpulence lui allait bien. Il avait les yeux d'un brun si foncé qu'il était difficile d'en distinguer les pupilles, et une barbe de fin de journée qui était permanente. Mais il avait un joli sourire. Et c'était sur ce détail que je me concentrais.

—Mrs Diaz, a-t-il dit.

J'étais surprise sans l'être de découvrir qu'il connaissait mon nom.

—Mr Sullivan.

—Je vous en prie, appelez-moi Ari.

—Eh bien, bonjour, Ari, ai-je dit, en lui effleurant le bras de ma main.

J'avais dix-sept ans, et lui quarante-huit.

Ce soir-là, après le départ de sa secrétaire, j'étais allongée sur son bureau, avec ma jupe retroussée autour des hanches, et la figure d'Ari entre les jambes. Il s'avérait que son fantasme était de donner oralement du plaisir aux jeunes filles mineures. Après environ sept minutes de cela, j'ai fait semblant d'avoir un prodigieux orgasme. Je ne saurais vous dire si c'était bon. Mais j'étais contente d'être là, parce que je savais que ça m'apporterait ce que je voulais.

Si apprécier le sexe signifie y prendre plaisir, alors j'ai eu beaucoup de relations sexuelles que je n'ai pas appréciées. Mais si on conçoit la relation sexuelle comme un moment où on se réjouit d'avoir conclu un échange, alors, disons que ça a été assez satisfaisant dans l'ensemble.

Quand je suis partie, j'ai vu la rangée d'Oscars qu'Ari avait dans son bureau. Je me suis dit qu'un jour j'en recevrais un aussi.

Il n'y a pas que l'amour et le film de Gary DuPont que j'avais voulu tourner sont sortis à une semaine d'intervalle. Le premier a fait un bide. Et Penelope Quills, la femme qui avait eu le rôle que j'avais convoité, face à Gary, a récolté d'affreuses critiques.

J'en ai découpé une et je l'ai envoyée par courrier interne à Harry et Ari, avec une note qui disait : « J'aurais eu un succès fou. »

Le lendemain matin, je trouvais une note de Harry dans ma loge : « OK, tu as gagné. »

Harry m'a convoquée dans son bureau, et m'a dit qu'il en avait discuté avec Ari, et qu'ils avaient deux rôles potentiels pour moi.

Je pouvais jouer une héritière italienne en quatrième tête d'affiche dans un film d'amour sur fond de guerre. Ou je pouvais interpréter Jo dans *Les Quatre Filles du docteur March*.

Je savais ce que ça signifierait, d'incarner Jo. Je savais que Jo était une femme blanche. Et, malgré tout, je voulais le rôle. Je ne m'étais pas mise à plat dos pour faire juste un tout petit pas.

— Jo, ai-je dit. Donnez-moi Jo.

Et, ce faisant, j'ai mis en route la machine à célébrité.

Harry m'a présentée à la styliste du studio, Gwendolyn Peters. Gwen m'a décoloré les cheveux et me les a coupés dans un carré qui descendait aux épaules. Elle m'a taillé les sourcils. Elle a épilé mon pic de veuve. J'ai rencontré un nutritionniste qui m'a fait perdre six livres exactement, surtout en arrêtant de fumer et en remplaçant certains repas par de la soupe aux choux. J'ai vu un professeur d'élocution, qui a effacé mon accent new-yorkais, et banni entièrement l'espagnol de mon langage.

Et puis, évidemment, il y a eu le questionnaire de trois pages que j'ai dû remplir sur ma vie jusque-là. Quel était le métier de mon père ? Qu'est-ce que j'aimais faire de mon temps libre ? Est-ce que j'avais des animaux domestiques ?

Quand j'ai rendu mes réponses en toute sincérité, l'enquêteur les a lues d'une traite et m'a dit : « Oh, non, non, non. Ça ne va pas du tout convenir. À partir de maintenant, votre mère est morte dans un accident, en laissant votre père chargé de vous élever. Il travaillait comme maçon à Manhattan, et durant l'été, le week-end, il vous emmenait à Coney Island. Si on vous le demande, vous aimez le tennis et la natation, et vous avez un saint-bernard nommé Roger. »

J'ai posé pour environ une centaine de photos de promotion. Moi et ma nouvelle blondeur, mon visage plus épilé, mes dents plus blanches. Vous ne croiriez pas les choses qu'on m'a fait faire devant l'objectif. Sourire à la plage, jouer au golf, courir dans la rue entraînée par un saint-bernard que quelqu'un avait emprunté à un décorateur de plateau. Il y avait des clichés de moi salant un pamplemousse, tirant à l'arc, montant dans un faux avion. Ne me lancez même pas sur le sujet des photos de vacances. Une journée de septembre d'une chaleur accablante, et j'étais assise là dans une robe de velours rouge, à côté d'un sapin de Noël entièrement illuminé, feignant d'ouvrir une boîte contenant un tout jeune chaton.

Les habilleuses étaient cohérentes et militantes concernant ce que je portais, conformément aux ordres de Harry Cameron, et ce style comprenait toujours un gilet moulant, boutonné juste comme il fallait.

Je n'étais pas dotée d'une taille de guêpe. Mon cul aurait pu aussi bien être un mur plat. Vous pouviez y accrocher un tableau. C'était ma poitrine qui retenait l'attention des hommes. Et les femmes admiraient mon visage.

Pour être honnête, je ne sais pas vraiment à quel instant j'ai compris l'angle exact que nous visions tous. Mais c'est à un moment donné durant ces semaines de séances photo que ça m'a frappée.

On me destinait à être deux choses opposées, une image compliquée qu'il était difficile de décortiquer mais dont il était simple de s'emparer. J'étais censée être à la fois naïve *et* érotique. J'étais trop saine pour comprendre les pensées malsaines que je suscitais.

C'était n'importe quoi, bien sûr. Mais c'était un petit numéro facile à faire. Parfois, je pense que la différence entre une actrice et une star, c'est que la star est à l'aise d'être précisément ce que le monde veut qu'elle soit. Et je me sentais à l'aise de paraître à la fois innocente et suggestive.

Lorsque les photos ont été développées, Harry Cameron m'a entraînée dans son bureau. Je savais ce qu'il souhaitait aborder. Je savais qu'il restait un élément à mettre en place.

— Et Amelia Dawn ? Ça sonne bien, non ? a-t-il dit.

Nous étions tous les deux assis là, lui à son bureau, moi dans le fauteuil.

J'y ai réfléchi.

— Et pourquoi pas quelque chose avec les initiales EH ? lui ai-je demandé.

Je voulais un pseudonyme qui se rapproche le plus possible du nom que ma mère m'avait donné, Evelyn Herrera.

— Ellen Hennessey ? a-t-il proposé avant de secouer la tête. Non, trop guindé.

Je l'ai regardé et lui ai servi la réplique que j'avais trouvée la veille, comme si je venais juste d'y penser.

— Et Evelyn Hugo ?

Il a souri.

— Ça fait français. J'aime bien.

Je me suis levée et lui ai serré la main, mes cheveux blonds, auxquels je finissais de m'habituer, encadrant ma vue.

J'ai tourné la poignée de sa porte, mais il m'a arrêtée.

— Une dernière chose, a-t-il dit.

— OK.

— J'ai lu tes réponses au questionnaire. (Il m'a regardée droit dans les yeux.) Ari est très content des changements que tu as effectués. Il croit que tu as beaucoup de potentiel. Le studio pense que ce serait une bonne idée si tu avais quelques rendez-vous galants, si on te voyait en ville avec des types comme Pete Greer et Brick Thomas. Peut-être même Don Adler.

Don Adler était l'acteur le plus canon de Sunset. Ses parents, Mary et Roger Adler, étaient deux des plus grandes stars des années 1930. C'était une tête couronnée de Hollywood.

— Est-ce que ça va poser un problème ? a demandé Harry.

Il n'allait pas évoquer Ernie directement, parce qu'il savait que c'était inutile.

— Pas de problème, ai-je répondu. Pas du tout.

Harry a hoché la tête. Il m'a tendu une carte de visite.

— Appelle Benny Morris. Il a géré l'annulation de mariage de Ruby Reilly avec Mac Riggs. Il t'aidera à régler ça.

Je suis rentrée chez moi et j'ai annoncé à Ernie que je le quittais.

Il a pleuré six heures d'affilée, et puis, au petit matin, alors que j'étais allongée à côté de lui dans notre lit, il a dit :

— *Bien*. Si c'est ce que tu veux.

Le studio lui a versé des indemnités, et je lui ai laissé une lettre pleine d'affection, où je lui disais combien ça me faisait mal de le quitter. Ce n'était pas vrai, mais j'avais le sentiment que je lui devais de finir ce mariage comme je l'avais commencé, en feignant de l'aimer.

Je ne suis pas fière de ce que je lui ai fait ; ça n'était pas anodin pour moi, la façon dont je l'ai blessé. Ça ne l'était pas à l'époque, et ça ne l'est toujours pas.

Mais je sais aussi à quel point je devais absolument partir de Hell's Kitchen. Je sais ce que c'est de ne pas vouloir que votre père vous observe de trop près, de peur qu'il ne décide de vous détester et de vous battre, ou qu'il ne décide de vous aimer un peu trop, au contraire. Et je sais ce que c'est de voir votre avenir se profiler devant vous : épouser un homme qui n'est en fait qu'une nouvelle version de votre père, lui céder au lit quand c'est la dernière chose dont vous avez envie, ne faire que des biscuits et du maïs en boîte parce que vous n'avez pas les moyens d'acheter de la viande.

Alors comment puis-je condamner la fille de quatorze ans qui a fait tout ce qu'elle pouvait pour se sauver de cette ville ? Et comment puis-je juger celle de dix-huit ans qui s'est extirpée de ce mariage une fois que c'était sans danger de le faire ?

Ernie a fini remarié à une femme prénommée Betty qui lui a donné huit enfants. Je crois qu'il est mort au début des années 1990, grand-père à de multiples reprises. Avec les indemnités du studio, il a versé un acompte pour une maison située dans le quartier de Mar Vista, pas loin du studio de la Fox. Je n'ai plus jamais entendu parler de lui.

Donc, si l'on part du principe que tout est bien qui finit bien, je pense pouvoir dire que je ne suis pas désolée.

CHAPITRE 7

—Evelyn, dit Grace en entrant dans la pièce. Vous avez un dîner avec Ronnie Beelman dans une heure. Je voulais juste vous le rappeler.

—Oh, c'est vrai, dit Evelyn. Merci. (Elle se tourne vers moi une fois que Grace est partie.) Et si nous reprenions ça demain ? Même heure ?

—Oui, sans problème, dis-je, en commençant à rassembler mes affaires.

Ma jambe gauche s'est engourdie, et je la tape sur le plancher pour essayer de la réveiller.

—Comment trouvez-vous que ça se passe jusque-là ? demande Evelyn tandis qu'elle se lève pour me raccompagner. Vous pouvez en tirer une histoire ?

—Je peux faire absolument tout.

Evelyn s'esclaffe et dit :

—Brave fille.

—Comment va la vie ? me demande ma mère au moment où je décroche le téléphone.

Je sais que ce qu'elle veut dire, c'est : « Comment va ta vie sans David ? »

—Bien, réponds-je, tandis que je pose mon sac sur le canapé et me dirige vers le réfrigérateur.

Ma mère m'a très vite avertie que David n'était peut-être pas l'homme qui me conviendrait le mieux. Nous sortions ensemble depuis quelques mois quand je l'ai amené chez nous à Encino pour Thanksgiving.

Elle a apprécié sa politesse, comment il proposait de mettre la table et de débarrasser.

Mais le matin de notre dernier jour en ville, avant qu'il se réveille, ma mère m'a dit qu'elle se demandait si David et moi avions une profonde connexion. Elle disait qu'elle ne la voyait pas, en tout cas.

Je lui ai rétorqué qu'elle n'avait pas besoin de la voir. Que je la *ressentais*.

Mais ses doutes me sont restés en tête. Parfois, c'était juste un chuchotement ; d'autres fois, un écho résonnant.

Lorsque je l'ai appelée pour lui annoncer que nous nous étions fiancés, un peu plus d'un an après, j'espérais que ma mère pourrait voir combien il était gentil, combien il s'intégrait parfaitement dans ma vie. Il donnait l'impression que les choses étaient faciles, et à cette époque, cela paraissait si précieux, si rare. Malgré tout, je craignais qu'elle n'exprime de nouveau ses inquiétudes, qu'elle ne dise que je commettais une erreur.

Elle ne l'a pas fait. En vérité, elle ne m'a offert que son soutien.

Aujourd'hui, je me demande si c'était davantage du respect que de l'approbation.

— J'ai réfléchi…, dit ma mère alors que j'ouvre la porte du réfrigérateur. Ou j'ai manigancé un plan, devrais-je dire.

J'attrape une bouteille de San Pellegrino, le panier en plastique de tomates cerises, et la barquette humide de burrata.

— Oh non, dis-je. Qu'est-ce que tu as encore fait ?

Ma mère rit. Elle a toujours eu un rire si remarquable. Il est très insouciant, très jeune. Le mien est inconsistant. Il est parfois bruyant ; parfois poussif. D'autres fois, j'ai un rire de petit vieux. David disait qu'il trouvait que mon rire de petit vieux était le plus authentique, car personne de sain d'esprit ne *voudrait* rire ainsi. Maintenant, j'essaie de me rappeler la dernière fois que c'est arrivé.

— Je n'ai rien fait pour l'instant, répond ma mère. C'en est encore au stade de l'idée. Mais je me dis que j'aimerais bien venir te rendre visite.

Je ne prononce pas un mot pendant un moment, pesant le pour et le contre, en mâchant l'énorme morceau de fromage que je viens de mettre dans ma bouche. Contre : elle critiquera chacune des tenues que je porterai en sa présence. Pour : elle fera des macaronis au fromage et du gâteau à la noix de coco. Contre : elle me demandera comment je vais toutes les trois secondes. Pour : pendant au moins quelques jours, quand je rentrerai chez moi, cet appartement ne sera pas vide.

Je déglutis.

— OK, dis-je enfin. Super idée. Je peux t'emmener voir un spectacle, peut-être.

— Oh, Dieu merci ! J'ai déjà réservé le billet.

— Maman, dis-je en grommelant.

— Quoi ? J'aurais pu annuler si tu avais refusé. Mais tu as accepté. Génial. Je serai là dans environ deux semaines. Ça te va, n'est-ce pas ?

Je savais que ça se produirait dès que ma mère a pris sa retraite partielle de l'enseignement l'année dernière. Elle a passé des décennies à diriger le département de sciences dans un lycée privé, et à l'instant où elle m'a annoncé qu'elle passait la main et ne donnait plus cours qu'à deux classes, j'ai su que cette attention et ce temps en plus devraient être canalisés ailleurs.

— Ouais, ça marche, dis-je tandis que je coupe les tomates et verse de l'huile d'olive dessus.

— Je veux juste m'assurer que tu vas bien. Je veux être là. Tu ne devrais pas…

— Je sais, maman, l'interromps-je. Je sais. Je comprends. Merci. De venir. Ça va être drôle.

Ce ne sera pas forcément *drôle*. Mais ce sera bénéfique. C'est comme aller à une fête lorsque vous avez passé une sale journée. Vous n'avez pas envie de vous y rendre, mais vous savez que vous devriez. Vous savez que, même si ça ne vous réjouit pas, ça vous fera du bien de sortir de chez vous.

— Est-ce que tu as reçu le colis que j'ai envoyé ? demande-t-elle.

— Le colis ?

— Avec les photos de ton père ?

— Oh, non. Je n'ai rien reçu.

Nous ne parlons plus pendant un moment, et puis ma mère est exaspérée par mon silence.

— Pour l'amour du ciel, j'attendais que tu abordes le sujet, mais je n'y tiens plus. Comment ça se passe avec Evelyn Hugo ? Je meurs d'envie de savoir, et tu ne lâches rien !

Je verse ma San Pellegrino et lui dis que, d'une certaine façon, Evelyn est à la fois franche et dure à déchiffrer. Et alors je lui révèle qu'elle ne me donne pas l'histoire pour *Vivant*. Qu'elle veut que j'écrive un livre.

— Je suis perdue, dit ma mère. Elle veut que tu écrives sa biographie ?

— Ouais. Et aussi excitant que ce soit, il y a un truc bizarre là-dedans. Je veux dire, je pense qu'elle n'a jamais même envisagé de publier un article avec *Vivant*. Je pense qu'elle…

Je m'arrête, parce que je n'ai pas encore compris exactement ce que j'essaie de dire.

— Quoi ?

J'y réfléchis davantage.

— Qu'elle se servait de *Vivant* pour arriver jusqu'à moi. Je ne sais pas vraiment. Mais Evelyn est très calculatrice. Elle prépare quelque chose.

—Eh bien, je ne suis pas surprise qu'elle te veuille. Tu as du talent. Tu es brillante…

Je ne peux m'empêcher de lever les yeux au ciel tant ma mère est prévisible, mais j'apprécie malgré tout le compliment.

—Non, je sais, maman. Mais il y a un autre niveau, là. J'en suis convaincue.

—Ça paraît alarmant.

—J'imagine, oui.

—Est-ce que je devrais m'inquiéter ? demande ma mère. Je veux dire, est-ce que *tu* es inquiète ?

Je n'y avais pas songé dans des termes aussi directs, mais je suppose que ma réponse est non.

—Je crois que je suis trop intriguée pour être inquiète.

—Eh bien, dans ce cas, veille juste à partager ce qui est bien croustillant avec ta mère. J'ai quand même enduré un travail de vingt-deux heures pour ta naissance. Je mérite ceci.

Je ris, et ça sonne, très légèrement, comme un petit vieux.

—Très bien, dis-je. Je te le promets.

—OK, dit Evelyn. Sommes-nous prêtes ?

Elle est de nouveau assise dans son siège. Je suis à ma place au bureau. Grace nous a apporté un plateau garni de muffins aux myrtilles, deux tasses blanches, un pot de café, et un autre à crème en inox. Je me lève, verse mon café, ajoute ma crème, retourne au bureau, lance l'enregistrement, et dis alors :

—Oui, prête. Allez-y. Que s'est-il passé ensuite ?

MAUDIT
DON ADLER
◊◊◊

CHAPITRE 8

I l s'avère que *Les Quatre Filles du docteur March* a été une carotte suspendue devant moi. Car, dès que je suis devenue « Evelyn Hugo, jeune blonde », les Sunset Studios ont eu toutes sortes de films dans lesquels ils voulaient que je joue. De stupides comédies sentimentales.

Ça me convenait pour deux raisons. D'une, je n'avais d'autre choix que de m'y plier parce que je n'étais pas maîtresse du jeu. Et de deux, mon étoile montait. Rapidement.

Le premier film dans lequel ils m'ont proposé le rôle vedette était *Père et Fille*. Nous l'avons tourné en 1956. Ed Baker jouait mon père veuf, et nous tombions amoureux tous les deux en même temps. Lui de sa secrétaire, et moi de son apprenti.

Durant cette période, Harry insistait vraiment pour que j'aille à quelques rancards avec Brick Thomas.

Brick était un ancien enfant star, et une idole romantique qui croyait très sincèrement qu'il était peut-être bien le messie. Rien qu'en me tenant à côté de lui, je me disais que je risquais de me noyer dans l'adoration narcissique dont il ruisselait.

Un vendredi soir, Brick et moi nous sommes rejoints, avec Harry et Gwendolyn Peters, à quelques pâtés de maisons de *Chasen's*. Gwen m'a glissée dans une robe, des collants et des hauts talons. Elle m'a remonté les cheveux. Brick est arrivé en salopette et tee-shirt blanc, et Gwen lui a fait mettre un beau costume. Nous avons pris la Cadillac Biarritz cramoisie toute neuve de Harry pour parcourir le demi-mile jusqu'à la porte d'entrée.

Des gens prenaient des photos de Brick et moi avant même que nous soyons sortis de la voiture. On nous a conduits à un box circulaire, où nous nous sommes tous les deux étroitement casés. J'ai commandé un cocktail Shirley Temple.

—Quel âge avez-vous, mon ange? m'a demandé Brick.

—Dix-huit ans.

—Alors je parie que vous aviez ma photo sur votre mur, hein?

Il m'a fallu faire un effort surhumain pour ne pas saisir mon verre et le lui envoyer en pleine figure. Au lieu de ça, j'ai souri le plus poliment possible et j'ai répondu :

—Comment vous le saviez?

Des photographes nous ont pris pendant que nous étions ensemble. Nous avons feint de ne pas les voir, en donnant l'impression que nous riions, bras dessus, bras dessous.

Une heure plus tard, nous étions de retour auprès de Harry et Gwendolyn, et remettions nos vêtements normaux.

Juste avant que Brick et moi nous disions au revoir, il s'est tourné vers moi et a souri.

—Va y avoir un paquet de rumeurs sur vous et moi demain, a-t-il dit.

—C'est clair.

—Faites-moi savoir si vous souhaitez qu'elles soient vraies.

J'aurais dû garder le silence. J'aurais dû me contenter de sourire gentiment. Mais, à la place, j'ai dit :

—Ne comptez pas là-dessus.

Brick m'a regardée et s'est esclaffé, puis m'a saluée de la main, comme si je ne venais pas de l'insulter.

—Incroyable ce type, non? ai-je dit.

Harry avait déjà ouvert ma portière et attendait que je monte dans la voiture.

— « Ce type » nous rapporte beaucoup d'argent, a-t-il dit pendant que je m'asseyais.

Harry est monté de l'autre côté et a mis le contact, mais au lieu de démarrer, il m'a regardée.

— Je ne dis pas que tu devrais flirter à outrance avec ces acteurs que tu n'apprécies pas, a-t-il dit. Mais ce serait bon pour toi, si tu en appréciais un, si les choses dépassaient un coup médiatique ou deux. Le studio aimerait ça. Les fans aussi.

J'avais naïvement pensé que je n'aurais plus à feindre un accueil favorable à l'attention de tous les hommes que je croisais.

— OK, ai-je répliqué, d'un ton plutôt acerbe. J'essaierai.

Et tandis que je savais que c'était la meilleure stratégie pour ma carrière, j'ai souri les dents serrées lors de rendez-vous avec Pete Greer et Bobby Donovan.

Mais ensuite, Harry m'en a arrangé un avec Don Adler, et j'ai oublié pourquoi j'avais même repoussé l'idée au départ.

Don Adler m'a invitée à sortir au *Mocambo*, sans aucun doute le club le plus en vogue de la ville, et il est passé me prendre à mon appartement.

J'ai ouvert la porte pour le découvrir dans un élégant costume, avec un bouquet de lis. Il faisait juste quelques centimètres de plus que moi en hauts talons. Cheveux châtains, yeux noisette, mâchoire carrée, le genre de sourire communicatif qui vous désarmait. C'était le sourire qui avait rendu sa mère célèbre, à présent sur un visage plus séduisant.

— Pour vous, a-t-il dit, avec juste une pointe de timidité.

— Waouh, me suis-je extasiée, en les prenant. Ils sont magnifiques. Entrez, entrez. Je vais les mettre dans l'eau.

Je portais une robe de soirée bleu saphir à encolure bateau, mes cheveux remontés en chignon. J'ai pris un vase sous l'évier et ouvert le robinet.

—Vous n'aviez pas à faire tout ça, ai-je dit tandis que Don se tenait dans ma cuisine, à m'attendre.

—Eh bien, j'en avais envie. Je harcèle Harry depuis un moment pour vous rencontrer. C'était donc le moins que je puisse faire pour vous donner le sentiment d'être spéciale.

J'ai mis les fleurs sur le comptoir.

—Nous y allons ?

Don a acquiescé avant de me prendre la main.

—J'ai vu *Père et Fille*, a-t-il dit quand nous étions dans sa décapotable, roulant en direction du Sunset Strip.

—Ah ouais ?

—Ouais, Ari m'en a montré une des premières versions. Il pense que le film va cartonner. Il pense que *vous* allez cartonner.

—Et qu'en avez-*vous* pensé ?

Nous étions à un feu rouge sur Highland. Don m'a regardée.

—Je pense que vous êtes la plus belle femme que j'aie jamais vue de ma vie.

—Oh, arrêtez, ai-je protesté.

Je me suis retrouvée à rire, à rougir, même.

—Sincèrement. Et avec un vrai talent, aussi. À la fin de la projection, j'ai directement regardé Ari et dit : « Voilà la fille qu'il me faut. »

—Mais non.

Don a levé la main.

—Parole de scout.

Il n'y a aucune raison pour qu'un homme comme Don Adler produise sur moi un effet différent de tous les autres hommes du monde. Il n'était pas plus séduisant que Brick Thomas, ni plus honnête qu'Ernie Diaz, et il pouvait m'offrir la célébrité que je l'aime ou non. Mais ces choses-là défient la raison. Je rejette la faute sur les phéromones, au bout du compte.

Ça, et le fait que, au début du moins, Don Adler m'ait traitée comme une personne. Il y a des gens qui voient une belle fleur et se précipitent pour aller la cueillir. Ils veulent la tenir dans leurs mains, ils veulent en être propriétaires. Ils veulent que la beauté de la fleur leur appartienne, qu'elle soit en leur possession, sous leur contrôle. Don n'était pas de ceux-là. Du moins, pas au début. Don était content d'être près de la fleur, de la contempler, d'apprécier le seul fait qu'elle *existe*.

Voilà le problème quand on épouse un type comme ça, un type comme Don Adler, à cette époque. Vous lui dites : « Cette belle chose que tu es heureux simplement d'apprécier, eh bien, maintenant, elle peut être à toi. »

Don et moi avons fait la fête toute la soirée au *Mocambo*. C'était un vrai cirque. Des foules dehors, amassées comme des sardines, essayant d'entrer. À l'intérieur, un terrain de jeux pour vedettes. Des tables et des tables débordant de célébrités, des hauts plafonds, d'incroyables spectacles, et des oiseaux partout. De vrais oiseaux vivants, dans des volières en verre.

Don m'a présentée à quelques acteurs de la MGM et de la Warner Bros. J'ai fait la connaissance de Bonnie Lakeland, qui venait de se lancer en indépendant et avait eu un énorme succès avec *Du blé, Bébé*. J'ai entendu, plus d'une fois, quelqu'un appeler Don le prince de Hollywood, et j'ai trouvé ça charmant quand il s'est tourné vers moi après la troisième fois qu'on le qualifiait ainsi, pour me chuchoter :

— Ils me sous-estiment. Je serai roi un de ces jours.

Don et moi sommes restés au *Mocambo* bien après minuit, à danser ensemble jusqu'à en avoir mal aux pieds. Chaque fois qu'une chanson se terminait, nous disions que nous allions nous asseoir, mais dès qu'une autre démarrait, nous refusions de quitter la piste.

Il m'a reconduite chez moi, les rues étaient paisibles à cette heure tardive, les lumières faibles voilant toute la ville. Lorsque nous sommes arrivés à mon appartement, il m'a raccompagnée jusqu'à ma porte. Il n'a pas demandé à entrer. Il a juste dit :

— Quand puis-je vous revoir ?

— Appelez Harry et fixez un nouveau rendez-vous.

Don a posé la main sur la porte.

— Non. Vraiment. Vous et moi.

— Et les appareils photo ?

— Si vous voulez qu'ils soient là, pas de problème. Si vous ne voulez pas, moi non plus.

Il a esquissé un sourire, doux et séduisant. Je me suis esclaffée.

— OK, ai-je dit. Pourquoi pas vendredi prochain ?

Don y a songé une seconde.

— Est-ce que je peux vous avouer quelque chose ?

— Si vous le devez.

— Il est prévu que j'aille au *Trocadero* avec Natalie Ember ce soir-là.

— Oh.

— C'est le nom. Le nom d'Adler. Les Sunset Studios essaient de tirer de moi toute la gloire qu'ils peuvent.

J'ai secoué la tête.

— Je ne pense pas qu'il s'agisse uniquement du nom, lui ai-je dit. J'ai vu *Frères d'armes*. Vous y êtes formidable. Tout le public vous a adoré.

Don m'a regardée d'un air timide en souriant.

— Vous le pensez vraiment ?

J'ai éclaté de rire. Il savait que c'était vrai ; il appréciait juste de l'entendre de ma bouche.

— Je ne vais pas vous donner ce plaisir, ai-je rétorqué.

—Je le regrette.

—Ça suffit. Je vous ai dit quand j'étais disponible. Faites-en ce que vous voudrez.

Il se tenait droit, écoutant mes paroles comme si je lui avais donné des ordres.

—OK, je vais décommander Natalie, alors. Je viendrai vous chercher ici vendredi à 19 heures.

J'ai souri en acquiesçant.

—Bonne nuit, Don.

—Bonne nuit, Evelyn.

J'ai commencé à fermer la porte, et il a levé la main, en m'arrêtant.

—Est-ce que vous avez passé une bonne soirée ? m'a-t-il demandé.

J'ai réfléchi à ce que j'allais dire, et de quelle manière. Puis je ne me suis plus maîtrisée, étourdie d'être excitée par quelqu'un pour la première fois.

—L'une des meilleures de ma vie, ai-je déclaré.

Don a souri.

—Moi aussi.

Le lendemain, notre photo est parue dans le magazine *Sub Rosa*, avec la légende «Don Adler et Evelyn Hugo font la paire».

CHAPITRE 9

Père et Fille a été un immense succès. Et pour montrer combien on était excité par mon nouveau personnage chez Sunset, j'ai été ainsi créditée au générique au début du film : « Pour la première fois à l'écran ». C'est la dernière fois que mon nom s'est trouvé sous la marquise.

Le soir de la première, j'ai pensé à ma mère. Je savais que, si elle avait pu être là avec moi, elle aurait rayonné. *J'ai réussi*, avais-je envie de lui dire. *Nous sommes toutes les deux sorties de là*.

Quand le film a bien marché, j'ai pensé que Sunset donnerait certainement le feu vert aux *Quatre Filles*. Mais Ari nous voulait, Ed Baker et moi, dans un autre film le plus vite possible. On ne réalisait pas de suites à l'époque. À la place, on se contentait essentiellement de refaire le même film, avec un autre titre et un concept vaguement différent.

Nous avons donc débuté le tournage de *La Porte à côté*. Ed jouait mon oncle, qui m'avait recueillie après la mort de mes parents. Nous nous trouvions tous les deux rapidement pris dans des imbroglios romantiques avec la mère veuve et son fils, qui étaient nos voisins.

Don tournait un thriller au studio à cette période, et il me rendait visite tous les jours quand l'équipe de son plateau prenait une pause pour déjeuner.

J'étais complètement éprise, brûlante d'amour et de désir pour la toute première fois.

Je m'animais au moment où je posais les yeux sur lui, trouvant toujours des raisons de le toucher, de l'évoquer dans la conversation quand il n'était pas dans les parages.

Harry en avait marre d'entendre parler de lui.

— Ev, chérie, je suis sérieux, m'a-t-il dit dans son bureau un après-midi alors que nous prenions un verre tous les deux. J'en ai plus que ras la casquette de ces bavardages sur Don Adler.

Je passais voir Harry à peu près une fois par jour à l'époque, juste pour venir aux nouvelles, voir comment il allait. Je donnais toujours l'impression que c'était professionnel, mais, même en ce temps-là, je savais qu'il était ce qui se rapprochait le plus d'un ami.

Bien sûr, j'avais sympathisé avec un grand nombre des autres actrices chez Sunset. Ruby Reilly, en particulier, était l'une de mes préférées. Elle était grande et mince, avec un rire explosif, et dégageait une impression de détachement. Elle ne mâchait pas ses mots, mais son charme pouvait faire tomber son pantalon à n'importe qui.

Quelquefois, Ruby et moi, et certaines des autres filles du studio, mangions un morceau le midi et nous racontions les ragots divers, mais, pour être honnête, j'aurais poussé n'importe laquelle d'entre elles sous un train en marche pour obtenir un rôle. Et je pense qu'elles auraient fait pareil avec moi.

L'intimité est impossible sans confiance. Et nous aurions été idiotes de nous faire confiance mutuellement.

Mais Harry était différent.

Harry et moi aspirions au même but. Nous voulions qu'Evelyn Hugo devienne une star. De plus, nous nous aimions bien, tout simplement.

— Nous pouvons parler de Don, ou nous pouvons parler du moment où tu donneras ton feu vert aux *Quatre Filles*, ai-je dit en le taquinant.

Harry s'est esclaffé.

—Ça ne dépend pas de moi. Tu le sais.

—Eh bien, pourquoi est-ce qu'Ari traîne des pieds ?

—Tu ne veux pas faire *Les Quatre Filles* tout de suite. Il est préférable d'attendre encore quelques mois pour ça.

—Je veux *absolument* faire les *Quatre Filles* tout de suite.

Harry a secoué la tête, s'est levé, et s'est servi un autre verre de scotch. Il ne m'a pas proposé de second martini, et je savais que c'était parce qu'il estimait que je n'aurais déjà pas dû boire le premier.

—Tu pourrais vraiment cartonner. Tout le monde le dit. Si *La Porte à côté* marche aussi bien que *Père et Fille*, et que Don et toi poursuivez sur la même voie, tu pourrais devenir une grosse pointure.

—Je sais. C'est là-dessus que je mise.

—Tu préféreras que les *Quatre Filles* sorte juste quand les gens pensent que tu ne sais faire qu'une seule chose.

—Qu'est-ce que tu veux dire ?

—Tu as connu un succès énorme avec *Père et Fille*. Le public sait que tu peux être drôle. Il sait que tu es adorable. Il sait qu'il t'a aimée dans ce film.

—C'est clair.

—Maintenant tu vas recommencer. Tu vas leur montrer que tu peux recréer la magie. Tu as plus d'une corde à ton arc.

—Très bien…

—Peut-être que tu feras un film avec Don. Après tout, ils n'arrivent pas à publier assez vite des photos de vous deux dansant chez *Ciro's* ou au *Trocadero*.

—Mais…

—Écoute-moi. Vous tournez un film, Don et toi. Une romance, peut-être. Quelque chose où toutes les filles voudraient être toi, et tous les garçons voudraient être *avec* toi.

—Bien.

—Et au moment où tout le monde pense te connaître, pense « saisir » Evelyn Hugo, tu joues Jo. Tu leur en bouches tous un coin. Et là, le public va se dire : « Je savais qu'elle était spéciale. »

—Mais pourquoi est-ce que je ne peux pas faire les *Quatre Filles* tout de suite ? Et ils penseront tout ça *maintenant* ?

Harry a secoué la tête.

—Parce que tu dois leur laisser le temps d'investir en toi. Tu dois leur laisser le temps d'apprendre à te connaître.

—Tu es en train de dire que je devrais être prévisible.

—Je dis que tu devrais être prévisible et ensuite faire quelque chose d'imprévisible, et ils t'aimeront pour toujours.

Je l'ai écouté, j'y ai réfléchi.

—Tu ne fais que me baratiner.

Harry a éclaté de rire.

—Écoute, c'est le plan d'Ari. Que tu l'apprécies ou non. Il te veut dans quelques autres films avant de te donner les *Quatre Filles*. Mais il va finir par te donner les *Quatre Filles*.

—Très bien.

Quel choix avais-je, en vérité ? J'étais sous contrat avec Sunset pour encore trois ans. Si je posais trop de problèmes, ils avaient la possibilité de me lâcher à tout moment. Ils pouvaient me prêter à d'autres studios, me forcer à accepter des projets, me mettre en congé sans solde, et ainsi de suite. Ils pouvaient faire tout ce qu'ils voulaient. J'appartenais à Sunset.

—Ton boulot à présent, a dit Harry, c'est de voir si tu peux vraiment faire en sorte que ça marche avec Don. C'est dans votre intérêt à tous les deux.

J'ai ri.

—Oh, *maintenant*, tu veux parler de Don.

Harry a souri.

— Je ne veux pas rester assis ici à t'écouter répéter combien il est craquant. C'est assommant. Je veux juste savoir si vous seriez éventuellement prêts à officialiser.

Don et moi avions été vus en ville, nos photos prises à tous les endroits en vogue de Hollywood. Dîner chez *Dan Tana's*, déjeuner au Vine Street Derby, tennis au Beverly Hills Tennis Club. Et nous savions ce que nous faisions, en paradant en public.

J'avais besoin que le nom de Don soit mentionné dans les mêmes phrases que le mien, et Don avait besoin de sembler faire partie du nouvel Hollywood. Des clichés de nous en double rancard avec d'autres stars ont beaucoup contribué à solidifier son image d'homme du monde.

Mais lui et moi ne parlions jamais de ça. Parce que nous étions sincèrement heureux d'être en compagnie l'un de l'autre. Le fait que ça aide nos carrières respectives nous semblait constituer un bonus.

Le soir de la première de son film *De gros ennuis*, Don est passé me chercher vêtu d'un costume sombre au tissu lisse, une boîte de chez Tiffany à la main.

— Qu'est-ce que c'est que ça ? lui ai-je demandé.

Je portais une robe à fleurs noir et pourpre signée Christian Dior.

— Ouvre-la, a dit Don en souriant.

À l'intérieur se trouvait une bague en diamant et platine. Elle était tressée sur les côtés avec un bijou de coupe carrée au milieu.

J'en ai suffoqué d'émotion.

— Est-ce que tu…

J'avais vu la chose arriver, ne serait-ce que parce que je savais que Don avait tellement envie de coucher avec moi que le désir n'était pas loin de le tuer. Je lui résistais malgré ses avances flagrantes. Mais ça devenait de plus en plus dur. Plus nous nous embrassions dans des lieux obscurs, plus nous nous retrouvions seuls à l'arrière de limousines, plus il m'était difficile de le repousser.

Je n'avais jamais éprouvé cela auparavant, l'impatience physique. Je n'avais jamais ressenti ce que c'était d'avoir douloureusement envie d'être touchée, jusqu'à Don. Je me retrouvais à côté de lui, brûlant de sentir ses mains sur ma peau nue.

Et j'adorais l'idée de faire l'amour à quelqu'un. J'avais déjà eu des rapports sexuels, mais ça n'avait jamais rien signifié pour moi. Je voulais *faire l'amour* avec Don. Je *l'aimais*. Et je voulais que nous le fassions correctement.

Et voilà. Une demande en mariage.

J'ai tendu la main vers la bague, pour m'assurer qu'elle était bien réelle. Don a fermé la boîte avant que je puisse la toucher.

—Je ne te demande pas de m'épouser, a-t-il dit.

—Quoi?

Je me suis sentie idiote. Je m'étais permis de rêver trop grand. Ça y est, Evelyn Herrera se pavanait dans tous les sens comme si elle s'appelait vraiment Evelyn Hugo et pouvait se marier avec une star de cinéma.

—Du moins, pas encore.

J'ai tenté de cacher ma déception.

—Comme tu veux, alors, ai-je dit, en me détournant de lui pour prendre ma pochette.

—Ne sois pas amère.

—Qui est amère?

Nous sommes sortis de mon appartement, et j'ai fermé la porte derrière moi.

—Je vais te faire ma demande ce soir, a-t-il poursuivi d'un ton implorant, presque d'excuses. À la première. Devant tout le monde. (Je me suis radoucie.) Je voulais juste être sûr... Je voulais savoir...

Don m'a saisi la main et s'est agenouillé devant moi. Il n'a pas rouvert la boîte de chez Tiffany. Il m'a juste regardée avec sincérité.

— Est-ce que tu diras oui ?

— Nous devrions y aller, ai-je répliqué. Tu ne peux quand même pas arriver en retard à ton propre film.

— Est-ce que tu diras oui ? C'est tout ce que j'ai besoin de savoir.

Je l'ai regardé droit dans les yeux et j'ai répondu :

— Oui, espèce d'imbécile. Je suis folle de toi.

Il s'est emparé de moi et m'a embrassée. Le baiser m'a fait un peu mal. Ses dents m'ont cogné la lèvre inférieure.

J'allais me marier. Avec quelqu'un que j'aimais cette fois. Avec quelqu'un qui me faisait ressentir ce que je feignais de ressentir dans les films.

Qu'est-ce qui pourrait s'éloigner davantage de ce pauvre appartement minuscule de Hell's Kitchen que ceci ?

Une heure plus tard, sur le tapis rouge, dans une marée de photographes et de journalistes, Don Adler s'est agenouillé à nouveau.

— Evelyn Hugo, voulez-vous m'épouser ?

J'ai acquiescé en pleurant. Il s'est relevé et m'a passé la bague au doigt. Puis il m'a soulevée et m'a fait tournoyer dans les airs.

Alors que Don me reposait, j'ai vu Harry Cameron près de la porte du cinéma, qui nous applaudissait. Il m'a adressé un clin d'œil.

SUB ROSA

4 mars 1957

DON ET EV, L'UNION DE RÊVE !

Vous aurez eu le scoop ici, messieurs-dames : Don Adler et Evelyn Hugo, le tout dernier couple en vue de Hollywood, se passent la corde au cou !

Celle que le plus convoité des beaux partis a choisie pour épouse n'est autre que la pétillante starlette blonde. Les deux tourtereaux ont été vus flirtant et cabriolant sur toute la place, et ils ont à présent décidé d'officialiser leur relation.

La rumeur court que Mary et Roger Adler, les parents « oh, si fiers ! » de Don, ne pourraient être plus heureux d'accueillir Evelyn dans la famille.

Vous pouvez parier votre dernier dollar que les noces seront l'événement de la saison. Avec une dynastie hollywoodienne aussi glamour et une mariée aussi belle, toute la ville en parlera.

Chapitre 10

Nous avons eu un beau mariage. Trois cents invités, reçus par Mary et Roger Adler. Ruby était ma demoiselle d'honneur. Je portais une robe en taffetas à encolure sertie de bijoux, couverte de dentelle de Venise, avec des manches jusqu'aux poignets et une jupe tout en dentelle. Elle avait été conçue par Vivian Worley, la costumière en chef de Sunset. Gwendolyn m'a coiffé les cheveux en les tirant en arrière dans un chignon simple mais impeccable, auquel mon voile de tulle était attaché. Il y avait peu de chose dans ce mariage que nous ayons prévu nous-mêmes ; il était presque entièrement orchestré par Mary et Roger, et le reste par Sunset.

On attendait de Don qu'il joue le jeu exactement de la manière dont ses parents le souhaitaient. Même à l'époque, je devinais qu'il était impatient de sortir de leur ombre, d'éclipser leur célébrité avec la sienne. Don avait été élevé dans l'idée que la gloire était la seule forme de puissance valant la peine d'être poursuivie, et ce que j'adorais chez lui, c'est qu'il était prêt à devenir la personne la plus puissante dans n'importe quelle pièce en devenant la plus adulée.

Et si notre mariage s'est peut-être déroulé selon les caprices d'autres personnes, notre amour et notre engagement l'un envers l'autre nous étaient sacrés. Quand Don et moi nous sommes regardés dans les yeux et tenu les mains en nous disant « Oui, je le veux » au Beverly Hills Hotel, c'était comme s'il n'y avait que nous deux là-bas, même si nous étions entourés de la moitié de Hollywood.

Vers la fin de la soirée, après que les cloches nuptiales ont retenti, Harry m'a attirée sur le côté. Il m'a demandé comment j'allais.

— Je suis à cet instant la jeune mariée la plus connue du monde, ai-je répondu. Je vais merveilleusement bien.

Il s'est esclaffé.

— Tu seras heureuse? Avec Don? Il va bien prendre soin de toi?

— Je n'ai aucun doute là-dessus.

Je croyais au plus profond de mon cœur avoir trouvé quelqu'un qui me comprenait, ou du moins qui comprenait celle que j'essayais d'être. À l'âge de dix-neuf ans, je pensais que Don était mon happy end.

Harry a mis son bras autour de ma taille et m'a dit:

— Je suis content pour toi, mon petit.

J'ai attrapé sa main avant qu'il puisse la retirer. J'avais bu deux coupes de champagne, et je me sentais effrontée.

— Comment ça se fait que tu n'aies jamais rien tenté? lui ai-je demandé. Nous nous connaissons depuis quelques années maintenant. Pas même un baiser sur la joue.

— Je t'embrasserai sur la joue si tu le souhaites, a répliqué Harry, en souriant.

— Ce n'est pas ce que je voulais dire, et tu le sais.

— Est-ce que tu voulais qu'il se passe quelque chose?

Harry Cameron ne m'attirait pas. Même si c'était un homme indéniablement séduisant.

— Non. Je ne crois pas.

— Mais tu voulais que j'aie envie qu'il se passe quelque chose?

J'ai souri.

— Et si c'était le cas? Est-ce que c'est si mal? Je suis une actrice, Harry. N'oublie surtout pas ça.

Harry a éclaté de rire.

—Tu as «actrice» tatoué sur la figure. Je m'en souviens tous les jours.

—Alors pourquoi, Harry? Quelle est la vérité?

Il a bu une gorgée de scotch et ôté son bras de moi.

—C'est difficile à expliquer.

—Essaie.

—Tu es jeune.

Je lui ai fait signe de s'écarter.

—La plupart des hommes ne semblent pas avoir le moindre problème avec un détail comme celui-là. Mon propre mari a sept ans de plus que moi.

J'ai regardé vers la salle pour voir Don et sa mère se déhancher sur la piste de danse. Mary était encore ravissante dans sa cinquantaine. Elle avait connu la gloire durant l'ère du cinéma muet et joué dans quelques films parlants avant de prendre sa retraite. Elle était grande et intimidante, avec un visage frappant qui plus est.

Harry a pris une autre gorgée de son scotch avant de reposer le verre. Il paraissait songeur.

—C'est une histoire longue et compliquée. Mais disons simplement que tu n'as jamais été mon type.

À la façon dont il s'est exprimé, je savais qu'il essayait de me dire quelque chose. Harry n'était pas intéressé par des filles comme moi. Harry n'était pas intéressé par les filles du tout.

—Tu es mon meilleur ami au monde, Harry. Est-ce que tu le sais?

Il a souri. J'ai eu l'impression qu'il le faisait parce qu'il était charmé, mais aussi parce qu'il était soulagé. Il s'était révélé, aussi vaguement que ce soit. Et je l'acceptais, aussi indirectement que ce soit.

—Vraiment? m'a-t-il demandé. (J'ai hoché la tête.) Eh bien, alors, tu seras la mienne.

J'ai levé mon verre vers lui.

—Les meilleurs amis se racontent tout, ai-je dit.

Il a souri, en levant son verre à son tour.

—Je n'y crois pas, a-t-il répliqué pour me taquiner. Pas une seule seconde.

Don est arrivé et nous a interrompus.

—Est-ce que ça vous dérangerait affreusement, Cameron, si je dansais avec mon épouse ?

Harry a levé les bras en signe de reddition.

—Elle est toute à vous.

—Ça, c'est clair.

J'ai pris la main de Don, et il m'a fait tournoyer sur la piste. Il me regardait droit dans les yeux. Il me regardait réellement, me voyait réellement.

—Est-ce que vous m'aimez, Evelyn Hugo ? m'a-t-il demandé.

—Plus que tout au monde. Et vous, est-ce que vous m'aimez, Don Adler ?

—J'aime tes yeux, et tes nichons, et ton talent. J'aime le fait que tu n'aies pas de cul. J'aime tout chez toi. Alors dire oui serait un euphémisme.

J'ai ri puis je l'ai embrassé. Nous étions entourés de gens, entassés sur la piste. Son père, Roger, fumait un cigare avec Ari Sullivan dans l'angle de la pièce. Je me sentais à un million de miles de mon ancienne vie, l'ancienne moi, cette fille qui avait besoin d'Ernie Diaz pour absolument tout.

Don m'a attirée près de lui et m'a chuchoté à l'oreille :

—Toi et moi. Nous régnerons sur cette ville.

Nous étions mariés depuis deux mois à peine quand il a commencé à me battre.

CHAPITRE 11

S ix semaines après notre mariage, Don et moi avons tourné un mélo en extérieur, à Puerto Vallarta, intitulé *Un jour de plus*. C'était l'histoire d'une fille riche, Diane, qui passe l'été avec ses parents dans leur résidence secondaire, et d'un gars du coin, Frank, qui tombe amoureux d'elle. Naturellement, ils ne peuvent pas être ensemble, parce que les parents de Diane s'y opposent.

Les premières semaines de mon mariage avec Don frôlaient la béatitude. Nous avons acheté une maison à Beverly Hills et l'avons fait décorer avec du marbre et du lin. Nous donnions des soirées piscine presque tous les week-ends, buvant du champagne et des cocktails tout l'après-midi jusque tard dans la nuit.

Don faisait l'amour comme un dieu, vraiment. Avec l'assurance et la puissance de quelqu'un responsable d'une flotte d'hommes. Je fondais sous lui. Au bon moment, pour lui, j'aurais fait tout ce qu'il voulait.

Il avait déclenché quelque chose en moi. Avant lui, je considérais les rapports sexuels comme un outil. Avec lui, j'ai pris conscience que faire l'amour était un besoin. J'avais besoin de lui. J'avais besoin d'être vue. Je prenais vie sous son regard. Être mariée à Don m'avait révélé une autre facette de moi-même, une facette que je commençais à peine à connaître. Une facette que j'appréciais.

Quand nous sommes arrivés à Puerto Vallarta, nous avons passé quelques jours en ville avant de tourner. Nous avons

104

mis notre bateau de location à l'eau. Nous avons plongé dans l'océan. Nous avons fait l'amour sur la plage.

Mais tandis que nous entamions le film et que les pressions quotidiennes de Hollywood commençaient à fissurer notre cocon de jeunes mariés, je sentais que la tendance s'inversait.

Le dernier film de Don, *Le Fusil à Point Dume*, ne marchait pas bien au box-office. C'était sa première apparition dans un western, sa première tentative de jouer au héros de film d'action. *PhotoMoment* venait de publier une critique disant : « Don Adler n'a rien d'un John Wayne. » *Hollywood Digest* a écrit : « Adler a l'air d'un crétin qui tient un fusil. » Je voyais bien que ça le perturbait, que ça le faisait douter de lui. S'imposer en héros masculin de film d'action était une part vitale de son plan. Son père avait surtout joué le faire-valoir dans des comédies loufoques, le clown. Don était allé prouver qu'il était un cowboy.

Ça n'a pas aidé qu'à la même époque j'aie remporté un prix du public pour la « meilleure étoile montante ».

Le jour où nous avons tourné l'adieu final, où Diane et Frank s'embrassent une dernière fois sur la plage, Don et moi nous sommes réveillés dans notre bungalow de location, et il m'a dit de lui préparer son petit déjeuner. Figurez-vous qu'il ne m'a pas *demandé* de lui préparer son petit déjeuner. Il m'en a aboyé l'ordre. Quoi qu'il en soit, je n'ai pas tenu compte de son intonation et j'ai appelé la bonne.

C'était une Mexicaine prénommée Maria. Quand nous venions d'arriver, je ne savais pas vraiment si je devais m'adresser en espagnol aux gens de la région. Et alors, sans jamais prendre de décision formelle à ce propos, je me suis retrouvée à parler dans un anglais lent et hyperarticulé à tout le monde. J'ai demandé au téléphone :

— Maria, voudrez-vous bien préparer un petit déjeuner pour Mr Adler, s'il vous plaît ?

Puis je me suis tournée vers lui et j'ai dit :

— Qu'est-ce que tu aimerais ? Du café et des œufs ?

Notre domestique à Los Angeles, Paula, lui préparait son petit déjeuner tous les matins. Elle savait exactement comment il l'appréciait. Je me suis aperçue à ce moment-là que je n'y avais jamais prêté attention.

Contrarié, Don s'est emparé de l'oreiller sous sa tête et se l'est écrasé sur la figure, en hurlant dedans.

— Qu'est-ce qui te prend ? ai-je demandé.

— Si tu ne comptes pas être le genre de femme qui me prépare mon petit déjeuner, tu pourrais au moins savoir comment je l'aime.

Puis il s'est enfui dans la salle de bains.

Ça m'a ennuyée, mais pas vraiment surprise. J'avais vite appris que Don était gentil seulement quand il était heureux, et il n'était heureux que lorsqu'il gagnait. Je l'avais rencontré durant une bonne passe, épousé en pleine ascension, mais le gentil Don n'était pas l'unique Don.

Plus tard, dans notre Corvette de location, Don est sorti de l'allée en marche arrière et s'est dirigé vers les dix pâtés de maisons menant au plateau.

— Es-tu prêt pour aujourd'hui ? lui ai-je demandé.

J'essayais d'être motivante. Don s'est arrêté au milieu de la route. Il s'est tourné vers moi.

— Je suis acteur professionnel depuis plus longtemps que tu n'as vécu.

C'était vrai, quoique d'un point de vue technique. Il était apparu bébé dans un muet de Mary, mais n'avait pas rejoué dans un film avant d'avoir vingt et un ans.

Il y avait à présent plusieurs voitures derrière nous. Nous bloquions la circulation.

— Don…, ai-je dit en tentant de l'inciter à avancer.

Il n'écoutait pas. Le fourgon blanc qui nous suivait a commencé à nous contourner, pour essayer de nous dépasser.

— Est-ce que tu sais ce que m'a dit Alan Thomas hier ?

Alan Thomas était son nouvel agent. Alan avait encouragé Don à quitter les Sunset Studios, pour devenir indépendant. Beaucoup d'acteurs géraient leur carrière eux-mêmes. Ce qui débouchait sur de gros chèques pour les grandes stars. Et Don commençait à avoir la bougeotte. Il parlait sans cesse de gagner plus en un film que ses parents dans toute leur carrière.

Méfiez-vous des hommes qui ont quelque chose à prouver.

— On demande en ville pourquoi tu te fais toujours appeler Evelyn Hugo.

— J'ai changé légalement de nom. Qu'est-ce que tu veux dire ?

— Sur la marquise. Il devrait y avoir « Don et Evelyn Adler ». C'est ce que les gens disent.

— Qui raconte ça ?

— Des gens.

— Lesquels ?

— Ils pensent que c'est toi qui portes la culotte.

J'ai laissé tomber ma tête dans mes mains.

— Don, tu te montres stupide.

Une autre voiture nous a doublés, et j'ai regardé ses occupants tandis qu'ils nous reconnaissaient, Don et moi. Nous étions à deux doigts d'une pleine page dans le magazine *Sub Rosa* révélant comment le couple préféré de Hollywood était à couteaux tirés. Ça dirait probablement quelque chose comme : « Les Adler en colère ? »

J'ai soupçonné Don d'avoir imaginé les gros titres s'écrire en même temps que moi, car il a démarré la voiture et nous a conduits au plateau. Quand nous sommes arrivés sur le parking, j'ai dit :

— J'ai du mal à croire que nous ayons presque quarante-cinq minutes de retard.

Et Don a rétorqué :

— Ouais, bon, on est des Adler. On peut.

J'ai trouvé son arrogance absolument répugnante. J'ai attendu que nous soyons tous les deux dans sa roulotte, et j'ai dit :

— Quand tu parles ainsi, on dirait un connard. Tu ne devrais pas dire de telles choses quand des gens peuvent t'entendre.

Il ôtait sa veste. On devait nous habiller à tout moment. J'aurais dû simplement partir dans ma propre loge et le laisser tranquille.

— Je crois que tu n'as pas bien saisi, là, Evelyn, m'a-t-il dit.

— Comment ça ?

Il est venu tout près de mon visage.

— Nous ne sommes pas égaux, chérie. Et je suis désolé si j'ai été gentil au point que tu oublies ça.

J'étais sans voix.

— Je pense que ceci devrait être ton dernier film, a-t-il poursuivi. Je pense qu'il est temps pour nous d'avoir des enfants.

Sa carrière ne prenait pas le virage qu'il souhaitait. Et s'il ne se destinait pas à devenir la personne la plus célèbre de la famille, il n'allait certainement pas permettre que cette personne soit moi.

Je l'ai regardé droit dans les yeux et j'ai répliqué :

— C'est hors de question.

Et il m'a envoyé une gifle dans la figure. Cinglante, rapide, forte.

C'était terminé avant que je sache même ce qui se passait, la peau de mon visage picotant du coup que j'en revenais à peine d'avoir reçu.

Si vous n'avez jamais pris une claque dans la figure, laissez-moi vous dire une chose : c'est humiliant. Surtout parce que vos yeux se remplissent de larmes, que vous ayez envie de pleurer ou non. Le choc qu'elle génère et sa pure puissance stimulent vos canaux lacrymaux. Il n'y a aucun moyen de prendre une gifle et de paraître stoïque. Tout ce que vous pouvez faire, c'est rester figé et regarder droit devant, en laissant votre visage s'enflammer et vos yeux s'épancher.

Alors c'est ce que j'ai fait.

Comme je l'avais fait quand mon père me battait.

J'ai porté la main à ma mâchoire, et je sentais la peau chauffer sous ma paume.

L'assistant-réalisateur a frappé à la porte.

—Mr Adler, est-ce que Miss Hugo est avec vous ?

Don était incapable de parler.

—Une minute, Bobby, ai-je lancé.

J'étais impressionnée par la décontraction que j'affichais, combien ma voix semblait assurée. On aurait dit celle d'une femme que l'on n'avait jamais cognée de toute sa vie.

Il n'y avait aucun miroir auquel je pouvais facilement accéder. Don leur tournait le dos, en bloquait le passage. J'ai désigné ma mâchoire.

—Est-ce que c'est rouge ? ai-je demandé.

Don pouvait à peine me regarder. Mais il a jeté un coup d'œil, puis hoché la tête. Il avait l'air d'un petit garçon honteux, comme si je lui demandais si c'était lui qui avait cassé la fenêtre du voisin.

—Vas-y et dis à Bobby que j'ai des problèmes de dame. Il sera trop gêné pour demander des explications. Ensuite, dis à ton habilleuse de te rejoindre dans ma loge. Demande à Bobby de dire à la mienne de me retrouver ici dans une demi-heure.

—OK, a-t-il répondu, avant de prendre sa veste et de se faufiler dehors.

À la seconde où il a passé la porte, je me suis enfermée à l'intérieur et me suis affaissée contre le mur, les larmes déferlant à présent que plus personne ne pouvait les voir.

J'étais partie à trois mille miles de là où j'étais née. J'avais trouvé le moyen d'être au bon endroit au bon moment. J'avais changé mon nom. Mes cheveux. Mes dents et mon corps. J'avais appris comment jouer la comédie. Je m'étais fait les bons amis. J'avais intégré par alliance une famille célèbre. La majorité de l'Amérique connaissait mon nom.

Et pourtant…

Et pourtant.

Je me suis relevée et j'ai essuyé mes yeux. J'ai rassemblé mes esprits.

Je me suis assise à la coiffeuse, trois miroirs bordés d'ampoules devant moi. N'était-ce pas idiot de penser que si jamais je me retrouvais dans une loge de star de cinéma, cela signifiait que je n'aurais aucun souci ?

Quelques minutes plus tard, Gwendolyn a frappé à la porte pour me coiffer.

— Une seconde ! ai-je crié.

— Evelyn, il faut qu'on se dépêche. Vous êtes déjà très en retard tous les deux.

— Juste une seconde !

Je me suis observée dans le miroir et j'ai pris compris que je ne pourrais pas chasser la rougeur. La question était de savoir si j'avais confiance en Gwen. Et j'ai décidé que oui, il le fallait. Je me suis levée et j'ai ouvert la porte.

— Oh, ma chérie, a-t-elle dit. Tu fais peur à voir.

— Je sais.

Elle m'a examinée de plus près, et a pris conscience de ce qu'elle voyait.

— Est-ce que tu es tombée ?

— Oui, ai-je répondu. Je suis tombée, en plein sur le comptoir. C'est la mâchoire qui a le plus pris.

Nous savions toutes les deux que je mentais.

Et jusqu'à ce jour, je ne sais pas vraiment si Gwen m'a demandé si j'étais tombée pour m'éviter d'avoir à mentir, ou pour m'encourager à garder le silence.

Je n'étais pas la seule femme à être battue, à l'époque. Beaucoup de femmes rencontraient exactement les mêmes difficultés que moi à ce moment-là. Il y avait un code social pour ça. La première règle étant de la boucler sur le sujet.

Une heure plus tard, on m'escortait sur le plateau. Nous étions censés tourner une scène juste devant une demeure sur la plage. Don était assis dans son fauteuil, les quatre pieds en bois s'enfonçant dans le sable, derrière le réalisateur. Il a couru jusqu'à moi.

—Comment te sens-tu, mon ange ?

Il avait la voix si guillerette, si consolante que, l'espace d'un instant, j'ai cru qu'il avait oublié ce qui s'était produit.

—Ça va. Mettons-nous au travail.

Nous avons pris place. Le type du son nous a équipés de micros. Les machinistes caméra ont veillé à ce que nous soyons convenablement éclairés. Je me suis sorti tout ça de la tête.

—Attendez, attendez ! a crié le réalisateur. Ronny, qu'est-ce qui se passe avec la perche…

Distrait par une conversation, il s'est éloigné de la caméra.

Don a couvert son micro, puis il a posé la main sur ma poitrine pour couvrir le mien.

—Evelyn, je suis tellement navré, m'a-t-il murmuré à l'oreille.

Je me suis reculée et je l'ai regardé, stupéfaite. Personne ne s'était jamais excusé de m'avoir battue auparavant.

—Je n'aurais jamais dû lever la main sur toi, a-t-il poursuivi, tandis que ses yeux s'embuaient. J'ai honte de moi. D'avoir fait quelque chose qui ait pu te blesser. (Il paraissait si affligé.) Je ferai n'importe quoi pour que tu me pardonnes.

Peut-être la vie dont je rêvais n'était-elle pas si loin, après tout.

— Est-ce que tu peux me pardonner ? a-t-il demandé.

Peut-être que cette gifle était une erreur de parcours. Peut-être cela ne signifiait-il pas que quoi que ce soit doive changer.

— Bien sûr que je peux.

Le réalisateur a regagné la caméra en courant, et Don s'est penché en arrière, en retirant ses mains de nos micros.

— Et… action !

Don et moi avons été nommés aux Oscars pour *Un jour de plus*. Et, à mon avis, tout le monde estimait qu'il importait peu que nous ayons ou pas du talent. Les gens aimaient simplement nous voir ensemble.

Jusqu'à aujourd'hui, j'ignore totalement si l'un de nous deux est bon dans ce film. C'est le seul de tous ceux que j'ai faits que je ne peux pas me résoudre à regarder.

Chapitre 12

Un homme vous frappe une fois puis présente ses excuses, et vous pensez que cela ne se reproduira plus jamais.

Mais alors vous lui dites que vous n'êtes pas sûre de vouloir un jour une famille, et il vous frappe une nouvelle fois. Vous vous dites que son geste est compréhensible. Vous avez été un peu grossière, dans la façon de le formuler. Vous voulez en effet une famille un jour. Vous le désirez sincèrement. C'est juste que vous ne savez pas trop comment vous vous débrouillerez avec vos films. Mais vous auriez dû être plus claire.

Le lendemain matin, il s'excuse et vous offre des fleurs. Il se met à genoux.

La troisième fois, c'est un désaccord sur le fait d'aller chez *Romanoff's* ou de rester à la maison. Ce qui, vous en prenez conscience quand il vous pousse contre le mur derrière vous, concerne en vérité l'*image* de votre mariage vis-à-vis du public.

La quatrième fois, c'est lorsque vous êtes rentrés tous les deux bredouilles des Oscars. Vous portez une robe à une épaule en soie vert émeraude. Il est en smoking à queue-de-pie. Il boit trop aux fêtes qui suivent la cérémonie, pour essayer de noyer son chagrin. Vous êtes assise à l'avant de la voiture dans votre allée, sur le point de rentrer chez vous. Il est contrarié d'avoir perdu.

Vous lui dites que ce n'est pas grave.

Il vous rétorque que vous ne comprenez pas.

Vous lui rappelez que vous avez perdu, aussi.

Il dit :

— Ouais, mais tes parents sont des bouseux de Long Island. Personne n'attend rien de toi.

Vous savez que vous ne devriez pas, mais vous répliquez :

— Je viens de Hell's Kitchen, tête de con !

Il ouvre la portière de la voiture garée et vous pousse dehors.

Quand il arrive en larmes et rampant le lendemain matin, vous ne le croyez plus vraiment. Mais vous feignez pourtant de passer l'éponge.

De la même manière que vous réparez un accroc dans votre robe avec une épingle de nourrice, ou que vous mettez du Scotch sur la fêlure d'une fenêtre.

Voilà le rôle dans lequel j'étais coincée, celui où vous acceptez les excuses parce que c'est plus simple que de s'occuper de la racine du problème, lorsque Harry Cameron est venu dans mon dressing pour m'annoncer la bonne nouvelle. Le tournage des *Quatre Filles* avait reçu le feu vert.

— Toi tu es Jo, Ruby Reilly est Meg, Joy Nathan est Amy, et Celia St James joue Beth.

— Celia St James ? Des Olympian Studios ?

Harry a acquiescé.

— Pourquoi ce froncement de sourcils ? Je croyais que tu serais aux anges.

— Oh, ai-je dit, en me tournant davantage vers lui. Je le suis. Absolument.

— Tu n'aimes pas Celia St James ?

Je lui ai souri.

— Cette garce d'adolescente va me piquer la vedette avec son jeu.

Harry s'est esclaffé en rejetant sa tête en arrière.

Celia St James avait fait les gros titres un peu plus tôt dans l'année. À l'âge de dix-neuf ans, elle avait interprété

114

une jeune mère veuve dans une pièce sur fond de guerre. Tout le monde disait qu'elle était sûre d'être nommée l'année suivante. Exactement le genre de personne que le studio voudrait pour jouer Beth.

Et exactement le genre de personne que Ruby et moi détesterions.

— Tu as vingt et un ans, tu es mariée à la plus grande star de ciné du moment, et tu étais récemment nommée pour un Oscar, Evelyn.

Harry avançait un argument valable, mais moi aussi. Celia risquait d'être un problème.

— Ça va. Je suis prête. Je vais livrer la meilleure interprétation de ma vie, bon Dieu, et quand les gens regarderont le film, ils diront : « Beth qui ? Oh, la sœur intermédiaire qui meurt ? Oui, et alors ? »

— Je n'en doute pas une seconde, a dit Harry, en mettant son bras autour de mes épaules. Tu es fabuleuse, Evelyn. Le monde entier le sait.

J'ai souri.

— Tu le penses vraiment ?

Voilà quelque chose que chacun devrait savoir sur les stars. Nous aimons nous entendre répéter que le public nous adore. Plus tard dans ma vie, les gens sont toujours venus me dire : « Je suis sûr que vous ne voulez pas m'entendre jacasser combien vous êtes formidable… », et je réponds constamment, comme si je plaisantais : « Oh, une fois de plus ne fera pas de mal. » Mais, en vérité, les louanges sont exactement comme une drogue. Plus vous en recevez, plus il vous en faut pour rester juste équilibrée.

— Oui. Je le pense vraiment.

Je me suis levée de mon fauteuil pour serrer Harry dans mes bras, mais, ce faisant, la lumière a mis ma pommette en évidence, la zone bombée juste en dessous de mon œil.

J'ai observé le regard de Harry tandis qu'il parcourait mon visage. Il voyait la légère ecchymose que je cachais, le violet mêlé de bleu sous la surface de ma peau, saignant sous l'épaisse couche de maquillage.

—Evelyn…

Il a porté son pouce à ma figure, comme s'il avait besoin de la sentir pour vérifier qu'elle était réelle.

—Harry, ne fais pas ça.

—Je vais le tuer!

—Non.

—Nous sommes meilleurs amis, Evelyn. Toi et moi.

—Je sais, ai-je dit. Je sais cela.

—Tu as dit que les meilleurs amis se racontaient tout.

—Et tu savais que c'étaient des conneries quand je l'ai dit.

Je l'ai dévisagé tandis qu'il faisait de même.

—Laisse-moi t'aider, a-t-il dit. Qu'est-ce que je peux faire?

—Tu peux veiller à ce que je crève plus l'écran que Celia, plus que toutes les autres, sur les rushs.

—Ce n'est pas ce que je veux dire.

—Mais c'est tout ce que tu peux faire.

—Evelyn…

J'ai serré les lèvres.

—Il n'y a aucun coup possible, là, Harry.

Il comprenait ce que j'insinuais. Je ne pouvais pas quitter Don Adler.

—Je pourrais parler à Ari.

—Je l'aime, ai-je dit, en me détournant et clipsant mes boucles d'oreilles.

C'était la vérité. Don et moi avions des problèmes, mais comme un tas de gens. Et il était le seul homme qui ait jamais déclenché une étincelle en moi. Parfois, je me détestais d'avoir envie de lui, de me voir m'illuminer quand son attention se portait sur moi, d'avoir encore besoin de son approbation.

Mais c'était le cas. Je l'aimais, et je le voulais dans mon lit. Et puis je voulais rester sous le feu des projecteurs.

— Fin de la discussion.

Un instant plus tard, on a de nouveau frappé à ma porte. C'était Ruby Reilly. Elle tournait un drame dans lequel elle jouait une jeune nonne. Elle se tenait devant nous en tunique noire et col blanc. Elle avait sa coiffe à la main.

— Est-ce que tu es au courant ? m'a dit Ruby. Bon, évidemment que tu es au courant. Harry est là.

Harry s'est esclaffé.

— Vous commencez toutes les deux les répétitions dans trois semaines.

Ruby lui a tapé le bras avec malice.

— Non, pas cette partie-là ! Sais-tu que Celia St James joue Beth ? Cette pétasse va toutes nous humilier.

— Tu vois, Harry ? ai-je dit. Celia St James va tout gâcher.

CHAPITRE 13

L e matin où nous avons commencé les répétitions pour les *Quatre Filles*, Don m'a réveillée avec un petit déjeuner au lit. Un demi-pamplemousse et une cigarette allumée. J'ai trouvé ça d'un grand romantisme, car c'était précisément ce dont j'avais envie.

— Bonne chance pour aujourd'hui, chérie, a-t-il dit alors qu'il s'habillait et passait la porte. Je sais que tu montreras à Celia St James ce que ça signifie réellement d'être une actrice.

J'ai souri et lui ai souhaité une bonne journée. J'ai mangé le pamplemousse et abandonné le plateau sur le lit pour aller me doucher.

Quand je suis sortie, notre bonne, Paula, était dans la chambre en train de ranger derrière moi. Elle retirait mon mégot de cigarette de la couette. Je l'avais laissé sur le plateau, mais celui-ci avait dû tomber.

Je ne tenais pas une maison impeccable. Mes vêtements de la veille gisaient par terre. Mes chaussons traînaient sur la commode. Ma serviette était roulée dans le lavabo. Paula avait beaucoup de travail, et ne me trouvait pas particulièrement charmante. Ça au moins, c'était clair.

— Est-ce que vous pourriez faire ça plus tard ? lui ai-je demandé. Je suis affreusement navrée, mais je dois me dépêcher d'aller sur le plateau.

Elle a souri poliment avant de partir.

Je n'étais pas pressée, en réalité. Je voulais juste m'habiller, et je n'allais pas le faire devant Paula. Je ne voulais pas qu'elle voie le bleu, violet foncé et jaunissant, qui me marbrait les côtes.

Don m'avait poussée dans l'escalier neuf jours auparavant. Même en le racontant toutes ces années plus tard, j'éprouve le besoin de le défendre. De dire que ce n'était pas aussi dramatique qu'il y paraît. Que nous étions dans le bas de l'escalier, et qu'il m'a bousculée de telle sorte que je suis tombée par terre d'une hauteur de quatre marches.

Malheureusement, c'est sur la table à côté de la porte, où nous mettions nos clés et le courrier, que ma chute s'est terminée. J'y ai atterri sur mon flanc gauche, la poignée du tiroir du haut m'atteignant directement dans la cage thoracique. Lorsque j'ai dit que je pensais avoir peut-être une côte cassée, Don a répliqué :

—Oh non, mon ange. Est-ce que tout va bien ?

Comme s'il n'était pas celui qui m'avait poussée. J'ai répondu comme une idiote :

—Je crois que ça va.

Le bleu mettait du temps à disparaître.

Paula a fait irruption dans la pièce un instant plus tard.

—Désolée, Mrs Adler, j'ai oublié le…

J'ai paniqué.

—Pour l'amour du ciel, Paula ! Je vous ai demandé de partir !

Elle a fait volte-face pour sortir. Et ce qui m'a mise en rogne plus que tout, c'était que si elle avait l'intention de vendre une histoire, pourquoi n'était-ce pas celle-là ? Pourquoi n'allait-elle pas révéler au monde que Don Adler battait sa femme ? Pourquoi, au lieu de ça, s'en est-elle prise à *moi* ?

Deux heures plus tard, j'étais sur le plateau des *Quatre Filles du docteur March*. Ce dernier avait été transformé en chalet de Nouvelle-Angleterre, avec même de la neige sur les fenêtres.

Ruby et moi étions alliées dans notre combat contre Celia St James qui nous volait la vedette, malgré le fait que quiconque joue Beth laisse forcément le public à court de Kleenex.

Vous ne pouvez pas dire à une actrice qu'une marée montante soulève tous les bateaux. Ça ne fonctionne pas ainsi pour nous.

Mais le premier jour des répétitions, tandis que Ruby et moi déambulions près du buffet en buvant du café, il est devenu évident que Celia St James ne savait absolument pas combien nous la détestions toutes.

— Oh, Seigneur, a-t-elle dit, en arrivant vers Ruby et moi. J'ai tellement peur.

Elle portait un pantalon gris et un pull rose pâle à manches courtes. Elle avait un visage enfantin typique de la fille d'à côté. De grands yeux ronds et bleu pâle, bordés de longs cils recourbés, une bouche en cœur, de longs cheveux blond vénitien. Elle incarnait la simplicité perfectionnée.

J'étais un genre de beauté dont les femmes savaient qu'elles ne pourraient jamais vraiment l'imiter. Les hommes savaient quant à eux qu'ils n'approcheraient même jamais une femme comme moi.

Ruby était la beauté distante et élégante. Ruby était détachée. Ruby était chic.

Mais Celia était le genre de beauté qui vous donnait l'impression de pouvoir la tenir dans vos bras, que si vous jouiez les bonnes cartes, vous pourriez parvenir à épouser une fille comme Celia St James.

Ruby et moi étions toutes deux conscientes du pouvoir d'attraction que cela représentait, d'être accessible.

Celia a fait griller une tranche de pain à la table du buffet, l'a tartinée de beurre de cacahouètes, et a ensuite mordu dedans.

—De quoi diable as-tu peur ? a demandé Ruby.

—Je n'ai aucune idée de ce que je fais ! a répondu Celia.

—Celia, tu ne peux pas vraiment t'attendre à ce que nous croyions ce petit numéro de fausse modestie, ai-je dit.

Elle m'a regardée. D'une telle façon, que j'ai eu la sensation que personne ne m'avait réellement regardée auparavant. Pas même Don.

—Ta remarque me blesse, a-t-elle dit.

Je me suis sentie un peu mal. Mais je n'allais certainement pas l'avouer.

—Je ne voulais rien insinuer par là, ai-je répondu.

—Bien sûr que si, a-t-elle insisté. Je crois que tu es un peu cynique.

Ruby, cette girouette déguisée en amie, a fait semblant de devoir répondre à une demande urgente de l'assistant-réalisateur pour filer en douce.

—J'ai juste du mal à croire qu'une femme dont la ville entière prétend qu'elle sera nommée l'année prochaine doute de ses aptitudes à jouer Beth March. C'est le rôle le plus adorable, le plus mélo de toute cette histoire.

—Si c'est une valeur aussi sûre, alors pourquoi est-ce que *tu* ne l'as pas pris ? m'a-t-elle rétorqué.

—Je suis trop vieille, Celia. Mais je te remercie pour ça.

Celia a souri, et j'ai pris conscience que j'étais tombée dans son piège.

C'est alors que j'ai commencé à apprécier Celia St James.

CHAPITRE 14

— Reprenons là demain, déclare Evelyn. Le soleil s'est couché depuis longtemps. En regardant autour de moi, je remarque des restes de petit déjeuner, déjeuner et dîner éparpillés dans la pièce.

— OK, dis-je.

— Au fait, ajoute-t-elle alors que je commence à remballer mes affaires. Mon agent a reçu un e-mail de votre rédactrice aujourd'hui. Demandant une séance photo pour la couverture de juin.

— Oh.

Frankie a pris plusieurs fois de mes nouvelles à présent. Je sais que je dois la rappeler, la tenir au courant de cette situation. Seulement… je ne sais pas quoi décider pour la suite.

— J'en déduis que vous ne les avez pas informés du plan, dit Evelyn.

Je range mon ordinateur dans mon sac.

— Pas encore.

Je déteste cette légère nuance de timidité qui s'entend quand je le dis.

— Pas de souci, répond Evelyn. Je ne vous juge pas, si c'est ce qui vous inquiète. Dieu sait que je ne suis pas l'avocate de la vérité. (Je m'esclaffe.) Vous ferez ce que vous aurez à faire.

— Oui, je le ferai.

Sauf que je ne sais pas encore exactement ce que c'est.

Quand je rentre chez moi, le colis de ma mère est posé juste à côté de la porte dans le hall de mon immeuble. Je le ramasse, pour m'apercevoir qu'il est incroyablement lourd. Je finis par le pousser sur le carrelage avec mon pied. Je le tire, une marche à la fois, en haut de l'escalier. Puis je le traîne dans mon appartement.

Lorsque j'ouvre le carton, il est rempli d'une partie des albums photo de mon père.

Sur chacune des couvertures, il est écrit en relief « James Grant » dans le coin en bas à droite.

Rien ne peut m'empêcher de m'asseoir directement par terre, là où je me trouve, et de parcourir les photos une à une.

Des photos de plateau de réalisateurs, d'acteurs célèbres, de figurants qui s'ennuient, d'assistants-réalisateurs, et j'en passe, ils sont tous là-dedans. Mon père adorait son métier. Il adorait prendre des photos de gens qui ne faisaient pas attention à lui.

Je me rappelle une fois, environ un an avant sa mort, il avait accepté un travail de deux mois à Vancouver. Ma mère et moi étions allées lui rendre visite à deux reprises pendant qu'il était là-bas, mais il y faisait tellement plus froid qu'à Los Angeles, et il semblait être parti depuis si longtemps. Je lui ai demandé pourquoi. Pourquoi ne pouvait-il pas simplement bosser chez nous ? Pourquoi n'avait-il pas refusé cette mission ?

Il m'a répondu qu'il voulait exercer un travail qui l'exaltait. Il a dit : « C'est ce que tu dois faire aussi, Monique. Quand tu seras plus grande. Il faudra que tu trouves un travail qui te donne l'impression d'avoir un cœur immense, plutôt que minuscule. OK ? Tu me le promets ? »

Il a tendu la main, et je l'ai serrée, comme si nous concluions un marché. J'avais six ans. À mes huit ans, nous l'avions perdu.

J'ai toujours gardé à l'esprit ce qu'il a dit. J'ai passé mon adolescence avec l'empressement brûlant de trouver une passion, qui m'élargirait l'âme de quelque manière. Ce n'était pas une mince affaire. Au lycée, bien après nos adieux à mon père, je me suis essayée au théâtre et au chant. J'ai tenté d'intégrer les chœurs. J'ai essayé le soccer et le débat. Dans un moment qui m'a paru être une illumination, j'ai essayé la photographie, dans l'espoir que ce qui avait agrandi le cœur de mon père produirait le même effet sur le mien.

Mais c'est seulement lorsque l'on m'a chargée de rédiger le portrait de l'un de mes camarades en première année de composition de classe à l'USC[1] que j'ai éprouvé ce qui se rapprochait le plus d'un gonflement dans ma poitrine. J'aimais écrire sur les vrais gens. J'aimais trouver des moyens évocateurs d'interpréter le monde qui m'entourait. J'aimais l'idée de connecter les gens en partageant leurs histoires.

Suivre cette part de mon cœur m'a menée à l'école de journalisme de NYU[2]. Ce qui m'a conduite à mon stage à WNYC. J'ai suivi cette passion vers une vie de free-lance pour des blogs embarrassants, avec à peine de quoi vivre, au jour le jour, et puis, enfin, vers le *Discourse*, où j'ai rencontré David alors qu'il travaillait sur la refonte du site Internet, puis *Vivant*, et à présent Evelyn.

Une chose anecdotique que mon père m'a dite un jour glacial à Vancouver a essentiellement fondé la trajectoire de ma vie entière.

L'espace d'un furtif instant, je me demande : l'aurais-je écouté s'il n'était pas mort ? Me serais-je accrochée à chacun de ses mots aussi fermement si ses conseils ne m'avaient pas paru illimités ?

---

1. USC : University of Southern California
2. NYU : New York University

À la fin du dernier album, je tombe sur des photos prises sur le vif, qui ne semblent pas réalisées sur un plateau de cinéma, mais à un barbecue. Je reconnais ma mère en arrière-plan sur certaines. Et puis, tout à la fin, il y en a une de moi avec mes parents.

Je ne dois pas avoir plus de quatre ans. Je mange un bout de gâteau à la main, en fixant l'objectif, tandis que ma mère me porte et que mon père a son bras autour de nous. À l'époque, la plupart des gens m'appelaient encore par mon premier prénom, Elizabeth. Elizabeth Monique Grant.

Ma mère imaginait que je me destinerais à être plus tard une Liz ou une Lizzy. Mais mon père avait toujours adoré Monique et ne pouvait s'empêcher de m'appeler ainsi. Je lui remémorais souvent que mon prénom était Elizabeth, et il me répondait que mon prénom était absolument tout ce que je voulais. Quand il est mort, il a paru évident à ma mère et moi que je devrais être Monique. Cela a très légèrement apaisé notre chagrin, d'honorer le moindre détail le concernant. Mon surnom est donc devenu mon vrai prénom. Et ma mère me rappelle souvent que celui-ci est un cadeau de mon père.

En regardant cette photo, ça me frappe de voir combien mes parents étaient beaux ensemble. James et Angela. Je sais ce que ça leur a coûté de bâtir une vie, de m'avoir. Une blanche et un Noir au début des années 1980, aucune de leurs familles n'étant particulièrement ravie de cet arrangement. Nous avons beaucoup bougé avant la mort de mon père, en essayant de trouver un quartier où mes parents se sentiraient tous les deux chez eux.

C'est à l'école que j'ai enfin rencontré une autre personne qui me ressemblait. Elle s'appelait Yael. Son père était dominicain, et sa mère venait d'Israël. Elle aimait jouer au soccer. J'aimais jouer à me déguiser. Nous parvenions rarement à nous mettre d'accord sur quoi que ce soit. Mais j'aimais qu'elle réponde, quand on lui demandait si elle était juive : « Je suis à moitié juive. » Je ne connaissais personne d'autre qui soit *à moitié* quelque chose.

Pendant si longtemps, j'ai eu l'impression d'être deux moitiés.

Et puis mon père est mort, et j'ai eu l'impression d'être à moitié ma mère, et à moitié perdue. Sans elle, je me sens comme amputée de moi-même.

Mais lorsque j'observe cette photo à présent, nous trois ensemble en 1986, moi en salopette, mon père en polo, ma mère en veste en jean, nous semblons *indissociables*. Je n'ai pas l'air d'être la moitié d'une personne et la moitié d'une autre, mais plutôt un individu à part entière, leur fille. Aimée.

Mon père me manque. Il me manque en permanence. Mais c'est à des moments comme celui-ci, où je suis sur le point d'accomplir un travail en mesure de m'élargir le cœur, que je regrette de ne pas pouvoir au moins lui envoyer une lettre, lui racontant ce que je fais. Et je regrette qu'il ne puisse pas m'envoyer de réponse.

Je sais déjà ce qu'il écrirait. Quelque chose du genre : « Je suis fier de toi. Je t'aime. » Mais, malgré cela, j'aimerais en recevoir une quand même.

— Bien, dis-je.

Ma place au bureau d'Evelyn est devenue ma deuxième maison. J'en suis arrivée à compter sur le café du matin de Grace. Celui-ci a remplacé mes habitudes chez Starbucks.

— Reprenons où nous en sommes restées hier. Vous vous apprêtiez à commencer les *Quatre Filles*. Allez-y, je vous écoute.

Evelyn éclate de rire.

— Vous êtes devenue une experte en la matière, dit-elle.

— J'apprends vite.

CHAPITRE 15

Une semaine après le début des répétitions, Don et moi étions allongés au lit. Il me demandait comment ça se passait, et j'ai admis que Celia était aussi talentueuse que je l'avais imaginé.

—Eh bien, *Les Gens du comté de Montgomery* va encore être numéro un cette semaine. Je suis de nouveau au sommet. Et mon contrat se termine à la fin de cette année. Ari Sullivan est prêt à exaucer mes moindres souhaits pour me faire plaisir. Alors un seul mot de toi, bébé, et « pouf ! », elle disparaît du décor.

—Non, lui ai-je dit, en posant ma main sur son torse et ma tête sur son épaule. Ça va. Je suis la vedette. Elle est second rôle. Je ne vais pas m'inquiéter outre mesure. Et puis, il y a quelque chose que j'aime bien chez elle.

—Il y a quelque chose que j'aime bien chez toi aussi, a-t-il répliqué, en m'attirant sur lui.

Et, durant un moment, toutes mes craintes se sont envolées.

Le lendemain, quand nous avons pris notre pause-déjeuner, Joy et Ruby sont parties chercher des salades de dinde. Celia a croisé mon regard.

—Aucune chance que tu veuilles déguerpir pour te faire un milk-shake, n'est-ce pas ? m'a-t-elle demandé.

Le nutritionniste de chez Sunset n'aurait pas apprécié que je mange un milk-shake. Mais ce qu'il ne savait pas ne le tuerait pas.

Dix minutes plus tard, nous étions dans la Chevrolet 1956 rose bonbon de Celia, en route pour Hollywood Boulevard. Celia était une conductrice épouvantable. J'étais agrippée à ma poignée de portière comme si cela pouvait me sauver la vie.

Elle s'est arrêtée au feu à l'angle de Sunset Boulevard et Cahuenga.

—Je pensais à *Schwab's*, a-t-elle dit en souriant.

Schwab's était l'endroit où tout le monde traînait en journée à l'époque. Et tout le monde savait que Sidney Skolsky, de chez *Photoplay*, travaillait depuis *Schwab's* presque tous les jours.

Celia voulait être vue là-bas. Et elle voulait être vue là-bas avec moi.

—À quoi est-ce que tu joues ? lui ai-je demandé.

—Je ne joue à rien, a-t-elle répondu, feignant de s'offusquer que j'aie insinué une chose pareille.

—Oh, Celia, ai-je dit, avec un geste comme pour la congédier. Je pratique ça depuis quelques années de plus que toi. C'est toi qui es née de la dernière pluie. Ne nous confonds pas.

Le feu est passé au vert, et elle a appuyé sur le champignon.

—Je viens de Géorgie, a-t-elle dit. Juste à la sortie de Savannah.

—Et alors ?

—Je dis simplement que je ne suis pas née de la dernière pluie. J'ai été découverte par un type de chez Paramount là où j'habitais.

J'ai trouvé quelque peu intimidant – peut-être même menaçant – que quelqu'un se soit donné la peine de prendre l'avion pour aller la courtiser. Je m'étais frayé un chemin à la ville avec mon sang, ma sueur et mes larmes, tandis que Celia avait Hollywood qui courait *jusqu'à* elle avant même d'être connue.

—Peut-être. Mais je vois quand même clair dans ton petit jeu, chérie. Personne ne va chez *Schwab's* pour les milk-shakes.

—Écoute, a-t-elle répliqué, le ton de sa voix se modifiant légèrement pour devenir plus sincère. Je ne serais pas contre une histoire ou deux. Si je compte être la vedette de mon propre film bientôt, j'ai besoin de notoriété.

—Et toute cette affaire de milk-shake est juste une ruse pour être vue avec moi ?

J'ai trouvé ça insultant. D'être à la fois utilisée et sous-estimée.

Celia a secoué la tête.

—Non, pas du tout. J'avais envie d'aller prendre un milk-shake avec toi. Et ensuite, quand nous sommes parties du studio, je me suis dit que nous devrions aller chez *Schwab's*.

Celia s'est arrêtée brutalement au feu à Sunset et Highland. Je me suis aperçue à cet instant que c'était juste sa façon de conduire. Le pied lourd à la fois sur l'accélérateur et sur le frein.

—Prends à droite, ai-je dit.

—Quoi ?

—Prends à droite.

—Pourquoi ?

—Celia, prends cette foutue rue à droite avant que j'ouvre ma portière et que je me jette de la voiture.

Elle m'a regardée comme si j'étais dingue, ce qui était compréhensible. Je venais de la menacer de me tuer si elle ne mettait pas son clignotant. Elle a tourné à droite sur Highland.

—Prends à gauche au feu, ai-je dit.

Elle n'a posé aucune question. Elle a juste mis son clignotant. Puis elle a tourné sur Hollywood Boulevard. Je lui ai ordonné de garer la voiture dans une contre-allée. Nous avons marché jusqu'à *CC Brown's*.

—Ils ont de meilleures glaces, ai-je dit tandis que nous entrions.

Je la remettais à sa place. Je ne serais pas photographiée avec elle à moins de l'avoir voulu, à moins que ce soit mon idée. Je ne me ferais certainement pas brusquer par quelqu'un de moins célèbre que moi.

Celia a acquiescé, en sentant la piqûre passer.

Nous nous sommes assises toutes les deux, et le type derrière le comptoir a trottiné vers nous, puis est resté sans voix l'espace d'un instant.

—Euh…, a-t-il dit. Souhaitez-vous des menus ?

J'ai secoué la tête.

—Je sais ce que je veux. Celia ?

Elle l'a regardé.

—Un lait malté au chocolat, s'il vous plaît.

J'ai observé la façon dont il rivait les yeux sur elle, la manière dont elle s'est penchée légèrement en avant avec les bras joints, mettant sa poitrine en valeur. Elle ne semblait pas consciente de ce qu'elle faisait, et il en était d'autant plus hypnotisé.

—Et je prendrai un milk-shake à la fraise, ai-je dit.

Quand il m'a regardée, j'ai vu ses yeux s'écarquiller encore plus, comme s'il voulait enregistrer le moindre détail me concernant.

—Seriez-vous… Evelyn Hugo ?

—Non, ai-je menti, avant de sourire en le regardant droit dans les yeux.

C'était ironique et provocant, avec le même ton, la même modulation de voix que j'employais chaque fois qu'on me reconnaissait en ville.

Il s'est éloigné.

—Souris, Bouton-d'Or, ai-je dit en regardant Celia qui avait le nez baissé sur le comptoir luisant. Tu gagnes un meilleur milk-shake dans l'histoire.

— Je t'ai contrariée. Avec cette histoire de *Schwab's*. Je suis désolée.

— Celia, si tu as l'intention de devenir aussi célèbre que tu veux manifestement l'être, il faut que tu apprennes deux choses.

— Et quelles sont-elles?

— D'abord, tu dois repousser les limites des gens sans en être gênée. Personne ne te donnera quoi que ce soit si tu ne le demandes pas. Tu as essayé. On t'a répondu non. Passe à autre chose.

— Et la seconde?

— Quand tu te sers des gens, fais-le bien.

— Je n'essayais pas de me servir de toi…

— Si, Celia. Et ça ne me dérange pas. Je n'hésiterais pas une seconde à te manipuler. Et je ne m'attendrais pas à ce que tu y réfléchisses à deux fois avant d'intriguer dans mon dos. Sais-tu quelle est la différence entre nous deux?

— Il y en a beaucoup.

— Sais-tu celle dont je parle en particulier?

— Qu'est-ce que c'est?

— C'est que je sais que je me sers des gens. L'idée de me servir d'eux ne me pose aucun problème. Et toute cette énergie que tu gaspilles à tenter de te persuader du contraire, je la dépense à m'améliorer en la matière.

— Et tu en es fière?

— Je suis fière de là où ça m'a menée.

— Est-ce que tu te sers de moi? En ce moment?

— Si je le faisais, tu ne le saurais jamais.

— C'est pourquoi je demande.

Le type derrière le comptoir est revenu avec nos milk-shakes. Il semblait s'être armé de courage rien que pour nous les donner.

— Non, ai-je dit à Celia une fois celui-ci parti.

— Non quoi?

—Non, je ne me sers pas de toi.

—Eh bien, voilà qui me soulage, a déclaré Celia.

J'ai été frappée par cette extrême naïveté, cette façon qu'elle avait de me croire si facilement, sans hésitation. Je disais la vérité, mais tout de même.

—Sais-tu *pourquoi* je ne me sers pas de toi ? ai-je ajouté.

—Ça devrait être intéressant, a-t-elle dit en buvant une gorgée de son lait.

J'ai ri, surprise à la fois par cette voix désabusée et par la vitesse à laquelle elle avait parlé.

Celia allait remporter plus d'Oscars que n'importe qui d'autre dans notre cercle à l'époque. Et c'était toujours pour des rôles dramatiques, intenses. Mais j'ai toujours pensé qu'elle serait explosive dans une comédie. Elle était si vive.

—La raison pour laquelle je ne me sers pas de toi, c'est que tu n'as rien à m'offrir. Du moins, pas encore.

Celia a repris une gorgée de milk-shake, blessée. Puis je me suis penchée en avant, et j'ai siroté le mien.

—Je ne pense pas que ce soit vrai, a-t-elle rétorqué. Je t'accorde que tu es plus célèbre que moi. Être mariée à Captain Hollywood peut produire cet effet sur une personne. Mais, à part ça, nous en sommes au même point, Evelyn. Tu as livré deux ou trois performances convenables. Moi aussi. Et maintenant nous apparaissons dans un film ensemble, que nous avons accepté toutes les deux parce que nous voulons un Oscar. Et soyons honnêtes, j'ai un avantage sur toi à cet égard.

—Et pourquoi donc ?

—Parce que je suis meilleure actrice.

J'ai cessé de siroter l'épais milk-shake à la paille et me suis tournée vers elle.

—Et d'où est-ce que tu sors ça ?

Elle a haussé les épaules.

—Ce n'est pas quelque chose que l'on peut mesurer, je suppose. Mais c'est vrai. J'ai vu *Un jour de plus*. Tu es vraiment bonne. Mais je suis meilleure. Et tu le sais. C'est pour ça que Don et toi avez failli me faire dégager du projet.

—Non, pas du tout.

—Si. Ruby me l'a dit.

Je n'en voulais pas à Ruby d'avoir révélé à Celia ce que je lui avais dit, de la même manière que vous n'en voulez pas à un chien d'aboyer après un facteur. C'est juste ce qu'ils font.

—Oh, très bien. Donc, tu es meilleure actrice que moi. Et, en effet, peut-être que Don et moi avons parlé de te faire virer. Et alors ? La belle affaire.

—Eh bien, c'est précisément où je veux en venir. J'ai plus de talent que toi, et tu es plus puissante que moi.

—Et donc ?

—Donc tu as raison, je ne suis pas très douée pour me servir des gens. Alors j'essaie différemment. Entraidons-nous.

J'ai recommencé à siroter mon milk-shake, légèrement intriguée.

—Comment ça ? ai-je dit.

—Après le travail, je t'aiderai pour tes scènes. Je t'apprendrai ce que je sais.

—Et je vais avec toi chez *Schwab's* ?

—Tu m'aides à faire comme toi. Devenir une star.

—Mais alors quoi ? Nous finissons toutes les deux célèbres et talentueuses ? En compétition pour tous les rôles importants ?

—Je suppose que c'est une des options.

—Et l'autre ?

—Je t'apprécie vraiment, Evelyn.

Je l'ai regardée en coin. Elle m'a ri au nez.

—Je sais que ce n'est probablement pas quelque chose que la plupart des actrices pensent dans cette ville, mais je ne veux pas être comme la plupart des actrices. Je t'apprécie vraiment. J'aime te regarder à l'écran. J'aime comme au moment où tu apparais dans une scène, je ne peux détacher mon regard. J'aime comment ta peau est trop foncée pour tes cheveux blonds, la façon dont les deux ne devraient pas aller ensemble et paraissent pourtant si naturels sur toi. Et, pour être franche, j'aime la manière dont tu es plus ou moins calculatrice et effroyable.

— Je ne suis pas effroyable !

Elle a ri.

— Oh, tu l'es carrément. Me faire virer parce que tu penses que je vais t'humilier ? Effroyable. C'est juste effroyable, Evelyn. Et parader en te vantant de te servir des gens ? Épouvantable. Mais j'aime vraiment quand tu en parles. J'aime combien tu es honnête, sans aucune honte. Il y a tant de femmes par ici qui ne font et disent que des conneries. J'aime que tu racontes des conneries seulement quand ça t'apporte quelque chose.

— Cette longue liste de compliments semble comporter un paquet d'insultes, ai-je fait remarquer.

Elle a acquiescé, à l'écoute.

— Tu sais ce que tu veux, et tu poursuis ce but. Je pense que personne dans cette ville ne doute qu'Evelyn Hugo sera la plus grande star d'Hollywood un de ces jours. Et pas seulement parce que tu es agréable à regarder. C'est parce que tu as décidé que tu voulais être une énorme pointure, et maintenant tu vas l'être. Je veux être amie avec une telle femme. C'est ça que je veux dire. De vraies amies. Pas des Ruby Reilly, ces traîtresses qui vous poignardent et parlent de vous dans votre dos. Une relation d'amitié. Où chacune de nous se sent mieux, vit mieux, parce qu'elle connaît l'autre.

Je l'ai examinée.

— Est-ce qu'on doit coiffer les cheveux de l'autre et des trucs du genre ?

—Sunset paie des gens pour ça. Donc non.

—Est-ce que je dois écouter tes embrouilles de mecs?

—Certainement pas.

—Alors quoi, dans ce cas? Nous décidons de passer du temps ensemble et essayons d'être là l'une pour l'autre?

—Evelyn, n'as-tu jamais eu d'amie avant?

—Bien sûr que j'ai déjà eu des amies.

—Une véritable amie, proche? Une amie sincère?

—J'ai un ami sincère, merci beaucoup.

—Qui est-ce?

—Harry Cameron.

—Harry Cameron est ton ami?

—C'est mon meilleur ami.

—Bon, très bien, a dit Celia, en me tendant la main pour que je la serre. Je serai ta seconde meilleure amie, juste après Harry Cameron.

Je lui ai serré vigoureusement la main.

—Bien. Demain, je t'emmène chez *Schwab's*. Et ensuite, nous pourrons répéter ensemble.

—Merci, a-t-elle dit, avec un sourire rayonnant, comme si elle avait obtenu tout ce qu'elle avait toujours désiré au monde.

Elle m'a étreinte, et quand nous nous sommes lâchées, l'homme derrière le comptoir nous dévisageait.

J'ai demandé l'addition.

—C'est la maison qui offre, a-t-il dit.

J'ai pensé que c'était stupide de sa part, car s'il y a des gens qui devraient profiter de nourriture gratuite, ce ne sont pas les riches.

—Vous voudrez bien dire à votre mari que j'ai adoré *Le Fusil à Point Dume*? m'a dit le serveur tandis que Celia et moi nous levions pour partir.

—Quel mari? ai-je demandé de l'air le plus effarouché possible.

Celia a ri, et je lui ai adressé un sourire furtif.

Mais ce que je pensais vraiment, c'était : *Je ne peux pas lui dire ça, sinon il va croire que je me moque de lui et il va me gifler.*

SUB ROSA

GLACIALE EVELYN

Pourquoi un beau couple avec une ravissante demeure de cinq chambres ne serait-il pas intéressé pour la remplir d'une nichée d'enfants ? Vous devriez poser cette question à Don Adler et Evelyn Hugo.

Ou peut-être ne devriez-vous la poser qu'à Evelyn.

Don veut un bébé, et il ne fait aucun doute que nous attendons tous en retenant notre souffle le moment où la progéniture de ces deux magnifiques créatures arrivera au monde. Nous savons que tout enfant qu'ils auraient serait certain de nous faire pâmer d'admiration.

Mais Evelyn dit non.

À la place, Evelyn parle uniquement de sa carrière, y compris de son dernier film, *Les Quatre Filles du docteur March*.

Au-delà de ça, Evelyn n'essaie pas d'entretenir une maison propre, ni de se soucier des requêtes pourtant simples de son époux. Elle ne prend même pas la peine d'être aimable avec la femme de ménage.

Elle va plutôt chez *Schwab's* avec des filles célibataires comme Celia St James !

Le pauvre Don est chez eux, souhaitant désespérément un enfant, pendant qu'Evelyn s'éclate à l'extérieur.

Il n'y en a que pour *Evelyn*, *Evelyn*, *Evelyn* dans ce foyer.

Et elle laisse un mari *très* insatisfait.

Chapitre 16

— Non mais je rêve ! ai-je dit en jetant le magazine sur le bureau de Harry.

Mais, évidemment, il l'avait déjà vu.

— Ce n'est pas si terrible.

— Ce n'est pas terrible non plus.

— Non, en effet.

— Pourquoi est-ce que personne ne s'est occupé de ça ?

— Parce que *Sub Rosa* ne nous écoute plus.

— Qu'est-ce que tu veux dire ?

— Ils se moquent de la vérité ou de la version des stars. Ils se contentent de publier ce qu'ils veulent.

— Ils ne se moquent pas de l'argent, si ?

— Non, mais ils gagneront bien plus en pontifiant sur les tenants et les aboutissants de votre mariage que nous ne pourrions nous permettre de les payer.

— Vous êtes les Sunset Studios.

— Et si tu ne l'as pas remarqué, nous sommes loin d'engranger autant d'argent qu'avant.

Mes épaules se sont affaissées. Je me suis assise dans l'un des fauteuils en face de son bureau. On a frappé.

— C'est Celia, a-t-elle dit à travers la porte.

Je suis allée lui ouvrir.

— Je suppose que tu as lu l'article, ai-je dit.

Celia m'a regardée.

— Ce n'est pas si terrible.

— Ce n'est pas terrible non plus, ai-je répliqué.

—Non, en effet.

—Merci. Vous êtes une vraie paire d'as tous les deux.

Celia et moi avions terminé le tournage des *Quatre Filles* la semaine précédente. Ensemble, avec Harry et Gwendolyn, nous étions sortis célébrer ça avec des steaks et des cocktails chez *Musso & Frank* le lendemain du jour où nous avions fini.

Harry nous avait annoncé la bonne nouvelle, à Celia et moi, qu'Ari pensait que nous avions de fortes chances d'être nommées toutes les deux.

Chaque soir après le tournage, nous restions tard elle et moi dans ma loge pour répéter nos scènes. Celia était une adepte de la méthode. Elle essayait de «devenir» son personnage. Ce n'était pas vraiment ma technique. Mais elle m'a effectivement appris comment trouver des instants d'authenticité émotionnelle dans de fausses circonstances.

C'était une période étrange à Hollywood. Il semblait y avoir deux courants parallèles, à l'époque.

Il y avait le jeu de studio, avec des acteurs de studio et des dynasties de studio. Et puis il y avait le nouvel Hollywood qui se frayait un chemin dans le cœur du public, des acteurs de la méthode Strasberg dans des films au réalisme cru avec des antihéros et des fins confuses.

C'est seulement à partir de ces soirées avec Celia, tandis que nous partagions un paquet de cigarettes et une bouteille de vin pour le dîner, que j'ai commencé à prêter attention à ce qui se faisait de nouveau.

Mais l'influence qu'elle a eue sur moi s'est avérée bénéfique, car Ari Sullivan pensait que je pouvais gagner un Oscar. Et ça m'a fait apprécier plus encore Celia.

Nos sorties hebdomadaires dans des lieux à la mode comme *Rodeo Drive* ne me semblaient même plus être une faveur. Je le faisais avec joie, attirant l'attention sur elle simplement parce que j'aimais sa compagnie.

Alors tandis que j'étais assise là, dans le bureau de Harry, feignant de leur en vouloir de ne pas m'apporter beaucoup d'aide, je savais que je me trouvais en présence de mes deux personnes préférées.

— Qu'en dit Don ? a demandé Celia.

— Je suis sûre qu'il fait le tour de tout le studio à ma recherche.

Harry m'a regardée avec insistance. Il savait ce qui pourrait se passer si Don lisait l'article de mauvaise humeur.

— Celia, est-ce que tu tournes aujourd'hui ? s'est-il enquis.

Elle a secoué la tête.

— *La Fierté de la Belgique* ne démarre pas avant la semaine prochaine. J'ai juste des essayages de costumes plus tard, après le déjeuner.

— Je vais décaler tes essayages. Pourquoi n'allez-vous pas faire du shopping, Evelyn et toi ? Nous pouvons appeler chez *Photoplay*, leur faire savoir que vous serez sur Robertson.

— Pour être vue en ville avec Célib St James ? Ça me paraît le parfait exemple de ce que je ne devrais pas faire.

Mon esprit ne cessait de faire défiler le contenu de ce stupide article. *Elle ne prend même pas la peine d'être aimable avec la bonne.*

— Ce sale petit rat, ai-je dit quand j'ai compris.

J'ai tapé du poing sur l'accoudoir du fauteuil.

— Qu'est-ce que tu racontes ? a demandé Harry.

— Ma maudite femme de ménage.

— Tu penses que ta bonne a parlé à *Sub Rosa* ?

— Je suis certaine que ma bonne a parlé à *Sub Rosa*.

— OK, eh bien, elle est virée, a déclaré Harry. Je peux envoyer Betsy là-bas aujourd'hui et la congédier. Elle sera partie quand tu rentreras chez toi.

J'ai pensé aux options que j'avais.

La dernière chose dont j'avais besoin, c'était que l'Amérique refuse d'aller voir mes films parce que je ne voulais pas donner d'enfant à Don. Je savais, bien entendu, que la plupart des cinéphiles n'en diraient jamais autant. Ils ne se rendraient peut-être même pas compte qu'ils le *pensaient*. Mais ils liraient cet article, et, la prochaine fois que l'un de mes films sortirait, ils se diraient qu'il y avait un truc chez moi qu'ils n'avaient jamais aimé, simplement ils n'arrivaient pas à le définir.

Les gens ne trouvent pas particulièrement sympathique ni attachante une femme qui se fait passer en premier. Pas plus qu'ils ne respectent un homme qui ne sait pas tenir son épouse. Ce n'était donc pas très reluisant pour Don non plus.

— Il faut que je parle à Don, ai-je dit, en me levant. Harry, est-ce que tu peux demander à ce que le Dr Lopani téléphone chez moi ce soir ? Aux environs de 18 heures ?

— Pourquoi ?

— J'ai besoin qu'il m'appelle, et quand Paula décrochera, il devra avoir un ton grave, comme s'il avait d'importantes nouvelles pour moi. Il faut qu'il ait l'air assez inquiet pour qu'elle soit intriguée.

— OK…

— Evelyn, qu'est-ce que tu manigances ? a dit Celia, en levant les yeux vers moi.

— Quand je prendrai l'appareil, il doit dire exactement ceci.

J'ai pris un bout de papier et j'ai commencé à écrire. Harry l'a lu, puis a tendu le papier à Celia. Elle m'a regardée.

On a frappé à la porte, et sans même qu'on l'y invite, Don est entré.

— Je te cherchais partout, a-t-il dit.

Sa voix ne trahissait ni colère ni affection. Mais je connaissais Don, et je savais qu'avec lui la tiédeur n'existait pas. L'absence de chaleur était un froid vif.

—Je suppose que tu as lu ces conneries ?

Il tenait le magazine dans la main.

—J'ai un plan, ai-je répondu.

—Oh que oui, tu as un plan. Quelqu'un ferait mieux d'en avoir un, car je ne vais pas me balader dans cette ville avec l'image d'un connard de mari soumis. Cameron, qu'est-ce qui s'est passé là ?

—Je m'en occupe, Don.

—Bien.

—Mais, entre-temps, je pense que tu devrais écouter le plan d'Evelyn. Je crois qu'il est important que tu y adhères avant qu'elle passe à la suite.

Don a pris place dans le fauteuil en face de Celia. Il a hoché la tête vers elle.

—Celia.

—Don.

—Avec tout le respect que je te dois, j'ai le sentiment que c'est un sujet qu'il nous faut aborder tous les trois, a-t-il dit.

—Bien sûr, a-t-elle répondu, en se levant.

—Non, ai-je protesté en tendant la main pour l'en empêcher. Reste. (Don m'a regardée.) C'est mon amie.

Il a levé les yeux au ciel et haussé les épaules.

—Alors, quel est ton plan, Evelyn ?

—Je vais feindre une fausse couche.

—Et pourquoi donc ?

—Les gens vont me détester et probablement perdre tout respect pour toi s'ils pensent que je ne te donnerai pas d'enfant, ai-je expliqué, malgré le fait que c'était exactement ce qui se produisait entre nous.

Voilà le hic, évidemment. Cet article était dans l'ensemble assez vrai.

—Mais ils vous plaindront tous les deux s'ils pensent que vous ne pouvez pas en avoir, a dit Celia.

— Plaindre ? Comment ça, nous plaindre ? Je ne veux pas de leur pitié. Il n'y a aucun pouvoir dans la pitié. On ne peut pas vendre de films avec de la pitié.

Puis Harry a pris la parole :

— C'est ça, oui.

Quand le téléphone a sonné à 18 h 10, Paula a répondu et s'est ensuite précipitée dans la chambre pour me dire que le docteur appelait.

J'ai décroché avec Don à côté de moi.

Le Dr Lopani a lu le script rédigé par mes soins.

J'ai commencé à pleurer, aussi fort que je pouvais, au cas où Paula aurait décidé de s'occuper de ses affaires pour une fois.

Une demi-heure plus tard, Don est descendu pour annoncer à Paula que nous devions la congédier. Il ne s'est pas montré aimable ; il a été juste assez méchant pour la mettre en colère.

Il se peut que vous vous empressiez de révéler aux torchons à scandales la fausse couche de vos employeurs. Mais vous vous empresserez à coup sûr de leur révéler la fausse couche des gens qui viennent de vous licencier.

SUB ROSA

29 juin 1959

DON ET EVELYN : ÇA PASSE OU ÇA CASSE ?

Ils ont tout pour être heureux, sauf la seule chose qu'ils désirent vraiment...

Dans le ménage de Don Adler et Evelyn Hugo, on aurait tort de se fier aux apparences. On pourrait croire qu'Evelyn repousse les avances de Don, ne souhaitant pas s'atteler tout de suite au dur métier de mère, mais il s'avère que l'histoire est bien différente.

Nous étions persuadés qu'Evelyn renvoyait Don dans les cordes, alors qu'elle faisait des heures supplémentaires. En réalité, Don et Evelyn veulent désespérément des enfants qui courent partout dans la maison, mais la nature ne s'est pas montrée clémente jusque-là.

Il semble que dès qu'ils se trouvent «sur la voie familiale», les événements prennent une triste tournure ; une tragédie qui les a frappés ce mois-ci pour la troisième fois.

Envoyons à Don et Evelyn nos meilleurs vœux.

Ce qui ne tend qu'à prouver que l'argent ne fait pas le bonheur, messieurs-dames.

CHAPITRE 17

Le soir qui a suivi la parution de l'article, Don n'était pas convaincu que ce soit la bonne tactique, et Harry était occupé sans vouloir dire à quoi, et je savais que cela signifiait qu'il voyait quelqu'un.

Et j'avais envie de trinquer.

Celia est donc venue à la maison, et nous avons partagé une bouteille de vin.

— Tu n'as pas de bonne, s'est étonnée Celia tandis qu'elle fouillait la cuisine à la recherche d'un tire-bouchon.

— Non, ai-je dit, en soupirant. Pas avant que le studio ait fini d'étudier les candidatures de toutes les postulantes.

Celia a trouvé le tire-bouchon, et je lui ai tendu une bouteille de cabernet.

Je n'ai jamais passé beaucoup de temps dans la cuisine, et c'était plutôt bizarre d'y être sans que quelqu'un regarde par-dessus mon épaule, me propose de me préparer un sandwich ou de m'aider à trouver quoi que je sois en train de chercher. Quand vous êtes riche, vous avez l'impression que certaines zones de votre domicile ne vous appartiennent pas. Pour moi, la cuisine en faisait partie.

J'ai inspecté mes propres placards, en essayant de me rappeler où étaient rangés les verres à vin.

— Ah, ai-je dit en les trouvant. Voilà.

Celia a étudié ceux que je lui tendais.

— Ce sont des flûtes à champagne.

— Oh, c'est vrai, ai-je dit en les remettant à leur place.

Nous avions deux autres tailles de verres. J'ai montré un de chaque à Celia.

—Lesquels ?

—Les plus ronds. Tu n'y connais rien en verres ?

—Verres, plats de service, je ne connais rien de tout ça. Souviens-toi, ma chérie, je suis une nouvelle riche.

Celia s'est esclaffée en nous servant à boire.

—J'ai été soit trop pauvre pour me le permettre, ai-je poursuivi, soit si riche que quelqu'un s'en est chargé pour moi. Jamais entre les deux.

—J'adore ça chez toi, a dit Celia en prenant un verre plein pour me le donner et l'autre pour elle-même. J'ai eu de l'argent toute ma vie. Mes parents se comportent comme s'il existait une noblesse reconnue en Géorgie. Et tous mes frères et sœurs, à l'exception de mon frère aîné Robert, sont exactement comme eux. Ma sœur Rebecca estime que ma participation à des films est une honte pour la famille. La raison n'est pas tant le côté hollywoodien, mais parce que je « travaille ». Elle dit que c'est indigne de ma part. Je les aime, et je les déteste à la fois. Mais c'est ça, la famille, je suppose.

—Je ne sais pas. Je… n'ai pas beaucoup de famille. Aucune, en fait.

Mon père et le reste des proches que j'avais à Hell's Kitchen n'avaient pas réussi à me contacter, s'ils avaient même essayé. Et je n'avais pas passé une seule nuit d'insomnie à penser à eux.

Celia m'a regardée. Elle ne semblait pas éprouver de pitié ni de malaise concernant tout ce dont elle avait bénéficié en grandissant et que je n'avais pas.

—Raison de plus pour que je t'admire autant, a-t-elle dit. Tout ce que tu as, tu es allée t'en emparer.

Elle a incliné son verre vers le mien pour trinquer.

—À toi, a-t-elle dit. Pour être absolument inarrêtable.

J'ai ri, puis bu avec elle.

—Viens, ai-je dit en la guidant hors de la cuisine pour aller dans le salon.

J'ai posé mon vin sur la petite table à pieds en épingle à cheveux, et je me suis dirigée vers la platine vinyle. J'ai sorti *Lady in Satin* de Billie Holiday du fond de la pile de disques. Don détestait Billie Holiday. Mais Don n'était pas là.

—Sais-tu que son vrai nom est Eleanora Fagan? ai-je dit. C'est juste que Billie Holiday est tellement plus joli.

Je me suis assise sur l'un de nos canapés bleus tuftés. Celia a pris place sur celui en face de moi. Elle a replié ses jambes sous elle, sa main libre sur ses pieds.

—Quel est le tien? a-t-elle demandé. Est-ce que c'est réellement Evelyn Hugo?

J'ai pris mon verre et je suis passée aux aveux.

—Herrera. Evelyn Herrera.

Celia n'a pas vraiment réagi. Elle n'a pas dit: «Donc tu es *bien* d'origine latino.» Ni: «Je savais que tu faisais semblant», comme je le craignais. Elle n'a pas dit non plus que ça expliquait pourquoi ma peau était plus foncée que la sienne ou celle de Don. En fait, elle n'a pas prononcé un mot, avant de dire:

—C'est beau.

—Et le tien? ai-je demandé.

Je me suis levée pour aller vers le canapé où elle était assise, pour réduire la distance entre nous. J'ai poursuivi:

—Celia St James…

—Jamison.

—Quoi?

—Cecelia Jamison. Voilà mon vrai nom.

—C'est magnifique. Pourquoi l'a-t-on changé?

—C'est moi qui l'ai changé.

—Pourquoi?

— Parce que ça sonne comme la fille qui pourrait habiter à côté de chez toi. Et j'ai toujours voulu être le genre de fille sur laquelle tu t'estimes heureux de pouvoir poser les yeux. (Elle a penché la tête en arrière et fini son verre.) Comme toi.

— Oh, arrête.

— Non, toi, arrête. Tu sais très bien ce que tu es. Comment tu touches les gens autour de toi. Je tuerais pour avoir une telle poitrine, et des lèvres aussi pulpeuses que les tiennes. Tu donnes envie aux gens de te déshabiller simplement en arrivant dans une pièce entièrement vêtue.

Je me suis sentie rougir de l'entendre parler ainsi de moi. Qu'elle me parle de la manière dont les hommes me voyaient. Je n'avais jamais entendu une femme s'exprimer comme ça.

Celia m'a pris mon verre des mains. Elle a descendu le vin dans son propre gosier.

— Il nous en faut plus, a-t-elle décrété, en agitant le verre vide en l'air.

J'ai souri en emportant les deux verres dans la cuisine. Celia m'a suivie. Elle s'est appuyée contre le comptoir en Formica tandis que je nous servais.

— La première fois que j'ai vu *Père et Fille*, sais-tu ce que j'ai pensé ?

À présent, Billie Holiday chantait faiblement en fond.

— Quoi ? ai-je demandé en lui tendant son verre.

Elle l'a pris et posé un instant, puis elle a bondi sur le comptoir et l'a alors récupéré. Elle portait un corsaire bleu marine et un col roulé blanc sans manches.

— Je me suis dit que tu étais la femme la plus ravissante de la création, et que nous devrions toutes cesser d'essayer de t'égaler.

Elle a avalé la moitié de son verre.

— Non, ce n'est pas vrai, ai-je protesté.

— Si.

J'ai bu une gorgée de mon vin.

—Ça n'a aucun sens. Toi qui m'admires comme si tu étais différente. Tu es une bombe, tout simplement. Avec tes grands yeux bleus et ta taille de guêpe… Je pense qu'ensemble nous en mettons plein la vue aux mecs.

Celia a souri.

—Merci.

J'ai fini mon verre et l'ai posé sur le comptoir. Celia a interprété mon geste comme un défi de m'imiter avec le sien. Elle s'est essuyé la bouche du bout des doigts après avoir terminé. Je nous ai resservies.

—Comment as-tu appris toutes les manigances et sounoiseries que tu connais ? m'a-t-elle demandé.

—Je ne vois absolument pas de quoi tu parles, ai-je pudiquement répondu.

—Tu es plus maligne que tu ne le laisses paraître.

—Moi ?

Celia commençait à avoir la chair de poule, j'ai donc suggéré que nous retournions au salon, où il faisait plus chaud. Les vents du désert s'étaient infiltrés et avaient rendu fraîche cette soirée de juin. Lorsque j'ai commencé, moi aussi, à avoir froid, je lui ai demandé si elle savait comment allumer un feu.

—J'ai vu des gens le faire, a-t-elle répondu en haussant les épaules.

—Moi aussi. J'ai vu Don le faire. Mais je ne l'ai jamais fait moi-même.

—Nous pouvons y arriver, a-t-elle dit. Nous pouvons tout faire.

—Très bien ! Tu vas ouvrir une autre bouteille de vin, et je vais m'atteler à essayer de deviner comment le lancer.

—Super idée !

Celia a ôté la couverture de ses épaules et couru dans la cuisine.

Je me suis agenouillée devant la cheminée et j'ai commencé à remuer les cendres avec le tisonnier. Puis j'ai pris deux bûches et je les ai disposées perpendiculaires l'une à l'autre.

— Il nous faut du papier journal, a-t-elle dit en revenant. Et j'ai estimé que les verres étaient devenus inutiles.

J'ai levé la tête pour la voir prendre une lampée de vin au goulot. J'ai ri, attrapé le journal sur la table, et je l'ai balancé dans le foyer.

— Encore mieux! ai-je dit.

Je suis montée en courant chercher l'exemplaire de *Sub Rosa* qui m'avait traitée de garce frigide. Je suis redescendue à toute vitesse pour le lui montrer.

— Nous allons brûler ce torchon!

J'ai jeté le magazine dans la cheminée et craqué une allumette.

— Vas-y! a-t-elle dit. Brûle ces conneries.

La flamme a fait s'enrouler les pages, a tenu un moment, avant de se dissiper en crépitant. J'ai craqué une autre allumette et je l'ai jetée dans le foyer.

Je suis parvenue je ne sais comment à quelques braises, puis à une toute petite flamme tandis qu'une partie du journal s'embrasait.

— OK, ai-je dit. J'ai bon espoir que ceci prenne lentement forme.

Celia m'a rejointe en me tendant la bouteille de vin. Je l'ai prise pour en boire une gorgée.

— Tu as un peu de retard à rattraper, a-t-elle dit, alors que je tentais de la lui rendre.

J'ai ri et porté de nouveau le goulot à mes lèvres.

C'était un vin onéreux. J'aimais le boire comme si c'était de l'eau, comme s'il ne valait rien à mes yeux. *Les filles pauvres de Hell's Kitchen ne peuvent pas boire ce genre de vin et le traiter comme si ce n'était rien.*

—Du calme, du calme, rends-moi ça, m'a-t-elle dit.

Je m'y suis agrippée avec provocation, sans desserrer ma prise.

Elle avait la main sur la mienne, tirant avec la même force que moi. Et j'ai dit alors :

—OK, elle est toute à toi.

Mais je l'ai dit trop tard, et j'ai lâché trop tôt.

Le vin a giclé partout sur son haut blanc.

—Oh, Seigneur ! ai-je déploré. Je suis désolée.

J'ai posé la bouteille sur la table, et j'ai entraîné Celia par la main pour monter l'escalier.

—Tu peux m'emprunter un chemisier. J'en ai un parfait pour toi.

Je l'ai amenée dans ma chambre et directement dans mon dressing. Je l'ai observée tandis qu'elle regardait autour d'elle, embrassant l'environnement de la chambre que je partageais avec Don.

—Est-ce que je peux te demander quelque chose ? a-t-elle dit.

Une légère mélancolie perçait dans sa voix. J'avais l'impression qu'elle allait peut-être me demander si je croyais aux fantômes, ou au coup de foudre.

—Bien sûr.

—Et tu promets de dire la vérité ? a-t-elle insisté en s'asseyant sur le coin du lit.

—Pas particulièrement. (Elle s'est esclaffée.) Mais vas-y, pose ta question. Et on verra bien.

—Est-ce que tu l'aimes ?

—Don ?

—Qui d'autre ?

J'y ai réfléchi. Je l'avais un jour aimé. Je l'avais beaucoup aimé même. Mais est-ce que je l'aimais encore ?

—Je ne sais pas.

—Est-ce que tout ça est purement médiatique? Est-ce que tu t'es mariée seulement pour être une Adler?

—Non. Je ne crois pas.

—Quoi, alors?

Je l'ai rejointe pour m'asseoir sur le lit.

—C'est dur de dire si je l'aime ou pas, ou de dire que je suis avec lui pour telle raison plutôt qu'une autre. Je l'aime, et une grande partie du temps je le déteste. Et je suis avec lui à cause de son nom, mais aussi parce que nous nous amusons bien ensemble. Nous nous amusions énormément avant, et aujourd'hui ça arrive encore quelquefois. C'est difficile à expliquer. Parfois, je me retrouve à avoir tellement envie d'être avec lui que j'en suis gênée. J'ignore si une femme est censée vouloir un homme autant que je me surprends à vouloir Don.

Don m'a peut-être appris que j'étais capable d'aimer quelqu'un et de le désirer. Mais il m'a aussi appris que vous pouviez désirer quelqu'un même quand vous ne l'appréciez pas, que vous pouviez désirer quelqu'un *surtout* quand vous ne l'appréciez pas. Je crois qu'aujourd'hui on appelle ça la baise haineuse. Mais c'est un terme cru pour une chose qui se révèle être une expérience sensuelle, très humaine.

—Oublie ma question, a dit Celia en se levant du lit.

Je voyais qu'elle était perturbée.

—Laisse-moi te trouver un chemisier, ai-je dit en marchant vers la commode.

C'était l'un de mes préférés, couleur lilas avec des reflets argentés. Mais il ne m'allait pas très bien. J'arrivais à peine à le boutonner au niveau de la poitrine. Celia était plus petite que moi, plus délicate.

—Tiens, ai-je dit en le lui tendant.

Elle me l'a pris et l'a regardé.

—La couleur est ravissante.

—Je sais. Je l'ai volé sur le plateau de *Père et Fille*. Mais ne le dis à personne.

—J'espère que tu sais à présent que tous tes secrets sont bien gardés avec moi, a-t-elle dit en commençant à le déboutonner pour l'enfiler.

Je pense que pour elle, c'était une remarque désinvolte. Mais ça signifiait beaucoup à mes yeux. Pas parce qu'elle le disait, je suppose. Mais parce que *quand* elle l'a dit, je me suis aperçue que je la croyais.

—Oui. Je le sais.

Les gens pensent que l'intimité est une histoire de sexe. Mais c'est surtout une histoire de confiance.

Quand vous prenez conscience que vous pouvez raconter votre vérité à une personne, quand vous pouvez lui montrer qui vous êtes, quand vous vous tenez à nu devant elle et que sa réponse est : « Tu es en sécurité avec moi », c'est de l'intimité.

Et selon ces critères, je n'avais jamais vécu moment plus intime avec quiconque que celui-là avec Celia.

J'en ai éprouvé tant de reconnaissance, de gratitude, que j'avais envie de mettre mes bras autour d'elle et de ne jamais plus la lâcher.

—Je ne suis pas certaine qu'il m'ira, a-t-elle dit.

—Essaie-le. Je parie que oui, et s'il te va, il est à toi.

Je voulais lui donner des tas de choses. Je voulais que ce que je possédais lui appartienne. Je me suis demandé si c'était ça d'aimer quelqu'un. Je savais déjà ce que voulait dire *être amoureuse* de quelqu'un. Je l'avais ressenti, et je l'avais interprété. Mais d'*aimer* une personne. D'en prendre soin. D'unir votre sort au sien et de penser : *Quoi qu'il arrive, c'est toi et moi.*

—Très bien, a-t-elle dit.

Elle a jeté le chemisier sur le lit. Tandis qu'elle retirait son haut, je me suis retrouvée à observer la pâleur de la peau tendue sur ses côtes. J'ai contemplé la blancheur éclatante de son soutien-gorge. J'ai remarqué la façon dont ses seins, au lieu d'être soulevés comme les miens, donnaient l'impression que le sous-vêtement était là simplement pour la décoration. J'ai suivi le minuscule parcours de taches de rousseur brun foncé le long de sa hanche droite.

—Eh bien, salut, a dit Don.

J'ai bondi. Celia a poussé un petit cri et s'est précipitée pour remettre son col roulé. Don a commencé à rire.

—Mais bon sang, que se passe-t-il ici ? s'est-il moqué.

Je suis allée vers lui et j'ai répondu :

—Absolument rien.

PHOTOMOMENT

2 novembre 1959

VIE D'UNE FÊTARDE

Celia St James est vraiment en train de se faire un nom en ville ! Et ce n'est pas seulement parce qu'elle se révèle être une actrice sensass. L'Ange de Géorgie sait comment se faire tous les bons amis.

La plus en vue du lot est la starlette préférée de tous, Evelyn Hugo. Celia et Evelyn ont été vues partout en ville, à écumer les magasins, bavarder, trouvant même du temps pour un ou deux tours de golf féminin au Beverly Hills Golf Club.

Et pour rendre les choses encore plus parfaites, il semble que les nouvelles meilleures amies s'apprêtent à de nombreuses sorties à quatre dans un futur proche. Celia a en effet été aperçue au *Trocadero* avec nul autre que Robert Logan, ami proche du mari d'Evelyn, Don Adler.

Un charmant rendez-vous, des amis glamour, et des rumeurs de statuette à l'horizon : c'est le bon moment pour être Celia St James !

CHAPITRE 18

—J e ne veux pas faire ça, a soupiré Celia.

Elle portait une robe noire sur mesure avec un profond décolleté en V. C'était le genre de robe que je ne pourrais jamais porter hors de la maison, où la police risquait de m'embarquer pour prostitution. Elle avait un collier de diamants que Don avait persuadé Sunset de lui prêter.

Sunset ne se chargeait pas d'aider les actrices indépendantes, mais Celia voulait les diamants, et je voulais que Celia ait tout ce qu'elle voulait. Et Don voulait que j'aie tout ce que je voulais, du moins la plupart du temps.

Don venait de briller dans son deuxième western, *Le Juste*, après avoir mis une grosse pression sur Ari Sullivan pour effectuer un autre essai. Cette fois, cependant, les critiques racontaient une autre histoire. Don avait « mûri ». Il convainquait tout le monde, dans cette seconde tentative, qu'il était une formidable star de films d'action.

Ce qui se traduisait par Don figurant dans le film au sommet du box-office, et Ari Sullivan lui accordant tout ce qu'il demandait.

C'est ainsi que ces diamants se sont frayé un chemin jusqu'au cou de Celia, le gros rubis central reposant en haut de ses seins.

J'étais de nouveau en robe vert émeraude. C'était un look qui commençait à devenir ma signature. Cette fois, elle était en peau de soie et à épaules nues, avec une taille cintrée, une jupe longue, et des perles sur le décolleté. J'avais les cheveux détachés dans un carré brushé vers l'intérieur.

J'ai regardé en direction de Celia, qui s'observait dans le miroir de ma coiffeuse, en tripotant son bouffant.

— Tu dois le faire, ai-je dit.

— Je n'en ai pas envie. Est-ce que ça ne compte pas pour quelque chose ?

J'ai pris ma pochette, conçue pour être assortie à ma robe.

— Pas vraiment.

— Tu n'es pas ma patronne, tu sais.

— Pourquoi sommes-nous amies ? lui ai-je demandé.

— Honnêtement ? Je ne m'en souviens même pas.

— Parce que notre unité vaut plus que la somme de nos éléments.

— Et alors ?

— Et alors quand il est question de rôles à accepter et de la façon dont il faut les jouer, qui est aux commandes ?

— Moi.

— Et maintenant, quand c'est la première de notre film ? Qui est alors aux commandes ?

— Je suppose que c'est toi.

— Tu supposes bien.

— Je le déteste sincèrement, Evelyn.

Elle touchait à son maquillage.

— Repose le rouge, ai-je dit. Gwen t'a rendue ravissante. Ne va pas gâcher la perfection.

— Est-ce que tu m'as écoutée ? J'ai dit que je le détestais.

— Bien sûr que tu le détestes. C'est une fouine.

— Il n'y a personne d'autre ?

— Pas à cette heure-ci.

— Et je ne peux pas y aller seule ?

— À ta propre première ?

— Pourquoi ne pouvons-nous pas simplement y aller ensemble, toi et moi ?

—J'y vais avec Don. Tu y vas avec Robert.

Celia a sourcillé et s'est retournée vers le miroir. J'ai vu ses yeux se plisser et ses lèvres se pincer, comme si elle songeait à quel point elle était en colère. J'ai pris son sac et le lui ai tendu. C'était l'heure de partir.

—Celia, tu veux bien arrêter ? Si tu n'es pas disposée à faire ce qu'il faut pour avoir ton nom dans le journal, alors pourquoi diable es-tu là ?

Elle s'est levée, m'a arraché le sac des mains, et a passé la porte. Je l'ai regardée descendre l'escalier, entrer dans notre salon avec un large sourire, puis courir dans les bras de Robert comme si elle pensait qu'il était le sauveur de toute l'humanité.

J'ai rejoint Don. Il raflait toujours la mise dans son smoking. Il était indéniable qu'il serait l'homme le plus séduisant de la soirée. Mais je me lassais de lui. Quel est le dicton, déjà ? *Derrière chaque jolie femme, il y a un homme qui en a marre de la baiser* ? Eh bien, ça fonctionne dans les deux sens. On n'évoque jamais cet aspect.

—On y va ? a dit Celia, comme si elle mourait d'impatience d'apparaître à la première de son film au côté de Robert.

C'était une grande actrice. Personne ne l'a jamais nié.

—Je ne veux pas perdre une minute de plus, ai-je répondu, en passant mon bras sous celui de Don comme si ma vie en dépendait.

Il a baissé les yeux sur mon bras, puis m'a regardée, l'air agréablement surpris par ma chaleur.

—Allons voir nos petites femmes dans les *Quatre Filles*, d'accord ? a-t-il lancé.

J'ai failli le gifler. Je lui devais une gifle ou deux. Ou quinze.

Nos voitures sont venues nous prendre pour nous conduire au Grauman's Chinese Theatre.

Des portions de Hollywood Boulevard avaient été bloquées en prévision de notre arrivée. Le chauffeur s'est arrêté juste derrière la limousine de Celia et Robert devant le cinéma. Nous étions les derniers dans une rangée de quatre voitures.

Lorsque vous faites partie d'un groupe d'actrices vedettes dans un film et que le studio veut donner du grand spectacle, il veille à ce que vous arriviez toutes en même temps, dans quatre véhicules séparés, au bras de quatre bons partis célibataires ; sauf que, dans mon cas, le bon parti célibataire était mon époux.

Nos cavaliers sont sortis en premier, chacun se tenant prêt et offrant une main. J'ai attendu en regardant Ruby sortir, puis Joy, et Celia. J'ai attendu juste une seconde de plus que le reste d'entre elles. Puis j'ai émergé de la voiture, jambes en avant, sur le tapis rouge.

—Tu es la plus belle femme ici, m'a glissé Don à l'oreille tandis que je me tenais à ses côtés.

Mais je savais déjà qu'il le pensait. J'étais parfaitement consciente que, dans le cas contraire, il ne m'aurait pas courtisée.

Les hommes n'étaient presque jamais avec moi pour ma personnalité. Je n'insinue pas que les femmes dotées d'esprit devraient avoir pitié des beautés. Je dis juste que ce n'est pas si génial d'être aimée pour quelque chose que vous n'avez pas accompli.

Les photographes ont commencé à appeler nos noms tandis que nous entrions. Mon crâne était un fouillis de mots lancés dans ma direction.

—Ruby ! Joy ! Celia ! Evelyn !

—Mr et Mrs Adler ! Par ici !

Je m'entendais à peine penser par-dessus le vacarme des appareils qui crépitaient et de la foule qui bourdonnait. Mais, comme je m'étais depuis longtemps habituée à le faire, j'ai feint un calme intérieur extrême, comme si être traitée comme un tigre au zoo était ma situation favorite.

Don et moi nous tenions la main et souriions pour chaque flash. Au bout du tapis rouge se trouvaient quelques hommes munis de micros. Ruby répondait à l'un d'eux. Joy et Celia parlaient à un autre. Le troisième m'a mis son micro dans la figure.

C'était un type courtaud avec de petits yeux et un nez bulbeux en chou-fleur. Un physique de radio, comme on dit.

— Miss Hugo, êtes-vous excitée par la sortie de ce film ?

J'ai ri aussi gentiment que je le pouvais pour masquer combien je trouvais sa question stupide.

— J'ai attendu toute ma vie de jouer Jo March. Je suis incroyablement excitée par cette soirée.

— Et vous semblez vous être fait une nouvelle amie durant le tournage.

— Comment ça ?

— Vous et Celia St James. Vous semblez être de grandes amies.

— Elle est merveilleuse. Et merveilleuse dans le film. Absolument.

— Ça a l'air de devenir chaud bouillant entre elle et Robert Logan.

— Oh, c'est à eux qu'il faudrait demander. Je l'ignore.

— Mais n'avez-vous pas arrangé leur rencontre ?

Don est intervenu.

— Je pense que ce sera tout pour les questions.

— Don, quand est-ce que votre dame et vous allez fonder une famille ?

— J'ai dit que ça suffisait, mon ami. Et ça suffit. Merci.

Don m'a poussée pour que j'avance.

Nous sommes arrivés aux portes, et j'ai regardé Ruby et son cavalier, suivis par Joy avec le sien, les franchir. Don a ouvert la porte devant nous, en m'attendant. Robert a tenu celle de l'autre côté pour Celia.

Et j'ai eu une idée.

J'ai pris Celia par la main, et nous nous sommes retournées.

— Fais signe à la foule, ai-je dit en souriant. Comme si nous étions les foutues reines d'Angleterre.

Celia a affiché un sourire éclatant et fait exactement comme je lui avais demandé. Nous nous sommes dressées là, en noir et vert, rousse et blonde, l'une toute en cul et l'autre toute en nichons, agitant la main vers les gens comme si nous les gouvernions.

Ruby et Joy n'étaient visibles nulle part. Et la foule rugissait pour *nous*. Nous avons fait volte-face pour nous diriger vers la salle afin d'y prendre place.

— Grand moment, a dit Don.

— Je sais.

— Dans seulement quelques mois, tu seras récompensée pour ta prestation, et je serai récompensé pour *Le Juste*. Et ensuite, tout est possible.

— Celia sera nommée, aussi, lui ai-je chuchoté à l'oreille.

— Le public partira de ce film en parlant de toi, a-t-il dit. Je n'en doute pas une seconde.

En regardant vers eux, j'ai vu Robert murmurer à l'oreille de Celia. Elle riait comme s'il avait réellement quelque chose de drôle à dire. Mais c'était moi qui lui avais obtenu ces diamants, moi qui lui avais obtenu cette ravissante photo de nous deux qui ferait les gros titres le lendemain. Pendant ce temps-là, elle se comportait comme s'il allait faire tomber sa robe rien qu'au charme. Tout ce que je pouvais penser, c'était qu'il ignorait tout de ces taches de rousseur alignées sur sa hanche. Je connaissais leur existence, et pas lui.

— Elle a vraiment du talent, Don.

— Oh, remets-toi de cette fille. J'en ai marre d'entendre répéter son nom à longueur de journée, bon Dieu! On ne devrait pas te poser de questions sur elle. On devrait t'en poser sur *nous*.

— Don, je…

Il m'a congédiée de la main, estimant, avant même que j'aie prononcé un mot, que mon opinion lui était égale.

Les lumières se sont éteintes. La foule s'est tue. Le générique s'est mis à défiler. Et mon visage est apparu. Le public entier a rivé les yeux sur moi à l'écran tandis que je disais : « Sans les cadeaux, Noël ne serait pas Noël ! »

Mais le temps que Celia dise : « Nous avons encore un bon père et une chère maman et nous sommes quatre sœurs bien unies », j'ai su que c'était fini pour moi.

Tout le monde sortirait de ce cinéma en parlant de Celia St James.

J'aurais dû en éprouver de la crainte, de la jalousie ou de l'incertitude. J'aurais dû intriguer pour partir avec un avantage sur elle de quelque manière, en inventant une histoire selon laquelle elle était prude ou couchait à droite à gauche. C'est la façon la plus rapide de ruiner la réputation d'une femme, après tout ; d'insinuer qu'elle n'a pas trouvé le juste milieu, à savoir *être sexuellement satisfaisante* sans jamais paraître *désirer la satisfaction sexuelle*.

Mais plutôt que consacrer les cent minutes suivantes à panser mes plaies, j'ai passé ce temps à réprimer un sourire.

Celia allait gagner un Oscar. C'était aussi évident que le nez sur sa figure. Et ça ne me rendait pas amère. Ça me rendait heureuse.

Quand Beth est morte, j'ai pleuré. Puis j'ai tendu le bras au-dessus des genoux de Robert et Don, pour serrer la main de Celia. Don a roulé des yeux vers moi. Et j'ai pensé : *Il va trouver une raison de me frapper plus tard. Mais ce sera pour cela.*

Je me tenais au beau milieu du manoir d'Ari Sullivan, juché au sommet de Benedict Canyon. Don et moi avions remonté les rues sinueuses sans beaucoup s'adresser la parole. Je le soupçonnais d'avoir pris conscience de la même chose que moi après avoir vu Celia dans ce film. Que personne ne s'intéresserait à quoi que ce soit d'autre.

Une fois que notre chauffeur nous a déposés et que nous sommes entrés, Don a dit :

— Il faut que j'aille aux chiottes.

Et il a disparu. J'ai cherché Celia, en vain. À la place, je me suis retrouvée entourée de losers lèche-cul, espérant se frotter à moi pendant qu'ils buvaient leurs cocktails sirupeux et dégoisaient sur Eisenhower.

— Voulez-vous bien m'excuser ? ai-je dit à une femme avec une affreuse coupe boule.

Elle dissertait sur le diamant Hope. Les femmes qui collectionnaient les bijoux rares semblaient exactement pareilles à ces hommes rêvant désespérément de passer juste une nuit avec moi. Le monde n'était question que d'objets pour eux ; tout ce qu'ils voulaient, c'était posséder.

— Oh, te voilà, Ev, a dit Ruby lorsqu'elle m'a trouvée dans le couloir.

Elle tenait deux cocktails verts et parlait d'un ton mitigé, un peu difficile à déchiffrer.

— Tu passes une bonne soirée ? ai-je demandé.

Elle a regardé par-dessus son épaule, calé dans sa main les pieds des deux verres, puis m'a tirée par le coude, faisant gicler ses boissons dans l'action.

— Hé, Ruby, ai-je lancé, visiblement perturbée.

Elle a hoché secrètement la tête vers la buanderie à notre droite.

— Mais bon sang, que…

— Veux-tu bien ouvrir cette foutue porte, Evelyn ?

J'ai tourné la poignée, et Ruby est entrée en m'entraînant avec elle. Elle a refermé derrière nous.

—Tiens, a-t-elle dit, en me tendant l'un des cocktails dans le noir. J'allais le chercher pour Joy, mais prends-le. Il va avec ta robe, de toute façon.

Tandis que mes yeux s'adaptaient à la pénombre, j'ai pris le verre.

—Tu as de la *chance* qu'il soit assorti à ma robe. Tu m'as presque aspergée de la moitié.

Avec sa main désormais libre, Ruby a tiré sur la chaîne pour allumer la lumière au-dessus de nous. La minuscule pièce s'est éclairée, en me piquant les yeux.

—Tu t'es vraiment assise sur la bienséance, ce soir, Ruby.

—Tu crois que je m'inquiète de ce que tu penses de moi, Evelyn Hugo? Maintenant, écoute, qu'est-ce qu'on va faire?

—Qu'est-ce qu'on va faire à propos de quoi?

—À propos de quoi? À propos de Celia St James, bien sûr.

—Eh bien quoi, Celia?

Ruby a baissé la tête de contrariété.

—Evelyn, je te jure.

—Elle a livré une excellente interprétation. Que pouvons-nous y faire?

—J'avais prévenu Harry qu'il se passerait exactement ça. Et il m'a juré que non.

—Bon, et qu'est-ce que tu veux que j'y fasse?

—Tu es perdante, toi aussi. Ou est-ce que tu ne le vois pas?

—Bien sûr que je le vois!

Je m'en souciais, évidemment. Mais je savais également que je pouvais toujours gagner dans la catégorie meilleure actrice. Celia et Ruby seraient en compétition pour le meilleur second rôle.

—Je ne sais pas quoi te dire, Ruby. Celia ne nous posait plus de problème. Elle a du talent, elle est magnifique et charmante, et quand tu as été surpassée, quelquefois c'est bon de le reconnaître et de tourner la page.

Ruby m'a regardée comme si je venais de la gifler. Je n'avais rien à ajouter, et elle me bloquait le passage pour sortir de la pièce. J'ai donc porté le cocktail à ma bouche, et je l'ai avalé en deux gorgées.

— Ce n'est pas l'Evelyn que je connais et que je respecte, a-t-elle dit.

— Oh, Ruby, mets-la en veilleuse.

Elle a fini son verre.

— Les gens racontent toutes sortes d'histoires sur vous deux, et je n'y croyais pas. Mais à présent… je ne sais pas quoi penser.

— Les gens racontent quelles sortes d'histoires?

— Tu sais bien.

— Je t'assure que je n'en ai pas la moindre idée.

— Pourquoi est-ce que tu compliques tout à ce point?

— Ruby, tu m'as attirée dans une buanderie contre mon gré, et tu aboies contre moi pour des choses que je ne peux pas contrôler. Ce n'est pas moi qui suis compliquée.

— Elle est *lesbienne*, Evelyn.

Jusqu'à ce moment, les sons de la fête qui se déroulait autour de nous avaient été étouffés mais toujours distincts. Mais à la seconde où Ruby a prononcé ces paroles, à la seconde où j'ai entendu le mot *lesbienne*, mon cœur a battu si vite que mon pouls était désormais le seul bruit que je pouvais entendre. Je ne prêtais aucune attention aux horreurs qui s'échappaient des lèvres de Ruby. J'arrivais seulement à saisir certains mots, comme *fille*, *gouine* et *tordue*.

La peau de ma poitrine s'est embrasée. Mes oreilles brûlaient.

J'ai fait tout mon possible pour me calmer. Et quand j'y suis parvenue, que je me suis concentrée sur les propos de Ruby, j'ai finalement entendu l'autre moitié de ce qu'elle tentait de me dire.

— Tu devrais probablement mieux tenir ton mari, au fait. Il est dans la chambre d'Ari en train de se faire sucer par une harpie de la MGM.

Quand elle m'a dit ça, je n'ai pas pensé : *Oh, mon Dieu ! Mon époux me trompe.* J'ai pensé : *Il faut que je trouve Celia.*

CHAPITRE 19

E velyn se lève du canapé et prend le téléphone, pour demander à Grace de nous commander à dîner au restaurant méditerranéen à l'angle.

— Monique ? Que voudriez-vous ? Bœuf ou poulet ?

— Du poulet, s'il vous plaît.

Je l'observe, attendant qu'elle se rasseye et reprenne son récit. Mais quand effectivement elle se rassied, elle me regarde à peine. Elle n'assume pas ce qu'elle vient de me raconter, et n'admet pas non plus ce que je soupçonne depuis un certain temps déjà. Je n'ai pas d'autre choix qu'être directe.

— Est-ce que vous saviez ?

— Est-ce que je savais quoi ?

— Que Celia St James était gay ?

— Je vous livre l'histoire telle qu'elle s'est déroulée.

— Eh bien, oui. Mais…

— Mais quoi ?

Evelyn est calme, parfaitement posée. Et je n'arrive pas à déterminer si c'est parce qu'elle sait ce que je suspecte et qu'elle est enfin prête à m'avouer la vérité, ou parce que je suis complètement à côté de la plaque et qu'elle n'a donc aucune idée de ce que je pense.

Je ne suis pas sûre de vouloir lâcher la question avant de savoir la réponse.

Evelyn a les lèvres pincées en ligne droite, les yeux braqués sur moi. Mais je remarque, alors qu'elle attend que je prenne la parole, que sa poitrine monte et descend à un rythme rapide.

Elle est nerveuse. Elle n'est pas aussi confiante qu'elle veut le faire croire. Elle est actrice, après tout. Je devrais bien savoir, depuis le temps, que les apparences sont parfois trompeuses avec Evelyn.

Alors je lui pose la question de façon à la laisser me révéler tout, ou le peu qu'elle est prête à dire.

— Qui a été l'amour de votre vie ?

Evelyn me regarde dans les yeux, et je sais qu'elle a besoin d'un minuscule encouragement de plus.

— Ce n'est pas grave, Evelyn. Vraiment.

Ce n'est pas rien. Mais ce n'est vraiment pas grave. Les choses ne sont pas pareilles qu'à l'époque. Bien que ce ne soit pas encore entièrement sans danger, non plus, je dois l'admettre.

Mais quand même.

Elle peut le dire.

Elle peut me le dire.

Elle peut l'admettre, librement. Maintenant. Ici.

— Evelyn, qui a été votre grand amour ? Vous pouvez me le dire.

Evelyn regarde par la fenêtre, inspire profondément, puis répond :

— Celia St James.

La pièce est silencieuse, tandis qu'Evelyn se permet d'entendre ses propres mots. Puis elle affiche un large sourire, éclatant, des plus sincères. Elle se met à rire toute seule, puis se concentre de nouveau sur moi.

— J'ai l'impression d'avoir passé ma vie entière à l'aimer.

— Donc, ce livre, votre biographie… vous êtes prête à faire votre coming out ?

Evelyn ferme les yeux un instant, et je crois d'abord qu'elle assimile le poids de ce que j'ai dit. Mais lorsqu'elle les rouvre, je comprends qu'elle s'efforce d'assimiler ma stupidité.

— N'avez-vous donc rien écouté de ce que je vous ai raconté ? J'ai aimé Celia, mais avant elle, j'ai aussi aimé Don. En fait, je suis persuadée que si Don ne s'était pas révélé être un spectaculaire connard, je n'aurais probablement jamais été capable de tomber amoureuse de quelqu'un d'autre. Je suis bisexuelle. N'occultez pas la moitié de ce que je suis afin de pouvoir me faire entrer dans une case, Monique. Ne faites pas ça.

Ça blesse. Durement. Je sais ce qu'on ressent quand les gens s'imaginent des choses sur vous, vous imposent une étiquette basée sur ce que vous leur semblez être. J'ai passé ma vie à essayer d'expliquer aux gens que, même si j'ai l'air Noire, je suis métisse. J'ai passé ma vie à expérimenter l'importance de permettre aux gens de vous dire qui ils sont, au lieu de les réduire à des stéréotypes.

Et voilà que je suis allée infliger à Evelyn ce que tant de gens m'ont infligé.

Son histoire d'amour avec une femme m'a signalé qu'elle était gay, et je n'ai pas attendu qu'elle me dise qu'elle était bisexuelle. C'est précisément là qu'elle veut en venir, non ? C'est pourquoi elle souhaite être si bien comprise, avec des choix de termes si parfaits. Parce qu'elle veut être vue exactement comme elle est en réalité, avec toutes les nuances et teintes de gris. De la même manière que j'ai voulu être vue.

Voici donc mon erreur. J'ai juste merdé. Et malgré mon désir de laisser ça derrière moi ou d'estimer que ce n'est rien, je sais que la meilleure réaction dans ce cas est de m'excuser.

— Je suis désolée, dis-je. Vous avez absolument raison. J'aurais dû vous demander comment vous vous identifiiez plutôt que supposer que je le savais. Alors laissez-moi reformuler. Êtes-vous prête à faire votre coming out, dans les pages de ce livre, en tant que femme bisexuelle ?

— Oui, dit-elle en acquiesçant. Oui, je suis prête.

Evelyn paraît satisfaite de mes excuses, même si je devine qu'elle est encore légèrement indignée. Mais nous avons repris le travail.

—Et comment l'avez-vous compris, exactement? Que vous l'aimiez? Après tout, vous auriez pu découvrir qu'elle était intéressée par les femmes et tout aussi simplement ne pas réaliser qu'elle vous plaisait.

—Eh bien, ça a aidé que mon mari soit en train de me tromper à l'étage. Parce que j'étais malade de jalousie sur les deux tableaux. J'étais jalouse d'apprendre que Celia était gay, car ça signifiait qu'elle était avec d'autres femmes, ou l'avait été, que sa vie ne se réduisait pas à *moi*. Et j'étais jalouse que mon mari soit avec une autre femme à l'étage à la soirée même où je me trouvais, parce que c'était gênant et que ça menaçait mon mode d'existence. Je vivais dans ce monde où je pensais pouvoir bénéficier de cette proximité avec Celia et de cette distance avec Don, sans qu'aucun d'eux n'ait besoin de quoi que ce soit de la part de quiconque. C'était cette étrange bulle qui s'est juste élevée avant d'éclater.

—J'imagine qu'à l'époque ce n'était pas une conclusion à laquelle vous arriviez facilement, d'être amoureuse de quelqu'un du même sexe.

—Bien sûr que non! Peut-être que si j'avais passé ma vie à refouler des sentiments envers les femmes, j'aurais alors été préparée pour ça. Mais ce n'était pas le cas. On m'a appris à apprécier les hommes, et j'avais trouvé – quoique temporairement – l'amour et le désir avec l'un d'eux. Le fait que je veuille être en permanence en compagnie de Celia, que je me préoccupe assez d'elle pour accorder plus d'importance à son bonheur qu'au mien, que j'aime songer au moment où elle s'est tenue devant moi sans son haut… Maintenant, vous assemblez les éléments, et vous dites, un plus un égale « je suis amoureuse d'une femme ». Mais à l'époque, du moins en ce qui me concerne, je n'avais pas cette équation.

Et si vous n'êtes même pas consciente qu'il y a une formule à appliquer, comment diable êtes-vous censée trouver la réponse ? Je pensais enfin vivre une amitié avec une femme. Et je pensais que mon mariage coulait parce que mon mari était un abruti. Et au passage, ces deux choses étaient vraies. C'est juste qu'elles ne constituaient pas l'entière vérité.

— Alors qu'avez-vous fait ?

— À la soirée ?

— Oui, qui êtes-vous allée voir en premier ?

— Eh bien, dit Evelyn, l'un d'eux est venu à moi.

CHAPITRE 20

R uby m'a laissée sur place, à côté du sèche-linge, un verre à cocktail vide dans la main.

Il fallait que je retourne à la soirée. Mais j'étais plantée là, pétrifiée, en pensant : *Sors d'ici*. Je n'arrivais simplement pas à tourner la poignée de la porte. Puis elle s'est ouverte d'elle-même. Celia. Avec la fête tapageuse et vivement éclairée en toile de fond.

— Evelyn, qu'est-ce que tu fais ?

— Comment m'as-tu trouvée ?

— J'ai croisé Ruby, qui m'a dit que je te trouverais en train de boire dans la buanderie. Je croyais que c'était une plaisanterie.

— Eh non.

— Je vois ça.

— Est-ce que tu couches avec des femmes ? ai-je demandé. Celia, choquée, a fermé la porte derrière elle.

— De quoi est-ce que tu parles ?

— Ruby prétend que tu es lesbienne.

Elle a regardé par-dessus mon épaule.

— Qui se soucie de ce que Ruby raconte ?

— L'es-tu ?

— Est-ce que tu vas cesser d'être mon amie maintenant ? Est-ce de cela qu'il s'agit ?

— Non, ai-je répondu en secouant la tête. Bien sûr que non. Je ne… ferais jamais ça. Jamais.

— Quoi, alors ?

— Je veux juste savoir, c'est tout.

— Pourquoi ?

— Ne crois-tu pas que j'ai le droit d'être au courant ?

— Ça dépend.

— Donc tu l'es ?

Celia a posé la main sur la poignée, prête à partir. Instinctivement, je me suis penchée en avant et lui ai saisi le poignet.

— Qu'est-ce que tu fabriques ? a-t-elle demandé.

J'aimais la sensation de sa peau sous mes doigts. J'aimais la façon dont son parfum imprégnait entièrement la minuscule pièce. Je me suis inclinée et l'ai embrassée.

Je ne savais pas ce que je faisais. Et j'entends par là que je n'avais pas totalement le contrôle de mes mouvements et que *j'ignorais* physiquement comment l'embrasser. Cela devait-il être de la façon dont j'embrassais les hommes, ou différent de quelque manière ? Par ailleurs, je ne comprenais pas la portée émotionnelle de mes actions. Je ne comprenais pas réellement leur signification ni leur danger.

J'étais une femme célèbre embrassant une autre femme célèbre dans la maison de l'un des plus grands directeurs de studio à Hollywood, entourée de producteurs et de stars, et probablement d'une bonne dizaine de gens qui cafardaient au magazine *Sub Rosa*.

Mais ma seule préoccupation à ce moment-là était que ses lèvres étaient douces. Sa peau était dénuée de toute rugosité. Et tout ce qui m'intéressait, c'était qu'elle me rendait mon baiser, et qu'elle retirait sa main de la poignée, pour la poser à la place sur ma taille.

Elle sentait la fleur, comme de la poudre de lilas, et ses lèvres étaient humides. Elle avait l'haleine sucrée, corsée du goût de la cigarette et de la crème de menthe.

Quand elle s'est pressée contre moi, que nos poitrines se sont touchées et que son bassin a effleuré le mien, tout ce que j'ai pu penser, c'est que ce n'était pas si différent, et pourtant ça l'était entièrement. Elle était rebondie aux endroits où Don était plat, et plate aux endroits où Don était rebondi.

Et malgré tout, cette impression de pouvoir sentir votre cœur battre dans votre poitrine, que votre corps vous dit qu'il en veut plus, que vous vous perdez dans le parfum, le goût et le contact d'une autre personne… cette impression était en tout point la même.

Celia s'est dégagée la première.

—Nous ne pouvons pas rester ici, a-t-elle dit.

Elle s'est essuyé les lèvres sur le dos de sa main. Elle a frotté le bas des miennes.

—Attends, Celia, ai-je dit en essayant de l'arrêter.

Mais elle a quitté la pièce, en refermant la porte derrière elle.

J'ai fermé les yeux, ne sachant comment me ressaisir, comment calmer mon cerveau.

J'ai inspiré. J'ai ouvert la porte et monté les marches de l'escalier, deux par deux.

J'ai ouvert chacune des portes de l'étage jusqu'à ce que je trouve qui je cherchais.

Don s'habillait, en fourrant le bout de sa chemise dans son pantalon de costume, tandis qu'une femme en robe dorée à perles remettait ses chaussures.

Je suis sortie en courant. Et Don m'a suivie.

—Parlons de ça à la maison, a-t-il dit, en m'attrapant le coude.

Je l'ai retiré violemment, à la recherche de Celia. Aucun signe d'elle.

Harry est arrivé par la porte principale, le visage frais et l'air sérieux. Je me suis précipitée vers lui, en laissant Don dans l'escalier, coincé par un producteur éméché désireux de lui parler d'un mélodrame.

—Où étais-tu toute la soirée ? ai-je demandé à Harry.

Il a souri.

— Je vais garder ça pour moi.

— Est-ce que tu peux me ramener à la maison ?

Il m'a regardée, puis il a regardé Don, toujours dans l'escalier.

— Tu ne rentres pas avec ton mari ?

J'ai secoué la tête.

— Est-ce qu'il le sait ?

— S'il ne le sait pas, c'est un crétin.

— OK, a-t-il dit, acquiesçant avec assurance et soumission.

Quoi que je veuille, il le ferait.

Je suis montée à l'avant de sa Chevrolet, et il a commencé à partir en marche arrière, quand Don est sorti de la maison. Il a couru de mon côté de la voiture. Je n'ai pas baissé ma vitre.

— Evelyn ! a-t-il hurlé.

J'appréciais combien le verre entre nous émoussait le tranchant de sa voix, comment il l'étouffait assez pour donner l'impression que Don était loin. J'appréciais le contrôle dans le fait de pouvoir décider si je l'écoutais à plein volume.

— Je suis désolé, a-t-il dit. Ce n'est pas ce que tu crois.

J'ai regardé droit devant moi.

— Allons-y.

Je mettais Harry dans une position délicate, l'obligeant à prendre parti. Mais, à sa décharge, il n'a pas bougé d'un cil.

— Cameron, ne t'avise pas d'éloigner ma femme de moi !

— Don, discutons de ça demain matin, a lancé Harry à travers la vitre, avant de sortir péniblement pour s'engager sur les routes du canyon.

Quand nous avons atteint Sunset Boulevard et que mon pouls s'était calmé, je me suis tournée vers Harry et me suis mise à parler. Lorsque je lui ai raconté que Don était à l'étage avec une autre femme, il a hoché la tête comme s'il s'y attendait.

— Pourquoi n'as-tu pas l'air surpris ? ai-je demandé tandis que nous traversions à vive allure l'intersection entre

Doheny et Sunset, l'endroit même où la beauté tranquille de Beverly Hills commençait à apparaître.

Les rues s'élargissaient et se bordaient d'arbres, et les pelouses étaient parfaitement entretenues, les trottoirs propres.

— Don a toujours eu un penchant pour les femmes qu'il vient de rencontrer, a expliqué Harry. Je n'étais pas sûr que tu le saches. Ni que tu t'en soucies.

— Je l'ignorais. Et oui, je m'en soucie.

— Eh bien, alors, je suis navré, a-t-il répondu, en me regardant brièvement avant de reporter ses yeux sur la route. Dans ce cas, j'aurais dû te le dire.

— Je suppose qu'il y a un tas de choses que l'on ne se raconte pas, ai-je répliqué, en regardant par la vitre.

Il y avait un homme qui promenait son chien dans la rue.

J'avais besoin de me confier. À ce moment précis, j'avais besoin d'un ami. Quelqu'un à qui dévoiler ma vraie nature, quelqu'un qui m'accepte, quelqu'un qui me dise que ça allait bien se passer.

— Et si nous le faisions vraiment ?

— Si nous nous racontions la vérité ?

— Si nous nous racontions tout.

Harry m'a regardée.

— Je dirais que c'est un fardeau dont je ne souhaite pas t'accabler.

— Ça pourrait être un fardeau pour toi aussi, ai-je rétorqué. J'ai quelques cadavres dans le placard.

— Tu es cubaine, et tu es une garce calculatrice et avide de pouvoir, a-t-il déclaré en me souriant. Ces secrets ne sont pas si terribles.

J'ai rejeté la tête en arrière et éclaté de rire.

— Et tu sais ce que je suis, a-t-il dit.

— Oui.

—Mais, pour l'instant, tu as un déni plausible. Tu n'as pas à en entendre parler ni à le voir.

Harry a tourné à gauche, dans les plaines au lieu des collines. Il m'emmenait chez lui plutôt que chez moi. Il avait peur de ce que Don me ferait. Moi aussi, un peu.

—Peut-être suis-je prête pour ça. Être une véritable amie. Fidèle, ai-je dit.

—Je ne suis pas certain de vouloir que tu aies à garder ce secret-là, chérie. Il est délicat.

—Je pense que ce secret est beaucoup plus commun que nous le prétendons l'un ou l'autre. Je crois que peut-être nous portons tous au moins un peu de ce secret en nous. Je crois que je porte peut-être bien ce secret en moi, aussi.

Harry a pris à droite et s'est garé dans son allée. Il a arrêté la voiture et s'est tourné vers moi.

—Tu n'es pas comme moi, Evelyn.

—Peut-être un peu, ai-je dit. Je pourrais l'être un peu, et Celia aussi.

Harry s'est retourné vers le volant, en réfléchissant.

—Oui, a-t-il fini par dire. Celia l'est peut-être aussi.

—Tu le savais ?

—Je le soupçonnais. Et je la soupçonnais d'avoir peut-être… des sentiments pour toi.

J'ai eu l'impression d'être la dernière personne au monde à être au courant de ce qui était juste sous mon nez.

—Je quitte Don, ai-je annoncé.

Harry a acquiescé, sans avoir l'air surpris.

—Je suis heureux de l'apprendre. Mais j'espère que tu mesures l'ampleur de ce que ça signifie.

—Je sais ce que je fais, Harry.

J'avais tort. J'ignorais ce que je faisais.

—Don ne restera pas assis les bras croisés. C'est tout ce que je veux dire.

— Je devrais donc poursuivre cette mascarade ? Le laisser coucher à droite à gauche et me frapper quand il en a envie ?

— Absolument pas. Tu sais que je ne dirais jamais ça.

— Alors quoi ?

— Je veux que tu sois préparée pour ce que tu es sur le point de faire.

— Je ne veux plus en parler, ai-je dit.

— Très bien.

Il a ouvert sa portière et il est sorti. Il a fait le tour de la voiture pour venir ouvrir la mienne.

— Viens, Ev, a-t-il dit gentiment. (Il a tendu la main.) La soirée a été longue. Tu as besoin de repos.

Je me suis soudain sentie épuisée, comme si, une fois qu'il l'avait fait remarquer, je m'apercevais que la fatigue était là depuis le début. J'ai suivi Harry jusqu'à sa porte d'entrée.

Son salon était clairsemé mais charmant, meublé de bois et de cuir. Les alcôves et les encadrements de portes étaient tous voûtés, les murs complètement blancs. Seule une œuvre d'art était accrochée au mur, un Rothko bleu et rouge au-dessus du canapé. Il m'est alors apparu que Harry n'était pas un producteur hollywoodien pour le salaire. Certes, il avait une belle maison. Mais elle n'avait rien d'ostentatoire, rien d'excessif. Ce n'était guère qu'un endroit où dormir pour lui.

Harry était comme moi. Harry était de la partie pour la gloire. Parce que ça le maintenait occupé, important, en forme.

Harry, comme moi, avait intégré le milieu pour l'ego. Et nous avions tous les deux de la chance d'y avoir trouvé notre humanité, même si cela semblait plus ou moins accidentel.

Nous avons monté l'escalier courbe, et Harry m'a installée dans sa chambre d'amis. Le lit était muni d'un fin matelas avec une épaisse couverture en laine. J'ai utilisé un pain de savon pour me démaquiller, et Harry a délicatement dézippé le dos de ma robe pour moi, puis m'a donné l'un de ses pyjamas à mettre.

—Je serai dans la chambre juste à côté si tu as besoin de quoi que ce soit, a-t-il dit.

—Merci. Pour tout.

Il a hoché la tête. Il s'est détourné, puis retourné vers moi alors que je rabattais la couverture.

—Nos intérêts ne coïncident pas, Evelyn, a-t-il déclaré. Les tiens et les miens. Tu comprends ça, n'est-ce pas?

Je l'ai regardé, m'efforçant de déterminer si *effectivement* je le comprenais.

—Mon boulot est de rapporter de l'argent au studio, a-t-il poursuivi. Et si tu fais ce que le studio veut, alors mon boulot est de te rendre heureuse. Mais, plus que tout, Ari veut...

—Rendre Don heureux.

Harry a rivé ses yeux aux miens. J'avais saisi.

—OK, ai-je dit. Je vois.

Il a esquissé un sourire timide et fermé la porte derrière lui.

Vous pourriez penser que je me suis agitée toute la nuit, inquiète pour l'avenir, inquiète de ce que cela signifiait pour moi d'avoir embrassé une femme, inquiète de savoir si je devais vraiment quitter Don.

Mais c'est à ça que sert le déni.

Le lendemain matin, Harry m'a reconduite chez moi. Je m'armais de courage en prévision d'une dispute. Mais quand je suis arrivée là-bas, Don était introuvable. J'ai su à cet instant précis que notre mariage était terminé et que la décision – celle qu'il m'appartenait de prendre, estimais-je – avait été prise pour moi. Don ne m'avait pas attendue, n'avait pas l'intention de se battre pour moi. Don était parti ailleurs, me quittant avant que je puisse le quitter. À la place, sur le pas de ma porte, se tenait Celia St James.

Harry a attendu dans l'allée jusqu'à ce que je sois montée la rejoindre. Je me suis retournée pour lui faire signe de s'en aller. Une fois qu'il est parti, et que ma jolie rue bordée d'arbres s'est retrouvée aussi tranquille que vous pourriez vous y attendre à Beverly Hills à 7 heures du matin tout juste passées, j'ai pris Celia par la main et l'ai emmenée à l'intérieur.

—Je ne suis pas…, a-t-elle dit quand j'ai fermé la porte derrière nous. J'ai juste… Il y avait une fille au lycée, ma meilleure amie. Et elle et moi…

—Je ne veux pas en entendre parler, l'ai-je interrompue.

—OK. C'est juste que… je ne suis pas… Il n'y a rien qui cloche chez moi.

—Je le sais.

Elle m'a regardée, cherchant à comprendre exactement ce que je voulais d'elle, ce qu'elle devait exactement avouer.

—Voilà ce que je sais, ai-je dit. Je sais que j'aimais Don.

—Je sais ça ! s'est-elle exclamée, sur la défensive. Je sais que tu aimes Don. Je l'ai toujours su.

—J'ai dit que j'*aimais* Don. Mais je crois que je ne l'aime plus depuis un moment.

—OK.

—Maintenant, la seule personne à laquelle je pense, c'est toi.

Et, sur ce, je suis montée faire mes valises.

CHAPITRE 21

J e me suis cachée dans l'appartement de Celia pendant une semaine et demie, au purgatoire. Nous avons dormi toutes les deux, chastement, côte à côte dans son lit toutes les nuits.

Durant la journée, je restais là et je lisais des livres, pendant qu'elle allait travailler sur son nouveau film pour la Warner Bros.

Nous ne nous embrassions pas. À l'occasion, nous nous attardions un peu trop longtemps quand nos bras s'effleuraient, quand nos mains se touchaient, sans jamais se regarder les yeux dans les yeux. Mais au milieu de la nuit, une fois que nous semblions nous être toutes les deux endormies, je sentais son corps dans mon dos et me rapprochais d'elle, la chaleur de son ventre contre moi, son menton dans le creux de mon cou.

Certains matins, je me réveillais dans l'amas de ses cheveux et les humais profondément, en essayant de respirer autant que je pouvais de sa personne.

Je savais que je voulais encore l'embrasser. Que je voulais la toucher. Mais je ne savais pas exactement ce que j'étais censée faire ni comment c'était censé fonctionner. Il était facile de voir cet unique baiser dans une buanderie sombre comme un incroyable hasard. Ce n'était même pas si compliqué de me dire que les sentiments que j'avais pour elle étaient simplement platoniques.

Tant que je cédais seulement à mes pensées sur Celia *par moments*, je pouvais alors me persuader que ce n'était pas réel.

Les homosexuels étaient des marginaux. Et si je n'estimais pas que cela faisait d'eux des gens mauvais – après tout, j'aimais Harry comme un frère –, je n'étais pas prête pour autant à devenir l'un d'eux.

Je me suis donc dit que l'étincelle entre Celia et moi était juste une bizarrerie que nous partagions.

Parfois, la réalité vient s'écraser sur vous. D'autres fois, elle se contente d'attendre, patiemment, que vous soyez à court de l'énergie qu'il faut pour la réfuter.

Et c'est ce qui m'est arrivé un samedi matin, lorsque Celia était sous la douche et que je préparais des œufs.

On a frappé à la porte, et quand j'ai ouvert, je suis tombée sur le seul visage que j'étais heureuse de voir de ce côté-là du seuil.

— Salut, Harry, ai-je dit, en me penchant pour le serrer dans mes bras.

J'ai fait attention à ne pas mettre ma spatule dégoulinante sur sa belle chemise Oxford.

— Regarde-toi, a-t-il dit. En train de cuisiner !

— Je sais, ai-je dit en m'écartant du passage pour l'inviter à entrer. C'est la semaine des quatre jeudis, j'imagine. Est-ce que tu veux des œufs ?

Je l'ai conduit à la cuisine. Il a jeté un coup d'œil dans la poêle.

— À quel point maîtrises-tu le petit déjeuner ?

— Si tu me demandes si tes œufs seront brûlés, la réponse est *probablement*.

Harry a souri et posé une grande et lourde enveloppe sur la table de la salle à manger. Le bruit mat qu'elle a fait en touchant le bois était le seul indice qu'il me fallait sur son contenu.

— Laisse-moi deviner, ai-je dit. Je divorce.

— Il semblerait que oui.

— Pour quels motifs? Je suppose que ses avocats n'ont pas coché les cases adultère ou cruauté.

— Abandon.

J'ai haussé les sourcils.

— Futé.

— Les motifs n'ont aucune importance. Tu le sais.

— Je sais.

— Tu devrais étudier ça, et demander à un avocat de faire pareil. Il y a essentiellement un point fort.

— Dis-moi.

— Tu obtiens la maison, ton argent et la moitié du sien.

J'ai regardé Harry comme s'il essayait de me vendre le pont de Brooklyn.

— Pourquoi ferait-il ça?

— Parce que tu as l'interdiction formelle de parler à quiconque à aucun moment de quoi qui ait pu se passer durant votre mariage.

— En a-t-il aussi l'interdiction?

Harry a secoué la tête.

— Pas par écrit, non.

— Donc je dois me taire, et lui peut aller se répandre en propos mensongers dans toute la ville? Qu'est-ce qui le fait penser que je vais accepter ça?

Harry a baissé les yeux vers la table un instant, puis les a relevés vers moi, penaud.

— Sunset me lâche, pas vrai?

— Don veut que tu partes du studio. Ari a l'intention de te prêter à la MGM et à Columbia.

— Et ensuite?

— Et ensuite, tu te débrouilles.

— Eh bien, ça me convient. Je peux y arriver seule. Celia est en free-lance. Je trouverai un agent, comme elle.

— Tu peux, a dit Harry. Et je pense que tu devrais essayer, mais…

—Mais quoi ?

—Don veut qu'Ari te retire toute chance d'être nommée aux Oscars, et Ari est d'accord. Je pense qu'il va te prêter et te mettre volontairement dans des flops.

—Il ne peut pas faire ça.

—Si. Et il le fera, parce que Don est la poule aux œufs d'or. Les studios sont tous en souffrance. Les gens ne vont plus tant que ça au cinéma ; ils attendent le prochain épisode de *Police des plaines*. Sunset a été sur le déclin à la minute où nous avons été obligés de liquider nos salles. Nous nous maintenons à flot grâce à des stars comme Don.

—Et des stars comme moi.

Il a acquiescé.

—Mais – et je suis désolé de le dire, mais je crois que c'est primordial que tu voies le tableau dans son ensemble – Don vaut beaucoup plus de culs assis dans les cinés que toi.

Je me suis sentie humiliée.

—Ça fait mal.

—Je sais, a dit Harry. Et j'en suis navré.

L'eau s'est coupée dans la salle de bains, et j'ai entendu Celia sortir de la douche. Une brise s'infiltrait par la fenêtre. Je voulais la fermer, mais je n'ai pas bougé.

—Donc ça y est. Si Don ne veut plus de moi, personne ne veut de moi.

—Si Don ne veut plus de toi, il veut que personne ne t'ait. Je me rends compte que la nuance est subtile, mais…

—Mais elle est vaguement rassurante.

—Bien.

—Donc c'est ça, son jeu ? Don gâche ma vie et achète mon silence avec une maison et moins d'un million de dollars ?

—C'est beaucoup d'argent, a dit Harry comme si c'était important, comme si ça compensait.

— Tu sais que je me moque de l'argent. Du moins, à la base.

— Je sais.

Celia est sortie de la salle de bains en peignoir, les cheveux mouillés et raides.

— Oh, salut, Harry, a-t-elle dit. J'en ai pour une petite minute.

— Inutile de te dépêcher à cause de moi. Je partais.

Celia a souri puis est entrée dans la chambre.

— Merci d'avoir apporté ça, ai-je dit. (Il a hoché la tête.) Je l'ai fait une fois, je peux le refaire, ai-je ajouté tandis que nous nous dirigions vers la porte. Je peux tout reconstruire en recommençant à zéro.

— Je n'ai jamais douté que tu puisses accomplir la moindre chose sur laquelle tu concentres ton attention. (Il a posé la main sur la poignée de la porte, prêt à partir.) J'apprécierais juste que… J'espère que nous pouvons rester amis, Evelyn. Que nous pouvons toujours…

— Oh, la ferme! Nous sommes meilleurs amis. Des amis qui ne se raconteront peut-être pas tout. Ça ne change pas. Tu m'aimes toujours, n'est-ce pas? Même si je vais bientôt être sur la sellette?

— Oui.

— Et moi, je t'aime toujours. Donc, fin du débat.

Harry a souri, soulagé.

— OK, a-t-il dit. C'est toi et moi.

— Toi et moi, jusqu'au bout.

Harry est sorti de l'appartement, et je l'ai regardé marcher dans la rue et monter dans sa voiture. Puis je me suis retournée et adossée à la porte.

J'étais sur le point de perdre tout ce sur quoi j'avais fondé ma vie.

Tout, sauf l'argent.

J'avais toujours l'argent.

Et ce n'était pas rien.

Et puis j'ai réalisé qu'il y avait autre chose qui m'attendait, quelque chose que je voulais et que j'étais libre d'avoir.

C'est là, le dos contre la porte de son appartement, m'apprêtant à divorcer de l'homme le plus populaire d'Hollywood, que je me suis aperçue que me mentir sur ce que je désirais me prenait bien plus d'énergie que je n'en avais. Alors, au lieu de me demander ce que ça signifiait et ce que ça faisait de moi, je me suis levée pour aller dans la chambre de Celia.

Elle était toujours en peignoir, en train de se sécher les cheveux devant sa coiffeuse.

J'ai marché vers elle, je l'ai regardée dans ses magnifiques yeux bleus, et je lui ai dit :

— Je crois que je t'aime.

Et puis j'ai pris la ceinture de son peignoir et l'ai ouvert en tirant dessus. Je l'ai fait avec lenteur. Une lenteur telle que Celia aurait pu m'arrêter un million de fois avant qu'elle soit dénouée. Mais elle ne l'a pas fait. Au lieu de ça, elle s'est redressée, m'a regardée d'un air plus audacieux, en posant sa main sur ma taille. Les pans de son peignoir se sont séparés au moment où la tension s'est relâchée, et puis elle était là, nue et assise devant moi.

Elle avait la peau pâle et laiteuse. Les seins plus gros que je ne m'y étais attendue, les mamelons roses. Son ventre plat s'arrondissait juste un peu sous son nombril. Et quand mes yeux ont dérivé vers ses jambes, elle les a très légèrement écartées. Instinctivement, je l'ai embrassée. J'ai mis mes mains sur ses seins, en les touchant de la manière que je voulais, et puis de la manière dont j'aimais qu'on touche les miens.

Lorsqu'elle a gémi, j'ai palpité d'excitation.

Elle m'a embrassé le cou et le haut de la poitrine.

Elle m'a retiré mon tee-shirt en le passant par-dessus ma tête.

Elle m'a contemplée, avec mes seins exposés.

— Tu es ravissante, a-t-elle dit. Encore plus que je ne l'imaginais.

J'ai rougi, et je me suis pris la tête dans les mains, gênée de me sentir à ce point hors de contrôle, à ce point dépassée par les événements.

Elle m'a ôté les mains du visage et m'a regardée.

— Je ne sais pas ce que je fais, ai-je murmuré.

— Tout va bien. Moi, je sais.

Cette nuit-là, Celia et moi avons dormi nues, en nous tenant l'une contre l'autre. Nous ne faisions plus semblant de nous toucher par accident. Et quand je me suis réveillée le lendemain avec ses cheveux dans la figure, j'ai inspiré, bruyamment et avec fierté.

Entre ces quatre murs, nous n'avions pas honte.

SUB ROSA

30 décembre 1959

ADLER ET HUGO KAPUT !

Don Adler, le plus beau parti d'Hollywood ?

Don et Evelyn jettent l'éponge ! Après deux ans de mariage, Don demande le divorce.

Nous sommes tristes de voir les deux tourtereaux se séparer, mais nous mentirions en disant que nous sommes surpris. Le bruit courait que l'étoile de Don était destinée à monter encore plus haut, et qu'Evelyn devenait jalouse et méchante.

Heureusement pour Don, il a renouvelé son contrat avec les Sunset Studios – ce qui a dû ravir le big boss, Ari Sullivan –, et il est prévu qu'il sorte trois films cette année. Ce Don ne rate jamais un battement !

Pendant ce temps, bien que le dernier film d'Evelyn, *Les Quatre Filles du docteur March*, affiche des chiffres exceptionnels au box-office et bénéficie d'une formidable réception de la critique, Sunset l'a retirée de *Jokers fous*, qui sort prochainement, pour la remplacer par Ruby Reilly.

Est-ce que le vent a tourné pour les tournages d'Evelyn chez Sunset ?

CHAPITRE 22

— C omment êtes-vous restée aussi confiante ? D'une
détermination aussi inébranlable ? demandé-je à
Evelyn.

— Quand Don m'a quittée ? Ou quand ma carrière a
périclité ?

— Les deux, je suppose. Enfin, vous aviez Celia, donc
c'est un peu différent, mais tout de même.

Evelyn incline légèrement la tête.

— Différent de quoi ?

— Hmm ? dis-je, perdue dans mes pensées.

— Vous disiez que j'avais Celia, et que c'était donc un
peu différent. Différent de quoi ?

— Désolée. J'étais… dans mes propres réflexions.

J'ai momentanément laissé mes problèmes relationnels
s'infiltrer dans ce qui devrait être une conversation à sens
unique.

Evelyn secoue la tête.

— Inutile d'être désolée. Dites-moi juste différent de
quoi.

Je la regarde, et m'aperçois que j'ai ouvert une porte qui
ne peut pas vraiment être refermée.

— De mon divorce imminent.

Elle sourit, presque comme le Chat de Cheshire.

— Maintenant, les choses deviennent intéressantes,
dit-elle.

Ça me dérange, son attitude cavalière vis-à-vis de ma vulnérabilité. Je n'aurais jamais dû parler de ma vie privée. Je le sais. Mais elle pourrait traiter le sujet avec plus de gentillesse. Je me suis mise à nu. Je lui ai montré ma plaie.

— Avez-vous signé les papiers ? demande Evelyn. Peut-être avec un tout petit cœur sur le *i* de Monique ? C'est ça que je ferais.

— Je suppose que je ne prends pas le divorce autant à la légère que vous.

Mes propos sortent d'un ton catégorique. J'envisage de me radoucir, mais… je ne le fais pas.

— Non, bien sûr que non, dit-elle gentiment. Si c'était le cas, à votre âge, vous seriez cynique.

— Mais au vôtre ?

— Avec mon expérience ? Réaliste.

— Cela, en soi, est affreusement cynique, vous ne trouvez pas ? Le divorce, c'est la perte.

Elle secoue la tête.

— Un cœur brisé est une perte. Un divorce n'est qu'un bout de papier.

Je baisse les yeux pour m'apercevoir que je gribouille machinalement un cube avec mon stylo bleu. Le dessin commence à traverser la page. Je ne relève pas mon stylo, je n'appuie pas plus fort. Je repasse simplement de l'encre par-dessus les lignes du cube.

— Si vous avez le cœur brisé en ce moment, alors je compatis profondément, poursuit-elle. J'ai le plus grand respect pour les chagrins d'amour. C'est le genre d'épreuve qui peut scier quelqu'un en deux. Mais je n'avais pas le cœur brisé quand Don m'a quittée. J'avais juste le sentiment que mon mariage avait échoué. Et ce sont des choses très différentes.

Quand Evelyn dit ça, j'immobilise mon stylo. Je relève les yeux vers elle. Et je me demande pourquoi j'avais besoin d'entendre cela.

Je me demande pourquoi ce genre de distinction ne m'a jamais traversé l'esprit avant.

Alors que je me dirige vers le métro ce soir-là, je vois que Frankie m'a appelée pour la deuxième fois aujourd'hui.

J'attends d'avoir fait tout le trajet jusqu'à Brooklyn et de remonter la rue qui mène à mon appartement pour répondre. Il est presque 21 heures, je décide donc de lui écrire un texto :

Je sors juste de chez Evelyn. Désolée qu'il soit si tard. Tu veux discuter demain ?

J'enfonce la clé dans la serrure de ma porte d'entrée quand je reçois la réponse de Frankie :

Ça me va ce soir. Appelle aussi vite que possible.

Je roule des yeux. Je ne devrais jamais la bluffer.

Je pose mon sac. Je fais les cent pas dans l'appartement. Qu'est-ce que je vais lui dire ? De la manière dont je vois la situation, il y a deux options. Je peux mentir et lui raconter que tout se passe bien, que nous sommes en bonne voie pour le numéro de juin, et que j'amène Evelyn à parler de choses plus concrètes.

Ou je peux dire la vérité et potentiellement me faire virer.

À ce stade, je commence à entrevoir que me faire virer ne serait peut-être pas si dramatique. J'aurais un livre à publier dans le futur, pour lequel je gagnerais très probablement des millions de dollars. Ce qui pourrait, par ricochet, m'apporter des occasions de rédiger d'autres biographies de célébrités. Et puis, par la suite, je pourrais commencer à trouver mes propres sujets, écrire sur tout ce que je veux, avec l'assurance que n'importe quel éditeur l'achèterait.

Mais j'ignore quand ce livre sera vendu. Et si mon véritable but est de me faire un nom pour être en mesure de choisir mes futures histoires, alors la crédibilité compte. Être virée de chez *Vivant* parce que j'ai volé leur plus gros titre n'augurerait rien de bon pour ma carrière.

Avant même de pouvoir opter pour un plan, mon téléphone sonne dans ma main.

Frankie Troupe.

— Allô ?

— Monique, dit Frankie, d'une voix empreinte d'un étrange mélange de sollicitude et d'exaspération. Qu'est-ce qui se passe avec Evelyn ? Raconte-moi tout.

Je continue de chercher des moyens pour que Frankie, Evelyn et moi sortions toutes de cette situation en ayant obtenu ce que nous voulons. Mais je prends soudain conscience que la seule inconnue que je peux contrôler, c'est que *moi* j'obtienne ce que *je* veux. Pourquoi devrais-je m'en priver ?

— Frankie, salut, je suis désolée de ne pas avoir été plus disponible.

— Pas de souci, pas de souci, dit-elle. Du moment que tu obtiens des résultats.

— C'est le cas, mais malheureusement, ça n'intéresse plus Evelyn de partager l'article avec *Vivant*.

Le silence de Frankie au bout de la ligne est assourdissant. Puis elle le ponctue d'un «quoi ?» monotone, inanimé.

— J'essaie de la convaincre depuis des jours. C'est pourquoi je n'ai pas pu te recontacter. Je lui ai expliqué qu'elle devait faire cet article pour *Vivant*.

— Si ça ne l'intéressait pas, pourquoi nous a-t-elle donc appelés ?

— C'est moi qu'elle voulait.

Je n'ajoute à ce constat aucune valeur positive ni négative. « C'est moi qu'elle voulait et personne d'autre », ni : « C'est moi qu'elle voulait et je suis tellement désolée pour tout ça. »

— Elle s'est servie de nous pour arriver jusqu'à toi ? dit-elle, comme si c'était la chose la plus insultante à laquelle elle pouvait songer.

Mais le truc, c'est que Frankie s'est servie de moi pour atteindre Evelyn, donc…

— Oui, réponds-je. Je crois que oui. Elle est intéressée par une biographie entière. Écrite par mes soins. J'ai abondé dans ce sens en espérant la faire changer d'avis.

— Une *biographie* ? Tu prends notre histoire et tu la transformes en livre à la place ?

— C'est ce qu'Evelyn souhaite. J'ai essayé de l'en dissuader.

— Et ? Tu y es parvenue ?

— Non. Pas encore. Mais je pense que j'en serai peut-être capable.

— OK, dit Frankie. Alors fais donc ça.

Là, c'est mon moment.

— Je pense pouvoir te fournir un récit d'Evelyn Hugo assez détaillé pour faire les gros titres. Mais si c'est le cas, je veux une promotion.

Je perçois le scepticisme dans la voix de Frankie.

— Quel genre de promotion ?

— Rédactrice reporter. Je vais et viens comme il me chante. Je choisis les histoires que je veux raconter.

— Non.

— Alors je n'ai aucune motivation à convaincre Evelyn de permettre à l'article de figurer dans *Vivant*.

J'entends pratiquement Frankie peser ses options. Elle est silencieuse, mais je ne perçois aucune tension. C'est comme si elle ne s'attendait pas à ce que je parle avant qu'elle ait décidé ce qu'elle allait dire.

— Si tu nous obtiens une histoire de couverture, déclare-t-elle enfin, *et* qu'Evelyn accepte une séance photo, je te nomme journaliste reporter.

Je médite sa proposition, et Frankie intervient pendant que je réfléchis.

— Nous avons seulement une rédactrice reporter. Dégager Gayle du poste qu'elle a mérité ne me paraît pas juste. J'ose croire que tu pourrais comprendre ça. Journaliste reporter est ce que j'ai de mieux à offrir. Je n'exercerai pas trop de contrôle sur les sujets que tu voudras aborder. Et si tu y fais rapidement tes preuves, tu évolueras de la même façon que les autres. C'est équitable, Monique.

J'y songe un instant de plus. Journaliste reporter me semble raisonnable. Journaliste reporter me semble même carrément génial.

— OK, dis-je.

Et puis, je pousse un tout petit peu plus loin mon avantage. Parce que Evelyn a dit, au début de tout ceci, que je dois insister pour être payée le prix fort. Et elle a raison.

— Et je veux une augmentation proportionnelle au tirage.

Je grimace intérieurement de m'entendre demander de l'argent aussi crûment. Mais je relâche les épaules à la seconde où Frankie répond :

— Oui, bien sûr, pas de souci. (Je souffle.) Mais je veux une confirmation de ta part demain, poursuit-elle. Et la séance photo calée d'ici la semaine prochaine.

— OK, dis-je. Pas de problème.

Avant de raccrocher, Frankie ajoute :

— Je suis impressionnée, mais aussi en rogne. S'il te plaît, rends-moi un papier tellement bon que je serai obligée de te pardonner.

— Ne t'inquiète pas, dis-je. Je n'y manquerai pas.

Chapitre 23

Lorsque j'entre dans le bureau d'Evelyn le lendemain matin, je suis si nerveuse que j'ai le dos en sueur, et une petite mare se forme le long de ma colonne vertébrale.

Grace pose un plat de charcuterie, et je ne peux m'empêcher de river les yeux sur les cornichons tandis qu'Evelyn et elle discutent de Lisbonne en été.

Dès que Grace est partie, je me tourne vers Evelyn.

— Il faut que nous parlions, dis-je.

Elle éclate de rire.

— Honnêtement, j'ai l'impression que nous ne faisons que ça.

— À propos de *Vivant*, je veux dire.

— OK. Parlez.

— J'ai besoin de connaître une deadline approximative à laquelle ce livre pourrait sortir.

J'attends qu'elle réponde. J'attends qu'elle me donne quelque chose, *quoi que ce soit*, ressemblant à une réponse.

— Je vous écoute, dit-elle.

— Si vous ne m'indiquez pas quand ce bouquin pourrait être concrètement vendu, je cours alors le risque de perdre mon travail pour une chose qui pourrait se produire dans des années. Des décennies, même.

— Vous m'accordez certainement une grande espérance de vie.

— Evelyn, dis-je, quelque peu découragée qu'elle ne prenne toujours pas ma requête au sérieux. J'ai besoin soit de savoir quand ce livre sortira, soit d'en promettre à *Vivant* un extrait pour le numéro de juin.

Elle réfléchit. Elle est assise jambes croisées sur le canapé en face de moi, dans un slim en jersey noir, un débardeur gris, et un cardigan démesuré.

— OK, dit-elle, en hochant la tête. Vous pouvez leur en fournir un bout – celui que vous voudrez – pour le numéro de juin. Si, et seulement si, vous la bouclez sur cette histoire de calendrier.

Je ne laisse pas paraître ma joie sur mon visage. J'ai fait la moitié du chemin. Je ne peux pas me reposer avant d'avoir fini. Je dois la pousser dans ses retranchements. Je dois demander et être prête à essuyer un refus. Il faut que je sache ce que je vaux. Après tout, Evelyn veut quelque chose de moi. Elle a besoin de moi. J'ignore pourquoi ni pour quoi faire, mais je ne serais pas assise là si ce n'était pas le cas. J'ai de la valeur à ses yeux. Je le sais. Et à présent, je dois utiliser cette information à mon avantage. Tout comme elle le ferait à ma place.

Alors c'est parti.

— Vous devez poser pour une séance photo. Pour la couverture.

— Non.

— C'est non négociable.

— Tout est négociable. N'avez-vous pas obtenu assez ? Je suis d'accord pour l'extrait.

— Nous savons vous et moi combien de nouvelles images de vous seraient précieuses.

— J'ai dit « non ».

OK. On y va. Je peux y arriver. J'ai juste à faire ce qu'Evelyn ferait. Je dois « piéger Evelyn Hugo à la manière d'Evelyn Hugo ».

— Vous acceptez la photo de couverture, ou je lâche l'affaire.

Evelyn se penche en avant dans son fauteuil.

—Excusez-moi ?

—Vous voulez que j'écrive l'histoire de votre vie. Et je suis d'accord. Mais à mes conditions. Je ne vais pas perdre mon travail pour vous. Or, pour garder mon travail, je dois rendre un article sur Evelyn Hugo avec une couverture. Donc soit vous me persuadez de perdre mon boulot pour ça – ce qui est possible uniquement si vous me dites *quand* ce livre sera vendu –, ou vous acceptez les photos. Voilà quelles sont vos options.

Evelyn me regarde, et j'ai la sensation que j'ai négocié davantage que ce qu'elle attendait de ce deal. Et ça me fait du bien. Je ravale un sourire difficile à contenir.

—Vous vous amusez bien de la situation, n'est-ce pas ? dit-elle.

—J'essaie de protéger mes intérêts.

—Oui, mais vous êtes également douée pour la manipulation, et je pense que vous y prenez un peu de plaisir.

Je finis par laisser échapper le sourire.

—J'apprends auprès de la meilleure.

—Oui, en effet, dit-elle. (Elle grimace.) Une couverture ?

—Une couverture.

—Très bien. Une couverture. Et en échange, dès lundi, je vous veux ici à chaque instant. Je veux pouvoir vous raconter tout ce que j'ai à dire le plus tôt possible. Et à partir de maintenant, quand je ne réponds pas à une question la première fois, vous ne la reposez plus. Marché conclu ?

Je me lève de derrière le bureau, marche vers Evelyn, et lui tends la main.

—Marché conclu.

Elle s'esclaffe.

—Regardez-vous, dit-elle. Vous tenez les ficelles, vous pourriez bien diriger votre propre part du monde un jour.

—Oh, merci.

—Ouais, ouais, ouais, dit-elle sans aucune méchanceté. Asseyez-vous au bureau. Commencez à enregistrer. Je n'ai pas toute la journée.

Je m'exécute, puis je la regarde.

—Bon, dis-je. Donc, vous êtes amoureuse de Celia, vous avez divorcé de Don, il semble que votre carrière soit au point mort. Et ensuite ?

Evelyn s'accorde une seconde pour répondre, et à ce moment-là, je prends conscience qu'elle vient de consentir à la chose même qu'elle avait juré de ne jamais faire – une couverture pour *Vivant* –, seulement pour que je ne quitte pas le projet. Evelyn me veut dans un but précis. Et elle me veut à tout prix.

Et, à présent, je commence enfin à pressentir que je devrais avoir peur.

CANDIDE
MICK RIVA
◊◊◊

PHOTOMOMENT

1er février 1960

EVELYN, LE VERT NE VOUS VA PAS SI BIEN

Evelyn Hugo est apparue aux Prix du public de 1960 au bras du producteur Harry Cameron jeudi dernier. Vêtue d'une robe de gala en soie vert émeraude, elle n'est pas parvenue à ébahir comme elle l'a fait par le passé. La couleur qui était sa signature commence à devenir celle de la lassitude.

Au même moment, Celia St James éblouissait dans une stupéfiante robe chemisier en taffetas bleu pâle à perles, actualisant le look de journée classique avec une petite touche de glamour et de fraîcheur.

Mais la glaciale Evelyn n'a pas adressé un seul mot de la soirée à son ancienne meilleure amie. Elle a soigneusement évité Celia.

Est-ce parce qu'elle ne supporte pas que Celia ait reçu le prix du meilleur espoir féminin lors de cette soirée? Ou parce que Celia a été nommée pour l'Oscar du meilleur second rôle pour leur film *Les Quatre Filles du docteur March*, alors qu'Evelyn n'a pas été mentionnée?

Il semblerait qu'Evelyn Hugo soit verte de jalousie.

CHAPITRE 24

Ari m'a évincée de toutes les productions au sein de Sunset et a commencé à proposer de me prêter à Columbia. Après avoir été obligée de tourner deux comédies romantiques peu mémorables — des navets tels qu'ils étaient condamnés aux oubliettes avant même d'avoir vu le jour—, les autres studios ne voulaient pas beaucoup de moi, non plus.

Don faisait la couverture de *Life*, émergeant gracieusement de l'océan sur le rivage, souriant comme s'il s'agissait du plus beau jour de sa vie.

Quand les Oscars de 1960 sont arrivés, j'étais officiellement *persona non grata*.

— Tu sais que je t'y emmènerais, m'a dit Harry lorsqu'il a appelé cet après-midi-là pour prendre de mes nouvelles. Un seul mot de toi, et je viens te chercher. Je suis sûr que tu as une robe hallucinante à enfiler, et tout le monde m'enviera avec toi à mon bras.

J'étais à l'appartement de Celia, m'apprêtant à partir avant que les gens envoyés pour la coiffer et l'habiller ne débarquent. Elle était dans la cuisine, à boire de l'eau citronnée, évitant de manger quoi que ce soit afin de pouvoir entrer dans sa robe.

— Je sais que tu n'hésiterais pas, ai-je dit au téléphone. Mais nous savons toi et moi que ça ne ferait que nuire à ta réputation d'être alignée sur la mienne en ce moment.

— Cela dit, je le pense vraiment.

— Je sais. Mais tu sais aussi que je suis trop maligne pour te prendre au mot.

Harry a éclaté de rire.

— Est-ce que j'ai les yeux gonflés ? a demandé Celia après que j'ai raccroché avec Harry.

Elle les a ouverts encore plus grands et m'a dévisagée, comme si ça allait m'aider à répondre à la question.

Je n'ai quasiment rien vu d'inhabituel.

— Ils sont ravissants. Et, de toute façon, tu sais que Gwen va te rendre fabuleuse. Qu'est-ce qui t'inquiète ?

— Oh, pour l'amour du ciel, Evelyn, a dit Celia, en me taquinant. Je pense que nous savons tous ce qui m'inquiète.

Je l'ai prise par la taille. Elle portait une fine combinaison en satin, bordée de dentelle. Et moi un pull à manches courtes et un short. Elle avait les cheveux mouillés. Pourtant, comme toujours, elle ne sentait pas le shampoing, mais l'argile.

— Tu vas gagner, ai-je dit, en l'attirant vers moi. Il n'y a même pas de compétition.

— Peut-être que je ne l'aurai pas. Ils pourraient le donner à Joy ou à Ellen Mattson.

— Ils ne s'empresseraient pas plus de le donner à Ellen Mattson que de le jeter dans la L.A. River. Et Joy, bénie soit-elle, est loin d'avoir ton talent.

Celia a rougi, s'est pris brièvement la tête dans les mains, puis m'a regardée de nouveau.

— Suis-je insupportable ? a-t-elle demandé. De faire une obsession là-dessus ? De t'amener à m'en parler ? Alors que tu es…

— Sur la pente glissante ?

— J'allais dire blackboulée.

— Si tu es insupportable, laisse-moi être celle qui te supporte.

Puis je l'ai embrassée, goûtant le jus de citron sur ses lèvres. J'ai consulté ma montre, sachant que les coiffeuses et les habilleuses seraient là à tout moment, et j'ai attrapé mes clés.

Nous avions fait tout notre possible, elle et moi, pour ne pas être vues ensemble. C'était une chose lorsque nous étions vraiment juste amies, mais à présent que nous avions un secret à cacher, nous devions commencer à être prudentes.

— Je t'aime, ai-je dit. Je crois en toi. Merde, pour ce soir.

Quand j'ai tourné la poignée de la porte, Celia m'a lancé, ses cheveux mouillés dégoulinant sur les fines bretelles de sa combinaison :

— Si je ne gagne pas, est-ce que tu m'aimeras toujours ?

Je croyais qu'elle plaisantait, jusqu'à ce que je la regarde droit dans les yeux.

— Tu pourrais être une moins-que-rien qui habite dans un carton, je t'aimerais toujours, ai-je répondu.

Je n'avais jamais rien dit de tel avant. Je ne l'avais même jamais pensé avant.

Celia a affiché un large sourire.

— Moi aussi. Le carton et tout ce qui va avec.

Des heures plus tard, de retour à la maison que j'avais partagée avec Don mais dont je pouvais désormais dire qu'elle était entièrement à moi, je me suis préparé un Cape Codder, je me suis assise sur le canapé, et j'ai réglé la télé sur NBC, pour regarder tous mes amis et la femme que j'aimais fouler le tapis rouge au Pantages Theatre.

Tout cela semble beaucoup plus glamour à l'écran. Je déteste vous l'apprendre, mais quand vous y êtes en personne, la salle est plus petite, les gens plus pâles, et la scène moins imposante. Tout est organisé de telle sorte que le public chez lui se sente étranger, que vous ayez le sentiment d'être une mouche sur le mur d'un club que vous n'êtes pas assez bien pour intégrer. Et j'ai été surprise à quel point c'était efficace sur moi, combien il était facile de se faire avoir, même pour une personne qui s'en était tout récemment trouvée au cœur.

J'avais descendu deux cocktails et je sombrais dans l'auto-apitoiement au moment où l'on a annoncé le meilleur second rôle. Mais à la seconde où la caméra a plongé sur Celia, je jure que ça m'a dégrisée, et j'ai joint les mains aussi fort que possible pour qu'elle gagne, comme si plus je les serrais, plus ses chances de l'emporter étaient grandes.

— Et le prix revient à… Celia St James, pour *Les Quatre Filles du docteur March*.

J'ai bondi de mon siège et crié d'excitation. Puis mes yeux se sont embués tandis qu'elle se dirigeait vers la scène.

Alors qu'elle était là, derrière le micro, tenant la statuette, j'ai été fascinée par elle. Par sa fabuleuse robe à encolure bateau, ses boucles d'oreilles étincelantes en saphirs et diamants, et ce visage absolument parfait.

— Merci à Ari Sullivan et Harry Cameron. Merci à mon agent, Roger Colton. À ma famille. Et à l'incroyable casting féminin dont je me suis sentie si chanceuse de faire partie, à Joy et Ruby. Et à Evelyn Hugo. Merci.

Lorsqu'elle a prononcé mon nom, j'ai été submergée de fierté, de joie et d'amour. J'étais si diablement contente pour elle. Et puis j'ai fait quelque chose d'une ineptie mortifiante. J'ai embrassé le poste de télévision. Je l'ai embrassée directement sur tous les niveaux de gris de son visage.

J'ai entendu le « clic » avant de percevoir la douleur. Et tandis que Celia saluait la foule d'un signe de main avant de s'éloigner du podium, je me suis aperçue que je m'étais fêlé une dent.

Mais je m'en moquais. J'étais trop contente. Trop impatiente de la féliciter et de lui dire combien j'étais fière d'elle.

Je me suis préparé un autre cocktail, et me suis forcée à regarder le reste du spectacle. On a annoncé le meilleur film, et quand le générique a défilé, j'ai arrêté la télé. Je savais que

Harry et Celia seraient de sortie toute la soirée. J'ai donc éteint les lumières et je suis montée me coucher. Je me suis démaquillée. J'ai appliqué un peu de cold-cream sur mon visage. J'ai déplié les draps. Je me sentais seule, de vivre sans personne.

Celia et moi en avions discuté, et étions arrivées à la conclusion que nous ne pouvions pas emménager ensemble. Elle en était moins convaincue que moi, mais j'y étais fermement résolue. Même si ma carrière était dans le caniveau, la sienne fleurissait. Je ne pouvais la laisser la mettre en péril. Pas pour moi.

J'avais la tête sur l'oreiller, mais les yeux grands ouverts quand j'ai entendu un véhicule s'engager dans l'allée. J'ai regardé par la fenêtre, pour voir Celia se glisser hors d'une voiture et dire bonne nuit d'un signe à son chauffeur. Elle avait un Oscar à la main.

— Tu as l'air à l'aise, a-t-elle déclaré une fois qu'elle m'a rejointe dans la chambre.

— Viens ici, lui ai-je dit.

Elle avait bu un verre, ou peut-être deux ou trois. J'adorais quand elle avait bu. Elle était elle-même, mais en plus gaie, si pétillante que je craignais parfois qu'elle ne s'envole comme une bulle.

Elle a pris de l'élan pour sauter sur le lit. Je l'ai embrassée.

— Je suis tellement fière de toi, chérie.

— Tu m'as manqué toute la soirée, a-t-elle répondu.

Elle avait toujours l'Oscar à la main, et je voyais bien qu'il était lourd ; elle ne cessait de le laisser basculer sur le matelas. L'espace pour son nom était vierge.

— Je ne sais pas si j'étais censée prendre celui-ci, a-t-elle dit en souriant. Mais je n'avais pas envie de le rendre.

— Pourquoi n'es-tu pas dehors à fêter ça ? Tu devrais être à la fête de Sunset.

— Je voulais seulement fêter ça avec toi.

Je l'ai attirée plus près de moi. Elle a retiré ses chaussures d'un coup de talon.

—Rien n'a de sens sans toi, a-t-elle murmuré. Tout ce qui n'est pas toi est un tas de merde de chien.

J'ai rejeté la tête en arrière et je me suis esclaffée.

—Qu'est-il arrivé à ta dent?

—Est-ce que ça se voit tant que ça?

Elle a haussé les épaules.

—J'imagine que non. C'est juste que j'ai mémorisé chaque once de toi, je pense.

À peine quelques semaines auparavant, je m'étais allongée nue à côté de Celia et l'avais laissée me regarder, contempler la moindre partie de mon corps. Elle m'avait dit qu'elle souhaitait se rappeler chaque détail. Elle prétendait que c'était comme étudier un Picasso.

—C'est gênant, lui disais-je à présent.

Elle s'est redressée, intriguée.

—J'ai embrassé la télé. Quand tu as gagné. Je t'ai embrassée sur l'écran, et je me suis fêlé la dent.

Celia a ri si fort qu'elle gloussait. La statuette est retombée sur le matelas dans un bruit mat. Puis Celia a roulé en grimpant sur moi et a passé les bras autour de mon cou.

—C'est la chose la plus adorable que quiconque ait jamais faite depuis la nuit des temps.

—Je pense que je prendrai rendez-vous chez le dentiste demain à la première heure.

—C'est préférable, oui.

J'ai pris son Oscar. J'ai rivé les yeux dessus. J'en voulais un, moi aussi. Et si j'avais tenu le coup un peu plus longtemps avec Don, j'aurais pu en décrocher un ce soir-là.

Elle était toujours en robe, ses hauts talons depuis longtemps retirés. Ses cheveux s'échappaient des épingles. Son rouge à lèvres s'était estompé. Ses boucles d'oreilles brillaient encore.

— As-tu déjà fait l'amour à une oscarisée ? a-t-elle demandé.

J'avais frôlé l'expérience avec Ari Sullivan, mais je me suis dit que ce n'était pas le moment de le lui raconter. Et, de toute façon, l'essence de la question était de savoir si j'avais déjà vécu un moment comme celui-là. Et ce n'était absolument pas le cas.

Je l'ai embrassée et j'ai senti ses mains sur mon visage, puis je l'ai regardée se tortiller pour sortir de sa robe et monter dans mon lit.

Mes deux films ont fait des flops. Une histoire d'amour que Celia a tournée est passée dans les cinémas à guichets fermés. Don a été la vedette d'un thriller à succès. Les critiques sur Ruby Reilly pour *Jokers fous* l'ont qualifiée d'« incroyablement parfaite » et de « positivement incomparable ».

Moi, j'ai appris comment préparer un pain de viande et repasser mes propres pantalons.

Et puis j'ai vu *À bout de souffle*. Je suis sortie du cinéma, je suis rentrée directement chez moi, j'ai appelé Harry, et j'ai dit :

— J'ai une idée. Je vais à Paris.

CHAPITRE 25

C elia tournait un film en extérieur à Big Bear pendant trois semaines. Je savais que partir avec elle n'était pas une option, ni lui rendre visite sur le plateau. Elle soutenait qu'elle rentrerait tous les week-ends, mais ça paraissait trop risqué.

C'était une fille célibataire, après tout. Je craignais que la sagesse dominante ne s'intéresse de trop près à la question : « Qu'ont les célibataires à retrouver en rentrant chez elles ? »

J'ai donc estimé que c'était le bon moment d'aller en France.

Harry avait noué des contacts avec des cinéastes à Paris. Il a passé quelques coups de fil en douce pour moi.

Certains des producteurs et réalisateurs que j'ai rencontrés savaient qui j'étais. Il était clair que certains me voyaient juste pour rendre service à Harry. Et puis il y a eu Max Girard, un réalisateur prometteur de la Nouvelle Vague, qui n'avait jamais entendu parler de moi.

—Vous êtes *une bombe**, a-t-il dit.

Nous étions assis dans un bar tranquille du quartier de Saint-Germain-des-Prés à Paris. Nous nous sommes blottis dans un box situé au fond de la salle. On venait de passer l'heure de dîner, et je n'avais pas eu l'occasion de manger. Max buvait un bordeaux blanc. J'ai pris un rouge.

—J'ai l'impression que c'est un compliment, ai-je dit, en buvant une gorgée.

— Je ne sais pas si j'ai déjà rencontré une femme aussi séduisante, a-t-il rétorqué en me regardant.

Il avait un accent si prononcé que j'ai fini par me pencher pour l'entendre.

— Merci.

— Vous savez jouer ? a-t-il demandé.

— Mieux que ce que je laisse paraître.

— Ce n'est pas possible.

— Et si.

J'ai presque vu les neurones de Max s'agiter.

— Êtes-vous disposée à faire un essai pour un rôle ?

J'étais disposée à récurer des toilettes pour un rôle.

— S'il est formidable, ai-je répondu.

Max a souri.

— Celui-ci est spectaculaire. C'est celui d'une star de cinéma.

J'ai hoché lentement la tête. Vous devez maîtriser chaque partie de votre corps quand vous vous efforcez de ne pas avoir l'air impatiente.

— Envoyez-moi le texte, et nous en discuterons, ai-je dit, avant de terminer mon verre et de me lever. Désolée, Max, mais je devrais y aller. Passez une merveilleuse soirée. Restons en contact.

Il était absolument hors de question que je reste assise dans un bar avec un homme qui ne me connaissait pas et que je lui permette de penser que j'avais tout mon temps.

Je sentais son regard sur moi pendant que je partais, mais j'ai franchi la porte avec toute l'assurance que j'avais, laquelle, en dépit de ma situation délicate à l'époque, était considérable. Et puis je suis rentrée à ma chambre d'hôtel, je me suis mise en pyjama, j'ai commandé un room service, et j'ai allumé la télé.

Avant d'aller au lit, j'ai écrit une lettre à Celia.

Ma très chère CeCe,

S'il te plaît, n'oublie jamais que le soleil se lève et se couche avec ton sourire. Du moins, à mes yeux. Tu es la seule chose sur cette planète qui vaille d'être vénérée.

Avec tout mon amour,

Edward

Je l'ai pliée en deux et l'ai placée dans une enveloppe qui lui était adressée. Puis j'ai éteint ma lampe et fermé les yeux.

Trois heures plus tard, j'ai été réveillée par le son choquant d'un téléphone qui sonnait sur la table à côté de moi.

J'ai décroché, irritée et à moitié endormie.

—*Bonjour ?* ai-je dit.

—Nous pouvons parler votre langue, Evelyn. (L'anglais accentué de Max résonnait dans le combiné.) J'appelle pour voir si vous seriez disponible pour jouer dans un film que je suis en train de tourner. La semaine après la prochaine.

—Dans deux semaines ?

—Même pas. Nous tournons à six heures de Paris. Vous le ferez ?

—Quel est le rôle ? Combien de temps dure le tournage ?

—Le film s'intitule *Boute-en-Train*. Du moins, c'est comme ça qu'il s'appelle pour l'instant. Nous tournons deux semaines au lac d'Annecy. Pour le reste du tournage, vous n'avez pas besoin d'être là.

—Que veut dire *Boute-en-Train* ?

J'ai tenté de le prononcer comme lui, mais c'est sorti ultratransformé, et je me suis juré de ne plus réessayer. Ne faites pas de choses pour lesquelles vous n'êtes pas doué.

—Ça veut dire la reine de la fête. C'est vous.

—Une fêtarde ?

—Comme quelqu'un qui serait le cœur de la vie.

— Et mon personnage ?

— Elle est le genre de femme dont tous les hommes tombent amoureux. À l'origine, le rôle a été écrit pour une Française, mais je viens de décider ce soir que si vous le voulez, je la vire.

— Ce n'est pas gentil.

— Elle est loin d'avoir votre classe.

J'ai souri, surprise à la fois par son charme et son empressement.

— Le film parle de deux hommes, des voleurs minables, qui sont en cavale vers la Suisse, quand ils sont distraits par une femme incroyable qu'ils rencontrent en chemin. Ils partent tous les trois à l'aventure dans les montagnes. Je suis resté assis là avec mon scénario, en essayant de déterminer si cette femme pouvait être américaine. Et je pense que oui. Je pense que c'est plus intéressant ainsi. C'est un coup de chance. De vous rencontrer à ce moment-là. Alors, vous le ferez ?

— Laissez-moi la nuit pour y réfléchir.

Je savais que j'allais accepter le rôle. C'était le seul que je pouvais décrocher. Mais ça ne vous amène jamais à rien de bon de paraître maniable.

— Oui, a dit Max. Évidemment. Vous avez déjà fait du nu ?

— Non.

— Je pense que vous devriez être seins nus. Dans le film.

Si l'on comptait me demander de montrer ma poitrine, ne serait-ce pas pour un film français ? Et si les Français comptaient le demander à quelqu'un, cela ne devrait-il pas être moi ? Je savais ce qui m'avait rendue célèbre la première fois. Je savais ce que ça pourrait faire la deuxième.

— Pourquoi ne pas en discuter demain ? ai-je dit.

— Parlons-en demain *matin*. Parce que l'autre actrice que j'ai, elle montrera ses seins, Evelyn.

— Il est tard, Max. Je vous appelle dans la matinée.

Et j'ai raccroché.

J'ai fermé les yeux et inspiré profondément, méditant combien cette occasion était indigne de moi, et combien j'avais de la chance qu'on me la donne. C'est une affaire délicate, de concilier ce qu'était la vérité avant, avec ce qu'elle est aujourd'hui. Heureusement, je n'ai pas eu à le faire très longtemps.

Deux semaines plus tard, j'étais de retour sur un plateau de tournage. Et, cette fois, j'étais affranchie de toutes ces fioritures de fille innocente collet monté que Sunset avait épinglées sur moi. Cette fois, j'étais en mesure de faire tout ce que je voulais.

Il était clair durant tout le tournage que Max ne désirait rien de plus que me posséder lui-même. Je voyais à la façon dont il me lançait discrètement des coups d'œil qu'une part du charme que j'exerçais sur Max le réalisateur était celui que j'exerçais sur lui en tant qu'homme.

Quand Max est venu dans ma loge l'avant-dernier jour de tournage, il m'a dit :

— *Ma belle, aujourd'hui tu seras seins nus.*

J'avais alors appris suffisamment de français pour comprendre qu'il voulait tourner la scène où je sors du lac. Quand vous êtes une star de cinéma américaine avec d'énormes nichons jouant dans un film français, vous apprenez vite que quand les Français disent « seins nus », ils parlent de vous avec les tétons à l'air.

J'étais entièrement disposée à retirer le haut et montrer mes atouts si c'était la condition pour que je me refasse un nom dans le métier. Mais, à ce stade, j'étais tombée éperdument amoureuse d'une femme. J'avais fini par la désirer de toutes les fibres de mon être. Je savais quel plaisir c'était de trouver le ravissement dans un corps féminin nu.

J'ai donc dit à Max que je tournerais la scène comme il voudrait, mais que j'avais une suggestion qui pourrait permettre au film de faire encore plus sensation. Je savais que mon idée était bonne, car je savais ce que c'était de vouloir arracher sa chemise à une femme. Et quand Max l'a entendue, *il* savait qu'elle était bonne, car il savait ce que c'était de vouloir m'arracher *ma* chemise.

Dans la salle de montage, Max a ralenti ma sortie du lac à une allure de tortue, et a ensuite coupé la séquence une milliseconde avant qu'on voie mes seins en entier. On passait simplement au noir, comme si le film lui-même avait été trafiqué, comme si, peut-être, vous en aviez eu une mauvaise version.

Il y avait tant d'attentes. Et ça ne payait jamais, quel que soit le nombre de fois où vous le regardiez, peu importe la précision avec laquelle vous mettiez la cassette sur pause.

Et voilà pourquoi ça a fonctionné : quel que soit notre genre ou notre orientation sexuelle, ce que nous désirons tous, c'est juste être aguichés.

Six mois après la fin du tournage de *Boute-en-Train*, je faisais mon come-back au niveau international.

PHOTOMOMENT

15 septembre 1961

LE CHANTEUR MICK RIVA EN PINCE POUR EVELYN HUGO

Sur scène hier soir au *Trocadero*, Mick Riva avait quelques minutes pour se prêter au jeu de nos questions. Armé d'un grand verre de cocktail qui ne semblait pas être son premier, Mick s'est montré terriblement disert…

Il a révélé qu'il était ravi d'avoir divorcé de la sirène Veronica Lowe, parce que, a-t-il dit : « Je ne méritais pas une femme comme elle, et elle ne méritait pas un type comme moi. »

Et quand on l'a interrogé sur d'éventuels rendez-vous galants, il a admis fréquenter pas mal de dames, mais qu'il les larguerait toutes pour une nuit avec Evelyn Hugo.

L'ex-Mrs Don Adler s'est avérée être une denrée des plus torrides ces temps-ci. Son apparition dans le dernier film du réalisateur français Max Girard, *Boute-en-Train*, a passé l'été à remplir les salles de cinéma dans toute l'Europe, et celui-ci part désormais à la conquête de cette bonne vieille Amérique.

« Cela fait à présent trois fois que je vois *Boute-en-Train*, nous a avoué Mick. Et je le verrai une quatrième. Je ne me lasse pas de la scène où elle sort de ce lac. »

Alors, voudrait-il un rancard avec Evelyn ?

« L'épouser, voilà ce que j'aimerais. »

Vous entendez ça, Evelyn ?

HOLLYWOOD DIGEST

2 octobre 1961

EVELYN HUGO JOUERA
ANNA KARÉNINE

Celle dont parle toute la ville, Evelyn Hugo, vient de signer pour jouer le rôle-titre dans la fresque de la Fox *Anna Karénine*. Elle a également signé pour produire le film avec Harry Cameron, un ancien des Sunset Studios.

Miss Hugo et Mr Cameron ont travaillé ensemble chez Sunset sur des succès tels que *Père et Fille* et *Les Quatre Filles du docteur March*. Il s'agira de leur premier projet commun sans être sous la houlette de Sunset.

Il se dit que Mr Cameron, qui s'est fait un nom dans le milieu pour son goût pointu et son sens encore plus aigu des affaires, a quitté Sunset à la suite de différends avec nul autre que le directeur de studio Ari Sullivan. Mais il semble que la Fox trépigne d'impatience à l'idée de travailler avec à la fois Miss Hugo et Mr Cameron, puisqu'elle a lâché des honoraires substantiels ainsi qu'un pourcentage sur le nombre d'entrées.

Tout le monde guettait ce que serait le prochain projet de Miss Hugo. *Anna Karénine* est un choix intéressant. Une chose est sûre, si Evelyn montre ne serait-ce qu'une épaule nue dans le film, le public va accourir.

SUB ROSA

23 octobre 1961

DON ADLER ET RUBY REILLY, FIANCÉS ?

Mary et Roger Adler ont donné une fête samedi dernier, dont on dit qu'elle est devenue un peu incontrôlable ! Les invités qui s'y sont présentés ont été surpris d'apprendre que ce n'était pas juste une fête pour Don Adler…

Le propos était d'annoncer les fiançailles de Don et nulle autre que la nouvelle reine des Sunset Studios, Ruby Reilly !

Don et Ruby se sont rapprochés après son divorce de la bombe Evelyn Hugo presque deux ans auparavant. Apparemment, Don a admis qu'il n'avait d'yeux que pour Ruby depuis longtemps, déjà à l'époque où Evelyn et elle tournaient ensemble *Les Quatre Filles du docteur March*.

Nous sommes extrêmement heureux pour Don et Ruby, mais ne pouvons nous empêcher de nous demander comment Don perçoit la célébrité fulgurante d'Evelyn. Elle est ce qu'il y a de plus torride sous le soleil actuellement, et si nous l'avions laissée partir, nous nous en mordrions les doigts.

Quoi qu'il en soit, tous nos vœux de bonheur à Don et Ruby ! En espérant que, cette fois, ça tienne !

Chapitre 26

On m'a envoyé une invitation pour voir Mick Riva se produire au Hollywood Bowl cet automne-là. J'ai choisi d'y aller pas parce que ça m'intéressait de le voir, mais parce qu'une soirée à l'extérieur me semblait une perspective agréable. Et je n'hésitais pas à flirter avec la presse à scandale.

Celia, Harry et moi avons décidé d'y aller ensemble. Je ne m'y serais jamais rendue uniquement en compagnie de Celia, pas avec autant d'yeux sur nous. Mais Harry constituait une parfaite diversion.

Ce soir-là, l'air à Los Angeles était plus frais que je ne l'avais prévu. Je portais un corsaire et un pull à manches courtes. J'avais une frange depuis peu, et j'avais commencé à la balayer sur le côté. Celia portait une robe fourreau bleue et des chaussures plates. Harry, élégant comme jamais, portait un pantalon et une chemise Oxford à manches courtes. Il avait à la main un cardigan en mailles couleur poil de chameau avec des boutons démesurés, se tenant prêt au cas où l'un d'entre nous aurait trop froid.

Nous nous sommes assis au deuxième rang avec deux ou trois amis de Harry producteurs à la Paramount. De l'autre côté de l'allée, j'ai vu Ed Baker avec une femme qui paraissait assez jeune pour être sa fille, mais je n'étais pas idiote. J'ai décidé de ne pas le saluer, non seulement parce qu'il faisait toujours partie de la machine Sunset, mais aussi parce que je ne l'ai jamais apprécié.

Mick Riva est monté sur scène, et les femmes dans le public se sont mises à l'acclamer si fort qu'en vérité Celia s'est plaqué les mains sur les oreilles. Il portait un costume sombre avec une cravate desserrée. Ses cheveux noir de jais étaient peignés en arrière, mais très légèrement décoiffés. Si je devais deviner, je dirais qu'il avait bu un verre ou deux en coulisse. Mais cela ne semblait pas le ralentir le moins du monde.

— Je ne pige pas, m'a dit Celia en se penchant vers mon oreille. Que voient-elles chez ce type ?

J'ai haussé les épaules.

— Qu'il est séduisant, je suppose.

Mick a marché jusqu'au micro, suivi par le projecteur. Il s'est emparé du pied avec à la fois passion et douceur, comme s'il s'agissait de l'une des nombreuses filles qui hurlaient son nom.

— Et il sait ce qu'il fait, ai-je ajouté.

Celia a haussé les épaules.

— Je lui préférerais Brick Thomas n'importe quand.

J'ai secoué la tête, en grimaçant.

— Non, Brick Thomas est un ventre mou. Crois-moi. Si tu le rencontrais, dans les cinq secondes, tu aurais des haut-le-cœur.

Celia s'est esclaffée.

— Je le trouve mignon.

— Non, ai-je répété.

— Eh bien, je le trouve plus mignon que Mick Riva. Harry ? Ton avis ?

Harry s'est penché depuis l'autre côté. Il a chuchoté si doucement que je ne l'ai presque pas entendu.

— Je suis gêné d'admettre que j'ai quelque chose en commun avec ces créatures hurlantes, a-t-il dit. Je ne virerais pas Mick du lit parce qu'il laisse des miettes.

Celia a éclaté de rire.

—Tu es vraiment trop, ai-je dit en regardant Mick marcher d'un bout à l'autre de la scène, en crooner séducteur. Où est-ce qu'on mange après ? leur ai-je demandé. C'est la vraie question.

—Ne devons-nous pas aller en coulisse ? a fait remarquer Celia. N'est-ce pas la politesse de mise ?

La première chanson de Mick s'est achevée, et tout le monde a commencé à l'applaudir et l'acclamer. Harry s'est penché au-dessus de moi pendant qu'il applaudissait afin que Celia puisse l'entendre.

—Tu as gagné un Oscar, Celia. Tu peux faire absolument tout ce que tu veux.

Elle a ri en rejetant la tête en arrière tandis qu'elle applaudissait elle aussi.

—Eh bien, dans ce cas, je veux aller manger un steak.

—Va pour un steak, ai-je dit.

J'ignore si c'était l'hilarité, les clameurs ou les applaudissements. Il y avait tant de bruit autour de moi, tant de chaos provenant de la foule. Mais, l'espace d'un instant furtif, je me suis oubliée. J'ai oublié où j'étais. J'ai oublié qui j'étais. J'ai oublié avec qui j'étais.

Et j'ai saisi la main de Celia, et je l'ai tenue.

Elle a baissé les yeux, surprise. Je sentais le regard de Harry sur nos mains, aussi.

J'ai retiré la mienne et, juste au moment où je me reprenais, j'ai vu une femme, un peu plus loin dans notre rangée, me dévisager. Elle semblait être dans le milieu de sa trentaine, avec un visage aristocratique, de petits yeux bleus, et un rouge à lèvres cramoisi parfaitement appliqué. Ses commissures sont retombées tandis qu'elle me regardait.

Elle m'avait vue.

Elle m'avait vue tenir la main de Celia.

Et elle m'avait vue retirer la mienne.

Elle savait à la fois ce que j'avais fait, et que je n'avais pas prévu qu'elle le voie.

Elle a plissé ses yeux braqués vers moi.

Et tout espoir qu'elle n'ait pas réalisé qui j'étais s'est évaporé quand elle s'est retournée vers l'homme à côté d'elle, probablement son mari, et a chuchoté à l'oreille de celui-ci. Je l'ai observé alors qu'il faisait dériver son regard de Mick Riva vers moi.

Ses yeux étaient empreints d'un subtil dégoût, comme s'il n'était pas certain de la véracité de ses soupçons, mais que cette seule pensée le rendait nauséeux, et que c'était ma faute si je l'avais fait naître dans son esprit.

J'avais envie de les gifler tous les deux et de leur dire que ce que je faisais n'était pas leurs affaires. Mais je savais que je ne pouvais pas. Ce n'était pas sans *risque*. Pour moi. Pour nous.

Mick est arrivé à un passage instrumental de la chanson et a commencé à marcher jusqu'au bord de la scène, en s'adressant au public. Par réflexe, je me suis levée pour l'acclamer. Je sautais en l'air. J'étais plus bruyante que n'importe qui là-bas. Je n'avais pas les idées claires. Je voulais juste faire en sorte qu'ils s'arrêtent de parler tous les deux, entre eux ou à quiconque. Je voulais que le téléphone arabe enclenché avec cette femme s'interrompe avec cet homme. Je voulais que tout ça soit terminé. Je voulais être en train de faire *autre chose*. Alors je l'ai acclamé aussi fort que j'ai pu. Je l'ai acclamé comme les adolescentes dans le fond. Comme si ma vie en dépendait, parce que c'était peut-être le cas.

— Est-ce que ma vue me joue des tours ? a dit Mick depuis la scène.

Il avait la main en visière sur le front, pour se protéger les yeux du projecteur. Il regardait droit vers moi.

— Ou est-ce la femme de mes rêves juste là, devant ?

SUB ROSA

1er novembre 1961

LES SOIRÉES PYJAMA D'EVELYN HUGO ET DE CELIA ST JAMES

À quel stade *proche* devient-il *trop proche* ?

La «fille d'à côté», Celia St James, avec son Oscar et sa série de succès, est une amie de longue date de la blonde et si sexy Evelyn Hugo. Mais, dernièrement, nous nous sommes demandé si ces deux-là ne manigançaient pas quelque chose.

Des membres du sérail prétendent qu'elles forment une paire de… sacrées bonnes comédiennes.

Certes, beaucoup d'amies vont faire du shopping ensemble ou partagent un verre ou deux. Mais la voiture de Celia est garée devant la maison d'Evelyn, celle qu'elle habitait jadis avec nul autre que Mr Don Adler, tous les soirs. Toute la nuit.

Alors que se passe-t-il derrière ces murs ?

Quoi que ce soit, ça semble fortement prendre un chemin déviant.

CHAPITRE 27

—Je vais à un rancard avec Mick Riva.
—C'est ce qu'on verra.

Lorsque Celia était en colère, sa poitrine et ses joues rougissaient. Cette fois, sa peau s'était embrasée avec une rapidité que je n'avais jamais vue.

Nous étions dans la cuisine d'extérieur de sa résidence secondaire à Palm Springs. Elle nous faisait griller des burgers pour le dîner.

Depuis que l'article était paru, j'avais refusé d'être vue avec elle à Los Angeles. Les torchons n'avaient pas encore connaissance de sa maison à Palm Springs. Nous passions donc nos week-ends ensemble là-bas et nos semaines séparément à Los Angeles.

Celia se pliait au plan comme une épouse brimée, consentant à tout ce que je voulais parce que c'était plus simple que de m'affronter. Mais à présent, avec ma suggestion de rendez-vous galant, j'étais allée trop loin.

Je savais que j'avais dépassé les bornes. C'était là tout l'enjeu de la question, plus ou moins.

—Il faut que tu m'écoutes, ai-je dit.

—Non, il faut que *toi*, tu m'écoutes. (Elle a rabattu le couvercle du gril en le claquant et a agité vers moi la paire de pinces en argent qu'elle tenait.) J'adhérerai à toutes les petites combines que tu veux. Mais je ne te rejoins pas sur l'idée que l'une de nous ait des *rancards*.

—Nous n'avons pas le choix.

—Au contraire, nous avons l'embarras du choix.

—Pas si tu veux garder ton métier. Pas si tu veux garder cette maison. Pas si tu veux garder le moindre de nos amis. Sans parler du fait que la police pourrait nous poursuivre.

—Tu es parano.

—Non, Celia. Et c'est ça qui est effrayant. Mais je te le dis, les gens sont au courant.

—Un article dans un seul minuscule canard *pense* être au courant. Ce n'est pas la même chose.

—Tu as raison. Il est encore assez tôt pour que nous puissions enrayer la rumeur.

—Ou ça se dissipera tout seul.

—Celia, tu as deux films qui sortent l'année prochaine, et toute la ville ne parle que du mien en ce moment.

—Exactement. Comme Harry le répète toujours, cela signifie qu'on peut faire ce qu'on veut.

—Non, ça veut dire que nous avons beaucoup à perdre.

Furieuse, elle a pris mon paquet de cigarettes et en a allumé une.

—Donc, c'est ça que tu veux faire? Passer chaque seconde de nos vies à tenter de cacher ce que nous faisons réellement? Qui nous sommes réellement?

—C'est ce que tout le monde fait chaque jour dans cette ville.

—Eh bien, je refuse.

—Dans ce cas, tu n'aurais pas dû devenir célèbre.

Celia m'a dévisagée en ne cessant de tirer sur sa cigarette. Le rose de son rouge à lèvres tachait le filtre.

—Tu es une pessimiste, Evelyn. Au plus profond de toi.

—Qu'est-ce que tu voudrais faire, Celia? Peut-être devrais-je appeler moi-même *Sub Rosa*? Contacter le FBI directement? Je peux leur lâcher une déclaration. «Ouais, Celia St James et moi sommes des perverses!»

—Nous ne sommes pas perverses.

—Je sais cela, Celia. Et toi aussi. Mais personne d'autre ne le sait.

—Mais peut-être qu'ils le sauraient. S'ils essayaient.

—Ils ne vont pas essayer. Tu piges ça ? Personne ne veut comprendre des gens comme nous.

—Mais ils devraient.

—Il y a des tas de trucs qu'on devrait tous faire, mon ange. Mais ce n'est pas comme ça que ça marche.

—Je déteste cette conversation. À cause de toi, je me sens affreusement mal.

—Je sais, et j'en suis navrée. Mais le fait que ce soit affreux ne veut pas dire que ce n'est pas vrai. Si tu tiens à ton travail, tu ne peux pas te permettre de laisser les gens croire que toi et moi sommes davantage que des amies.

—Et si je ne tiens pas à garder mon travail ?

—Je sais que tu y tiens.

—Non, *toi*, tu y tiens. Et tu me le colles sur le dos.

—Bien sûr que j'y tiens.

—Je renoncerais à tout ça, tu sais. Entièrement. L'argent, les rôles et la gloire. Je renoncerais à tout pour être avec toi, juste pour vivre normalement à tes côtés.

—Tu n'as aucune idée de ce que tu dis, Celia. Je suis désolée, mais tu n'en as vraiment aucune idée.

—Ce qui se passe réellement, là, c'est que tu n'es pas prête à y renoncer pour *moi*.

—Non, ce qui se passe, c'est que tu es une dilettante qui pense que si cette histoire de cinéma capote, tu peux retourner à Savannah vivre aux crochets de papa et maman.

—Qui es-tu pour me parler d'argent ? Tu en as des caisses.

—Ouais, c'est vrai. Parce que je me suis crevé le cul et que j'étais mariée à un connard qui me cognait. Et j'ai fait ça afin d'être célèbre. Afin de mener la vie que nous menons. Et si tu penses que je ne vais pas tout faire pour protéger ça, tu as perdu l'esprit.

—Au moins, tu admets que c'est toi que ça concerne.

J'ai secoué la tête en me pinçant l'arête du nez.

—Celia, écoute-moi. Est-ce que tu aimes cet Oscar ? Cette statuette que tu conserves sur ta table de nuit et que tu touches avant de te coucher ?

—Ne...

—Les gens disent, vu comme tu l'as remporté tôt, que tu es le genre d'actrice qui pourrait en gagner plusieurs. C'est ce que je veux pour toi. Pas toi ?

—Bien sûr que si.

—Et tu vas les laisser te priver de ça seulement parce que tu m'as rencontrée ?

—Eh bien, non, mais...

—Écoute-moi, Celia. Je t'aime. Et je ne peux pas te laisser jeter tout ce que tu as bâti – et tout ton incroyable talent – en prenant position ouvertement alors que personne ne le fera avec nous.

—Mais si nous n'essayons pas...

—Personne ne nous soutiendra, Celia. Je sais ce que c'est d'être exclue de cette ville. Je commence seulement à y remettre un pied. Je sais que tu t'imagines probablement un monde où nous nous mesurons à Goliath et le vainquons. Mais ça ne se produira pas. Nous dirions la vérité sur nos vies, et on nous enterrerait. Nous pourrions finir en prison ou en hôpital psychiatrique. Est-ce que tu comprends ça ? On pourrait nous interner. Ce n'est pas si invraisemblable. Ça arrive. Tu peux sans aucun doute compter sur le fait que personne ne nous rappellerait. Pas même Harry.

—Évidemment que Harry nous rappellerait. Harry... est l'un des nôtres.

—C'est précisément pourquoi il ne pourrait jamais être de nouveau surpris en notre compagnie. Ne comprends-tu pas ? Le danger est encore plus grand pour lui. Il y a en vérité des hommes là-dehors qui voudraient le tuer s'ils savaient.

228

Voilà le monde dans lequel nous vivons. Quiconque nous approcherait serait suspecté. Harry ne pourrait pas le supporter. Je serais incapable de le mettre dans cette position. De perdre tout ce pour quoi il a travaillé ? De risquer littéralement sa vie ? Non. Non, nous serions seules. Deux parias.

— Mais nous serions là l'une pour l'autre. Et ça me suffit.

Elle pleurait à présent, des larmes coulant sur son visage dans des traînées qui emportaient son mascara. J'ai mis mes bras autour d'elle et je lui ai essuyé la joue avec le pouce.

— Je t'aime tellement, mon ange. Tellement. Et c'est en partie pour des choses comme ça. Tu es idéaliste et romantique, et tu as une belle âme. Et j'aimerais que le monde soit prêt à être tel que tu le vois. J'aimerais que le reste des gens sur cette même terre que nous soient capables de se montrer à la hauteur de tes attentes. Mais ce n'est pas le cas. Le monde est ignoble, et personne ne veut accorder le bénéfice du doute à qui que ce soit sur quoi que ce soit. Quand nous aurons perdu notre métier et nos réputations, quand nous aurons perdu nos amis et, au final, l'argent que nous avions, nous serons sans ressources. J'ai déjà vécu cette vie-là. Et je ne veux pas que cela t'arrive. Je ferai tout ce que je pourrai pour t'éviter d'avoir à subir ça. Tu m'entends ? Je t'aime trop pour te laisser vivre uniquement pour moi.

Elle s'est soulevée contre moi, les sanglots s'accumulant en elle. Un moment, j'ai cru qu'elle allait inonder le jardin.

— Je t'aime, a-t-elle dit.

— Je t'aime aussi, lui ai-je chuchoté à l'oreille. Je t'aime plus que tout au monde.

— Il n'y a rien de mal, a dit Celia. Ça ne devrait pas être mal de t'aimer. Comment cela peut-il être mal ?

— Il n'y a rien de mal, ma chérie. Rien du tout. Ce sont eux qui pensent à mal.

Elle a acquiescé dans mon épaule et m'a serrée plus fort. Je lui ai frotté le dos. J'ai reniflé ses cheveux.

— C'est juste que nous ne pouvons pas y faire grand-chose, ai-je dit.

Une fois calmée, elle s'est écartée de moi et a rouvert le gril. Elle a retourné les burgers sans me regarder.

— Alors, quel est ton plan ? m'a-t-elle demandé.

— Je vais amener Mick Riva à s'enfuir avec moi.

Ses yeux, déjà irrités par les pleurs, ont recommencé à s'embuer. Elle a essuyé une larme, en gardant les yeux rivés sur le gril.

— Qu'est-ce que ça signifie pour nous ? a-t-elle demandé.

Je me suis mise derrière elle et j'ai enroulé mes bras autour de sa taille.

— Ça ne veut pas dire ce que tu crois. Je vais voir si je peux le convaincre qu'on file se marier, et ensuite je ferai annuler ça.

— Et tu penses qu'ainsi on arrêtera de nous regarder ?

— Non, je sais qu'ainsi on ne fera que me regarder davantage. Mais on cherchera d'autres choses. On me traitera de salope ou d'imbécile. On dira que j'ai un goût lamentable en matière d'hommes. On racontera que je suis une mauvaise épouse, trop impulsive. Mais s'ils veulent faire quoi que ce soit de tout ça, ils devront arrêter d'insinuer que je suis avec toi. Ça ne collera plus avec leur histoire.

— Je comprends, a-t-elle dit, en prenant une assiette et sortant les burgers du gril.

— OK, bien.

— Tu feras tout ce que tu as à faire. Mais c'est la dernière fois que je veux entendre parler de ça. Et je veux que ce soit réglé aussi vite que possible.

— OK.

— Et quand ce sera fini, je veux que nous emménagions ensemble.

230

—Celia, nous ne pouvons pas faire ça.

—Tu disais que ce serait si efficace que personne ne parlerait plus jamais de nous.

Le truc, c'est que moi aussi j'avais envie que nous emménagions ensemble. J'en avais terriblement envie même.

—OK, ai-je dit. Quand ce sera terminé, nous discuterons d'emménager ensemble.

—OK, a-t-elle acquiescé à son tour. Alors marché conclu.

J'ai tendu la main pour serrer la sienne, mais elle m'a fait signe de l'éloigner. Elle ne voulait pas de poignée de mains pour sceller une affaire aussi triste, aussi vulgaire.

—Et si ça ne fonctionne pas avec Mick Riva ? a-t-elle demandé.

—Ça va marcher.

Celia a enfin levé les yeux vers moi. Elle souriait à moitié.

—Tu te crois belle au point que personne ne puisse résister à tes charmes ?

—En fait, oui.

—Très bien, a-t-elle dit, en se hissant légèrement sur la pointe des pieds pour m'embrasser. Je suppose que c'est vrai.

CHAPITRE 28

J e portais une robe de soirée couleur crème avec une lourde garniture de perles dorées et un décolleté plongeant. J'ai tiré mes longs cheveux blonds dans une queue de cheval haute. Je portais des boucles d'oreilles en diamants.

Je rayonnais littéralement.

La première chose qu'il vous faut faire pour qu'un homme s'embarque dans une fugue nuptiale avec vous, c'est le mettre au défi d'aller à Las Vegas.

Vous y procédez en sortant dans un club de Los Angeles pour boire quelques verres ensemble. Vous étouffez l'envie irrépressible de lever les yeux au ciel devant son impatience d'être pris en photo avec vous. Vous admettez que tout le monde dupe tout le monde. C'est de bonne guerre qu'il vous dupe au moment même où vous le dupez. Vous réconciliez ces faits en prenant conscience que ce que vous attendez chacun de l'autre est complémentaire.

Vous voulez un scandale.

Il veut que la terre entière sache qu'il vous a baisée.

Les deux sont une seule et même chose.

Vous envisagez de le lui exposer, lui expliquer ce que vous désirez, ce que vous êtes disposée à lui donner. Mais vous êtes célèbre depuis assez longtemps pour savoir qu'on ne dit jamais plus que le strict nécessaire à qui que ce soit.

Alors, au lieu de dire : « J'aimerais qu'on fasse les gros titres demain », vous lâchez :

— Mick, êtes-vous déjà allé à Las Vegas ?

Quand il pouffe de rire, comme s'il n'arrivait pas à croire que vous *lui* demandiez s'il est déjà allé à Vegas, vous savez que ce sera plus facile que vous ne le pensiez.

— Parfois, je suis juste d'humeur à lancer les dés, voyez-vous ? dites-vous.

Les allusions sexuelles sont meilleures lorsqu'elles sont progressives, qu'elles font boule de neige au fil du temps.

— Tu veux lancer des dés, bébé ? dit-il, et vous acquiescez.

— Mais c'est probablement trop tard, dites-vous. Et nous sommes déjà ici. Et on est bien ici, j'imagine. Je passe un moment agréable.

— Mes gars peuvent appeler un avion et nous emporter là-bas comme ça, dit-il en claquant des doigts.

— Non, minaudez-vous. C'est trop.

— Pas pour vous, dit-il. Rien n'est trop beau pour vous.

Vous savez que ce qu'il veut vraiment dire, c'est : « Rien n'est trop beau pour *moi*. »

— Vous pourriez réellement faire ça ? dites-vous.

Une heure et demie plus tard, vous êtes dans un avion.

Vous buvez quelques verres, vous vous asseyez sur ses genoux, vous laissez sa main se balader, et vous la chassez d'une petite tape. Il doit brûler de désir pour vous, et croire qu'il n'existe qu'une seule manière de vous avoir. S'il n'a pas assez envie de vous, s'il croit pouvoir vous remporter autrement, c'est mort. Vous avez perdu.

Quand vous atterrissez et qu'il vous demande s'il devrait réserver une chambre au Sands, vous devez protester. Vous devez être choquée. Vous devez lui dire d'une voix dénotant clairement que vous supposiez qu'il savait déjà ceci : vous excluez le sexe hors mariage.

Vous devez paraître inébranlable, le cœur brisé par cette situation. Il doit penser : *Elle a envie de moi. Et le seul moyen pour que ça se concrétise, c'est de se marier.*

L'espace d'un instant, vous caressez l'idée que ce que vous faites est cruel. Mais vous vous rappelez alors que cet individu va vous prendre pour ensuite divorcer de vous une fois qu'il aura obtenu ce qu'il désirait. Il n'est donc pas plus un saint que vous.

Vous allez lui donner ce qu'il demande. Par conséquent, l'échange est équitable.

Vous allez à la table de craps, et faites deux ou trois parties. Vous n'arrêtez pas de perdre au début, lui aussi, et vous craignez que cela ne vous dégrise tous les deux. Vous savez que la clé de l'impulsivité, c'est de vous croire invincible. Vous ne balancez jamais votre prudence au vent, à moins qu'il souffle dans votre direction.

Vous buvez du champagne, parce que ça donne un air de fête à tout. Ça donne un air d'*événement* à cette soirée.

Quand les gens vous reconnaissent, vous acceptez volontiers d'être prise en photo avec eux. Chaque fois que ça arrive, vous vous accrochez à lui. Vous lui faites largement entendre : *Voilà à quoi ça ressemblerait si je t'appartenais.*

La chance vous sourit un temps à la roulette. Vous vous réjouissez avec une telle exubérance que vous sautillez sur place. Vous faites ça parce que vous savez où ses yeux vont se poser. Vous le laissez vous surprendre en train de le surprendre.

Vous le laissez vous mettre la main au cul pendant que la roue tourne de nouveau.

Cette fois, quand vous gagnez, vous vous trémoussez contre lui.

Vous le laissez se pencher vers vous et dire :

— Est-ce que tu veux partir d'ici ?

Vous dites :

— Je pense que ce n'est pas une bonne idée. Je ne me fais pas confiance avec toi.

Vous ne pouvez pas évoquer le mariage au départ. Vous avez déjà prononcé le mot un peu plus tôt. Vous devez donc attendre que ça sorte de sa propre bouche. Il l'a dit dans les journaux. Il le redira. Mais vous devez attendre. Vous ne pouvez pas précipiter les événements.

Il reprend un verre. Vous gagnez encore trois fois chacun.

Vous laissez sa main effleurer le haut de votre cuisse, puis vous la repoussez. Il est 2 heures du matin, et vous êtes fatiguée. L'amour de votre vie vous manque. Vous avez envie de rentrer chez vous. Vous préféreriez être avec elle, au lit, l'entendre ronfler dans un léger bourdonnement, la regarder dormir, plutôt que de vous trouver là. Il n'y a rien par ici que vous aimiez.

À part ce que votre présence ici vous permettra de faire ensuite.

Vous imaginez un monde où vous pouvez sortir dîner toutes les deux un samedi soir sans que personne n'ait à y redire. Le côté simple et anecdotique de cette idée vous donne envie de pleurer. Vous avez travaillé si dur pour avoir une vie si grandiose. Et maintenant, tout ce que vous souhaitez, ce sont les plus infimes des libertés. La sérénité au quotidien d'aimer tout simplement.

Cette soirée-là vous donne la sensation de payer à la fois peu et très cher pour cette vie.

— Bébé, je n'en peux plus, dit-il. Il faut que je sois avec toi. Que je te voie. Que je t'aime.

Voici votre occasion. Vous avez un poisson au bout de la ligne, et vous devez le ramener délicatement.

— Oh, Mick, soupirez-vous. Nous ne pouvons pas. Nous ne pouvons pas.

— Je crois que je t'aime, bébé.

Il a les larmes aux yeux, et vous prenez conscience qu'il est probablement plus complexe que vous ne l'aviez supposé.

Vous êtes plus complexe qu'il ne l'avait supposé, aussi.

— Est-ce que tu le penses vraiment ? lui demandez-vous, comme si vous espériez atrocement que ce soit vrai.

— Je crois que oui, bébé. Oui. J'aime tout chez toi. Nous venons juste de nous rencontrer, mais j'ai l'impression que je ne peux pas vivre sans toi.

Ce qu'il veut dire, c'est qu'il ne pense pas pouvoir vivre sans vous sauter. Et ça, vous le croyez.

— Oh, Mick, répétez-vous, et ensuite vous vous taisez.

Le silence est votre meilleur allié.

Il fourre son nez dans votre cou. C'est brouillon, et comparable à une rencontre avec un terre-neuve. Mais vous feignez d'adorer ça. Vous êtes tous deux sous les lumières éclatantes de Vegas. Les gens vous voient. Vous êtes obligée de faire comme si vous ne les remarquiez pas. Ainsi, le lendemain, quand ils cafarderont aux journaux, ils diront que vous poursuiviez votre soirée comme deux ados.

Vous espérez que Celia ne récupérera pas le moindre torchon avec votre tête dessus. Vous pensez qu'elle est assez intelligente pour l'éviter. Qu'elle sait comment se protéger. Mais vous ne pouvez pas en être sûre. La première chose que vous ferez en rentrant chez vous, c'est de vous assurer qu'elle sait combien elle compte, combien elle est belle, combien vous avez le sentiment que votre vie serait finie si elle n'en faisait pas partie.

— Marions-nous, bébé, vous chuchote-t-il à l'oreille.

Voilà.

Vous n'avez plus qu'à le saisir.

Mais vous ne pouvez pas paraître trop impatiente.

— Mick, est-ce que tu es fou ?

— C'est toi qui me rends fou à ce point.

— Nous ne pouvons pas nous marier ! protestez-vous, et quand il ne répond rien pendant une seconde, vous craignez d'être allée légèrement trop loin. Ou le pouvons-nous ? demandez-vous. Je veux dire, j'imagine que oui !

— Bien sûr que nous le pouvons, dit-il. Nous sommes sur le toit du monde. Nous pouvons faire tout ce que nous voulons.

Vous jetez vos bras autour de son cou, et vous vous collez à lui, pour lui montrer combien vous êtes excitée – surprise – par cette idée, et lui rappeler pourquoi il le fait. Vous savez que vous avez de la valeur à ses yeux. Ce serait idiot de rater une occasion de le lui rappeler.

Il vous soulève du sol, et vous braillez afin que tout le monde regarde. Demain, ils raconteront aux journaux qu'il vous a emportée. C'est mémorable. Ils s'en souviendront.

Quarante minutes plus tard, vous êtes tous les deux soûls et plantés l'un face à l'autre devant un autel.

Il promet de vous aimer pour l'éternité.

Vous promettez de lui obéir.

Il franchit, avec vous dans les bras, le seuil de la meilleure chambre du *Tropicana*. Vous gloussez avec une fausse surprise lorsqu'il vous jette sur le lit.

Et voici à présent la deuxième partie la plus importante.

Vous ne pouvez pas être bonne au lit. Vous devez le décevoir.

S'il apprécie, il voudra recommencer. Et vous ne pouvez pas faire ça. Vous ne pouvez pas endurer cette mascarade plus d'une fois. Ça vous briserait le cœur.

Quand il tente de vous arracher vos vêtements, vous devez dire :

— Arrête, Mick, Seigneur ! Contrôle-toi.

Une fois que vous avez lentement ôté la robe, vous devez le laisser contempler vos seins à loisir. Il doit en capturer le moindre centimètre. Il attend depuis si longtemps de voir la fin de cette scène dans *Boute-en-Train*.

Vous devez soustraire tout mystère, toute intrigue.

Vous le laissez jouer avec votre poitrine jusqu'à l'ennui.

Et puis vous écartez les cuisses.

Vous êtes allongée là, raide comme une planche sous lui.

Et arrive le moment que vous avez du mal à accepter, mais que vous ne pouvez pas vraiment éviter non plus. Il n'utilisera pas de préservatif. Et même si des femmes de votre connaissance ont mis la main sur des pilules contraceptives, vous n'en avez pas, parce qu'elles vous étaient inutiles encore quelques jours plus tôt, quand vous avez fomenté ce plan.

Vous croisez les doigts derrière votre dos.

Vous fermez les yeux.

Vous sentez son corps lourd vous tomber dessus, et vous savez qu'il a fini.

Vous avez envie de pleurer, parce que vous vous rappelez ce qu'était le sexe pour vous, avant. Avant de réaliser combien ça pouvait être bon, avant de découvrir ce que vous aimiez. Mais vous balayez ces considérations de votre esprit.

Mick ne dit rien après.

Et vous non plus.

Vous vous endormez, en ayant enfilé son maillot de corps dans le noir, parce que vous ne vouliez pas dormir nue.

Le lendemain matin, lorsque le soleil brille à travers les fenêtres et vous brûle les yeux, vous mettez le bras sur votre visage.

Votre crâne martèle. Votre cœur saigne.

Mais vous êtes presque à la ligne d'arrivée.

Vous croisez son regard. Il sourit. Il vous attrape. Vous le repoussez en disant :

—Je n'aime pas faire l'amour le matin.

—Qu'est-ce que ça signifie ?

Vous haussez les épaules.

—Désolée.

Il insiste :

—Allons, bébé.

Et il s'allonge sur vous. Vous n'êtes pas certaine qu'il écouterait si vous disiez « non » une fois de plus. Et vous n'êtes pas certaine de vouloir connaître sa réaction. Vous n'êtes pas certaine que vous le supporteriez.

—OK, très bien, si tu es obligé, dites-vous.

Et lorsqu'il se soulève sur un coude et vous regarde dans les yeux, vous vous apercevez que votre réticence a accompli ce que vous espériez. Vous lui en avez ôté tout le plaisir.

Il secoue la tête. Il sort du lit. Il dit :

—Tu sais, tu n'es pas du tout comme je l'imaginais.

Peu importe combien une femme est jolie, pour un homme comme Mick Riva, elle est toujours moins attirante une fois qu'il a couché avec elle. Vous le savez. Vous permettez que ça se produise. Vous ne vous recoiffez pas. Vous tirez sur les petits bouts de mascara que vous avez sur la figure.

Vous regardez Mick entrer dans la salle de bains. Vous l'entendez mettre la douche en route.

Quand il en sort, il s'assied à côté de vous sur le lit.

Il est propre. Vous n'avez pas fait votre toilette.

Il sent le savon. Vous sentez le vieil alcool.

Il est assis bien droit. Vous êtes allongée.

Ceci, aussi, est calculé.

Il doit avoir l'impression qu'il détient tout le pouvoir.

—Chérie, j'ai passé un moment génial, dit-il. (Vous acquiescez.) Mais nous avions tellement bu, poursuit-il sur le ton de qui s'adresse à une enfant. Tous les deux. Nous n'avions aucune idée de ce que nous étions en train de faire.

—Je sais, dites-vous. C'était une folie.

—Je ne suis pas un chic type, bébé, ajoute-t-il. Tu ne mérites pas un type comme moi. Je ne mérite pas une fille comme toi.

C'est juste d'un tel manque d'originalité, d'une prévisibilité si risible, de vous servir la même phrase qu'il avait sortie aux journaux concernant sa dernière épouse.

— Qu'est-ce que tu dis ? demandez-vous.

Vous mettez un petit effet dans le ton. Vous donnez l'impression que vous pourriez fondre en larmes. Vous devez feindre la détresse, parce que c'est ce que feraient la plupart des femmes. Et vous devez lui sembler être comme il voit la plupart des femmes. Vous devez sembler avoir été dupée par plus malin que vous.

— Je pense qu'on devrait appeler nos représentants légaux, bébé. Je pense qu'on devrait demander une annulation.

— Mais, Mick…

Il vous coupe la parole, et ça vous rend furieuse, parce que vous aviez réellement autre chose à dire.

— C'est mieux comme ça, chérie. Je crains de ne pas pouvoir accepter un refus.

Vous vous demandez ce que ça doit faire d'être un homme, d'avoir l'assurance que vous aurez le dernier mot.

Lorsqu'il se lève du lit et attrape sa veste, vous vous apercevez d'un élément que vous n'aviez pas pris en compte. Il *aime* rejeter. Il *aime* se montrer condescendant. Quand il calculait ses coups la veille, il pensait également à ce moment-ci. Ce moment où il est en position de vous quitter.

Alors vous faites quelque chose que vous n'aviez pas répété dans votre tête.

Lorsqu'il va à la porte et se retourne vers vous pour dire :

— Je suis navré que ça n'ait pas marché entre nous, bébé. Mais je te souhaite le meilleur.

Vous saisissez le téléphone à côté du lit et vous le lui lancez au visage.

Vous le faites parce que vous savez qu'il va aimer ça. Parce qu'il vous a donné tout ce pour quoi vous êtes venue. Vous devriez donc lui donner tout ce pour quoi il est venu.

Il esquive et fronce les sourcils vers vous, comme si vous étiez un faon qu'il doit laisser dans la forêt.

Vous commencez à pleurer.

Et puis il n'est plus là.

Alors vous arrêtez.

Et vous pensez : *Si seulement on remettait des Oscars pour ces conneries.*

PHOTOMOMENT

RIVA ET HUGO PERDENT LA TÊTE

Déjà entendu parler de noces éclair ? Et d'un mariage éclair ? Eh bien, celui-ci décroche le pompon !

La bombe Evelyn Hugo a été aperçue sur les genoux de nul autre que son plus grand fan, Mick Riva, vendredi soir dernier en plein cœur de Las Vegas. Les joueurs de cartes tout comme les lanceurs de dés ont eu droit à un sacré spectacle de la part de ces deux-là. À se faire des mamours, se bécoter et boire comme des trous, quittant la table de craps pour sortir directement dans la rue en direction d'une… CHAPELLE !

C'est exact ! Evelyn Hugo et Mick Riva se sont mariés !

Et, pour rendre les choses encore plus folles, ils ont vite rempli une demande d'annulation.

L'alcool semble leur être monté à la tête… et, le lendemain matin, les esprits plus clairs ont eu le dessus.

Avec une enfilade de mariages ratés à eux deux, qu'est-ce qu'un de plus ?

SUB ROSA

12 décembre 1961

LE CHAGRIN D'AMOUR
D'EVELYN HUGO

Ne croyez pas ce que vous entendez sur les escapades alcoolisées d'Evelyn et de Mick. Mick est peut-être trop enthousiaste sur la boisson, mais les gens bien placés disent qu'Evelyn avait toute sa tête ce soir-là. Et voulait désespérément se marier.

La pauvre Evelyn a tellement de mal à retrouver l'amour depuis que Don l'a quittée; ce n'est pas surprenant qu'elle se jette dans les bras du premier homme séduisant qui passe.

Et l'on nous dit qu'elle est inconsolable depuis qu'il l'a abandonnée.

Il semble qu'Evelyn n'ait été qu'une nuit de divertissement pour Mick, mais elle pensait vraiment qu'ils avaient un avenir commun.

Nous espérons juste qu'elle trouvera chaussure à son pied un de ces jours.

Chapitre 29

Depuis deux mois, je vivais dans une quasi-béatitude. Celia et moi ne parlions jamais de Mick, parce que ce n'était pas nécessaire. Au lieu de ça, nous pouvions aller où nous voulions, faire ce que nous voulions.

Celia a acheté une deuxième voiture, une insipide berline brune, et l'a laissée garée dans mon allée tous les soirs sans que personne ne pose de questions. Nous dormions blotties l'une contre l'autre, éteignant la lumière une heure avant d'être disposées à dormir, afin de pouvoir discuter dans le noir. Je parcourais les lignes de ses paumes du bout des doigts le matin pour la réveiller. À mon anniversaire, elle m'a emmenée au *Polo Lounge*. Nous nous cachions à la vue de tous.

Par chance, me dépeindre comme une femme incapable de garder un mari vendait plus de journaux – durant une période plus longue – que révéler ma bisexualité. Je ne dis pas que les chroniqueurs mondains publiaient ce qu'ils savaient être un mensonge. Je dis simplement qu'ils étaient tous trop contents de croire le mensonge que je leur vendais. Et, bien sûr, c'est le mensonge le plus facile à raconter, celui dont vous savez que l'autre personne veut désespérément qu'il soit vrai.

Ma seule tâche était de veiller à ce que mes scandales amoureux aient l'air d'une histoire qui continuerait à faire les gros titres. Et, tant que je faisais ça, je savais que les torchons à ragots ne regarderaient jamais Celia de trop près.

Et, bon sang, tout fonctionnait à merveille.

Jusqu'à ce que je découvre que j'étais enceinte.

— Tu ne peux pas l'être, m'a dit Celia.

Elle se tenait dans ma piscine en bikini lavande à pois et lunettes de soleil.

— Si, ai-je répondu. Je le suis.

Je venais de lui apporter un verre de thé glacé de la cuisine. J'étais debout juste devant elle, la dominant de toute ma taille, vêtue d'une tunique ample et de sandales. J'avais soupçonné que j'étais enceinte depuis deux semaines. J'en avais la certitude depuis la veille, quand je suis allée à Burbank voir un docteur discret sur les recommandations de Harry.

Je l'ai dit à Celia à ce moment-là, lorsqu'elle était dans la piscine et que je tenais un thé glacé où flottait une tranche de citron, parce que je ne pouvais plus le garder pour moi.

Je suis et j'ai toujours été une grande menteuse. Mais Celia était sacrée à mes yeux. Et je n'ai jamais voulu lui mentir.

Je ne me faisais aucune illusion sur ce que ça nous avait coûté à elle et moi d'être ensemble, ni sur le fait que ça continuerait de nous coûter davantage. C'était comme une taxe sur le bonheur. Le monde allait prendre cinquante pour cent du mien. Mais je pouvais garder l'autre moitié.

Et c'était Celia. Et la vie que nous menions.

Mais ça me paraissait anormal de lui cacher une telle chose. Et je ne pouvais pas m'y résoudre.

J'ai mis les pieds dans la piscine à côté d'elle et j'ai essayé de la toucher, de la réconforter. Je m'attendais à ce qu'elle soit contrariée par la nouvelle, mais pas à ce qu'elle jette violemment le thé glacé à l'autre bout de la piscine, en cassant le verre sur le bord, dispersant des éclats dans l'eau.

Je ne m'attendais pas non plus à ce qu'elle s'immerge sous la surface pour hurler. Les actrices sont très théâtrales.

Quand elle est remontée, elle était trempée et décoiffée, avec les cheveux dans la figure, le mascara dégoulinant. Et elle a refusé de me parler.

Je lui ai saisi le bras, mais elle s'est dégagée. Lorsque j'ai vu furtivement son visage, et que j'ai relevé la douleur dans ses yeux, j'ai pris conscience que Celia et moi n'avions jamais *vraiment* été au diapason sur ce que j'allais faire avec Mick Riva.

—Tu as couché avec lui? a-t-elle demandé.

—Je pensais que c'était implicite.

—Eh bien, non.

Elle est sortie de la piscine sans même prendre la peine de se sécher. J'ai observé ses traces de pas mouillées tandis qu'elles changeaient la couleur du ciment autour du bassin, qu'elles formaient des flaques sur le bois et commençaient ensuite à rendre humide la moquette de l'escalier.

Quand j'ai levé les yeux vers la fenêtre de la chambre du fond, j'ai vu qu'elle allait et venait. On aurait dit qu'elle faisait ses valises.

—Celia! Arrête, ai-je crié, en me précipitant à l'étage. Cela ne change rien.

Au moment où je suis arrivée à la porte de ma propre chambre, celle-ci était fermée à clé. J'ai frappé lourdement.

—Chérie, s'il te plaît.

—Laisse-moi tranquille.

—S'il te plaît. Parlons-en.

—Non.

—Tu ne peux pas faire ça, Celia. Discutons de tout ça.

Je me suis appuyée contre la porte, le visage pressé dans le mince espace de l'encadrement, en espérant que ça porterait ma voix plus loin, qu'ainsi Celia comprendrait plus vite ma position.

—Ce n'est pas une vie, Evelyn.

Elle a ouvert la porte et elle est passée devant moi. Je suis presque tombée, une si grande part de mon poids reposait sur la porte qu'elle venait d'ouvrir violemment. Mais je me suis rattrapée et l'ai suivie dans l'escalier.

— Si, ai-je dit. C'est notre vie. Et elle nous a coûté tant de sacrifices, tu ne peux pas y renoncer maintenant.

— Si, je le peux. Je ne veux plus me cacher. Je ne veux plus vivre de cette manière. Je ne veux plus conduire une affreuse bagnole marron jusque chez toi pour que personne ne sache que je suis là. Je ne veux pas faire semblant de vivre toute seule à Hollywood alors qu'en vérité j'habite ici avec toi dans cette maison. Et je ne veux certainement pas aimer une femme qui baiserait un chanteur juste pour que le monde ne se doute pas qu'elle m'aime.

— Tu déformes la vérité.

— Tu es une trouillarde, et je n'arrive pas à croire que j'aie pu penser autre chose.

— J'ai fait ça pour toi! ai-je hurlé.

Nous étions à présent en bas des marches. Celia avait une main sur la porte, l'autre sur sa valise. Elle était encore en maillot de bain. Ses cheveux gouttaient.

— Tu n'as rien fait pour moi, bon Dieu! a-t-elle rétorqué, la poitrine se couvrant de plaques rouges, les joues en feu. Tu as fait ça pour toi. Tu l'as fait parce que tu ne supportes pas l'idée de ne pas être la femme la plus célèbre de la planète. Tu l'as fait pour te protéger ainsi que tes précieux fans, qui vont au cinéma encore et encore, juste pour voir si, cette fois, ils saisiront un demi-plan de tes nichons. Voilà pour qui tu l'as fait.

— C'était pour toi, Celia. Est-ce que tu crois que ta famille va te soutenir si elle apprend la vérité?

Elle s'est hérissée à mes propos, et je l'ai vue tourner la poignée de la porte.

— Tu perdras tout ce que tu as si les gens découvrent ce que tu es, ai-je ajouté.

— Ce que *nous* sommes, a-t-elle rectifié, en se tournant vers moi. N'essaie pas d'aller faire croire que tu es différente de moi.

— Je le suis. Et tu le sais.

— Foutaises.

— Je peux aimer un homme, Celia. Je peux épouser tous les hommes que je veux et avoir des enfants et être heureuse. Et nous savons toutes les deux que cela ne te viendrait pas facilement.

Celia m'a regardée, les yeux plissés, la bouche pincée.

— Tu te penses supérieure à moi ? Est-ce que c'est ça que tu insinues ? Tu penses que je suis malade, et que tu ne fais que jouer à une espèce de jeu ?

Je me suis emparée d'elle, en souhaitant immédiatement retirer mes paroles. Ce n'était pas du tout ce que je voulais dire.

Mais elle a brusquement dégagé son bras et m'a dit :

— Ne t'avise plus jamais de me toucher.

Je l'ai lâchée.

— Si on découvre ce que nous sommes, Celia, ils me pardonneront. Je me marierai avec un autre type comme Don, et ils oublieront que je t'ai même connue. Je peux y survivre. Mais je ne suis pas certaine que tu le puisses. Parce que tu devrais soit tomber amoureuse d'un homme, soit en épouser un que tu n'aimerais pas. Et je ne te crois capable d'aucune de ces options. Je m'inquiète pour toi, Celia. Plus que pour moi. Je ne suis pas sûre que ta carrière – voire ta vie – s'en remettrait un jour si je ne faisais pas *quelque chose*. Alors j'ai fait la seule chose que je connaissais. *Et ça a marché.*

— Ça n'a pas marché, Evelyn. Tu es enceinte.

— Je vais m'en occuper.

Celia a baissé les yeux par terre et s'est moquée de moi.

— Tu sais sans aucun doute gérer presque n'importe quelle situation, pas vrai ?

— Oui, ai-je dit, ne sachant pas vraiment pourquoi j'étais censée trouver cela insultant. Oui, en effet.

— Et pourtant, quand il est question d'être humaine, tu ne sembles absolument pas savoir par où commencer.

— Tu ne le penses pas.

— Tu es une pute, Evelyn. Tu laisses des hommes te baiser pour la gloire. Et c'est pourquoi je te quitte.

Elle a ouvert la porte pour partir, sans même se retourner vers moi. Je l'ai regardée sortir sur mon perron, descendre l'escalier et se diriger vers sa voiture. Je l'ai suivie dehors, et me suis plantée, pétrifiée, dans l'allée.

Elle a jeté son sac côté passager. Puis elle a ouvert la portière côté conducteur, et elle est restée là debout.

— Je t'aimais tant que je pensais que tu étais le sens de ma vie, m'a-t-elle dit, en pleurant. Je pensais que les gens étaient mis sur terre pour trouver d'autres gens, et que j'y avais été mise pour te trouver. Te trouver, toucher ta peau et sentir ton souffle et entendre toutes tes pensées. Mais je ne crois plus que ce soit vrai. (Elle s'est essuyé les yeux.) Parce que je ne veux pas être destinée à une personne comme toi.

La douleur cuisante dans ma poitrine me semblait être de l'eau bouillante.

— Tu sais quoi ? Tu as raison. Tu n'es pas destinée à quelqu'un comme moi, ai-je fini par répliquer. Parce que je suis prête à accomplir ce qu'il faut pour nous construire tout un univers, alors que toi, tu as trop la trouille. Tu refuses de prendre les décisions compliquées ; tu n'es pas prête à te salir les mains. Et je l'ai toujours su. Mais je pensais que tu aurais au moins la décence d'admettre que tu as besoin de quelqu'un comme moi. De quelqu'un qui compromettra pour te protéger. Tu veux toujours prendre tes grands airs ?

Eh bien, essaie donc de faire ça sans personne dans les tranchées pour assurer tes arrières.

Celia avait le visage stoïque, de marbre. Je n'étais pas certaine qu'elle ait entendu un traître mot de ce que j'avais dit.

—J'imagine que nous ne sommes pas faites l'une pour l'autre comme nous le pensions, a-t-elle déclaré, avant de monter dans sa voiture.

C'est seulement à ce moment, alors qu'elle avait la main sur le volant, que j'ai pris conscience que cela se produisait réellement, que ce n'était pas une dispute ordinaire. Il s'agissait de *la* dispute qui mettrait fin à notre histoire. Tout s'était si bien déroulé et avait si vite pris l'autre direction, comme un virage en épingle pour quitter l'autoroute.

—J'imagine que non.

C'est tout ce que j'ai pu répondre. C'est sorti d'une voix rauque, cassée sur les voyelles.

Celia a démarré la voiture et entamé une marche arrière.

—Au revoir, Evelyn, a-t-elle dit à la toute dernière minute.

Puis elle a reculé dans l'allée et a disparu au loin sur la route.

Je suis rentrée chez moi et j'ai commencé à éponger les flaques d'eau qu'elle avait laissées. J'ai appelé un service de nettoyage pour qu'ils viennent vider la piscine et retirer les débris de verre de son thé glacé.

Et puis j'ai téléphoné à Harry.

Trois jours plus tard, il a roulé avec moi jusqu'à Tijuana, où personne ne poserait la moindre question. C'est un ensemble de moments pour lesquels j'ai tenté de ne pas être présente mentalement, de telle sorte que je n'aurais jamais à faire l'effort de les oublier. J'étais soulagée, en retournant à la voiture après l'intervention, d'être devenue si douée pour cloisonner et dissocier. Qu'il soit inscrit dans le livre des records que je n'ai jamais regretté, pas une seule seconde, d'avoir mis fin à cette grossesse. C'était la bonne décision. Là-dessus, je n'ai jamais eu d'hésitation.

Néanmoins, j'ai pleuré tout le trajet du retour, pendant que Harry nous faisait traverser San Diego et longer la côte californienne. J'ai pleuré à cause de tout ce que j'avais perdu, et de toutes les erreurs que j'avais commises. J'ai pleuré parce que j'étais censée commencer *Anna Karénine* le lundi, et que je me foutais de jouer ou de mériter des récompenses. J'aurais préféré n'avoir aucune raison d'être au Mexique au départ. Et j'avais désespérément envie que Celia m'appelle, en larmes, pour me dire combien elle avait eu tort. J'avais envie qu'elle débarque à ma porte et me supplie de pouvoir rentrer à la maison. J'avais envie… d'elle. Je voulais juste qu'elle revienne.

Tandis que nous sortions de l'autoroute de San Diego, j'ai posé à Harry la question qui me hantait depuis plusieurs jours.

— Est-ce que tu penses que je suis une pute ?

Harry s'est garé sur le côté de la route et s'est tourné vers moi.

— Je pense que tu es brillante. Je pense que tu es une dure à cuire. Et je pense que *pute* est un terme que les ignorants balancent quand ils sont à court de mots.

Je l'ai écouté, puis j'ai tourné la tête pour regarder par ma vitre.

— N'est-ce pas affreusement pratique, a ajouté Harry, que, lorsque les hommes établissent les règles, la seule chose qui soit le plus méprisée soit celle-là même qui présenterait la plus grande menace pour eux ? Imagine si chaque femme sur cette planète exigeait quelque chose en échange quand elle abandonne son corps. Vous dirigeriez le monde. Un peuple armé. Seuls les hommes comme moi auraient une chance contre vous. Et c'est la dernière chose que souhaitent ces connards, un univers régi par des gens comme toi et moi.

J'ai ri, les yeux encore bouffis et fatigués par les pleurs.

— Alors, est-ce que je suis une pute ou pas ?

— Qui sait ? Nous sommes tous des putes, en vérité, d'une manière ou d'une autre. Du moins à Hollywood. Écoute, il y a une raison pour qu'elle s'appelle Celia *Saint* James. Elle joue ce petit numéro de la bonne fille depuis des années. Nous autres ne sommes pas si purs. Mais je t'aime bien comme ça. Je t'aime bien impure, morcelée et formidable. J'aime bien l'Evelyn Hugo qui voit le monde pour ce qu'il est et va ensuite l'affronter corps à corps pour en tirer ce qu'elle veut. Alors, tu sais, colle l'étiquette que tu veux là-dessus, seulement ne change pas. Ce serait cela, la véritable tragédie.

Lorsque nous sommes arrivés chez moi, Harry m'a bordée au lit, puis il est descendu me préparer à dîner.

Ce soir-là, il a dormi dans le lit à côté de moi, et, quand je me suis réveillée, il ouvrait les stores.

— Debout, petit oiseau, a-t-il dit.

Je n'ai pas parlé à Celia pendant cinq ans après ça. Elle n'a pas appelé. Elle n'a pas écrit. Et je n'ai pas pu me résoudre à la contacter.

Je savais comment elle allait uniquement par le biais de ce que je lisais dans les journaux, et du genre de ragots qui circulaient en ville. Mais ce premier matin-là, alors que le soleil brillait sur mon visage et que j'étais encore épuisée du séjour au Mexique, en fait j'allais bien. Parce que j'avais Harry. Pour la première fois depuis très longtemps, j'avais l'impression d'avoir une famille.

Vous ne savez pas à quelle vitesse vous avez couru, avec quelle ardeur vous avez travaillé, quel stade d'épuisement vous avez atteint, avant que quelqu'un se tienne derrière vous et dise : « Tout va bien, tu peux tomber maintenant. Je te rattraperai. »

Alors je suis tombée.

Et Harry m'a rattrapée.

CHAPITRE 30

—Celia et vous n'aviez aucun contact du tout? demandé-je.

Evelyn secoue la tête. Elle se lève et marche jusqu'à la fenêtre pour l'entrouvrir. La brise qui s'infiltre est la bienvenue. Quand Evelyn se rassied, elle me regarde, prête à poursuivre son récit. Mais je suis trop perplexe.

—Depuis combien de temps étiez-vous ensemble à ce moment-là?

—Trois ans, dit Evelyn. À peu près.

—Et elle est juste partie? Sans un mot de plus?

Elle acquiesce.

—Est-ce que vous avez essayé de l'appeler?

Elle secoue la tête à nouveau.

—J'étais… Je ne savais pas encore qu'il n'y avait aucune honte à ramper pour obtenir quelque chose que vous voulez vraiment. Je pensais que si elle ne voulait plus de moi, si elle ne comprenait pas pourquoi j'avais agi ainsi, alors je n'avais pas besoin d'elle.

—Et vous alliez bien?

—Non, j'étais dévastée. Elle m'a obsédée pendant des années. Je veux dire, c'est sûr, j'ai passé mon temps à m'amuser. Ne vous méprenez pas. Mais Celia n'était visible nulle part. Je lisais des exemplaires de *Sub Rosa* parce qu'il y avait sa photo dedans, j'examinais les autres personnes avec elle sur les images, me demandant qui elles étaient pour elle, comment elle les connaissait. Je sais à présent qu'elle avait autant de chagrin que moi. Que, quelque part dans son esprit, elle attendait que je l'appelle pour m'excuser. Mais, à l'époque, j'ai juste souffert toute seule.

— Est-ce que vous regrettez de ne pas l'avoir appelée ? D'avoir perdu tout ce temps ?

Evelyn me regarde comme si j'étais stupide.

— Elle n'est plus là, à présent, répond-elle. L'amour de ma vie est parti, et je ne peux plus simplement l'appeler pour lui dire que je suis désolée et la faire revenir. Elle est partie pour toujours. Alors oui, Monique, c'est quelque chose qu'en effet je regrette. Je regrette chaque seconde que je n'ai pas passée avec elle. Je regrette chaque idiotie que j'ai faite et qui lui a causé une once de peine. J'aurais dû la rattraper dans la rue le jour où elle m'a quittée. J'aurais dû la supplier de rester. J'aurais dû m'excuser et envoyer des roses et me planter au sommet des lettres d'Hollywood et crier : « Je suis amoureuse de Celia St James ! » et me laisser crucifier pour ça. Voilà ce que j'aurais dû faire. Et maintenant que je n'ai plus Celia, et que je possède plus d'argent que je n'aurai de temps pour le dépenser dans cette vie, et que mon nom est cimenté dans l'histoire d'Hollywood, et que je sais combien c'est superficiel, je me mords les doigts pour chaque seconde où j'ai choisi la gloire plutôt qu'aimer fièrement Celia. Mais c'est un luxe. Vous pouvez faire ça lorsque vous êtes riche et célèbre. Vous pouvez estimer que la fortune et la renommée n'ont aucune valeur quand vous en avez. À l'époque, je pensais encore que j'avais tout le temps devant moi. Que si je jouais les bonnes cartes, je pourrais tout rafler.

— Vous pensiez qu'elle reviendrait vers vous, dis-je.

— Je *savais* qu'elle reviendrait vers moi, rectifie Evelyn. Et elle le savait aussi. Nous savions toutes les deux que notre histoire n'était pas finie.

J'entends le son distinct de mon téléphone. Mais il ne s'agit pas de la tonalité familière d'un texto normal. C'est le bip que j'ai programmé spécialement pour David, l'année dernière quand j'ai eu ce portable, juste après notre mariage, et il ne m'est jamais venu à l'esprit avant cet instant qu'il avait cessé d'envoyer des messages.

Je baisse brièvement les yeux pour voir son nom s'afficher. Et en dessous :

Je crois que nous devrions parler. C'est trop énorme, M.
Ça va trop vite. Nous devons en discuter.

Je chasse ça aussitôt de mes pensées.

— Vous saviez donc qu'elle reviendrait vers vous, mais vous avez quand même épousé Rex North ? demandé-je, de nouveau concentrée.

Evelyn incline la tête un instant en avant, s'apprêtant à s'expliquer.

— *Anna Karénine* était largement hors budget. Nous avions des semaines de retard sur le planning. Rex interprétait le comte Vronski. Au moment où la version du réalisateur est arrivée, nous avons su qu'elle devrait faire l'objet d'un second montage, et qu'il faudrait que quelqu'un d'autre intervienne pour sauver l'ensemble.

— Et vous aviez un intéressement sur les entrées.

— Oui, Harry et moi. C'était son premier film après son départ des Sunset Studios. Si ça faisait un flop, il aurait du mal à décrocher un autre rendez-vous en ville.

— Et vous ? Qu'allait-il vous arriver si ça faisait un flop ?

— Si mon premier projet après *Boute-en-Train* ne marchait pas, je craignais d'être réduite à un feu de paille. À cette époque, j'avais déjà pu renaître plus d'une fois de mes cendres. Mais je ne voulais plus en passer par là.

Alors j'ai fait la seule chose dont je savais qu'elle donnerait désespérément envie aux gens d'aller voir le film. J'ai épousé le comte Vronski.

INTELLIGENT
REX NORTH
◊◊◊

CHAPITRE 31

I l y a une certaine liberté à épouser un homme quand vous ne cachez rien.

Celia était partie. Je n'étais pas vraiment dans une phase de ma vie où je pouvais tomber amoureuse de quelqu'un, et Rex ne semblait pas du genre capable de tomber amoureux tout court. Peut-être, si nous nous étions rencontrés à des époques différentes de nos vies, aurions-nous pu bien nous entendre. Mais telle qu'était la situation, Rex et moi avons eu une relation entièrement bâtie sur le box-office.

C'était vulgaire, bidon et pure manipulation.

Mais ça a été le début de mes millions.

Et aussi le moyen par lequel j'ai amené Celia à revenir vers moi.

Et cet arrangement a été le plus honnête que j'aie jamais conclu avec quiconque.

Je pense que j'aimerai toujours un petit peu Rex North pour tout cela.

— Donc, tu ne coucheras jamais avec moi ? m'a demandé Rex.

Il était assis dans mon salon avec une jambe nonchalamment croisée sur l'autre, en buvant un manhattan. Il portait un costume noir avec une fine cravate. Ses cheveux blonds étaient gominés en arrière. Ses yeux bleus en paraissaient encore plus clairs, sans rien pour les occulter.

Rex était l'un de ces types si beaux que c'en était presque ennuyeux. Et puis il souriait, et vous regardiez toutes les filles défaillir dans la pièce. Dentition parfaite, deux petites fossettes, le sourcil légèrement arqué, et tout le monde était cuit.

Comme moi, il avait été fabriqué par les studios. Né Karl Olvirsson en Islande, il a filé à Hollywood, changé son nom, perfectionné son accent, et couché avec toutes les personnes qu'il fallait pour obtenir ce qu'il voulait. C'était une idole à minettes aigrie de prouver qu'elle savait jouer. Mais, en vérité, il *savait* jouer. Il se sentait sous-estimé parce qu'il l'*était*. *Anna Karénine* était pour lui la chance d'être enfin pris au sérieux. Il avait autant que moi besoin que ce soit un gros succès. Raison pour laquelle il était prêt à faire exactement ce que j'étais prête à faire. Un mariage coup de pub.

Rex était pragmatique, et jamais précieux. Il voyait à dix longueurs d'avance, mais ne laissait jamais paraître ce qu'il pensait. Nous étions des âmes sœurs à cet égard.

Je me suis assise à côté de lui sur le canapé de mon salon, le bras posé derrière lui.

— Je ne peux pas dire avec certitude que je ne coucherai jamais avec toi, ai-je répondu. (C'était vrai.) Tu es séduisant. Je me verrais bien tomber une fois ou deux pour ce truc que tu dégages.

Rex s'est esclaffé. Il y avait toujours ce détachement chez lui, comme si vous pouviez faire ce que vous vouliez sans jamais l'irriter. Il était intouchable dans ce sens-là.

— Je veux dire, peux-tu affirmer que tu ne tomberas jamais amoureux de moi ? ai-je demandé. Et si tu finis par vouloir rendre ce mariage réel ? Ce serait gênant pour tout le monde.

— Tu sais, si une femme parvenait à ce résultat, ce serait logique qu'il s'agisse d'Evelyn Hugo. Je suppose qu'il y a toujours une possibilité.

— C'est le sentiment que j'ai sur le fait de coucher avec toi. Il y a toujours une possibilité.

J'ai pris mon gibson sur la petite table et en ai bu une gorgée. Rex a ri.

— Alors dis-moi, où vivrons-nous ? a-t-il demandé.

— Bonne question.

— Ma maison est dans le quartier de Bird Streets, avec des fenêtres du sol au plafond. C'est la merde pour sortir de l'allée. Mais on voit tout le canyon depuis ma piscine.

— Ça ira, ai-je dit. Ça ne me dérange pas d'emménager chez toi un petit moment. Je tourne un autre film dans un mois environ aux studios Columbia, donc ce sera plus près chez toi de toute façon. Le seul point sur lequel j'insiste, c'est que je puisse amener Luisa.

Après le départ de Celia, je pouvais de nouveau employer du personnel. Plus personne ne se cachait dans ma chambre, après tout. Luisa venait du Salvador, elle avait juste quelques années de moins que moi. Le premier jour où elle est venue travailler pour moi, elle discutait avec sa mère au téléphone pendant sa pause-déjeuner. Elle parlait espagnol, juste devant moi. « *La señora es tan bonita, pero loca.* » (« Cette dame est belle, mais folle. »)

Je me suis retournée, je l'ai regardée, et je lui ai dit : « *Disculpe ? Yo te puedo entender.* » (« Excusez-moi ? Je vous comprends. »)

Luisa a écarquillé les yeux, raccroché au nez de sa mère, et m'a dit : « *Lo siento. No sabía que usted hablaba Español.* » (« Désolée. Je ne savais pas que vous parliez espagnol. »)

Je suis repassée à l'anglais, ne souhaitant plus parler espagnol, n'aimant pas comment cette langue résonnait étrangement en sortant de ma propre bouche. « Je suis cubaine, lui ai-je dit. J'ai toujours parlé espagnol. » Toutefois, ce n'était pas vrai. Je ne l'avais plus parlé depuis des années.

Elle m'a regardée comme si elle interprétait une peinture, puis elle m'a dit sur un ton d'excuses : « Vous n'avez pas l'air cubaine. » « *Pues, lo soy* », ai-je dit avec dédain. (« Eh bien, je le suis. »)

Luisa a hoché la tête et remballé son déjeuner, pour aller changer les draps du lit. Je me suis assise à cette table pendant au moins une demi-heure, abasourdie. Je ne cessais de penser : *Comment ose-t-elle essayer de me retirer ma propre identité ?*

Mais tandis que je regardais dans ma maison, ne voyant aucune photo de ma famille, pas un seul livre latino-américain, même pas un bocal de cumin sur mon étagère à épices, et apercevant les cheveux blonds capturés dans ma brosse, j'ai pris conscience que ce n'était pas Luisa qui m'avait infligé ça. C'était moi. J'avais fait le choix d'être différente de mon véritable moi.

Fidel Castro contrôlait Cuba. Eisenhower avait déjà mis en place l'embargo économique à l'époque. Le débarquement de la baie des Cochons avait été un désastre. Être américano-cubaine était compliqué. Et, au lieu d'essayer de faire mon chemin dans le monde en tant que Cubaine, j'ai simplement renoncé à mes origines. À certains égards, cela m'a aidée à défaire tout lien qui me rattachait encore à mon père. Mais cela m'a aussi éloignée un peu plus de ma mère. Ma mère, pour qui j'avais fait tout ça, initialement.

C'était entièrement ma faute. Les résultats de mes propres choix. Rien de tout cela n'était la faute de Luisa. Alors j'ai réalisé que je n'avais aucun droit d'être assise ainsi à ma table de cuisine et de lui en vouloir.

Lorsqu'elle est partie ce soir-là, j'ai bien vu qu'elle était encore mal à l'aise en ma présence. J'ai donc veillé à lui sourire sincèrement et lui dire combien je me réjouissais de la revoir le lendemain.

Depuis ce jour-là, je ne me suis plus jamais adressée à elle en espagnol. J'étais trop gênée, trop vulnérabilisée par mon manque de loyauté. Mais elle le parlait de temps en temps, et je souriais quand elle blaguait avec sa mère à portée d'ouïe. Je lui faisais savoir que je la comprenais. Et je me suis vite prise d'affection pour elle. J'enviais sa façon d'être aussi bien dans sa peau. Combien elle n'avait pas peur d'être elle-même. Elle était fière d'être Luisa Jimenez.

Elle a été la première de mes employées que j'ai chérie. Je n'allais pas changer de domicile sans elle.

— Je suis sûr qu'elle est géniale, a dit Rex. Amène-la. Maintenant, pour parler pratique, dormons-nous dans le même lit ?

— Je doute que ce soit nécessaire. Luisa sera discrète. J'ai eu l'occasion d'apprendre cette leçon. Et nous organiserons quelques fêtes dans l'année, en donnant l'impression que nous partageons la même chambre.

— Et je peux toujours… faire ce que je fais ?

— Tu peux toujours coucher avec toutes les femmes de la planète, oui.

— Toutes, sauf *ma* femme, a-t-il dit avec un sourire, en reprenant une gorgée de son cocktail.

— Tu dois juste éviter de te faire prendre.

Rex a balayé ma remarque de la main, comme si cela ne constituait pas un problème.

— Je suis sérieuse, Rex. Me tromper n'est pas anecdotique. Je ne peux pas le tolérer.

— Tu n'as pas à t'inquiéter.

Il était plus sincère à ce sujet que sur n'importe quelle autre de mes exigences, peut-être même plus que dans n'importe quelle scène d'*Anna Karénine*.

—Je ne ferais jamais rien qui te ridiculiserait, a-t-il ajouté. Nous sommes dans le même bateau.

—Merci. Ça veut dire beaucoup. C'est valable pour moi, aussi. Ce que je fais ne sera pas ton problème. Je te le promets.

Rex a tendu la main, et je l'ai serrée.

—Eh bien, je devrais y aller, a-t-il dit, en consultant sa montre. J'ai rendez-vous avec une jeune femme particulièrement impatiente, et je détesterais la faire attendre.

Il a boutonné son manteau tandis que je me levais.

—Quand devrions-nous nous passer la corde au cou ? a-t-il demandé.

—Je pense qu'on devrait nous apercevoir en ville plusieurs fois la semaine prochaine. Et entretenir le suspense un petit moment. Peut-être me mettre une bague au doigt vers novembre. Harry a suggéré qu'on fixe éventuellement le grand jour environ deux semaines avant que le film ne sorte en salle.

—Et choquer tout le monde.

—Et les inciter à parler du film.

—Le fait que je sois Vronski et toi Anna…

—Donnera l'impression que tout ça est sordide, alors que notre mariage apportera une touche de légitimité.

—C'est à la fois dégoûtant et sain, a dit Rex.

—Exactement.

—C'est ton gagne-pain.

—Et le tien.

—N'importe quoi, a-t-il répliqué. Je suis dégoûtant. Jusqu'au bout des ongles.

Je l'ai accompagné jusqu'à la porte d'entrée, et l'ai pris dans mes bras pour lui dire au revoir. Alors qu'il se tenait dans l'encadrement de la porte, il m'a demandé :

—Est-ce que tu as vu le dernier montage ? Est-ce qu'il est bon ?

— Il est fantastique. Mais il dure presque trois heures. Si nous voulons amener les gens à acheter un billet…

— Nous devons assurer le spectacle, a-t-il conclu.

— Précisément.

— Mais nous y sommes bons, toi et moi ?

— De la vraie dynamite.

PHOTOMOMENT

26 novembre 1962

EVELYN HUGO ET REX NORTH MARIÉS !

Evelyn Hugo remet ça. Et, cette fois, nous pensons qu'elle s'est surpassée. Evelyn et Rex North se sont passé la corde au cou le week-end dernier au domaine de North dans les Hollywood Hills.

Ils se sont rencontrés durant le tournage d'*Anna Karénine*, prochainement sur les écrans, et auraient eu le coup de foudre, follement épris l'un de l'autre même pendant les répétitions. Ces deux tourtereaux blonds sont certains d'embraser les cinémas les semaines à venir dans les rôles d'Anna et du comte Vronski.

Il s'agit d'un premier mariage pour Rex, bien qu'Evelyn ait déjà deux ou trois mariages ratés derrière elle. Cette année, son fameux ex, Don Adler, se sépare de la star du *Tour du chapeau*, Ruby Reilly.

Avec un tout nouveau film, un mariage au casting prestigieux et deux manoirs à eux deux, il ne fait aucun doute qu'Evelyn et Rex vivent le meilleur moment de leur vie.

PHOTOMOMENT

10 décembre 1962

CELIA ST JAMES FIANCÉE AU QUARTERBACK JOHN BRAVERMAN

La superstar Celia St James est en veine dernièrement dans le département cinéma, avec son drame historique *Noces royales* et sa performance stupéfiante dans la comédie musicale *Célébration*.

Et maintenant, elle a encore plus à célébrer. Parce qu'elle a trouvé l'amour avec le quarterback des New York Giants John Braverman.

Ils ont été aperçus tous les deux à Los Angeles et Manhattan, dînant dehors et appréciant la compagnie l'un de l'autre.

Espérons que Celia se révèle être un porte-bonheur pour Braverman. Ce gros diamant à son doigt lui fait certainement l'effet d'un porte-bonheur !

HOLLYWOOD DIGEST

17 décembre 1962

ANNA KARÉNINE *GAGNE GROS AU BOX-OFFICE*

Le très attendu *Anna Karénine* a fait son entrée dans les cinémas ce vendredi, et a pris le week-end d'assaut.

Avec des critiques élogieuses à la fois pour Evelyn Hugo et Rex North, ce n'est pas une surprise que le public aille voir le film en masse. Entre les interprétations de classe internationale et l'alchimie qui s'opère aussi bien en dehors qu'à l'écran, l'engouement pour ce film a atteint son paroxysme.

Les gens disent qu'une paire d'Oscars pourrait être le cadeau de mariage idéal pour le jeune couple.

En tant que coproductrice, Evelyn s'apprête à enregistrer des chiffres sensationnels au box-office.

Bravo, Hugo!

CHAPITRE 32

Le soir des Oscars, Rex et moi étions assis l'un à côté de l'autre, en se tenant la main, accordant à tout le monde un aperçu du mariage romantique que nous colportions partout en ville.

Nous avons souri poliment tous les deux quand nous avons perdu, en applaudissant les gagnants. J'étais déçue, mais pas étonnée. Ça semblait un peu trop beau pour être vrai, l'idée d'Oscar pour des personnes comme Rex et moi, de grandes stars de cinéma essayant de prouver qu'elles avaient de la substance. J'ai eu la nette impression que beaucoup de gens voulaient que nous restions dans la voie qui nous était réservée. Nous l'avons donc accepté sans broncher, puis nous avons fait la fête toute la nuit, buvant et dansant tous les deux jusqu'au petit matin.

Celia n'était pas à la cérémonie cette année-là, et bien que je l'aie cherchée dans toutes les soirées où Rex et moi sommes allés, je ne l'ai vue nulle part. Au lieu de ça, Rex et moi avons fait la tournée des grands-ducs.

À la réception William Morris, j'ai trouvé Harry et l'ai entraîné dans un coin tranquille, où nous avons siroté du champagne et parlé de la fortune que nous allions engranger.

Vous devriez savoir ceci sur les riches : ils veulent toujours devenir plus riches. Ce n'est jamais assommant, de mettre la main sur plus d'argent.

Quand j'étais enfant, que je peinais à trouver quelque chose à manger pour le dîner en dehors des vieux riz et haricots secs dans la cuisine, je me disais que si je pouvais juste faire un bon repas tous les soirs, je serais heureuse.

Quand j'étais aux Sunset Studios, je me disais que tout ce que je voulais, c'était un manoir.

Quand j'ai eu le manoir, je me suis dit que tout ce que je voulais, c'était deux demeures et une équipe de domestiques.

Et j'étais là, tout juste âgée de vingt-cinq ans, prenant conscience qu'aucune quantité ne serait jamais vraiment assez.

Rex et moi sommes rentrés chez nous à environ 5 heures du matin, tous les deux ivres morts. Alors que notre voiture s'éloignait, j'ai fouillé dans mon sac à la recherche des clés de la maison, et Rex se tenait à côté de moi, me soufflant son haleine de gin aigre dans le cou.

— Ma femme ne retrouve pas les clés ! a-t-il ironisé, en trébuchant très légèrement. Elle se donne un mal de chien, mais il semble qu'elle ne les trouve pas.

— Voudrais-tu bien te taire ? ai-je dit. Est-ce que tu veux réveiller les voisins ?

— Qu'est-ce qu'ils vont faire ? a-t-il rétorqué, encore plus fort qu'avant. Nous virer de la ville à coups de pompe ? C'est ça qu'ils vont faire, ma précieuse Evelyn ? Ils vont nous dire que nous ne pouvons plus vivre sur la Blue Jay Way ? Ils vont nous obliger à déménager sur la Robin Drive ? Ou Oriole Lane ?

J'ai retrouvé les clés, les ai insérées dans la serrure, et j'ai tourné la poignée. Nous sommes tous les deux tombés à l'intérieur. J'ai dit bonne nuit à Rex, et je suis allée dans ma chambre.

J'ai ôté ma robe toute seule, sans personne pour m'en baisser la fermeture dans le dos. La solitude de mon mariage m'a touchée plus durement que jamais à cet instant-là. Je me suis aperçue dans le miroir et j'ai vu, en termes très clairs, que j'étais belle. Mais ça ne signifiait pas que quiconque m'aimait.

Je me tenais dans ma combinaison, et j'ai regardé mes cheveux blond cuivré, mes yeux marron foncé, et mes sourcils droits et épais. Et la femme qui aurait dû être mon épouse me manquait. Celia me manquait.

J'avais l'esprit ébranlé à l'idée qu'elle était peut-être avec John Braverman à cet instant précis. Je n'étais pas assez bête pour croire un mot de tout ça. Mais je craignais également de ne pas la connaître comme je le pensais. Est-ce qu'elle l'aimait ? M'avait-elle oubliée ? Les larmes me sont montées aux yeux quand j'ai songé à ses cheveux roux qui autrefois s'étalaient sur mes oreillers.

—Là, là, a murmuré Rex derrière moi.

Je me suis retournée pour le voir debout dans l'encadrement de la porte.

Il avait retiré sa veste de smoking et détaché ses boutons de manchette. Sa chemise était à moitié ouverte, son nœud papillon défait, pendant de chaque côté de son cou. C'était le spectacle même pour lequel des millions de femmes aux quatre coins de la nation auraient tué.

—Je croyais que tu allais te coucher, ai-je dit. Si j'avais su que tu étais encore levé, je t'aurais demandé de m'aider à ôter ma robe.

—J'aurais bien aimé.

Je l'ai congédié d'un geste de la main.

—Qu'est-ce que tu fabriques ? Tu n'arrives pas à dormir ?

—Je n'ai pas essayé.

Il est entré davantage dans la chambre, plus près de moi.

—Eh bien, essaie, dans ce cas. Il est tard. À ce rythme-là, on va dormir tous les deux jusqu'à ce soir.

—Penses-y, Evelyn.

Les lumières qui filtraient par les fenêtres éclairaient ses cheveux blonds. Ses fossettes luisaient.

—Penser à quoi ?

—Pense à ce que ce serait.

Il s'est approché de moi et a posé la main sur ma taille. Il se tenait derrière moi, son souffle de nouveau sur ma nuque. C'était agréable d'être touchée par cet homme.

Les stars de ciné seront toujours des stars de ciné. Certes, nous déclinons toutes et tous après un moment. Nous sommes humains, bourrés de défauts comme n'importe qui d'autre. Mais nous sommes les élus, parce que nous sommes extraordinaires.

Et il n'y a rien qu'une personne extraordinaire n'aime plus qu'une autre personne extraordinaire.

—Rex.

—Evelyn, m'a-t-il chuchoté à l'oreille. Juste une fois. Tu ne penses pas qu'on devrait ?

—Non. On ne devrait pas.

Mais je n'étais pas entièrement convaincue de ma réponse, et par conséquent, Rex non plus.

—Tu devrais retourner dans ta chambre avant que nous fassions une bêtise que nous regretterons tous les deux demain, ai-je ajouté.

—En es-tu sûre ? Tes désirs sont des ordres, mais j'apprécierais beaucoup que tu changes d'avis.

—Je n'en changerai pas.

—Songes-y, toutefois. (Il a remonté ses mains plus haut sur mon torse, avec seule la soie de ma combinaison entre nous.) Pense à ce que ce serait de m'avoir sur toi.

J'ai ri.

—Pas question. Si j'y pense, on sera coulés tous les deux.

—Imagine la façon dont on bougerait ensemble. Avec lenteur au départ, avant de perdre le contrôle.

— Est-ce que ce baratin fonctionne avec les autres femmes ?

— Je n'ai jamais eu à cravacher autant avec les autres femmes, a-t-il répondu, en m'embrassant dans le cou.

J'aurais pu lui tourner le dos. J'aurais pu le gifler, il l'aurait pris en pinçant la lèvre supérieure et m'aurait laissée tranquille. Mais je n'étais pas disposée à ce que cette partie-là soit finie. J'aimais être tentée. J'aimais savoir que je prendrais peut-être la mauvaise décision.

Et ça aurait indéniablement été la mauvaise décision. Parce que, dès que je serais sortie de ce lit, Rex aurait oublié combien il avait bataillé pour m'avoir. Il se souviendrait juste de m'avoir eue.

Et il ne s'agissait pas d'un mariage classique. Il y avait trop d'argent en jeu.

Je l'ai laissé faire glisser ma combinaison d'un côté. Je l'ai laissé passer sa main sous le décolleté.

— Oh, qu'est-ce que ce serait de me perdre en toi, a-t-il soupiré. De m'allonger sous toi et te regarder te tortiller sur moi.

J'ai failli céder. J'ai failli m'arracher moi-même ma combinaison et jeter Rex sur le lit. Mais il m'a dit alors :

— Allons, bébé, tu sais que tu en as envie.

Et il est devenu parfaitement clair qu'il avait déjà essayé ce boniment à maintes reprises avec un nombre incalculable d'autres femmes.

Ne permettez jamais à quiconque de vous faire sentir ordinaire.

— Sors d'ici, ai-je dit, cependant sans aucune méchanceté.

— Mais…

— Il n'y a pas de « mais ». Va te coucher.

— Evelyn…

275

—Rex, tu as bu, et tu me confonds avec l'une de tes nombreuses minettes, mais je suis ta femme, ai-je répliqué, avec une ironie des plus évidentes.

—Pas même une fois ?

Il semblait dessoûler rapidement, comme si ses paupières tombantes avaient fait partie de son numéro. Je n'étais jamais vraiment sûre avec lui. Vous ne saviez jamais exactement à quoi vous en tenir avec Rex North.

—N'essaie plus ça, Rex. Ça n'arrivera pas.

Il a roulé des yeux puis m'a embrassée sur la joue.

—Bonne nuit, Evelyn, a-t-il dit, avant de passer ma porte aussi furtivement qu'en entrant.

Le lendemain, je me suis réveillée au son d'un téléphone qui retentissait, avec une profonde gueule de bois et une légère confusion quant à l'endroit où je me trouvais.

—Allô ?

—Debout, petit oiseau.

—Harry, mais qu'y a-t-il donc ?

Le soleil me brûlait les yeux.

—Après ton départ de la réception de la Fox hier soir, j'ai eu une conversation très intéressante avec Sam Pool.

—Qu'est-ce qu'un directeur de la Paramount fabriquait à une soirée de la Fox ?

—Il essayait de nous trouver, toi et moi. Enfin, et Rex.

—Pour quoi faire ?

—Pour proposer que la Paramount vous fasse signer un contrat de trois films à Rex et toi.

—Quoi ?

—Ils veulent trois films, produits par nous, avec Rex et toi en vedettes. Sam m'a dit de donner un prix.

—Donner un prix ?

Dès que je buvais trop, je me réveillais toujours le lendemain avec la sensation d'être sous l'eau. Tout paraissait en sourdine, flou. J'avais besoin de m'assurer que je suivais bien.

— Qu'entends-tu par donner un prix ?

— Est-ce que tu veux un million de dollars par film ? J'ai entendu que c'était ce que touchait Don pour *Le Temps d'avant*. On pourrait t'obtenir ça aussi.

Voulais-je gagner autant d'argent que Don ? Bien sûr. Je voulais recevoir le chèque et lui en envoyer une copie avec une photo de mon majeur l'honorant. Mais, surtout, je voulais gagner la liberté de faire tout ce que je voulais.

— Non, ai-je refusé. Non, non. Je ne signe aucun contrat où on me dit dans quel film je dois jouer. Toi et moi décidons de ceux que je tourne. Point à la ligne.

— Tu ne m'écoutes pas.

— Bien sûr que si.

J'ai déplacé mon poids sur mon épaule et changé de bras pour tenir le téléphone. J'ai pensé : *Je vais aller nager aujourd'hui. Je devrais dire à Luisa de chauffer la piscine.*

— C'est nous qui choisissons les films, a précisé Harry. C'est un contrat à l'aveugle. Quels que soient les scénarios que Rex et toi aimez, la Paramount veut les acheter. Peu importe le salaire que nous souhaitons.

— Tout ça à cause d'*Anna Karénine* ?

— Nous avons prouvé que ton nom attirait les gens au cinéma. Et si je ne me trompe pas, je pense que Sam Pool veut baiser Ari Sullivan. Je pense qu'il veut prendre ce qu'Ari Sullivan a jeté et le transformer en or.

— Donc je suis un pion.

— Tout le monde l'est. Ne va pas prendre les choses personnellement maintenant alors que tu ne l'as jamais fait avant.

— N'importe quel film que nous voulons ?

— Tout ce qu'on veut.

— Tu en as parlé à Rex ?

— Crois-tu honnêtement que je ferais passer la moindre information par ce mufle avant de m'adresser à toi ?

— Oh, ce n'est pas un mufle.

— Si tu avais été là pour parler à Joy Nathan avant qu'il lui brise le cœur, tu ne serais pas de cet avis.

— Harry, c'est mon mari.

— Evelyn, non, ce n'est pas ton mari.

— Ne peux-tu pas trouver une qualité à apprécier chez lui ?

— Oh, il y a des tas de choses à apprécier chez lui. Par exemple, j'adore combien il nous a fait gagner d'argent, combien il *va* nous en faire gagner.

— Eh bien, il a toujours agi correctement avec moi. Je lui ai dit « non », et il est sorti de ma chambre. Les hommes ne feraient pas tous ça. Les hommes ne l'avaient pas tous fait.

— Ça, c'est parce que vous avez tous les deux le même objectif. Tu es bien placée pour savoir qu'on ne peut pas raconter une seule vérité sur la personnalité de quelqu'un si on recherche tous les deux la même chose. C'est comme un chien et un chat qui s'entendent bien parce qu'ils veulent tous les deux tuer la souris.

— Eh bien, je l'apprécie. Et je veux que tu l'apprécies aussi. En particulier parce que, si nous signons ce contrat, Rex et moi devrons rester mariés carrément plus longtemps que nous ne le pensions au départ. Ce qui fait de lui ma famille. Et tu es également ma famille. Donc vous êtes tous les deux d'une même famille.

— Beaucoup de gens n'aiment pas leur famille.

— Oh, la ferme ! ai-je dit.

— Convainquons Rex de signer ce contrat, OK ? Réunissez vos agents pour conclure cette affaire. Demandons la lune.

— OK.

— Evelyn ? m'a-t-il lancé avant de raccrocher.

— Oui ?

— Tu sais ce qui est en train de se produire, n'est-ce pas ?

— Quoi ?

— Tu es sur le point de devenir l'actrice la mieux payée d'Hollywood.

CHAPITRE 33

Pendant les deux ans et demi qui ont suivi, Rex et moi sommes restés mariés, en habitant une maison dans les collines, développant et tournant des films chez Paramount.

Nous disposions d'une équipe entière de personnel à cette époque. Deux agents, un attaché de presse, des avocats, et un chargé d'affaires pour chacun de nous, ainsi que deux assistants de plateau et nos domestiques chez nous, y compris Luisa.

Nous nous réveillions tous les jours dans nos chambres à part, nous préparions chacun d'un côté de la maison, puis montions dans la même voiture et roulions jusqu'au plateau ensemble, nous tenant la main dès que nous arrivions au studio. Nous travaillions toute la journée, puis repartions chez nous ensemble. À ce moment-là, nous nous séparions de nouveau pour nos projets de soirée respectifs.

Je passais souvent les miennes avec Harry ou quelques stars de la Paramount pour lesquelles je m'étais prise d'affection. Ou j'allais à un rendez-vous galant avec quelqu'un que je savais digne de confiance pour garder un secret.

Au cours de mon mariage avec Rex, je n'ai jamais rencontré personne que j'ai eu désespérément envie de revoir. Certes, j'ai eu quelques flirts. Certains avec d'autres stars, un avec un chanteur de rock, quelques-uns avec des hommes mariés ; la catégorie la plus susceptible de taire le fait qu'ils avaient couché avec une star de cinéma. Mais tout cela était insignifiant.

Je supposais que Rex avait des amourettes sans importance, lui aussi. Et la majeure partie du temps, c'était le cas. Jusqu'à ce que, soudain, ça ne le soit plus.

Un samedi matin, il est entré dans la cuisine alors que Luisa me préparait du pain grillé. Je buvais une tasse de café et fumais une cigarette, en attendant que Harry vienne me chercher pour une partie de tennis. Rex est allé au frigo pour se servir un verre de jus d'orange. Il s'est assis à côté de moi à table. Luisa a posé les toasts devant moi, puis le beurrier au centre de la table.

— Vous désirez quoi que ce soit, Mr North ? lui a-t-elle demandé.

Rex a secoué la tête.

— Merci, Luisa.

Puis, nous l'avons senti tous les trois ; il fallait qu'elle se retire. Il allait se passer quelque chose.

— Je vais mettre la lessive en route, a-t-elle dit, avant de s'éclipser.

— Je suis amoureux, a annoncé Rex une fois que nous étions enfin seuls.

C'était peut-être la dernière phrase que j'aurais pensé l'entendre prononcer un jour.

— Amoureux ?

Mon air choqué l'a fait rire.

— Ça n'a aucun sens. Crois-moi, je le sais.

— De qui ?

— Joy.

— Joy Nathan ?

— Oui. On s'est vus par intermittence au fil des années. Tu sais comment c'est.

— Je sais comment c'est avec toi, bien sûr. Mais aux dernières nouvelles tu lui avais brisé le cœur.

— Oui, bon, ça ne te surprendra pas si je te dis que, par le passé, j'ai été un peu… disons, sans cœur.

281

—C'est clair, on peut dire ça.

Il s'est esclaffé.

—Mais j'ai commencé à avoir le sentiment que ce serait peut-être agréable d'avoir une femme dans mon lit quand je me réveille le matin.

—Quelle nouveauté.

—Et lorsque j'ai réfléchi à quelle femme j'aimerais que ce soit, j'ai pensé à Joy. Alors nous nous voyons. Discrètement, rassure-toi. Et, eh bien, maintenant je me rends compte que je n'arrête pas de penser à elle. Que je veux être en permanence avec elle.

—Rex, c'est merveilleux, ai-je dit.

—J'espérais que tu penserais ça.

—Alors, que devrait-on faire ?

—Eh bien, a-t-il répondu en inspirant profondément, Joy et moi aimerions nous marier.

—OK.

Mon esprit passait déjà à la vitesse supérieure, calculant le moment idéal pour annoncer notre divorce. Nous avions déjà sorti deux films, l'un ayant rencontré un succès modeste, l'autre un triomphe. Le troisième, *Coucher de soleil sur la Caroline*, relatant l'histoire d'un jeune couple qui a perdu un enfant et part habiter dans une ferme en Caroline du Nord pour essayer de s'en remettre, et ayant au final des aventures avec des gens de leur petite ville, sortait quelques mois plus tard. Rex ne s'était pas donné beaucoup de mal pour son interprétation. Mais je savais que ce film avait le potentiel d'être une grosse affaire pour moi.

—Nous dirons que le stress de tourner *Coucher de soleil*, d'être en plateau et de se voir embrasser d'autres gens nous a détruits. Tout le monde aura de la peine pour nous, mais pas trop. Les gens adorent les histoires d'orgueils démesurés. Nous avons estimé ce que nous avions comme acquis, et à présent nous en payons le prix. Vous allez attendre un peu.

On va raconter que je t'ai présenté à Joy parce que je voulais que tu sois heureux.

— C'est super, Evelyn, vraiment. Sauf que Joy est enceinte. Nous allons avoir un bébé.

J'ai fermé les yeux, contrariée.

— OK, ai-je dit. OK. Laisse-moi réfléchir.

— Et si nous disions juste que nous ne sommes plus heureux depuis un certain temps ? Que nous menons des vies séparées ?

— Alors nous disons que notre alchimie a pris l'eau. Et qui va aller voir *Coucher de soleil* dans ce cas ?

On y était, à ce moment critique contre lequel Harry m'avait mise en garde. Rex ne se souciait pas de *Coucher de soleil sur la Caroline*, certainement pas autant que moi. Il savait qu'il n'avait rien d'exceptionnel dans le film, et, même dans le cas contraire, il était absorbé par son nouvel amour et son futur bébé. Il a regardé par la fenêtre, puis vers moi.

— OK, a-t-il dit. Tu as raison. On s'est embarqués là-dedans ensemble, on en sortira ensemble. Qu'est-ce que tu suggères ? J'ai dit à Joy que nous serions mariés au moment où le bébé arriverait.

Rex North a toujours été un type plus réglo que quiconque ne le lui accordait.

— À l'évidence, ai-je dit. Bien sûr.

On a sonné à la porte, et, un instant plus tard, Harry est entré dans la cuisine.

J'ai eu une idée. Ce n'était pas une idée sans faille. Presque aucune idée ne l'est.

— Nous avons des aventures, ai-je lâché.

— Quoi ? s'est étonné Rex.

— Bonjour, a dit Harry, en s'apercevant qu'il avait raté une grande partie de la conversation.

— Pendant que nous tournions un film racontant que nous avions tous les deux des aventures, nous avons commencé à en avoir. Toi avec Joy, moi avec Harry.

— Quoi ? a demandé Harry.

— Les gens savent que nous travaillons ensemble, lui ai-je expliqué. On nous a vus ensemble. Tu es en arrière-plan sur des centaines de photos de moi. Ils y croiront. (Je me suis tournée vers Rex.) Nous divorcerons immédiatement après avoir lancé nos histoires. Et quiconque t'en voudra de m'avoir trompée avec Joy, ce que nous ne pourrons pas nier pour des raisons évidentes, se rendra compte que c'est un crime sans victime. Parce que je te faisais la même chose.

— Ce n'est pas une si mauvaise idée, en fait, a déclaré Rex.

— Eh bien, elle nous donne l'air méprisable à tous les deux, ai-je dit.

— C'est sûr.

— Mais elle fera vendre des billets, a ajouté Harry.

Rex a souri puis m'a regardée droit dans les yeux, il a tendu la main et a serré la mienne.

— Personne ne va y croire, a protesté Harry tandis que nous roulions vers le club de tennis un peu plus tard ce matin-là. Les gens en ville, du moins.

— Qu'est-ce que tu veux dire ?

— Toi et moi. Il y a un tas de gens qui vont écarter ça du revers de la main.

— Parce que…

— Parce qu'ils savent ce que je suis. Je veux dire, j'ai déjà envisagé de faire quelque chose comme ça, peut-être même un jour de prendre une épouse. Dieu sait que ça rendrait ma mère heureuse. Elle est toujours là-bas, à Champaign, Illinois, à se demander désespérément quand son fils chéri trouvera une gentille fille et fondera une famille. J'adorerais avoir une famille. Mais trop de gens ne seraient pas dupes.

(Il m'a regardée brièvement en conduisant.) Tout comme je crains que trop de gens ne soient pas dupes de ceci.

J'ai regardé par ma vitre les palmiers qui oscillaient à leurs sommets.

— Alors nous rendons ça indéniable.

Ce que j'aimais chez Harry, c'était qu'il n'avait jamais un temps de retard sur moi.

— Des photos, a-t-il dit. De nous deux.

— Ouais. Des instantanés, qui donneraient l'impression qu'on nous a surpris en flagrant délit.

— N'est-ce pas plus simple pour toi juste de choisir quelqu'un d'autre ?

— Je n'ai pas envie d'apprendre à connaître quelqu'un d'autre, ai-je répondu. J'en ai marre d'essayer de feindre que je suis heureuse. Au moins avec toi, je ferai semblant d'aimer quelqu'un que j'aime réellement.

Harry s'est tu un instant.

— Je pense que tu devrais savoir quelque chose, a-t-il fini par dire.

— OK.

— Quelque chose que je pensais devoir te dire depuis un certain temps déjà.

— OK, je t'écoute.

— Je vois John Braverman.

Mon cœur s'est mis à battre la chamade.

— Le John Braverman de Celia ?

Il a acquiescé.

— Depuis combien de temps ?

— Quelques semaines.

— Quand comptais-tu me le dire ?

— Je ne savais pas vraiment si je devais.

— Alors, leur mariage est…

— Bidon.

— Elle ne l'aime pas ? ai-je demandé.

—Ils font lit à part.

—Est-ce que tu l'as vue?

Au départ, Harry n'a pas répondu. Il paraissait s'efforcer de choisir soigneusement ses mots. Mais je n'avais aucune patience pour les termes parfaits.

—Harry, *est-ce que tu l'as vue*?

—Oui.

—Comment va-t-elle? me suis-je enquise, avant de penser à une meilleure question, plus pressante. Est-ce qu'elle a demandé de mes nouvelles?

Si je n'avais pas trouvé facile de vivre sans Celia, je trouvais ça effectivement *plus facile* quand je pouvais faire comme si elle appartenait à un autre monde. Mais ça, qu'elle gravite autour du mien, faisait remonter à la surface tous les sentiments que je refoulais jusque-là.

—Non, a-t-il dit. Mais je pense que c'est parce qu'elle ne voulait pas demander, et non parce qu'elle ne voulait pas savoir.

—Mais elle ne l'aime pas?

Il a secoué la tête.

—Non, elle ne l'aime pas.

Je me suis détournée pour regarder de nouveau par la vitre. J'ai imaginé demander à Harry de me conduire chez elle. J'ai imaginé courir à sa porte. J'ai imaginé tomber à genoux et lui avouer la vérité, que la vie sans elle n'était que solitude et vide, et perdait vite tout son sens.

Au lieu de ça, j'ai demandé:

—Quand devrions-nous la faire?

—Quoi?

—La photo de toi et moi. Où nous donnons l'impression qu'on nous a surpris en plein adultère.

—Nous pouvons faire ça demain soir, a-t-il répondu. On gare la voiture. Peut-être dans les collines, afin que les photographes puissent nous trouver, mais que l'image ait l'air isolée. Je vais appeler Rich Rice. Il a besoin d'argent.

J'ai secoué la tête.

—L'info ne peut pas venir de nous. Ces concierges ne jouent plus le jeu. C'est chacun pour soi désormais. Nous avons besoin que quelqu'un d'autre lance le signal. Une personne dont la presse à scandale croira qu'elle *veut* que je me fasse prendre.

—Qui?

Je secoue la tête à l'instant où l'idée me vient à l'esprit. Je répugne à le faire au moment où je prends conscience qu'il le faut.

Je me suis assise devant le téléphone de mon bureau. J'ai veillé à ce que la porte soit fermée. Et j'ai composé son numéro.

—Ruby, c'est Evelyn, et j'ai besoin d'un service, ai-je dit dès qu'elle a décroché.

—Je t'écoute, a-t-elle dit, sans la moindre hésitation.

—J'ai besoin que tu alertes des photographes. Que tu dises que tu m'as vue flirter dans une voiture là-haut dans les Trousdale Estates.

—Quoi? s'est-elle étonnée en riant. Evelyn, qu'est-ce que tu mijotes?

—Ne t'inquiète pas. Tu as assez de soucis comme ça.

—Cela veut-il dire que Rex est sur le point d'être à nouveau célibataire? a-t-elle demandé.

—Est-ce que tu n'en as pas marre de récupérer mes restes?

—Chérie, Don *m'a* poursuivie.

—J'en suis persuadée.

—Le moins que tu aurais pu faire, c'était de m'avertir.

—Tu savais ce qu'il fabriquait dans mon dos, ai-je dit. Qu'est-ce qui t'a fait penser qu'il serait différent avec toi?

—Je ne parle pas des tromperies, Ev.

Et c'est alors que j'ai compris qu'il l'avait battue, elle aussi.

—Ça va maintenant? ai-je demandé après quelques secondes d'un silence choqué. Tu t'es enfuie?

—Notre divorce se finalise. Je déménage en bord de mer, je viens d'acheter une maison à Santa Monica.

—Tu ne crois pas qu'il va essayer de te blackbouler?

—Il a essayé. Mais il n'y parviendra pas. Ses trois derniers films ont été à peine rentables. Il n'a pas été nommé pour *Le Chasseur de nuit* comme tout le monde le pensait. Il est dans une spirale descendante. Il n'est pas loin d'être aussi inoffensif qu'un chat dégriffé.

J'ai eu de la peine pour lui, d'une manière infime, tortillant le cordon du téléphone dans ma main. Mais j'en avais encore plus pour Ruby.

—C'est allé jusqu'où, Ruby?

—Jusqu'à un point que je ne pouvais pas dissimuler sous du maquillage à la truelle ni des manches longues.

La façon dont elle l'a dit, la fierté dans sa voix, comme si admettre que ça lui avait fait mal était une vulnérabilité à laquelle elle n'était pas près de céder, m'a fendu le cœur. Il s'est brisé pour elle, et pour celle que j'étais toutes ces années auparavant et qui avait vécu la même épreuve.

—Tu viendras dîner un de ces jours, lui ai-je dit.

—Oh, ne faisons pas ça, Evelyn. Nous avons traversé trop de choses pour être aussi hypocrites.

Je me suis esclaffée.

—C'est juste.

—Il y a quelqu'un en particulier que tu veux que j'appelle demain? Ou juste n'importe quel journal d'information?

—N'importe qui de puissant fera l'affaire. Quiconque impatient de se faire de l'argent sur ma chute.

—Eh bien, ça englobe tout le monde, a-t-elle dit. Sans vouloir t'offenser.

—Il n'y a pas de mal.

—Tu connais trop de réussite. Trop de succès au ciné, trop de maris séduisants. On veut toutes t'abattre de ton piédestal, maintenant.

—Je sais, ma chère. Je sais. Et quand on en aura fini avec moi, c'est toi qu'on visera.

—Tu n'es pas vraiment célèbre si quelqu'un t'aime encore, a déclaré Ruby. J'appellerai demain. Bonne chance dans ce que tu entreprends, quoi que ce soit.

—Merci. Tu me sauves la vie.

Et tandis que nous raccrochions, j'ai pensé : *Si j'avais révélé aux gens ce qu'il me faisait, il n'aurait peut-être pas eu l'occasion de lui infliger les mêmes souffrances.*

Ça ne m'intéressait pas trop de tenir un carnet de bord des victimes de mes décisions, mais il m'est effectivement venu à l'esprit que, si c'était le cas, j'aurais dû mettre Ruby Reilly sur la liste.

CHAPITRE 34

J'ai mis une robe osée qui dévoilait un peu trop mon décolleté, et j'ai remonté Hillcrest Road en voiture avec Harry.

Il s'est garé sur le côté, et je me suis décalée vers lui. Je m'en étais tenue à un rouge à lèvres nude, car je savais que le rouge serait excessif. Je veillais à contrôler suffisamment les éléments mais pas trop, parce que je ne voulais pas que ça semble parfait. Je voulais m'assurer que la photo ne *paraîtrait* pas mise en scène. Je n'avais pas à m'inquiéter. Les images sont criantes. En général, nous ne pouvons presque jamais chasser de notre esprit ce que nous voyons de nos propres yeux.

—Alors, comment veux-tu procéder ? a dit Harry.

—Es-tu nerveux ? lui ai-je demandé. As-tu déjà embrassé une femme ?

Harry m'a regardée comme si j'étais idiote.

—Bien sûr que oui.

—As-tu déjà fait l'amour à une femme ?

—Une fois.

—Est-ce que ça t'a plu ?

Harry y a songé.

—C'est plus difficile de répondre à celle-ci.

—Fais comme si j'étais un homme, alors. Fais comme s'il *fallait* que tu m'aies.

—Je peux t'embrasser spontanément, Evelyn. Je n'ai pas besoin que tu me diriges.

— Nous devons faire ça assez longtemps pour que, lorsqu'ils passent, ça donne l'impression que nous sommes là depuis un moment.

Harry s'est ébouriffé les cheveux et il a tiré sur son col. J'ai ri, et j'ai mis les miens en désordre, aussi. J'ai dénudé l'une de mes épaules.

— Oooh, a-t-il dit. Ça devient très olé olé, par ici.

Je l'ai repoussé, en riant. Nous avons entendu une voiture arriver derrière nous, les phares luisant au-devant. Paniqué, Harry m'a attrapée par les deux bras pour m'embrasser. Il a pressé fermement ses lèvres sur les miennes et, juste au moment où la voiture nous dépassait, il a enfoui ses doigts dans mes cheveux.

— Je crois que c'était seulement un voisin, ai-je dit, en regardant les feux arrière du véhicule s'éloigner tandis qu'il poursuivait sa grimpée dans le canyon.

Harry m'a saisi la main.

— On pourrait le faire, tu sais.

— Quoi ? ai-je demandé.

— On pourrait se marier. Je veux dire, puisqu'on va le feindre, on pourrait le faire pour de *vrai*. Ce n'est pas si dingue. Après tout, je t'aime. Peut-être pas comme un époux est censé aimer sa femme, mais assez, je pense.

— Harry.

— Et… ce que je t'ai dit hier sur le fait de vouloir une épouse. J'ai réfléchi, et si ceci fonctionne, si les gens gobent ça… peut-être qu'on pourrait élever un enfant ensemble. Ne veux-tu pas fonder une famille ?

— Si, ai-je dit. Au final, je pense que oui.

— On serait formidables l'un pour l'autre. Et on ne se contentera pas d'abandonner quand l'excitation se sera fanée, parce que nous nous connaissons déjà mieux que ça.

— Harry, je n'arrive pas à voir si tu es sérieux.

— Je suis absolument sérieux. Du moins, je pense.

—Tu veux m'épouser ?

—Je veux habiter avec quelqu'un que j'aime. Je veux être accompagné. J'aimerais rentrer dans ma famille en ramenant quelqu'un. Je ne veux plus vivre seul. Et je veux un fils ou une fille. Nous pourrions avoir cela ensemble. Je ne peux pas tout te donner. Je le sais. Mais je veux fonder une famille, et j'adorerais en fonder une avec toi.

—Harry, je suis cynique et autoritaire, et la plupart des gens m'estimeraient vaguement immorale.

—Tu es forte, résistante et talentueuse. Tu es aussi exceptionnelle à l'intérieur qu'à l'extérieur.

Il avait vraiment réfléchi à tout ça.

—Et toi ? Et tes… tendances ? Comment ça marche ?

—De la même manière qu'avec Rex et toi. Je fais ma vie. Discrètement, bien sûr. Tu fais la tienne.

—Mais je ne veux pas continuer à avoir des aventures sans lendemain. Je veux être avec une personne dont je suis amoureuse. Une personne qui est amoureuse de moi.

—Eh bien, sur ce point, je ne peux pas t'aider, a dit Harry. Pour ça, il faut que tu appelles Celia.

J'ai baissé les yeux sur mes genoux, les rivant sur mes ongles.

Me reprendrait-elle ?

Elle et John, Harry et moi.

En fait, ça pourrait fonctionner. Ça pourrait fonctionner à merveille.

Et si je ne pouvais pas l'avoir, elle, voulais-je quelqu'un d'autre ? J'étais assez certaine que si je ne pouvais pas récupérer Celia, tout ce que je voulais, c'était une vie avec Harry.

—OK, ai-je dit. Faisons ça.

Un autre véhicule est arrivé derrière nous, et Harry s'est de nouveau jeté sur moi. Cette fois, il m'a embrassée lentement, passionnément. Quand un type a sauté de sa voiture avec un appareil, Harry a feint, juste une fraction de seconde, qu'il ne le voyait pas et a fait glisser sa main du haut de ma robe.

L'image publiée dans les journaux la semaine suivante était sordide, scandaleuse et choquante. Elle nous montrait avec des visages gonflés et des airs coupables, la paume de Harry clairement sur mon sein.

Le lendemain, tout le monde publiait en gros titres que Joy Nathan était enceinte. Nous étions tous les quatre le sujet de conversation national. Des pêcheurs lubriques, infidèles, sans scrupules.

Coucher de soleil sur la Caroline a établi le record du film étant resté le plus longtemps en salles. Et, pour fêter notre divorce, Rex et moi avons partagé deux martinis secs.

— À notre union couronnée de succès, a dit Rex.

Puis nous avons trinqué avant de boire.

CHAPITRE 35

Il est 3 heures du matin quand je rentre chez moi. Evelyn avait descendu quatre tasses de café et se sentait apparemment assez remontée pour continuer à parler.

J'aurais pu prendre congé n'importe quand, mais d'une certaine façon, je pense que j'ai accueilli volontiers l'excuse de ne pas retourner à ma propre vie pendant un petit moment. Me retrouver absorbée par le fait de digérer l'histoire d'Evelyn signifie que je n'ai pas à exister dans la mienne.

Et, de toute manière, ce n'est pas à moi d'aller édicter les règles. J'ai choisi mon combat. J'ai gagné. Le reste dépend d'elle.

Alors, quand je rentre chez moi, je me glisse au lit et m'intime l'ordre de m'endormir vite. Ma dernière pensée avant de me coucher est que je suis soulagée d'avoir une raison valable pour ne pas avoir encore répondu au texto de David.

Je suis réveillée par mon portable qui sonne, et je regarde l'heure. Il est presque 9 heures. On est samedi. J'espérais faire une grasse matinée.

Mon téléphone me montre le visage de ma mère qui me sourit. Il est à peine 6 heures chez elle.

—Maman ? Est-ce que tout va bien ?

—Évidemment, dit-elle, comme si elle appelait à midi. Je voulais juste essayer de t'avoir pour te dire coucou avant que tu sortes pour la journée.

— Il n'est même pas 6 heures du matin où tu es. Et c'est le week-end. J'ai surtout prévu de traîner au lit et de retranscrire quelques-unes des heures d'enregistrement d'Evelyn.

— Nous avons eu un petit séisme il y a environ trente minutes, et maintenant je n'arrive plus à me rendormir. Comment ça se passe avec Evelyn ? Ça me fait bizarre de l'appeler Evelyn. Comme si je la connaissais ou quoi.

Je lui raconte comment j'ai convaincu Frankie de m'accorder une promotion et Evelyn de consentir à une histoire de couverture.

— Tu es en train de me dire que tu as affronté la rédactrice en chef de *Vivant* et Evelyn Hugo en l'espace de vingt-quatre heures ? Et tu en es ressortie en obtenant ce que tu voulais de tout le monde ?

Je ris, surprise tant tout cela est impressionnant à entendre.

— Ouais, dis-je. Je suppose que oui.

Ma mère laisse échapper ce qu'on peut seulement décrire comme un gloussement.

— Ça, c'est ma fille ! Pfiou, permets-moi de te dire que ton père rayonnerait à cet instant s'il était là. Il rayonnerait simplement de fierté. Il a toujours su que tu serais une force avec laquelle il faut compter.

Je me demande si cela est vrai, pas parce que ma mère m'a un jour réellement menti, mais parce que c'est juste tellement difficile à imaginer pour moi. Je peux imaginer mon père se dire que plus grande, je serais gentille ou intelligente ; c'est sensé. Mais je ne me suis jamais vue comme une force avec laquelle il faut compter. Peut-être devrais-je *commencer* à me voir ainsi ; peut-être que je le mérite.

— Je le suis, dans le genre, non ? Ne me cherche pas d'ennuis, le monde. Je suis partie prendre ce qui me revient.

— Exact, mon ange. Ça, c'est clair.

Tandis que je dis à ma mère que je l'aime et que je raccroche le téléphone, je me sens fière de moi, arrogante, même.

Je ne me doute pas une seconde que, dans moins d'une semaine, Evelyn Hugo finira son histoire, et j'en découvrirai le fin mot, et je la détesterai tant que j'aurai vraiment peur de risquer de la tuer.

BRILLANT, BON, TORTURÉ
HARRY CAMERON

◊◊◊

Chapitre 36

J'ai été nommée dans la catégorie meilleure actrice pour *Coucher de soleil sur la Caroline*.

Le seul problème, c'était que Celia était nommée cette année-là, aussi.

Je suis apparue sur le tapis rouge avec Harry. Nous étions fiancés. Il m'avait offert une bague en diamant et émeraude. Elle ressortait sur la robe noire à perles que je portais ce soir-là. Deux fentes de chaque côté de la jupe remontaient jusqu'à mi-cuisse. J'adorais cette robe.

Comme tout le monde. J'ai remarqué que lorsque les gens font des rétrospectives de ma carrière, des photos de moi dans cette robe s'y incrustent toujours d'une façon ou d'une autre. J'ai veillé à ce qu'elle soit incluse dans les enchères. Je pense qu'elle pourrait récolter beaucoup d'argent. Je suis contente que les gens aiment cette robe autant que moi. J'ai perdu un Oscar, mais cette soirée a fini par être l'une des plus belles de ma vie.

Celia est arrivée juste avant que la cérémonie commence. Elle portait une robe bleu pâle sans bretelles avec un décolleté en cœur. La couleur de ses cheveux en contraste avec la robe était saisissante. Lorsque j'ai posé les yeux sur elle, pour la première fois en presque cinq ans, je me suis retrouvée à bout de souffle.

J'étais allée voir absolument tous les films de Celia, même si je répugnais à l'admettre. Je l'avais donc *vue*.

Mais aucun média ne peut capturer ce que c'est d'être en présence de quelqu'un, certainement pas de quelqu'un comme elle. Quelqu'un qui vous amène à vous sentir importante simplement parce qu'elle décide de vous regarder. Elle dégageait une telle prestance, à vingt-huit ans. Elle était mature, et digne. Elle avait l'air d'être le genre de personne qui savait exactement qui elle était.

Elle s'est avancée et a pris le bras de John Braverman. Dans un smoking qui semblait tirer au niveau de ses larges épaules, John paraissait aussi cent pour cent américain qu'une feuille de maïs. Ils formaient un couple ravissant. Peu importe combien il était factice.

—Ev, tu fixes, m'a dit Harry en me poussant dans la salle.

—Désolée. Merci.

Tandis que nous prenions place, nous avons souri et fait signe à tous ceux qui étaient assis autour de nous. Joy et Rex étaient situés quelques rangées derrière nous, et j'ai salué poliment, sachant que nous étions observés, sachant que si je courais les prendre dans mes bras, les gens seraient peut-être déconcertés.

Quand nous nous sommes assis, Harry m'a dit :

—Si tu gagnes, est-ce que tu iras lui parler ?

Je me suis esclaffée.

—Et jubiler ?

—Non, mais tu aurais l'avantage que tu sembles si désespérément vouloir.

—Elle m'a quittée.

—Tu as couché avec quelqu'un d'autre.

—Pour elle.

Il m'a adressé un sourcillement comme si je passais à côté du problème.

—Bien, si je gagne, je lui parlerai.

—Merci.

—Pourquoi est-ce que tu me remercies ?

— Parce que je veux que tu sois heureuse, et on dirait que je dois te récompenser quand tu fais des choses dans ton propre intérêt.

— Eh bien, si *elle* gagne, je ne lui dis pas un mot.

— Si elle gagne, a répliqué Harry avec délicatesse, ce qui est un grand « si », et qu'elle vient te parler, je te maîtriserai pour te forcer à l'écouter et à répondre.

Je ne pouvais pas le regarder en face. Je me sentais sur la défensive.

— C'est un débat stérile, de toute façon. Tout le monde sait qu'ils vont le donner à Ruby, parce qu'ils culpabilisent qu'elle ne l'ait pas eu l'année dernière pour *Danger en vol*.

— Ils ne le feront peut-être pas, a modéré Harry.

— Ouais, ouais. Et moi, j'ai un pont à te vendre à Brooklyn.

Mais quand les lumières se sont tamisées et que le présentateur est entré en scène, je ne pensais pas que mes chances étaient minces. Mais je délirais assez pour croire que l'Académie finirait éventuellement par me donner un foutu Oscar.

Quand on a appelé les nommées pour la meilleure actrice, j'ai scruté le public à la recherche de Celia. Je l'ai repérée exactement au même moment où elle m'a repérée. Nous nous sommes dévisagées. Puis le présentateur n'a prononcé ni « Evelyn » ni « Celia ». Il a annoncé « Ruby ».

Quand mon cœur a sombré au fond de ma poitrine, lourd et meurtri, je m'en suis voulu d'avoir pensé que j'avais une chance. Puis je me suis demandé si Celia allait bien.

Harry m'a pris la main pour la serrer. J'espérais que John faisait pareil avec Celia. Je me suis excusée pour aller aux toilettes. Bonnie Lakeland se lavait les mains lorsque je suis entrée. Elle m'a adressé un sourire, puis elle est sortie. Et j'étais seule. Je me suis assise dans un cabinet et j'ai fermé la porte. Et j'ai laissé mes larmes couler.

—Evelyn?

Vous ne passez pas des années à vous languir d'une voix pour ne pas la reconnaître quand elle résonne enfin.

—Celia?

J'étais dos à la porte du cabinet. Je me suis essuyé les yeux.

—Je t'ai vue entrer ici, a-t-elle expliqué. J'ai pensé que c'était peut-être signe que tu n'étais pas… que tu étais contrariée.

—J'essaie de me réjouir pour Ruby, ai-je répondu, en riant juste un peu tandis que je me servais d'une feuille de papier toilette pour me sécher soigneusement les joues. Mais ce n'est pas vraiment mon style.

—Le mien non plus.

J'ai ouvert la porte. Et elle était là. Robe bleue, cheveux roux, petite stature avec une présence qui emplissait toute la pièce. Et lorsqu'elle a posé les yeux sur moi, j'ai su qu'elle m'aimait encore. Je l'ai vu à la façon dont ses pupilles se sont dilatées et adoucies.

—Tu es plus belle que jamais, a-t-elle dit en s'appuyant contre le lavabo, ses bras soutenant son poids derrière elle.

Il y avait toujours quelque chose d'enivrant dans la manière dont Celia me regardait. Je me sentais comme un steak rare devant un tigre.

—Tu n'es pas si mal non plus, ai-je répliqué.

—On ne devrait probablement pas se faire surprendre ensemble ici, a-t-elle dit.

—Pourquoi pas?

—Parce que je soupçonne plus d'une personne assise dans cette salle de savoir jusqu'où nous sommes allées. Tu détesterais qu'on pense que nous remettons ça, je le sais.

Il s'agissait d'un test.

Je le savais. Elle le savait.

Si je répondais ce qu'il fallait, si je lui disais que je me foutais de ce que les autres pensaient, que j'étais prête à lui faire l'amour au milieu de la scène devant tout le monde, je pourrais peut-être la récupérer. Je me suis permis d'y songer un instant. Je me suis permis de songer au fait de me réveiller le lendemain avec son souffle au parfum cigarette-café. Mais je voulais qu'elle admette que ce n'était pas entièrement ma faute. Qu'elle avait joué un rôle dans notre effondrement.

—Ou peut-être que tu ne veux simplement pas être vue avec une… quel était le mot que tu as utilisé, je crois que c'était *pute*?

Celia a ri, puis elle a baissé les yeux par terre avant de les relever vers moi.

—Qu'est-ce que tu veux que je te dise? Que j'ai eu tort? J'ai eu tort. Je voulais te faire autant de mal que tu m'en as fait.

—Mais je n'en ai jamais eu l'intention. Jamais je n'aurais fait la moindre chose pour te blesser volontairement.

—Tu avais honte de m'aimer.

—Absolument pas, ai-je répliqué. C'est tout à fait faux.

—Eh bien, tu t'es certainement donné beaucoup de peine pour le cacher.

—J'ai fait ce qui devait être fait pour nous protéger toutes les deux.

—C'est discutable.

—Alors discutes-en avec moi, ai-je dit. Au lieu de t'enfuir de nouveau.

—Je ne suis pas partie très loin, Evelyn. Tu aurais pu me rattraper, si tu avais voulu.

—Je n'aime pas qu'on me dupe, Celia. Je te l'ai dit la première fois où nous sommes allées prendre un milk-shake.

Elle a haussé les épaules.

—Tu dupes tous les autres.

—Je n'ai jamais prétendu que je n'étais pas une hypocrite.

—Comment est-ce que tu fais ça?

—Fais quoi?

—Te comporter de façon si cavalière vis-à-vis de choses qui sont sacrées pour d'autres gens ?

—Parce que les autres n'ont rien à voir avec moi.

Celia s'est moquée de moi, quoique gentiment, et a regardé ses mains.

—Sauf toi, ai-je ajouté.

J'ai été récompensée en la voyant relever la tête vers moi.

—Je tiens à toi, ai-je dit.

—Tu *tenais* à moi.

J'ai secoué la tête.

—Non, je ne me suis pas trompée sur le temps.

—On peut dire que tu as tourné la page assez vite avec Rex North.

J'ai froncé les sourcils vers elle.

—Celia, tu n'es pas aussi bête.

—C'était donc une mascarade ?

—À chaque seconde.

—Est-ce que tu as fréquenté d'autres gens ? Des hommes ? a-t-elle demandé.

Elle a toujours été jalouse des hommes, inquiète de ne pas pouvoir rivaliser. J'étais jalouse des femmes, inquiète de ne pas soutenir la comparaison.

—Je me suis offert du bon temps, ai-je dit. Comme toi, j'en suis sûre.

—John n'est pas…

—Je ne parle pas de John. Mais je suis certaine que tu n'es pas restée chaste.

J'allais à la pêche aux informations qui pourraient me briser le cœur, un défaut de la condition humaine.

—Non, a-t-elle dit. Tu as raison sur ce point.

—Des hommes ? ai-je demandé, en espérant que la réponse serait « oui ».

Si c'étaient des hommes, je savais que ça ne représentait rien pour elle. Elle a secoué la tête, et mon cœur s'est juste fendu un peu plus, comme une déchirure qui s'approfondit sous la pression.

—Quelqu'un que je connais ?

—Aucune n'était célèbre. Aucune n'avait d'importance à mes yeux. Je les touchais en pensant à ce que ça faisait de te toucher.

À ces mots, mon cœur m'a fait mal et s'est gonflé à la fois.

—Tu n'aurais pas dû me quitter, Celia.

—Tu n'aurais pas dû me laisser partir.

Et là, je n'ai plus eu envie de me battre. Mon cœur a hurlé la vérité par ma gorge.

—Je sais. Je sais ça. Je le sais.

Parfois, les choses ont lieu si vite que vous n'êtes même pas sûre du moment où vous avez pris conscience qu'elles allaient s'enclencher. Une seconde elle était appuyée contre le lavabo, la suivante ses mains étaient sur mon visage, son corps pressé contre le mien, ses lèvres sur les miennes. Elle avait le goût crémeux et musqué du rouge à lèvres épais, mêlé au piquant épicé et vif du rhum. Je me perdais en elle. Dans la sensation de l'avoir de nouveau sur moi, m'enivrant de la joie pure de son attention, de la gloire de savoir qu'elle m'aimait.

Et puis les portes se sont violemment ouvertes, et les épouses de deux producteurs ont fait irruption. Nous nous sommes séparées. Celia a feint d'être en train de se laver les mains, et je me suis décalée vers l'un des miroirs pour retoucher mon maquillage. Les deux femmes discutaient, absorbées dans leur conversation, nous remarquant à peine.

Elles sont entrées dans deux cabinets, et j'ai regardé Celia. Elle m'a regardée aussi. Je l'ai observée tandis qu'elle fermait le robinet et prenait une serviette. J'avais peur qu'elle ne passe directement la porte des toilettes. Mais elle ne l'a pas fait.

L'une des épouses est partie, puis l'autre. Nous étions enfin de nouveau seules. En écoutant attentivement, nous devinions que la cérémonie reprenait après une coupure de publicité. Je me suis emparée de Celia et l'ai embrassée. Je l'ai plaquée contre la porte. Je n'en avais pas assez d'elle. J'avais besoin d'elle. Il me fallait ma dose, comme une droguée en manque.

Avant même de cesser de mesurer le danger, j'ai retroussé sa robe et fait remonter mes doigts le long de sa cuisse. Je l'ai maintenue contre la porte, je l'ai embrassée et, d'une main, je l'ai touchée comme je savais qu'elle aimait. Elle a légèrement gémi et s'est couvert la bouche d'une main. Je lui ai embrassé le cou. Et fermement enlacées, nous avons toutes les deux frissonné contre la porte.

On aurait pu nous surprendre à tout moment. Si une seule femme de toute la salle décidait de se rendre aux toilettes des dames durant ces sept minutes, nous aurions perdu tout ce pour quoi nous nous étions donné tant de mal.

C'est ainsi que Celia et moi avons fini par nous réconcilier. Et que nous avons su que nous ne pouvions pas vivre l'une sans l'autre.

Parce qu'à présent nous savions toutes les deux ce que nous étions disposées à risquer. Juste pour être ensemble.

PHOTOMOMENT

14 août 1967

EVELYN HUGO ÉPOUSE LE PRODUCTEUR HARRY CAMERON

La cinquième fois porte bonheur? Evelyn Hugo et le producteur Harry Cameron se sont mariés samedi dernier, durant une cérémonie sur les plages de Capri.

Evelyn portait une robe blanc cassé en soie, et ses longs cheveux blonds étaient défaits avec une raie au milieu. Harry, connu pour être l'une des figures d'Hollywood les mieux habillées, était vêtu d'un costume en lin couleur crème.

Celia St James, la Fiancée de l'Amérique, était présente en tant que demoiselle d'honneur, et son fabuleux époux, John Braverman, était garçon d'honneur.

Harry et Evelyn travaillent ensemble depuis les années 1950, quand Evelyn a connu la gloire avec des succès tels que *Père et Fille* et *Les Quatre Filles du docteur March*. Ils ont admis avoir une liaison en fin d'année dernière, quand ils ont été pris en flagrant délit alors qu'Evelyn était toujours mariée à Rex North.

Rex est aujourd'hui l'époux de Joy Nathan, et le fier papa de leur petite fille, Violet North.

Nous sommes heureux qu'Evelyn et Harry aient enfin décidé d'officialiser! Après un démarrage aussi choquant pour leur relation et de longues fiançailles, tout ce que nous pouvons dire, c'est qu'il était grand temps!

CHAPITRE 37

C elia a bu comme un trou durant le mariage. Elle avait beaucoup de mal à ne pas être jalouse, même si elle savait que toute cette histoire était bidon. Son propre époux se tenait à côté de Harry, nom d'un chien ! Et nous savions tous ce que nous étions.

Deux hommes qui couchaient ensemble. Mariés à deux femmes qui couchaient ensemble. Quatre alibis.

Et ce que j'ai pensé en disant « je le veux », c'était : *Tout commence maintenant. La vraie vie, notre vie. Nous allons enfin être une famille.*

Harry et John étaient amoureux. Celia et moi étions au septième ciel.

À notre retour d'Italie, j'ai vendu ma demeure à Beverly Hills. Harry a vendu la sienne. Nous avons acheté ce logement à Manhattan, dans l'Upper East Side, juste un peu plus loin dans la rue où habitaient Celia et John.

Avant d'accepter d'emménager, j'ai demandé à Harry d'enquêter pour savoir si mon père était encore en vie. Je n'étais pas sûre de pouvoir vivre dans la même ville que lui, de pouvoir supporter l'idée de le croiser. Mais quand l'assistant de Harry l'a recherché, j'ai appris que mon père était mort en 1959 d'une crise cardiaque. Le peu qu'il possédait a été absorbé par l'État quand personne ne s'est présenté pour le réclamer. Ma première réflexion lorsque j'ai entendu qu'il était parti a été : *C'est donc pourquoi il n'a jamais essayé de me poursuivre pour me soutirer de l'argent.*

Et ma seconde a été : *Comme c'est triste d'être certaine que c'est tout ce qu'il aurait voulu.*

J'ai balayé ça de mon esprit, signé les papiers pour l'appartement et fêté l'acquisition avec Harry. J'étais libre d'aller partout où je voulais. Et ce que je voulais, c'était déménager dans l'Upper East Side de Manhattan. J'ai persuadé Luisa de se joindre à nous. Cet appartement était peut-être loin à pied, mais j'étais à un million de miles de Hell's Kitchen. Et j'étais mondialement connue, mariée, amoureuse, et si riche que j'en avais parfois la nausée.

Un mois après avoir emménagé en ville, Celia et moi avons pris un taxi pour aller à Hell's Kitchen et déambuler dans le quartier. C'était si différent de l'époque où j'étais partie. Je l'ai emmenée sur le trottoir juste en dessous de mon ancien immeuble, et je lui ai montré du doigt la fenêtre qui avait été la mienne.

—Là, ai-je dit. Au cinquième étage.

Celia m'a regardée, avec compassion pour tout ce que j'avais traversé quand j'habitais là, pour tout le chemin que j'avais parcouru depuis. Et elle m'a ensuite pris la main, avec calme et assurance.

Je me suis hérissée, ne sachant pas vraiment si nous devrions nous toucher dans la rue, craignant la réaction des gens. Mais les autres piétons ont simplement continué de marcher, de vivre leur vie, presque entièrement inconscients de notre présence, ou indifférents aux deux femmes célèbres se tenant la main sur le trottoir.

Celia et moi passions nos nuits dans cet appartement. Harry passait les siennes avec John chez eux. Nous sortions dîner en public, ayant l'air tous les quatre de deux paires d'hétérosexuels, sans aucun hétéro dans le lot. La presse people nous appelait les « doubles rancards préférés de l'Amérique ». J'ai même entendu des rumeurs disant que nous étions échangistes, ce qui n'était pas si fou à cette époque.

Ça vous fait vraiment réfléchir, non ? Que les gens aient tellement envie de croire que vous échangez vos conjoints, mais auraient été scandalisés de savoir que nous étions monogames et homos ?

Je n'oublierai jamais le matin qui a suivi les émeutes de Stonewall. Harry était littéralement captivé, regardant en boucle les infos. John a passé la journée au téléphone avec des amis à lui qui habitaient dans le centre-ville.

Celia faisait les cent pas dans le salon, le cœur battant la chamade. Elle croyait que tout allait changer après cette nuit-là. Elle croyait que, parce que des gays s'étaient proclamés en tant que tels, avaient été assez fiers d'admettre qui ils étaient et assez forts pour résister, les comportements allaient évoluer.

Je me rappelle être assise dans le patio sur notre toit-terrasse, regarder vers le sud, et comprendre soudain que Celia, Harry, John et moi n'étions pas seuls. Cela paraît idiot à dire maintenant, mais j'étais si… égocentrique que je prenais rarement le temps de penser aux gens comme moi dans la société. Ce qui ne veut pas dire que j'étais inconsciente de la façon dont le pays changeait. Harry et moi avons fait campagne pour Bobby Kennedy. Celia a posé avec des manifestants contre le Vietnam sur la couverture d'*Effect*. John était un partisan tonitruant du mouvement des droits civiques, et j'avais très ouvertement soutenu Martin Luther King Jr. Mais ceci était différent.

Ceci était *notre* peuple. Et voilà qu'ils se révoltaient contre la police, au nom de leur droit d'être eux-mêmes. Pendant que j'étais assise dans une prison dorée de ma fabrication.

J'étais dehors sur ma terrasse, en plein soleil, le lendemain après-midi des premières émeutes, vêtue d'un jean taille haute et d'un tee-shirt noir sans manches, sirotant un gibson. Et je me suis mise à pleurer quand je me suis rendu compte que ces hommes et ces femmes étaient prêts à se battre pour un rêve que je ne m'étais même jamais permis d'envisager. Un monde où nous pourrions être nous-mêmes, sans peur ni honte. Ils étaient plus courageux et optimistes que moi. Il n'existait simplement pas d'autres mots pour ça.

—Une autre émeute est prévue ce soir, a annoncé John alors qu'il me rejoignait dans le patio.

Il dégageait une présence physique si intimidante. Plus d'un mètre quatre-vingts, cent dix kilos, les cheveux courts en brosse. Il avait l'air d'un type à qui il valait mieux ne pas chercher d'ennuis. Mais quiconque le connaissait et surtout ceux d'entre nous qui l'aimaient savaient qu'il était le premier type à qui vous pouviez chercher des ennuis.

Il était peut-être un guerrier sur le terrain de foot, mais il était l'ange de notre quatuor. Il était celui qui demandait le matin si vous aviez bien dormi, celui qui se rappelait toujours la moindre chose que vous aviez dite trois semaines plus tôt. Et il estimait que c'était son boulot de protéger Celia et Harry, et, par extension, moi. John et moi aimions les mêmes personnes, et donc nous nous aimions. Et nous aimions également jouer au gin-rami. Je ne saurais vous dire combien de soirées j'ai veillé jusqu'à point d'heure pour finir une partie avec John, lui et moi ayant l'esprit de compétition à mort, nous échangeant le rôle du vainqueur jubilant et celui du mauvais perdant.

—Nous devrions y aller, a dit Celia, en nous rejoignant.

John a pris place dans un fauteuil dans l'angle. Celia s'est assise sur l'accoudoir du mien.

—Nous devrions les soutenir, a-t-elle poursuivi. Nous devrions prendre part à ceci.

J'ai entendu Harry appeler John depuis la cuisine.

—Nous sommes là-haut! lui ai-je crié, au même moment où John lui a dit qu'il était dans le patio.

Bientôt, Harry est apparu dans l'encadrement de la porte.

—Harry, ne penses-tu pas que nous devrions descendre là-bas ? a demandé Celia.

Elle a allumé une cigarette, en a tiré une bouffée, puis me l'a tendue. Je secouais déjà la tête. John lui a aussitôt dit « non ».

—Comment ça, non ? a-t-elle dit.

—Tu ne vas pas là-bas, a-t-il répondu. Tu ne peux pas. Aucun de nous ne le peut.

—Bien sûr que je peux, a-t-elle rétorqué, en sollicitant mon soutien du regard.

—Désolée, ai-je dit, en lui rendant la cigarette. Je suis d'accord avec John là-dessus.

—Harry ? a-t-elle questionné, en espérant lancer une ultime requête fructueuse.

Harry a secoué la tête.

—Si on descend, on risque de détourner l'attention de la cause pour l'orienter vers nous. La presse commencera à se concentrer sur le fait que nous soyons homos ou pas, et non sur les *droits* des homosexuels.

Celia a porté la cigarette à ses lèvres, elle a inspiré, puis soufflé la fumée en affichant une expression amère.

—Alors, qu'est-ce qu'on fait, dans ce cas ? Nous ne pouvons pas rester assis ici sans agir. Nous ne pouvons pas les laisser mener la lutte pour nous.

—Nous leur donnons ce que nous avons et qu'ils n'ont pas, a dit Harry.

—De l'argent, ai-je conclu en suivant le fil de sa pensée.

John a acquiescé.

—J'appellerai Peter. Il saura comment nous pouvons les aider. Il saura qui a besoin de ressources.

—Nous aurions dû faire ça dès le début, a déclaré Harry. Alors faisons-le à partir de maintenant. Peu importe ce qui arrive ce soir. Quelle que soit la direction que prend ce combat. Décidons juste sur-le-champ que notre travail est de financer.

— Je suis partante, ai-je dit.

— Ouais, a acquiescé John en hochant la tête. Bien sûr.

— OK, a approuvé Celia. Si vous êtes certains que c'est le moyen pour nous de faire le plus de bien.

— Ça l'est, a confirmé Harry. J'en suis persuadé.

Nous avons commencé à injecter secrètement de l'argent ce jour-là, et j'ai continué à le faire le restant de ma vie. Dans la poursuite d'une grande cause, je pense que les gens peuvent être utiles de nombreuses manières différentes. J'ai toujours eu le sentiment que ma mission était de gagner beaucoup d'argent et d'en faire profiter ensuite les groupes qui en avaient besoin. Un peu intéressée, cette logique, j'en suis consciente. Mais j'ai été en mesure de donner plus d'argent que la plupart des gens n'en voient de toute leur vie. Je suis fière de ça. Cela ne signifie pas pour autant que je n'étais pas en contradiction. Et bien entendu, la majorité du temps, cette ambivalence était même plus personnelle que politique. Je savais qu'il était impératif de me cacher, et pourtant je ne croyais pas devoir le faire. Mais accepter qu'une chose soit vraie ne revient pas à estimer qu'elle est juste.

Celia a gagné son second Oscar en 1970, pour son rôle de femme qui se travestit afin de servir comme soldat pendant la Première Guerre mondiale dans le film *Nos hommes*. Je ne pouvais pas être à Los Angeles avec elle ce soir-là, car je tournais *Diamant de jade* à Miami. Je jouais une prostituée habitant le même appartement qu'un alcoolique. Mais Celia et moi savions toutes les deux que, même si j'avais été libre comme l'air, je ne pouvais pas aller aux Oscars à son bras.

Ce soir-là, elle m'a appelée après être rentrée de la cérémonie et de toutes les réceptions. J'ai hurlé au téléphone. J'étais si heureuse pour elle.

— Tu as réussi, ai-je crié. Deux fois, maintenant, tu as réussi !

— Est-ce que tu arrives à y croire ? Deux Oscars.

— Tu les mérites. Le monde entier devrait t'en décerner un chaque jour, selon moi.

— J'aimerais que tu sois là, m'a-t-elle dit d'un ton contrarié.

Je devinais qu'elle avait bu. Moi aussi, j'aurais bu, à sa place. Mais ça m'irritait qu'elle soit obligée de rendre la situation si difficile. J'avais envie d'être là-bas. Ne le savait-elle pas ? Ignorait-elle que je ne *pouvais* pas être là ? Et que ça me tuait ? Pourquoi fallait-il toujours que ça se rapporte à ce qu'*elle* éprouvait vis-à-vis de tout cela ?

— Moi aussi, j'aimerais être là, ai-je dit. Mais c'est mieux ainsi. Tu le sais.

— Ah, oui. Afin que les gens ne découvrent pas que tu es *lesbienne*.

Je détestais être qualifiée de lesbienne. Non pas parce que je pensais qu'il y avait quoi que ce soit de mal à aimer une femme, entendons-nous. Non, je m'étais faite à cette idée depuis longtemps. Mais Celia ne voyait les choses qu'en noir et blanc. Elle aimait les femmes, et seulement les femmes. Et je l'aimais. Donc, elle reniait souvent le reste de ce que j'étais.

Elle aimait occulter le fait que j'avais un jour sincèrement aimé Don Adler. Elle aimait oublier que j'avais fait l'amour à des hommes, et en y prenant du plaisir. Elle aimait le négliger jusqu'au moment où elle décidait que ça la menaçait. Cela semblait être son mode de fonctionnement. J'étais lesbienne quand elle m'aimait, et une hétéro quand elle me haïssait.

Les gens commençaient juste à parler de l'idée de bisexualité, mais je ne sais même pas si je comprenais que ce terme me concernait à l'époque. Ça ne m'intéressait pas de trouver une étiquette pour ce que je savais déjà. J'aimais les hommes. J'aimais Celia. Cela m'allait.

—Celia, arrête. J'en ai marre de cette conversation. Tu te comportes comme une peste.

Elle a ri froidement.

—Exactement la même Evelyn à laquelle j'ai affaire depuis des années. Rien n'a changé. Tu as peur de qui tu es, et tu n'as toujours pas d'Oscar. Tu es ce que tu as toujours été : une jolie paire de nibards.

J'ai laissé le silence flotter un instant. Le grésillement du téléphone était le seul son que nous pouvions entendre l'une et l'autre. Et puis elle s'est mise à pleurer.

—Je suis tellement désolée, a-t-elle bredouillé. Je n'aurais jamais dû dire ça. Je ne le pense même pas. Je suis tellement désolée. J'ai trop bu, et tu me manques, et je suis navrée d'avoir prononcé une horreur pareille.

—Ce n'est pas grave. Je devrais y aller. Il est tard, ici, tu comprends. Je te félicite encore une fois, mon ange.

J'ai raccroché avant qu'elle puisse répondre. C'était ainsi avec Celia. Lorsque vous lui refusiez ce qu'elle voulait, lorsque vous la blessiez, elle s'assurait que vous ayez mal aussi.

CHAPITRE 38

— L'avez-vous jamais interpellée là-dessus ? demandé-je à Evelyn.

J'entends le téléphone sonner dans mon sac, et je sais à la tonalité qu'il s'agit de David. Je n'ai pas répondu du week-end à son texto, parce que je n'étais pas certaine de ce que je voulais dire. Et puis, une fois que je suis arrivée ici ce matin, j'ai évacué ça de mon esprit.

Je tends la main et désactive la sonnerie.

— Il était inutile de se disputer avec Celia quand elle commençait à être méchante, répond Evelyn. Si ça devenait trop tendu, j'avais tendance à battre en retraite avant que la situation ne dégénère. Je lui disais que je l'aimais, et que je ne pouvais pas vivre sans elle, puis j'ôtais mon haut, et en général, cela mettait fin à la conversation. Malgré ses simagrées, Celia avait un point commun avec presque tous les hommes hétéros d'Amérique : elle ne désirait rien plus que mettre les mains sur ma poitrine.

— Est-ce que ça vous est resté, cependant ? Ces paroles ?

— Bien sûr que oui. Écoutez, j'étais la première personne à dire quand j'étais jeune que je n'étais rien d'autre qu'une belle paire de nichons. Mes faveurs sexuelles étaient ma seule monnaie d'échange, et j'ai vendu mon corps. Je n'étais pas bien éduquée quand je suis arrivée à Hollywood, je n'étais pas cultivée, je n'étais pas influente, je n'étais pas une actrice professionnelle. Mon seul atout était alors d'être jolie. Et tirer fierté de sa beauté est une grave erreur. Parce qu'on s'autorise à croire que la seule chose qui fait de vous quelqu'un de remarquable ne durera pas.

Quand Celia m'a dit ça, j'étais entrée dans la trentaine. Je n'étais pas certaine d'avoir encore beaucoup de belles années devant moi, pour être honnête. Je pensais, vous savez, que bien sûr Celia continuerait à avoir du travail parce que les gens l'engageaient pour son talent. Je n'en étais pas aussi certaine à mon sujet, une fois que les rides se creuseraient, que mon métabolisme ralentirait. Alors oui, ça m'a fait du mal, beaucoup.

— Mais vous deviez forcément savoir que vous aviez du talent, lui dis-je. Vous aviez déjà été nommée trois fois aux Oscars à ce stade.

— Vous employez la raison, dit-elle, en me souriant. Ça ne marche pas toujours.

CHAPITRE 39

En 1974, à mes trente-six ans, Harry, Celia, John et moi sommes tous sortis au *Palace*. C'était censé être le restaurant le plus cher du monde à cette époque. Et il se trouve que j'aimais les démonstations d'extravagance.

En y repensant maintenant, je me demande où je prenais mon pied, à dépenser l'argent avec une telle désinvolture, comme si le fait qu'il vienne si facilement à moi signifiait que je n'avais pas la responsabilité de lui accorder de la valeur. Je trouve ça légèrement mortifiant aujourd'hui. Le caviar, les jets privés, le personnel assez nombreux pour constituer une équipe de base-ball.

Mais c'était décidé pour le *Palace*.

Nous avons posé pour des photos, sachant qu'elles finiraient dans quelque journal à scandale. Celia nous a acheté une bouteille de Dom Pérignon. Harry s'est quant à lui envoyé quatre manhattans. Et lorsque le dessert est arrivé avec une bougie allumée au milieu, ils ont chanté tous les trois pour moi tandis que les gens regardaient. Harry a été le seul à goûter une part du gâteau. Celia et moi surveillions nos lignes, et John suivait un régime strict qui l'obligeait à ne manger quasiment que des protéines.

— Prends au moins une bouchée, Ev, m'a dit John aimablement en retirant l'assiette de Harry pour la pousser vers moi. C'est ton anniversaire, bon sang !

J'ai haussé un sourcil et attrapé une fourchette, m'en servant pour racler une portion de glaçage au chocolat.

—Quand tu as raison, tu as raison, lui ai-je dit.

—Il pense juste que *je* ne devrais pas en manger, a fait remarquer Harry.

John s'est esclaffé.

—D'une pierre deux coups.

Celia a délicatement cogné sa fourchette contre son verre.

—OK, OK, a-t-elle dit. Le moment du petit discours.

Elle devait tourner un film dans le Montana la semaine suivante. Elle avait repoussé la date de démarrage afin d'être avec moi ce soir-là.

—À Evelyn, a-t-elle lancé, en levant son verre en l'air. Qui a toujours illuminé toutes les foutues pièces dans lesquelles elle est entrée. Et qui, jour après jour, nous donne l'impression de vivre dans un rêve.

Plus tard ce soir-là, alors que Celia et John sortaient héler un taxi, Harry m'a gentiment aidée à enfiler ma veste.

—Est-ce que tu te rends compte que je représente le plus long mariage que tu aies eu ? m'a-t-il demandé.

À ce moment-là, nous étions mariés lui et moi depuis presque sept ans.

—Et aussi le meilleur, ai-je dit. Sans conteste.

—Je pensais…

Je savais déjà ce qu'il pensait. Ou du moins, je soupçonnais ce qu'il pensait. Parce que j'y pensais, moi aussi.

J'avais trente-six ans. Si nous comptions avoir un bébé, j'avais repoussé ça aussi longtemps que je le pouvais. Bien sûr, certaines femmes en avaient plus tard que ça, mais ce n'était pas très courant, et j'avais passé les dernières années à river les yeux sur les bébés dans les poussettes, incapable de les poser sur quoi que ce soit d'autre quand il y en avait autour de moi. Je prenais les bébés d'amies et les tenais fermement jusqu'au moment ultime où les mères demandaient à les récupérer. J'imaginais à quoi pourrait ressembler mon propre enfant.

J'imaginais ce que j'éprouverais en mettant une vie au monde, en nous donnant à tous les quatre un autre être sur lequel nous concentrer. Mais si j'avais l'intention d'être maman, il fallait que je me bouge. Et notre décision d'avoir un bébé n'était pas vraiment une conversation à deux personnes. Mais à quatre.

—Vas-y, ai-je dit tandis que nous nous dirigions vers l'entrée du restaurant. Dis-le.

—Un bébé, a lâché Harry. Toi et moi.

—En as-tu parlé avec John?

—Pas précisément. En as-tu parlé avec Celia?

—Non.

—Mais es-tu prête?

Ma carrière allait en prendre un coup. Impossible d'éviter ça. J'allais passer du statut de femme à celui de mère; d'une façon ou d'une autre, ces deux choses paraissaient incompatibles à Hollywood. Mon corps allait changer. Je ne pourrais pas travailler pendant des mois. Ça n'avait absolument aucun sens de dire « oui ».

—Oui, ai-je répondu. Je le suis.

Harry a hoché la tête.

—Moi aussi.

—OK, ai-je dit, en envisageant les prochaines étapes. Alors nous en parlerons à John et Celia.

—Ouais. Je suppose, oui.

—Et si tout le monde est partant? ai-je demandé, en m'arrêtant avant que nous sortions sur le trottoir.

—On se lancera, a-t-il répondu en s'arrêtant avec moi.

—Je sais que la solution la plus évidente serait l'adoption, ai-je dit. Mais…

—Tu penses que nous devrions avoir un enfant biologique.

—Oui. Je n'ai pas envie que qui que ce soit prétende que nous avons adopté parce que nous avions quelque chose à cacher.

Il a acquiescé.

—Je comprends. Je veux un enfant biologique, aussi. Une personne à moitié toi, à moitié moi. Je te suis sur ce point.

J'ai haussé un sourcil.

—Tu es bien conscient de la manière dont on fait les bébés ?

Il a souri, puis s'est penché pour me chuchoter :

—Il y a une infime part de moi qui veut coucher avec vous depuis que je vous ai rencontrée, Evelyn Hugo.

J'ai éclaté de rire et je lui ai tapé le bras.

—Non, c'est faux.

—Une infime part, a-t-il répété, pour se défendre. Elle va à l'encontre de tous mes autres instincts. Mais elle est là, néanmoins.

J'ai souri.

—Eh bien, nous garderons cette part pour nous.

Hilare, il a tendu la main. Je l'ai serrée.

—Une fois de plus, Evelyn, tu viens de conclure un marché.

CHAPITRE 40

— Est-ce que le bébé serait élevé par vous deux ? a demandé Celia.

Nous étions allongées au lit, nues. J'avais le dos couvert de sueur, le cuir chevelu humide. J'ai roulé sur le ventre et mis la main sur la poitrine de Celia.

Son prochain film la transformait en brune. Je me surprenais à être subjuguée par le roux doré de ses cheveux, affreusement impatiente de savoir si on les lui reteindrait convenablement, si elle me reviendrait exactement semblable à elle-même.

— Oui, ai-je répondu. Bien sûr. Ce serait le nôtre. Nous l'élèverions ensemble.

— Et où est-ce que je trouverais ma place là-dedans ? Et John ?

— Où vous voudrez.

— Je ne sais pas ce que ça veut dire.

— Ça veut dire qu'on résoudrait ça au fur et à mesure.

Celia a réfléchi à mes paroles en fixant le plafond.

— C'est quelque chose que tu désires ? a-t-elle fini par demander.

— Oui. Terriblement.

— Est-ce que ça te pose un problème que je n'aie jamais… voulu ça ?

— Que tu ne veuilles pas d'enfant ?

— Oui.

— Non, je ne crois pas.

—Est-ce que ça te pose un problème que je ne puisse pas… te donner ça?

Sa voix commençait à se briser, et ses lèvres à trembler. Quand Celia était à l'écran et avait besoin de pleurer, elle plissait les yeux et se couvrait le visage. Mais il s'agissait de larmes factices, suscitées à partir de rien, pour rien. Lorsqu'elle pleurait vraiment, son visage demeurait douloureusement figé, à part les commissures de ses lèvres, et l'eau qui lui montait aux yeux et s'accrochait à ses cils.

—Chérie, ai-je dit en l'attirant vers moi. Évidemment que non.

—C'est juste que… Je veux te donner tout ce que tu as toujours voulu, et tu veux ça, et je ne peux pas te le donner.

—Celia, non. Ce n'est pas du tout comme ça.

—Non?

—Tu m'as donné plus que je ne pensais possible d'avoir en une seule vie.

—Tu es sûre?

—Certaine.

Elle a souri.

—Tu m'aimes?

—Oh, mon Dieu, quel euphémisme, ai-je répondu.

—Tu m'aimes au point de ne pas y voir clair?

—Je t'aime à tel point que, quand il m'arrive de jeter un coup d'œil à tout ce courrier de fans éperdus que tu reçois, je me dis : «Bah, bien sûr, ça tombe sous le sens. Moi aussi, je veux collectionner ses cils.»

Elle s'est esclaffée en promenant sa main sur le haut de mon bras, les yeux toujours rivés au plafond.

—Je veux que tu sois heureuse, a-t-elle dit lorsqu'elle m'a enfin regardée.

—Tu devrais savoir que Harry et moi serons obligés de…

—Il n'y a aucun autre moyen? Je croyais qu'aujourd'hui les femmes tombaient enceintes d'hommes en utilisant simplement leur sperme.

J'ai hoché la tête.

—Je pense qu'il y a d'autres moyens, ai-je dit. Mais je ne suis pas confiante sur la sécurité de la situation. Ou, plutôt, je ne sais pas comment m'assurer que personne ne découvrira la façon dont nous aurons procédé.

—Tu es en train de dire que tu vas devoir faire l'amour à Harry?

—Tu es celle dont je suis amoureuse. Tu es celle à qui je fais l'amour. Harry et moi faisons seulement un enfant.

Celia m'a regardée, tentant de déchiffrer mon expression.

—Tu en es sûre?

—Absolument certaine.

Elle a recommencé à fixer le plafond. Elle n'a rien dit pendant un moment. J'ai observé le va-et-vient de ses yeux. J'ai perçu le ralentissement de sa respiration. Et puis elle s'est tournée face à moi.

—Si c'est ce que tu veux… si tu veux un bébé, dans ce cas… fais un bébé. Je trouverai… Nous trouverons une solution. Je ferai en sorte que ça fonctionne. Je peux être une tante. Tante Celia. Et je trouverai un moyen de bien vivre tout ça.

—Et je t'y aiderai, ai-je dit.

Elle a ri.

—Comment t'imagines-tu faire ça?

—Je pense à une manière de te rendre tout cela plus tolérable, ai-je dit, en lui embrassant le cou.

Elle aimait être embrassée juste en dessous et derrière l'oreille, là où son lobe rejoignait son cou.

—Oh, tu abuses, a-t-elle protesté.

Mais elle n'a rien ajouté. Elle ne m'a pas arrêtée quand j'ai passé ma main sur ses seins, son ventre, et entre ses jambes.

Elle a gémi et m'a rapprochée d'elle, avant de promener sa propre main le long de mon corps. Elle me touchait pendant que je la touchais, avec douceur d'abord, puis plus fort, plus vite.

— Je t'aime, a-t-elle dit, à bout de souffle.

— Je t'aime, ai-je répliqué.

Elle m'a regardée dans les yeux et m'a fait connaître l'extase, et cette nuit-là, dans le don d'elle-même, elle m'a fait don d'un bébé.

PHOTOMOMENT

23 mai 1975

EVELYN HUGO ET HARRY CAMERON ONT UNE FILLE !

Evelyn Hugo est enfin mère ! À l'âge de trente-sept ans, la bombe époustouflante ajoute *mère* à son CV. Connor Margot Cameron, 2,970 kg, est née tardivement mardi dernier au Mount Sinai Hospital.

On dit que la petite bambine rend papa Harry Cameron «fou de bonheur».

Avec une traînée de succès derrière eux, Evelyn et Harry sont certains de considérer la plus petite des Cameron comme la plus exaltante de leurs coproductions jusqu'à présent.

CHAPITRE 41

J'ai aimé Connor à la seconde où elle m'a regardée. Avec sa tête pleine de cheveux et ses yeux bleus et ronds, je me suis dit, un instant, qu'elle était le portrait craché de Celia.

Connor avait toujours faim, et détestait être seule. Elle ne voulait rien plus qu'être allongée sur moi, en dormant paisiblement. Elle adorait littéralement Harry.

Durant ces quelques premiers mois, Celia a tourné deux films à suivre, tous deux à l'extérieur. Je savais que l'un d'eux, *L'Acheteur*, la passionnait. Mais le second, une histoire mafieuse, était précisément le genre de travail qu'elle haïssait. En plus de la violence et la noirceur, il était tourné sur huit semaines, quatre à Los Angeles et quatre en Sicile. Quand la proposition est arrivée, je m'attendais à ce qu'elle la décline. Au lieu de ça, elle a accepté le rôle, et John a décidé de partir avec elle.

Pendant leur absence, Harry et moi avons vécu presque exactement comme un couple marié traditionnel. Harry me préparait du bacon et des œufs pour le petit déjeuner, et me faisait couler mes bains. Je nourrissais le bébé et le changeais presque toutes les heures.

Nous avions de l'aide, bien entendu. Luisa s'occupait de la maison. Elle changeait les draps, faisait la lessive, nettoyait derrière nous tous. Ses jours de repos, c'était Harry qui intervenait.

C'est Harry qui m'a dit que j'étais belle, même si nous savions que j'avais connu des jours meilleurs. C'est Harry qui a lu un scénario après l'autre, à la recherche du projet parfait dans lequel m'embarquer une fois que Connor serait assez grande. C'est Harry qui a dormi à mes côtés toutes les nuits, qui m'a tenu la main pendant que nous nous endormions, qui m'a prise dans ses bras quand j'étais persuadée que j'étais une mère effroyable, après avoir griffé la joue de Connor en lui donnant son bain.

Harry et moi avions toujours été proches, formions une famille depuis longtemps, mais au cours de cette période, j'ai vraiment eu l'impression d'être une épouse. J'ai eu l'impression d'avoir un mari. Et je me suis mise à l'aimer plus encore. Nous avons été liés, Harry et moi, d'une façon que je n'aurais pas pu imaginer. Il était là pour célébrer avec moi les bons côtés de la vie, et me soutenir pour traverser les mauvais.

C'est vers cette période que j'ai commencé à croire que les amitiés pouvaient s'inscrire au firmament.

— S'il existe toutes sortes d'âmes sœurs différentes, ai-je dit à Harry un après-midi, alors que nous étions tous les deux assis dans le patio avec Connor, alors tu es l'une des miennes.

Il portait un short sans haut. Connor était allongée sur son torse. Il ne s'était pas rasé ce matin-là, et sa barbe pointait. Elle avait juste une très légère zone grise sous le menton. En le regardant avec elle, j'ai réalisé combien ils se ressemblaient. Les mêmes longs cils, les mêmes lèvres mutines.

Harry a tenu Connor contre lui d'une main et, de l'autre, il a saisi celle que j'avais de libre.

— Je suis absolument certain d'avoir plus besoin de toi que je n'ai jamais eu besoin d'aucune autre personne, a-t-il dit. La seule exception étant…

— Connor, ai-je achevé.

Nous avons tous deux souri. Nous allions répéter cela pour le restant de nos jours. La seule exception à absolument tout était Connor.

Quand Celia et John sont rentrés à la maison, les choses ont repris leur cours normal. Celia vivait avec moi. Harry vivait avec John. Connor habitait chez moi, même s'il allait de soi que Harry passerait de jour comme de nuit pour être avec nous, prendre soin de nous.

Mais ce premier matin, à peu près à l'heure où Harry devait venir pour le petit déjeuner, Celia a mis sa robe de chambre et s'est dirigée vers la cuisine. Elle a commencé à préparer des flocons d'avoine.

Je venais de descendre, encore en pyjama. J'étais assise devant l'îlot central, en train de nourrir Connor, quand Harry est entré.

— Oh, a-t-il dit, avisant Celia et remarquant la casserole.

Luisa faisait la vaisselle dans l'évier.

— Je venais préparer du bacon et des œufs, a-t-il poursuivi.

— Je gère, a répliqué Celia. Un bon bol tout chaud de flocons d'avoine pour tout le monde. Il y en a assez pour toi aussi, si tu as faim.

Harry m'a regardée, ne sachant pas vraiment comment réagir. Je l'ai regardé, tout aussi incertaine.

Celia a juste continué de remuer. Et puis elle a pris trois bols et les a remplis. Elle a mis la casserole dans l'évier pour que Luisa la nettoie.

Il m'est alors apparu combien ce fonctionnement était étrange. Harry et moi payions le salaire de Luisa, mais il n'habitait même pas là. Celia et John remboursaient le prêt de la maison dans laquelle Harry vivait.

Il s'est assis et s'est emparé de la cuillère devant lui. Nous avons commencé à manger nos flocons d'avoine en même temps. Quand Celia nous a tourné le dos, nous nous sommes regardés en grimaçant. Il a articulé quelque chose en silence, et même si je pouvais à peine lire sur ses lèvres, je savais ce qu'il disait, car c'était exactement ce que je pensais.

Si fade.

Celia s'est retournée vers nous et nous a proposé des raisins secs. Nous avons tous les deux accepté. Et nous nous sommes retrouvés tous les trois assis dans la cuisine, à manger sans un mot nos céréales, tous conscients que Celia avait fait valoir ses droits. Je lui appartenais. Elle me préparerait mon petit déjeuner. Harry n'était qu'un visiteur.

Connor a commencé à pleurer, Harry l'a donc prise pour la changer. Luisa est descendue récupérer la lessive. Et, une fois seules, Celia m'a dit :

— Max Girard tourne un film intitulé *3 heures du matin* pour la Paramount. C'est censé être un véritable film d'auteur, et je pense que tu devrais le faire.

J'étais restée en contact avec Max, par intermittence, depuis qu'il m'avait dirigée dans *Boute-en-Train*. Je n'ai jamais oublié que c'était grâce à lui que j'avais pu catapulter mon nom de nouveau au sommet. Mais je savais que Celia ne pouvait pas le supporter. Il manifestait trop ouvertement son intérêt pour moi, se montrait trop salace sur le sujet. Celia avait l'habitude de l'appeler, par plaisanterie, Pépé le Pou.

— Tu penses que je devrais faire un autre film avec Max ?

Elle a acquiescé.

— Ils me l'ont proposé, mais ça aurait plus de sens pour toi. Même si je trouve que c'est un homme de Néandertal, je peux reconnaître que ce type a du talent. Et ce rôle est fait pour toi.

— Qu'est-ce que tu veux dire ?

Celia s'est levée et a pris mon bol avec le sien. Elle les a rincés tous les deux puis s'est retournée vers moi, en s'appuyant contre l'évier.

— C'est un rôle sexy. Ils ont besoin d'une vraie bombe.

J'ai secoué la tête.

— Je suis la mère de quelqu'un, désormais. Le monde entier le sait.

Elle a secoué la tête à son tour.

— C'est précisément pour ça que tu *dois* le faire.

— Pourquoi ?

— Parce que tu es une femme sexuelle, Evelyn. Tu es sensuelle, et belle, et désirable. Ne les laisse pas te prendre ça. Ne les laisse pas te désexualiser. Ne laisse pas ta carrière se poursuivre selon leurs conditions. Qu'est-ce que tu veux faire ? Tu veux être cantonnée aux rôles de mère de famille maintenant ? Tu ne veux interpréter que des nonnes et des profs ?

— Non. Bien sûr que non. Je veux tout jouer.

— Alors joue tout. Aie de l'audace. Fais ce que personne ne s'attend à te voir faire.

— Les gens diront que c'est inapproprié.

— L'Evelyn que j'aime se moque de ça.

J'ai fermé les yeux et l'ai écoutée, en acquiesçant. Elle voulait que je le fasse pour moi. Je le crois sincèrement. Elle savait que je ne serais pas heureuse en étant limitée, déclassée. Elle savait que je voulais continuer à faire parler les gens, à titiller, à étonner. Mais la partie qu'elle ne mentionnait pas – la comprenait-elle réellement, je n'en suis même pas sûre – était qu'elle voulait que je le fasse aussi parce qu'elle refusait que je change.

Elle voulait être avec une bombe.

Cela m'a toujours fascinée, combien les choses peuvent être simultanément vraies et fausses, comment les gens peuvent être bons et mauvais tout à la fois, comment quelqu'un peut vous aimer avec un altruisme admirable tout en servant implacablement ses propres intérêts.

C'est pourquoi j'aimais Celia. C'était une femme très complexe qui me laissait toujours dans le doute. Et là, elle m'avait surprise une fois de plus.

Elle avait dit : « Vas-y, aie un bébé. » Mais elle voulait ajouter : « Seulement, ne te comporte pas comme une mère. »

Heureusement et malheureusement pour elle, je n'avais absolument aucune intention que l'on me dise ce que je devais faire, ni que l'on me manipule dans le but que j'accomplisse la moindre chose. J'ai donc lu le scénario, et j'ai pris quelques jours pour y réfléchir. J'ai demandé à Harry ce qu'il en pensait. Et puis je me suis réveillée un matin, et je me suis dit : *Je veux ce rôle. Je le veux parce que je souhaite montrer que la femme que je suis existe toujours.*

J'ai appelé Max Girard et je lui ai dit que j'étais intéressée s'il était intéressé. Et il l'était.

— Mais je suis étonné que tu veuilles faire ça, a-t-il ajouté. Tu en es sûre à cent pour cent ?

— Est-ce qu'il y a des scènes de nu ? ai-je demandé. L'idée ne me dérange pas. Vraiment. Je suis fantastique physiquement, Max. Ce n'est pas un problème.

Je n'étais pas fantastique, je ne me sentais pas fantastique non plus. C'*était* un problème. Mais c'était un problème résoluble, et les problèmes résolubles ne sont pas vraiment des problèmes, si ?

— Non, a répondu Max, en riant. Evelyn, tu pourrais avoir quatre-vingt-dix-sept ans et le monde entier ferait quand même la queue pour voir ta poitrine.

— Alors de quoi parles-tu ?

— Don.

— Don qui ?

— Ton rôle. Tout le film. L'ensemble.

— Quoi ?

— Tu donnes la réplique à Don Adler.

CHAPITRE 42

—Pourquoi avoir accepté de le faire? lui demandé-je. Pourquoi ne pas avoir dit que vous vouliez qu'il soit viré du film?

—Eh bien, tout d'abord, je n'allais pas user de mon influence à moins d'être certaine de gagner, dit Evelyn. Et je n'étais sûre qu'à quatre-vingts pour cent que, si je piquais une crise, Max le dégagerait. Et ensuite, ça paraissait légèrement cruel, pour être honnête. Don n'allait pas bien. Il n'avait pas eu de gros succès depuis des années, et la plupart des jeunes qui fréquentaient les salles de cinéma ignoraient qui il était. Il avait divorcé de Ruby, ne s'était pas remarié, et la rumeur courait que sa consommation d'alcool était devenue incontrôlable.

—Alors vous avez eu pitié de lui? Votre ancien bourreau?

—Les relations humaines sont complexes. Les gens sont compliqués, et l'amour peut s'avérer affreux. J'ai toujours tendance à errer du côté de la compassion.

—Vous êtes en train de me dire que vous aviez de la peine pour lui à cause des épreuves qu'il traversait?

—Je suis en train de dire que vous devriez avoir un peu de compassion en songeant à quel point ça a dû être difficile pour moi.

Remise à ma place, je me retrouve les yeux rivés par terre, incapable de la regarder.

— Je suis désolée, dis-je. Je n'ai jamais été dans cette situation, et j'étais… Je ne sais pas ce qui m'a pris d'émettre le moindre jugement. Je vous présente mes excuses.

Evelyn les accepte, avec un gentil sourire.

— Je ne peux parler au nom de tous les gens qui ont été frappés par quelqu'un qu'ils aiment, mais ce que je peux vous dire, c'est que le pardon est différent de l'absolution. Don n'était plus une menace pour moi. Je n'avais pas peur de lui. Je me sentais puissante et libre. J'ai donc dit à Max que je le rencontrerais. Celia s'est montrée encourageante, mais aussi hésitante une fois qu'elle a su que Don figurait au casting. Harry, bien que réservé, avait confiance en ma capacité de gérer la situation. Alors mes représentants ont appelé ceux de Don, et nous avons fixé un lieu et une heure de rendez-vous pour la prochaine fois où je serais à Los Angeles. J'avais suggéré le bar du Beverly Hills Hotel, mais l'équipe de Don a modifié ça au dernier moment pour choisir le Canter's Deli. Voilà comment j'ai fini par revoir mon ex-mari, pour la première fois depuis plus de quinze ans, devant un sandwich Reuben.

CHAPITRE 43

—Je suis désolé, Evelyn, a dit Don lorsqu'il s'est assis. J'avais déjà commandé un thé glacé et mangé la moitié d'un cornichon. Je pensais qu'il s'excusait d'être en retard.

—Il n'est que 13 h 05. Pas de souci.

—Non, a-t-il protesté en secouant la tête.

Il semblait pâle, mais aussi un peu plus mince que sur certaines de ses photos récentes. Nos années de séparation ne lui avaient pas réussi. Son visage avait bouffi, et sa taille s'était élargie. Mais il était toujours cent fois plus beau que quiconque dans les parages. Don était le genre d'homme qui serait toujours séduisant, quoi qu'il lui arrive. Son physique avantageux était juste loyal à ce point.

—Je suis navré, a-t-il répété.

J'ai été frappée par l'emphase, le ton éloquent de ces paroles. Ça m'a prise au dépourvu. La serveuse s'est approchée, et lui a demandé ce qu'il voulait boire. Il n'a pas commandé de martini ni de bière. Il a commandé un Coca. Quand elle est partie, je me suis retrouvée sans savoir vraiment quoi lui dire.

—Je suis sobre, a-t-il annoncé. Depuis deux cent cinquante-six jours.

—Tant que ça, hein? ai-je dit en buvant une gorgée de thé glacé.

—J'étais un ivrogne, Evelyn. Je le sais, maintenant.

—Tu étais aussi un porc infidèle.

Il a acquiescé.

—Je sais ça, aussi. Et j'en suis profondément désolé.

J'avais fait tout le trajet jusque-là en avion pour voir si je pouvais tourner un film avec lui. Je n'étais pas venue pour qu'il me présente des excuses. L'idée ne m'avait même jamais traversé l'esprit. Je supposais simplement que je me servirais de lui cette fois, comme je l'avais fait à l'époque ; son nom près du mien ferait parler les gens.

Mais l'attitude repentante de cet homme qui se tenait devant moi était surprenante et bouleversante.

—Qu'est-ce que je suis censée faire avec ça ? lui ai-je demandé. Que tu sois désolé ? Qu'est-ce que c'est censé signifier pour moi ?

La serveuse est repassée prendre nos commandes.

—Un Reuben, s'il vous plaît, ai-je dit en lui tendant le menu.

Si je devais avoir une véritable conversation à ce sujet, il me fallait un repas copieux.

—Je vais prendre la même chose, a dit Don.

Elle savait qui nous étions ; je le voyais à la manière dont ses lèvres ne cessaient de réprimer un sourire. Lorsqu'elle s'est retirée, Don s'est penché vers moi.

—Je sais que ça ne compense pas ce que je t'ai infligé.

—Bien. Parce que ce n'est vraiment pas le cas.

—Mais j'espère que tu te sentiras peut-être un petit peu mieux, en sachant que je suis conscient d'avoir eu tort, je sais que tu méritais mieux, et je travaille tous les jours à devenir un homme meilleur.

—Eh bien, ça arrive affreusement tard. Aujourd'hui, que tu sois un homme meilleur ne m'apporte rien.

—Je ne ferai plus de mal à personne, comme j'en ai fait par le passé. À toi, à Ruby.

Mon cœur de glace a fondu un bref instant, et j'ai admis que ça me faisait du bien de l'entendre.

—Malgré tout, ai-je dit. On ne peut pas tous se balader en traitant les gens comme de la merde et ensuite s'attendre à ce qu'un simple « je suis désolé » efface ça.

Don a secoué humblement la tête.

—Bien sûr que non. Non, je le sais.

—Et si tes films n'avaient pas fait un four et qu'Ari Sullivan ne t'avait pas lâché comme tu l'y as incité avec moi, tu mènerais certainement toujours la grande vie, soûl comme un cochon.

Don a acquiescé.

—Probablement. Je suis navré d'avouer que tu as de fortes chances d'avoir raison à ce sujet.

Je voulais davantage. Voulais-je qu'il rampe ? Qu'il pleure ? Je ne savais pas vraiment. Je savais juste que je restais sur ma faim.

—Laisse-moi seulement dire ça, a-t-il repris. Je t'ai aimée à partir du moment où je t'ai vue. Je t'ai aimée à la folie. Et j'ai tout gâché parce que je suis devenu un homme dont je ne suis pas fier. Et parce que j'ai tout détruit de cette manière, parce que j'ai été parfaitement incapable de te traiter de la façon dont tu le méritais, je suis désolé. Parfois, j'imagine revenir au jour de notre mariage avec l'envie de tout recommencer, l'envie de réparer mes erreurs afin que tu n'aies jamais à endurer ce que je t'ai fait subir. Je sais que je ne peux pas changer le passé, mais il m'est possible de te regarder dans les yeux et de te dire du fond de mon cœur que je sais combien tu es incroyable, je sais comme nous aurions pu être merveilleusement heureux ensemble, je sais que tout ce qui s'est passé entre nous était ma faute, je m'efforce de ne plus jamais me comporter aussi lamentablement, et je suis sincèrement, sincèrement désolé.

Durant toutes ces années après Don, tous mes films, tous mes mariages, je n'avais jamais souhaité une seule fois remonter le temps dans l'espoir que Don et moi pourrions arranger les choses. Ma vie depuis Don avait été une histoire de ma propre fabrication, le désordre et la joie de mes propres décisions, et un enchaînement d'expériences qui m'ont apporté tout ce que j'ai toujours voulu.

J'allais bien. Je me sentais en sécurité. J'avais une fille magnifique, un mari dévoué, et l'amour d'une femme honorable. J'avais l'argent et la gloire. J'avais une ravissante maison dans une ville que j'avais reconquise. Que pouvait me faire Don Adler ?

Si j'étais venue vérifier que je pouvais supporter d'être en sa présence, j'ai découvert que j'en étais capable. Je n'avais pas un os dans le corps qui avait peur de lui.

Et puis j'ai réalisé : si cela était vrai, qu'avais-je à perdre ?

Je n'ai pas dit textuellement « je te pardonne » à Don Adler. J'ai simplement sorti mon portefeuille de mon sac à main et je lui ai demandé :

— Est-ce que tu veux voir une photo de Connor ?

Il a souri en acquiesçant et, quand je lui ai montré sa photo, il a ri.

— C'est ton portrait craché, a-t-il dit.

— Je vais prendre ça comme un compliment.

— Je ne pense pas qu'il y ait d'autre façon de le prendre. Je pense que toutes les femmes de ce pays rêvent de ressembler à Evelyn Hugo.

J'ai rejeté la tête en arrière et je me suis esclaffée. Une fois que la serveuse a remporté nos Reuben à moitié mangés, j'ai annoncé à Don que je ferais le film.

— C'est fabuleux, a-t-il dit. C'est vraiment fabuleux à entendre. Je crois que toi et moi pourrions vraiment… Je crois que nous pouvons vraiment leur donner du grand spectacle.

— Nous ne sommes pas amis, Don. Je veux être claire là-dessus.

Il a hoché la tête.

— OK. Je comprends.

— Mais je pense que nous pouvons avoir des rapports amicaux.

Il a souri.

— J'en serais honoré.

CHAPITRE 44

Juste avant que le tournage ne débute, Harry a fêté ses quarante-cinq ans. Il a dit qu'il ne souhaitait pas de grosse soirée dehors, ni aucune forme de projet officiel. Il voulait juste une agréable journée avec nous tous.

John, Celia et moi avons donc prévu un pique-nique au parc. Luisa nous a empaqueté le déjeuner. Celia a préparé de la sangria. John est descendu au magasin de sport et nous a pris un parasol extra-large pour nous protéger non seulement du soleil, mais aussi des regards des passants. En rentrant à la maison, il a eu la brillante idée de nous acheter également des perruques et des lunettes de soleil.

Cet après-midi-là, nous avons dit tous les trois à Harry que nous avions une surprise pour lui, et l'avons emmené promener, avec Connor sur son dos. Elle adorait être attachée à lui. Elle riait quand il la faisait rebondir en marchant.

Je l'ai pris par la main et l'ai entraîné avec nous.

—Où est-ce qu'on va? a-t-il demandé. Que quelqu'un me donne au moins un indice.

—Je vais t'en donner un petit, a dit Celia tandis que nous traversions la 5e Avenue.

—Non, a protesté John, en secouant la tête. Aucun indice. Il est trop fort aux devinettes. Ça enlève tout ce qu'il y a d'amusant.

—Connor, où est-ce qu'ils emmènent tous papa? a dit Harry.

J'ai regardé Connor rire au son de son prénom.

Quand Celia a passé l'entrée du parc, même pas à un pâté de maisons de notre appartement, Harry a repéré la couverture déjà étalée avec le parasol et les paniers de pique-nique, et a affiché une mine réjouie.

— Un pique-nique ? a-t-il dit.

— Un pique-nique en famille tout simple. Juste nous cinq, ai-je répondu.

Harry a souri. Il a fermé les yeux un instant. Comme s'il avait atteint le paradis.

— Absolument parfait, a-t-il déclaré.

— J'ai fait la sangria, a précisé Celia. Luisa s'est occupée de la nourriture, évidemment.

— Évidemment, a dit Harry, en riant.

— Et John a déniché le parasol.

John s'est baissé pour attraper les perruques.

— Et ceci.

Il m'en a tendu une noire bouclée et a donné à Celia une blonde coupée court. Harry en a pris une rousse. Et John a mis la brune à cheveux longs qui le faisait ressembler à un hippie.

Nous avons tous ri en nous regardant les uns les autres, mais j'étais étonnée de voir combien elles parvenaient à être réalistes. Et quand j'ai mis les lunettes de soleil coordonnées, je me suis sentie un peu plus libre.

— Si tu as trouvé les perruques et que Celia a préparé la sangria, qu'a fait Evelyn ? a demandé Harry en retirant Connor de son dos pour la poser sur la couverture.

Je l'ai prise et l'ai aidée à s'asseoir.

— Bonne question, a répliqué John, avec un sourire. Il faudrait le lui demander.

— Oh, j'ai participé.

— En fait, ouais, Evelyn, qu'as-tu *donc* fait ? a demandé Celia.

J'ai levé les yeux pour les voir tous les trois en train de me dévisager d'un air provocateur.

—Je…, ai-je bafouillé en désignant vaguement le panier de pique-nique. Tu sais…

—Non, a dit Harry, en riant. Je ne sais pas.

—Écoutez, j'ai été très occupée.

—Hum, hum, a toussoté Celia.

—Oh, d'accord.

J'ai pris Connor alors qu'elle commençait à froncer les sourcils. Je savais que cette mimique annonçait une arrivée de larmes imminente.

—Je n'ai rien foutu, ai-je admis.

Ils se sont mis tous les trois à se moquer de moi, et puis Connor s'est mise à rire, aussi. John a ouvert le panier. Celia a servi du vin. Harry s'est penché et a embrassé Connor sur le front. C'était l'une des dernières fois où nous étions tous ensemble, riant, souriant, heureux. Une famille.

Parce que, après cela, j'ai tout gâché.

CHAPITRE 45

Don et moi étions en plein tournage de *3 heures du matin* à New York. Luisa, Celia et Harry se partageaient la garde de Connor pendant que j'étais au travail. Les journées s'étiraient plus que nous ne l'avions prévu, et le tournage prenait du retard.

Je jouais Patricia, une femme amoureuse d'un toxico, Mark, interprété par Don. Et chaque jour, je constatais qu'il n'était pas l'ancien Don que je connaissais, apparaissant sur le plateau pour débiter des répliques avec charme. Il s'agissait là d'une performance à vif, exceptionnelle, saisissante. Il puisait dans son passé, pour le mettre sur pellicule.

En plateau, vous espérez vraiment que tout se combinera pour former un ensemble magique dans l'objectif de la caméra. Mais il n'y a jamais aucun moyen d'en être sûr.

Même lorsque Harry et moi produisions nous-mêmes, que nous visionnions les rushs si souvent que j'en avais les yeux secs et que je perdais le fil entre réalité et cinéma, nous n'étions jamais certains à cent pour cent que toutes les parties s'imbriquaient parfaitement, jusqu'à ce que nous regardions le premier montage.

Mais sur le plateau de *3 heures du matin*, je *savais*. Je savais que c'était un film qui changerait la façon dont les gens me voyaient, dont ils voyaient Don. Je le trouvais assez bon pour transformer des vies, assainir les mœurs. Il serait peut-être assez bon pour modifier la façon dont les films étaient faits. Alors je me suis sacrifiée.

Quand Max a voulu ajouter des journées, j'ai renoncé à du temps avec Connor pour être là. Quand Max a voulu ajouter des nuits, j'ai renoncé à des dîners et des soirées avec Celia. J'ai dû l'appeler presque tous les jours depuis le plateau, pour m'excuser de quelque chose. M'excuser de ne pas pouvoir la rejoindre au restaurant à temps. M'excuser d'avoir besoin qu'elle reste à la maison pour garder Connor à ma place.

Je voyais bien qu'une part d'elle-même regrettait de m'avoir poussée à faire le film. Je doute qu'elle ait apprécié que je travaille avec mon ex-mari tous les jours. Je doute qu'elle ait apprécié que je travaille avec Max Girard tous les jours. Je doute qu'elle ait apprécié mes horaires à rallonge. Et j'ai eu l'impression que, si elle aimait ma fille, faire du baby-sitting n'était pas exactement sa conception d'un bon moment. Mais elle l'a gardé pour elle, et m'a soutenue. Quand j'appelais pour prévenir que je serais en retard pour la millionième fois, elle disait : « Ce n'est pas grave, chérie. Ne t'inquiète pas. Sois juste sensationnelle. » C'était une excellente partenaire à cet égard, en me donnant la priorité, en la donnant à mon travail.

Et puis, vers la fin du tournage, après une longue journée à travailler sur des scènes fortes en émotion, j'étais dans ma loge et me préparais à rentrer chez moi, lorsque Max a frappé à la porte.

— Salut, ai-je lancé. Qu'est-ce qui te tracasse ?

Il m'a observée avec considération, puis s'est assis. Je suis restée debout, résolue à partir.

— Je crois, Evelyn, qu'il y a un détail auquel nous devons réfléchir.

— Ah oui ?

— La scène d'amour a lieu la semaine prochaine.

— J'en suis consciente.

— Ce film, il est presque fini.

— Oui.

— Et je trouve qu'il lui manque quelque chose.

— Comme quoi ?

— Je pense que le spectateur a besoin de comprendre le magnétisme cru de l'attirance entre Patricia et Mark.

— Je suis d'accord. C'est pourquoi j'ai accepté de montrer vraiment mes seins. Tu obtiens ce qu'aucun autre réalisateur, y compris toi-même, n'a jamais obtenu de moi avant. J'aurais pensé que ça t'enchanterait.

— Oui, bien sûr, c'est le cas, mais je crois que nous devons montrer que Patricia est une femme qui prend ce qu'elle veut, qui se délecte des péchés de chair. Elle apparaît, à ce stade, comme une telle martyre. C'est une sainte, qui aide Mark tout le long du film, le soutient.

— Exact, *à cause* de la force avec laquelle elle l'aime.

— Oui, mais nous avons aussi besoin de voir *pourquoi* elle l'aime. Qu'est-ce qu'il lui donne, qu'est-ce qu'elle reçoit de sa part ?

— Où veux-tu en venir ?

— Je veux que nous tournions quelque chose que presque personne ne fait.

— C'est-à-dire ?

— Je veux te montrer en train de baiser parce que tu adores ça.

Il avait les yeux écarquillés et remplis d'excitation. Il était animé d'une fascination créative. J'ai toujours su qu'il était un peu lubrique, mais là, c'était différent. Il s'agissait d'un acte rebelle.

— Réfléchis. Les scènes de sexe portent sur l'amour. Ou le pouvoir.

— C'est sûr. Et celle de la semaine prochaine a pour but de montrer combien Patricia aime Mark. Combien elle croit en lui. Combien leur lien est puissant.

Max secoue la tête.

— Je veux montrer au public que l'une des raisons pour lesquelles Patricia aime Mark, c'est parce qu'il la fait jouir.

J'ai esquissé un mouvement de recul, essayant d'assimiler tout ça. Cela n'aurait pas dû me paraître aussi scandaleux, et pourtant ça l'était, absolument. Les femmes font l'amour pour l'intimité. C'est ce que nous dit la culture. L'idée que je serais exhibée pour profiter de mon corps, pour désirer le mâle tout aussi intensément que j'étais désirée, pour montrer une femme qui met son propre plaisir physique au premier plan… Ça semblait audacieux.

Ce que Max évoquait, c'était une représentation explicite du désir féminin. Et d'instinct, j'adorais l'idée. Je veux dire, la perspective de tourner une scène de sexe explicite avec Don était à peu près aussi excitante pour moi qu'un bol de céréales pour le transit. Mais j'avais envie de pousser le bouchon. J'avais envie de montrer une femme qui prenait son pied. J'aimais l'idée d'incarner une femme qui faisait l'amour parce qu'elle voulait être satisfaite, plutôt que désespérément satisfaire son partenaire. Alors, dans un moment d'exaltation, j'ai attrapé mon manteau, tendu la main et dit :

— Je suis partante.

Max a ri et bondi de son siège, me prenant la main pour la serrer.

— *Fantastique, ma belle !*

Ce que j'aurais dû faire, c'est lui dire qu'il fallait que j'y réfléchisse. Ce que j'aurais dû faire, c'est en parler à Celia à l'instant où je suis rentrée chez nous. Ce que j'aurais dû faire, c'est lui permettre d'avoir son mot à dire.

J'aurais dû lui accorder la possibilité d'exprimer la moindre réticence. J'aurais dû respecter le fait que, même si elle n'avait aucun droit de me dicter ma conduite, j'avais en effet la responsabilité de chercher à savoir comment mes actes pourraient l'affecter. J'aurais dû l'emmener dîner et lui exposer ce que je voulais faire, et lui expliquer pourquoi j'en avais l'intention. J'aurais dû lui faire l'amour ce soir-là,

346

pour lui montrer que le seul corps dont il m'intéressait de tirer du plaisir était le sien.

Ce sont simplement des choses qui se font. Ce sont des faveurs que vous accordez à la personne que vous aimez quand vous savez que votre travail va impliquer que le monde voie des images de vous en train de coucher avec quelqu'un d'autre. Je n'ai rien fait de tel pour Celia.

Au lieu de ça, je l'ai évitée. Je suis rentrée et j'ai vérifié comment allait Connor. Je suis allée dans la cuisine et j'ai mangé une salade de poulet que Luisa avait laissée dans le frigo. Celia m'a rejointe et m'a serrée dans ses bras.

—Comment s'est passé le tournage?

—Bien. Très bien.

Et parce qu'elle n'a pas dit : « Comment a été ta journée? », ni : « Quoi de neuf avec Max? », ni même : « Comment se profile la semaine prochaine? », je n'ai pas évoqué le sujet.

J'ai bu deux shots de bourbon avant que Max ne crie : « Action! » Le plateau était interdit d'accès. Juste moi, Don, Max, le cameraman, et deux ou trois types qui géraient la lumière et le son.

J'ai fermé les yeux, et je me suis rappelé le désir que j'avais éprouvé pour Don des années auparavant. J'ai pensé combien c'était sublime de réveiller mon désir, de prendre conscience que j'aimais le sexe, qu'il n'était pas seulement question de ce que les hommes voulaient, mais de moi, aussi. J'avais envie de faire germer cette idée dans les cerveaux des autres femmes. J'ai pensé à toutes les autres femmes sur cette terre, effrayées par leur propre plaisir, par leur propre pouvoir. J'avais envie qu'après avoir vu ces scènes, des femmes disent à leur mari : « Donne-moi ce qu'il lui a donné. »

Je me suis mise dans cet état de désir, ce douloureux manque d'une chose que seul quelqu'un d'autre peut vous donner. J'avais connu cela avec Don. Je l'avais à l'époque avec Celia. Alors j'ai fermé les yeux, je me suis concentrée, et je me suis lancée.

Plus tard, les gens prétendraient que Don et moi faisions réellement l'amour dans le film. Toutes sortes de rumeurs ont couru selon lesquelles le sexe n'était pas simulé. Mais ce n'étaient que de pures conneries. On pensait simplement voir du vrai sexe parce que l'énergie était torride, parce que je me convainquais à ce moment-là que j'étais une femme ayant urgemment besoin de lui, parce que Don était capable de se rappeler ce que c'était d'avoir envie de moi avant de m'avoir un jour possédée.

Ce jour-là en plateau, j'ai vraiment lâché prise. J'étais présente, sauvage et débridée. Plus que je ne l'avais jamais été sur la pellicule, plus que je ne l'ai jamais été depuis. C'était un moment d'euphorie irréfléchie purement imaginée.

Quand Max a crié : « Coupez ! », j'ai repris mes esprits. Je me suis levée et me suis précipitée vers mon peignoir. J'ai rougi. Moi. Evelyn Hugo. Le rouge aux joues. Don m'a demandé si j'allais bien, et je me suis détournée, refusant qu'il me touche.

— Ça va, ai-je dit.

Puis je suis partie dans ma loge, j'ai fermé la porte, et pleuré toutes les larmes de mon corps. Je n'avais pas honte de ce que j'avais fait. Je n'avais pas peur que le public voie cette scène. Les larmes ruisselaient sur mon visage parce que je me rendais compte de la trahison que j'avais commise envers Celia.

J'étais jusque-là une personne qui pensait s'en tenir à un certain code. Ce n'était peut-être pas un code auquel les autres adhéraient, mais c'en était un qui avait du sens pour moi. Et une part de ce code consistait à être honnête envers Celia, à me montrer bonne vis-à-vis d'elle.

Et ceci n'avait rien de bon vis-à-vis d'elle. Faire ce que je venais de faire, sans sa bénédiction, ne pouvait que blesser la femme que j'aimais.

Quand on a remballé pour la journée, j'ai parcouru à pied les cinquante pâtés de maisons au lieu de sauter dans une voiture. J'avais besoin de ce temps pour réfléchir.

Je me suis arrêtée en chemin pour acheter des fleurs. J'ai appelé Harry d'une cabine téléphonique et je lui ai demandé de garder Connor pour la nuit.

Celia était dans la chambre quand je suis rentrée, en train de se sécher les cheveux.

— Je les ai pris pour toi, ai-je dit, en lui tendant le bouquet de lis blancs.

Je n'ai pas mentionné le fait que le fleuriste avait précisé la signification des lis blancs : *Mon amour est pur.*

— Oh, mon Dieu, a-t-elle dit. Ils sont magnifiques. Merci.

Elle les a humés puis a attrapé un grand verre, l'a rempli d'eau du robinet, et a mis les fleurs dedans.

— Juste un moment, a-t-elle dit. Jusqu'à ce que j'aie l'occasion de choisir un vase.

— Je voulais te demander quelque chose, ai-je dit.

— Ouh là. Est-ce que ces fleurs servent juste à me passer de la pommade ?

J'ai secoué la tête.

— Non. Les fleurs, c'est parce que je t'aime. Parce que je veux que tu saches combien je pense souvent à toi, combien tu es importante pour moi. Je ne te le dis pas assez. Je voulais te le dire de cette façon. Avec ce bouquet.

La culpabilité est un sentiment avec lequel je n'ai jamais été beaucoup en paix. Je m'aperçois que, lorsqu'il surgit, il apporte une armée. Quand je me sens coupable pour une chose, je commence à voir toutes les autres choses pour lesquelles je devrais culpabiliser.

Je me suis assise au pied de notre lit.

— Je voulais juste… Je voulais que tu saches que Max et moi en avons discuté, et je pense que la scène d'amour dans le film sera plus explicite que nous le pensions, toi et moi.

— Explicite comment ?

— Quelque chose d'un peu plus intense. Quelque chose qui traduise le besoin désespéré de Patricia d'être satisfaite.

Je mentais purement et simplement pour cacher un mensonge par omission. Je confectionnais un nouveau récit, dans lequel Celia croirait que je lui avais demandé sa bénédiction *avant* de faire ce que j'avais déjà fait.

— Son besoin d'être satisfaite ?

— Il faut que nous voyions ce que Patricia tire de sa relation avec Mark. Ce n'est pas juste de l'amour. Ça doit être plus que ça.

— C'est sensé, a-t-elle approuvé. Tu es en train de dire que ça répond à la question : Pourquoi reste-t-elle avec lui ?

— Ouais, ai-je acquiescé. Ouais, exactement. Nous allons donc tourner une scène explicite entre Don et moi. Je serai quasiment nue. Pour qu'on comprenne bien le cœur du film, nous devons voir les deux personnages principaux réellement vulnérables ensemble, se connectant… sexuellement.

Celia m'écoutait parler, en laissant les mots flotter dans l'air. Je la voyais aux prises avec ce que j'étais en train de dire, essayant de faire en sorte que ça lui convienne.

— Je veux que tu tournes le film comme tu l'entends, a-t-elle déclaré.

— Merci.

— C'est juste que… (Elle a baissé les yeux en commençant à secouer la tête.) Je me sens très… je ne sais pas. Je ne suis pas certaine de pouvoir faire ça. Savoir que tu es avec Don à longueur de journée, toutes ces longues soirées, et je ne te vois jamais, et… le sexe. Le sexe est sacré entre nous. Je ne suis pas sûre de pouvoir supporter de regarder ça.

—Tu n'auras pas besoin de regarder.

—Mais je saurai que c'est arrivé. Je saurai que c'est là, dehors. Et tout le monde le verra. Je veux accepter ça. Je le veux vraiment.

—Alors accepte-le.

—Je vais essayer.

—Merci.

—Je vais vraiment essayer.

—Super.

—Mais, Evelyn, je ne crois pas en être capable. Juste de savoir que tu… Quand tu as couché avec Mick, ça m'a rendue malade durant des années, de vous imaginer tous les deux ensemble.

—Je sais.

—Et tu as couché avec Harry, Dieu seul sait combien de fois.

—Je sais, chérie. Je sais. Mais je ne couche pas avec Don.

—Mais tu as couché avec lui. Avant. Quand les gens vous regarderont à l'écran, ils regarderont quelque chose que vous avez déjà fait.

—Ce n'est pas réel.

—Je sais, mais ce que tu me dis, c'est que vous êtes prêts à faire en sorte que ça paraisse réel. Tu me dis que vous allez rendre ça plus réaliste que tout ce qui a déjà été fait.

—Oui. Je suppose que c'est ce que je suis en train de dire.

Elle a commencé à pleurer. Elle s'est pris la tête dans les mains.

—J'ai l'impression de te décevoir, a-t-elle bredouillé. Mais je ne peux pas faire ça. Je ne peux pas. Je me connais, et je sais que c'est trop pour moi. J'en serai trop affectée. Je vais me rendre malade de t'imaginer avec lui. (Elle a secoué la tête, résolue.) Je suis désolée. Je n'en ai pas le courage. Je ne peux pas le supporter. J'aimerais être plus forte pour toi, vraiment. Je sais que, si les rôles étaient inversés, tu pourrais prendre sur toi. J'ai le sentiment de ne pas être à la hauteur de tes attentes. Et je suis tellement désolée, Evelyn. Je m'acharnerai éternellement à me rattraper. Je t'aiderai à obtenir tous les rôles que tu veux. Pour le restant de nos jours. Et je tâcherai d'y arriver, afin que la prochaine fois que cela se produit, je puisse être plus forte. Mais… s'il te plaît, Evelyn, je ne peux pas endurer le fait que tu couches avec un autre homme. Même si, cette fois, ça *paraît* seulement réel. Je ne peux pas. S'il te plaît. S'il te plaît, ne fais pas ça.

Mon cœur s'est serré. J'ai failli vomir. J'ai regardé par terre. J'ai étudié la façon dont deux planches de parquet se rejoignaient juste sous mes pieds, comment les têtes de clous étaient un tout petit peu enfoncées. Puis j'ai relevé les yeux vers elle et j'ai lâché :

—Je l'ai déjà fait.

J'ai sangloté. Et j'ai imploré. Et j'ai rampé, désespérément, à genoux, ayant appris depuis longtemps que vous devez vous battre pour les choses que vous voulez sincèrement.

Mais avant que j'aie terminé, Celia a dit :

—Tout ce que j'ai toujours voulu, c'est que tu sois véritablement à moi. Mais tu ne l'as jamais été. Pas vraiment. J'ai toujours dû me contenter d'une partie de toi. Tandis que le reste du monde récupère l'autre moitié. Je ne t'en veux pas. Ça ne m'empêche pas de t'aimer. Mais je ne peux pas continuer ainsi. Je ne peux pas faire ça, Evelyn. Je ne peux pas vivre avec le cœur à moitié brisé en permanence.

Et puis elle a passé la porte, et m'a quittée.

En l'espace d'une semaine, Celia avait remballé toutes ses affaires, à mon appartement et au sien, et elle était repartie vivre à Los Angeles. Elle ne répondait pas au téléphone quand j'appelais. Je n'arrivais pas à la contacter. Et ensuite, des semaines après son départ, elle a demandé le divorce. Quand John a reçu les papiers, je le jure, c'était comme si elle me les avait remis directement. Il était clair, sans la moindre ambiguïté, qu'en divorçant de lui elle divorçait de moi.

J'ai demandé à John de passer des coups de fil à l'agent de Celia, à son manager. Il l'a retrouvée au Beverly Wilshire. J'ai pris l'avion jusqu'à Los Angeles, et j'ai frappé à sa porte.

Je portais ma robe Diane von Furstenberg préférée, parce que Celia avait dit un jour que j'étais irrésistible dedans. Il y avait un homme et une femme qui sortaient de leur chambre d'hôtel, et tandis qu'ils marchaient dans le couloir, ils n'ont pas pu s'empêcher de me regarder. Ils savaient qui j'étais. Mais je refusais de me cacher. J'ai simplement continué de taper à la porte.

Quand Celia a enfin ouvert, je l'ai regardée dans les yeux sans prononcer un mot. Elle a soutenu mon regard, en silence. Et puis, les yeux embués de larmes, j'ai dit, simplement :

— S'il te plaît.

Elle s'est détournée de moi.

— J'ai commis une erreur, ai-je poursuivi. Je ne la referai plus jamais.

La dernière fois que nous nous étions disputées comme ça, j'avais refusé de m'excuser. Et je croyais vraiment que cette fois, si j'admettais juste combien j'avais eu tort, si je cédais, avec sincérité et de tout mon cœur, elle me pardonnerait.

Mais elle ne m'a pas pardonné.

— Je ne peux plus faire ça, a-t-elle dit en secouant la tête.

Elle portait un jean taille haute et un tee-shirt Coca-Cola. Elle avait les cheveux longs, sous les épaules. Elle avait trente-sept ans, mais paraissait être dans sa vingtaine. Il y avait toujours une jeunesse chez elle que je n'avais jamais vraiment eue. J'avais alors trente-huit ans, et je commençais à les faire.

Lorsqu'elle a dit ça, je suis tombée à genoux, dans le couloir de l'hôtel, et j'ai pleuré toutes les larmes de mon corps. Elle m'a attirée à l'intérieur.

—Reprends-moi, Celia, l'ai-je suppliée. Reprends-moi, et j'abandonnerai tout le reste. Tout, sauf Connor. Je ne serai plus jamais actrice. J'informerai le monde entier à notre sujet. Je suis prête à te donner tout de moi. S'il te plaît.

Celia m'a écoutée. Mais elle s'est ensuite calmement assise dans le fauteuil à côté du lit et m'a dit :

—Evelyn, tu n'es pas capable de renoncer à ça. Et tu ne le seras jamais. Et ce sera la tragédie de ma vie de ne pas pouvoir t'aimer assez pour que tu m'appartiennes. Que tu ne puisses pas être assez aimée pour appartenir à qui que ce soit.

Je suis restée plantée là encore un instant, en attendant qu'elle poursuive. Mais elle s'est tue. Elle n'avait rien d'autre à ajouter. Et je n'aurais rien pu lui dire d'autre qui l'aurait fait changer d'avis.

Affrontant la réalité, je me suis ressaisie, j'ai réprimé mes larmes, je l'ai embrassée sur la tempe, et je suis partie.

J'ai repris l'avion pour New York, en cachant ma peine. Et c'est seulement de retour à mon appartement que j'ai craqué. Sanglotant comme si elle était morte. Voilà à quel point cela me paraissait définitif. Je l'avais poussée trop loin. Et c'était terminé.

CHAPITRE 46

— C'était vraiment fini ? dis-je.

— Elle en avait fini avec moi, répond Evelyn.

— Et le film ?

— Me demandez-vous s'il en valait la peine ?

— J'imagine, oui.

— Le film a été un énorme succès. Il n'en valait pas la peine pour autant.

— Don Adler a remporté un Oscar pour son rôle, non ?

Evelyn roule des yeux.

— Ce connard a reçu un Oscar, et je n'ai même pas été nommée.

— Pourquoi ça ? Je l'ai vu. En partie, du moins. Vous êtes géniale. Vraiment exceptionnelle.

— Vous pensez que je ne le sais pas ?

— Eh bien, dans ce cas, pourquoi ne pas avoir été nommée ?

— Parce que ! dit-elle, frustrée. Parce que je n'étais pas autorisée à être applaudie pour ça. C'était classé X. Cette scène de sexe a valu des lettres aux rédacteurs de presque tous les journaux du pays. C'était trop scandaleux, trop explicite. Ça a excité les gens, et lorsqu'ils se sentaient comme ça, il fallait qu'ils le reprochent à quelqu'un, et c'est à moi qu'ils l'ont reproché. Qu'allaient-ils faire d'autre ? En vouloir au réalisateur français ? Les Français sont ainsi. Et ils n'allaient pas en vouloir au fraîchement racheté Don Adler. Ils en ont voulu à la bombe sexuelle qu'ils avaient créée, qu'ils pouvaient désormais traiter de salope. Ils n'allaient pas me donner un Oscar pour ça. Ils allaient voir le film tout seuls dans une salle obscure pour ensuite me dénigrer en public.

— Mais ça n'a pas nui à votre carrière. Vous avez tourné deux autres films l'année suivante.

— Je faisais gagner de l'argent aux gens. Personne ne refuse de l'argent. Ils étaient tous trop contents de m'avoir dans leurs films et ensuite de me critiquer dans mon dos.

— Au bout de quelques années, vous avez livré ce qui est considéré comme l'une des plus nobles interprétations de la décennie.

— Ouais, mais je n'aurais pas dû avoir à faire changer les opinions. Je n'ai rien fait de mal.

— Eh bien, nous savons cela, à présent. Les gens vous encensaient, ainsi que le film, dès le milieu des années 1980.

— Il n'y a aucun souci, rétroactivement, dit Evelyn. Sauf que j'ai passé des années avec un A écarlate sur la poitrine, pendant que des femmes et des hommes à travers le pays se baisaient à s'en faire exploser le cerveau en réfléchissant à ce que voulait dire le film. Les gens étaient choqués par la représentation d'une femme désirant se faire sauter. Et si je suis consciente de la grossièreté de mon langage, c'est vraiment la seule manière de le décrire. Patricia n'était pas une femme qui voulait faire l'amour. Elle voulait se faire sauter. Et nous avons montré ça. Et les gens ont détesté d'avoir autant aimé ça.

Elle est toujours en colère. Je le vois à la façon dont ses mâchoires se crispent.

— Vous avez remporté un Oscar peu de temps après cela.

— J'ai perdu Celia pour ce film. Ma vie, que j'aimais tant, a basculé pour ce film. Bien sûr, je comprends que c'était ma faute. C'est moi qui ai tourné une scène de sexe explicite avec mon ex-mari sans en parler avant avec elle. Je n'essaie pas de reprocher aux autres les erreurs que j'ai commises dans ma propre relation. Mais quand même.

Evelyn se tait, perdue dans ses pensées pendant un moment.

— Je veux vous demander quelque chose, parce que je trouve important que vous vous exprimiez directement sur le sujet, dis-je.

— OK…

— Est-ce que votre bisexualité a fragilisé votre relation ?

Je souhaite être à même de dépeindre sa sexualité avec toutes ses nuances, dans toute sa complexité.

— Que voulez-vous dire ? demande-t-elle.

Je perçois une pointe d'agressivité dans sa voix.

— Vous avez perdu la femme que vous aimiez à cause de vos rapports sexuels avec des hommes. Je pense que c'est relié à votre identité plus étendue.

Evelyn m'écoute et médite mes paroles. Puis elle secoue la tête.

— Non, j'ai perdu la femme que j'aimais parce que je me souciais autant d'être célèbre que je me souciais d'elle. Cela n'avait rien à voir avec ma sexualité.

— Mais vous vous en serviez pour obtenir des choses des hommes que Celia ne pouvait pas vous donner.

Evelyn secoue la tête avec encore plus d'insistance.

— Il y a une différence entre la sexualité et le sexe. Je me servais du sexe pour obtenir ce que je voulais. Le sexe est juste un acte. La sexualité est une expression sincère de désir et de plaisir. Ça, je l'ai toujours réservé à Celia.

— Je n'y avais jamais songé de cette manière, dis-je.

— Être bisexuelle ne me rendait pas déloyale, poursuit Evelyn. L'un n'a rien à voir avec l'autre. Cela ne signifiait pas non plus que Celia ne pouvait satisfaire que la moitié de mes besoins.

Je me surprends à l'interrompre :

— Je ne voulais…

— Je sais que ce n'est pas ce que vous dites. Mais je veux que vous entendiez ma version des faits. Quand Celia m'a reproché de ne pas me donner entièrement à elle, c'était parce que j'étais égoïste et que j'avais peur de perdre tout ce que j'avais. Pas parce que j'avais deux facettes qu'une seule personne ne pourrait jamais combler. J'ai brisé le cœur de Celia parce que j'ai passé la moitié de mon temps à l'aimer et l'autre moitié à cacher combien je l'aimais. Jamais je ne l'ai trompée. Si nous définissons *tromper* par désirer une autre personne et ensuite lui faire l'amour. Je n'ai jamais fait ça une seule fois. Quand j'étais avec Celia, j'étais avec Celia. De la même manière qu'une femme mariée à un homme est avec cet homme. Est-ce que je regardais d'autres gens ? Bien sûr, comme tout le monde. Mais j'aimais Celia, et je ne partageais mon véritable moi qu'avec elle. Le problème, c'est que j'utilisais mon corps pour obtenir d'autres choses que je désirais. Et je n'ai pas cessé de le faire, même pour elle. Ça, c'est la tragédie de ma vie. D'avoir utilisé mon corps lorsque c'était tout ce que j'avais, et d'avoir ensuite continué à le faire alors que d'autres options s'offraient à moi. J'ai continué de m'en servir même en sachant que ça ferait du mal à la femme que j'aimais. Et, en plus, je l'en ai rendue complice. Je l'ai mise en position de devoir constamment approuver mes choix à ses dépens. Celia m'a peut-être quittée en colère, mais ça a été une mort à petit feu. Je lui ai fait du mal à coups de minuscules brûlures, jour après jour. Et puis j'ai été surprise quand ça a laissé une plaie trop grande à guérir. J'ai couché avec Mick parce que je voulais protéger nos carrières, à Celia et moi. Et c'était plus important à mes yeux que le caractère sacré de notre relation. Et j'ai couché avec Harry parce que je voulais un bébé, et je pensais que les gens auraient des soupçons si nous adoptions. Parce que je craignais d'attirer l'attention sur l'absence de sexe dans notre mariage. Et j'ai choisi cela au détriment du caractère sacré de notre relation. Et quand Max Girard a eu une bonne idée d'orientation créative dans le film, j'ai foncé. Et j'étais désireuse de le faire aux dépens du caractère sacré de notre relation.

—Vous êtes dure avec vous-même, je trouve, dis-je. Celia n'était pas parfaite. Elle pouvait se montrer cruelle.

Evelyn hausse légèrement les épaules.

—Ses bons côtés compensaient largement les mauvais. Alors que moi, c'était du cinquante-cinquante. Ce qui est à peu près la chose la plus cruelle que vous puissiez infliger à quelqu'un que vous aimez : vous lui donnez juste assez pour l'inciter à rester, et vous lui faites vivre un enfer le reste du temps. Évidemment, j'ai pris conscience de tout cela lorsqu'elle m'a quittée. Et j'ai tenté d'arranger ça. Mais c'était trop tard. Comme elle l'a dit, elle n'y arrivait simplement plus. Parce que j'ai mis trop de temps à comprendre ce qui m'importait. *Non pas* à cause de ma sexualité. Je suis convaincue que vous allez l'exprimer comme il faut.

—Je vous le promets. Je le ferai.

—Je le sais. Et pendant que nous abordons la manière dont j'aimerais être dépeinte, il y a un autre aspect que vous devez rendre avec exactitude. Je ne serai pas en mesure de clarifier les choses une fois partie. Je veux savoir maintenant, je veux être absolument sûre que vous retransmettrez ce que je vous révèle avec précision.

—OK, dis-je. Qu'est-ce que c'est ?

L'humeur d'Evelyn se fait un peu plus sombre.

—Je ne suis pas une bonne personne, Monique. Veillez, dans le livre, à ce que ce soit clair. Que je ne prétends pas l'être. Que j'ai commis des tas d'actes qui ont blessé des tas de gens, et je les referais si je le devais.

—Je ne sais pas, dis-je. Vous ne semblez pas si ignoble, Evelyn.

— Vous, en particulier, allez changer d'avis sur ce point, réplique-t-elle. Très bientôt.

Et tout ce que je parviens à penser, c'est : *Qu'est-ce qu'elle a fait, putain ?*

CHAPITRE 47

John est mort d'une crise cardiaque en 1980. Il allait avoir cinquante ans. Cela n'avait aucun sens. Le plus athlétique et en forme d'entre nous, celui qui ne fumait pas, celui qui faisait de l'exercice tous les jours, il n'aurait pas dû être celui dont le cœur s'est arrêté. Mais la vie n'est pas juste. Et lorsqu'il nous a quittés, il a laissé un gigantesque vide dans nos existences.

Connor avait cinq ans. Il était difficile de lui expliquer où était parti oncle John. Il était encore plus difficile de lui expliquer pourquoi son père avait autant de chagrin. Durant des semaines, Harry est à peine parvenu à sortir de son lit. Quand il le faisait, c'était pour boire du bourbon. Il était rarement sobre, toujours sombre, et souvent désagréable.

Celia a été photographiée en larmes, les yeux injectés de sang, entrant dans sa roulotte alors qu'elle tournait en Arizona. J'avais envie de la tenir dans mes bras. Je voulais que nous nous aidions tous à traverser cette épreuve. Mais je savais que ce n'était pas à l'ordre du jour.

Je pouvais toutefois aider Harry. Connor et moi sommes donc restées avec lui à son appartement tous les jours. Elle dormait dans sa chambre là-bas. Je dormais dans celle de Harry, sur le canapé. Je veillais à ce qu'il mange. Je veillais à ce qu'il fasse sa toilette. Je veillais à ce qu'il joue à faire semblant avec sa fille.

Un matin, je me suis levée pour trouver Harry et Connor tous les deux dans la cuisine. Connor se versait un bol de céréales tandis que Harry était debout en bas de pyjama, regardant par la fenêtre. Il avait un verre vide à la main. Lorsqu'il s'est détourné de la vue pour reporter son attention sur sa fille, j'ai dit :

—Bonjour.

Et Connor a dit :

—Papa, pourquoi est-ce que tes yeux sont mouillés ?

Je ne savais pas vraiment s'il avait pleuré, ou s'il en était déjà à plusieurs verres si tôt le matin.

Aux funérailles, je portais une Halston vintage noire. Harry était en costume noir avec une chemise noire, une cravate noire, une ceinture noire, et des chaussettes noires. Le deuil ne s'est jamais effacé de son visage. Sa douleur, gutturale et profonde, ne cadrait pas avec l'histoire que nous avions servie à la presse, selon laquelle Harry et John étaient amis, que Harry et moi étions amoureux. Ni le fait que John ait légué la maison à Harry. Mais, à l'encontre de mon instinct, je n'ai pas encouragé Harry à cacher ses sentiments ni à refuser la maison. Il me restait très peu d'énergie pour essayer de cacher qui nous étions. J'avais trop bien appris que la douleur était parfois plus forte que le besoin de sauver les apparences.

Celia était là, dans une robe courte noire à manches longues. Elle ne m'a pas dit bonjour. Elle m'a à peine regardée. Je l'ai dévisagée, mourant d'envie d'aller lui prendre la main. Mais je n'ai pas fait un pas dans sa direction. Je n'allais pas me servir de cette perte que vivait Harry pour apaiser la mienne. Je n'allais pas inciter Celia à me parler. Pas dans ce contexte.

Harry a retenu ses larmes quand le cercueil de John a été mis en terre. Celia est partie. Connor m'a regardée la regarder et a demandé :

—Maman, qui est cette dame ? Je crois que je la connais.

—C'est vrai, chérie. Tu l'as connue.

Puis Connor, mon adorable petite fille, m'a dit :

—C'est celle qui meurt dans ton film.

Et je me suis aperçue qu'elle ne se souvenait pas du tout de Celia. Elle l'identifiait dans *Les Quatre Filles du docteur March*.

— C'est la gentille. Celle qui veut que tout le monde soit heureux, a-t-elle ajouté.

J'ai su à ce moment précis que la famille que j'avais fondée s'était véritablement désintégrée.

ALORS VOILÀ

3 juillet 1980

CELIA ST JAMES ET JOAN MARKER, LES MEILLEURES AMIES

Celia St James et la nouvelle venue à Hollywood Joan Marker sont devenues le sujet de conversation de toute la ville ces derniers temps ! Marker, plus connue pour le virage vers la célébrité qu'elle a pris dans *Promets-moi* l'année dernière, devient rapidement la *it girl* de la saison. Et qui de mieux pour lui montrer les ficelles du métier que la Fiancée de l'Amérique ? Aperçues ensemble en plein shopping à Santa Monica et déjeunant ici et là à Beverly Hills, ces deux-là ne semblent jamais en avoir assez l'une de l'autre.

Nous espérons chaudement que cela signifie que le duo prévoit un film en collaboration, car ce serait un exploit d'interprétations !

CHAPITRE 48

Je savais que la seule façon pour Harry de reprendre le cours de sa vie était de remplir son quotidien de Connor et de travail. En ce qui concernait Connor, c'était facile. Elle adorait son père. Elle souhaitait son attention chaque seconde de la journée. À mesure qu'elle grandissait, elle ressemblait encore plus à Harry, avec ses yeux bleu givre et sa grande et large carrure. Et lorsqu'il était avec elle, il s'arrêtait de boire. Il se souciait d'être un bon père, et il savait qu'il avait la responsabilité d'être sobre pour elle.

Mais quand il rentrait à son propre domicile le soir, un fait toujours secret pour le monde extérieur, je savais qu'il buvait jusqu'à s'endormir. Les jours où il n'était pas avec nous, il ne sortait même pas de son lit.

Le travail était donc ma seule option. Je devais trouver quelque chose qu'il aimerait. Il fallait que ce soit un scénario pour lequel il se passionnerait et contenant un grand rôle pour moi. Pas seulement parce que je désirais un grand rôle, mais aussi parce que Harry ne ferait rien pour lui-même. Mais il *ferait* n'importe quoi s'il croyait que j'en avais besoin.

Alors j'ai lu des scénarios. Des centaines de scénarios au fil des mois. Et puis, Max Girard m'en a envoyé un qu'il avait du mal à concrétiser. Il était intitulé *Tout pour nous*. C'était l'histoire d'une mère célibataire qui déménage à New York pour essayer de subvenir aux besoins de ses trois enfants et poursuivre ses rêves. Ça parlait de tenter de joindre les deux bouts dans cette ville dure et froide, mais également d'espoir, et de l'audace de croire que vous méritez plus. Deux angles qui, je le savais, séduiraient Harry. Et le rôle de Renee, la mère, était honnête, vertueux, et puissant. Je l'ai présenté à Harry en le suppliant de le lire. Quand il a essayé de l'esquiver, j'ai dit :

— Je pense que ça va enfin me valoir mon Oscar.

C'est ce qui l'a incité à le prendre.

J'ai adoré tourner *Tout pour nous*. Et ce n'était pas parce que j'ai finalement remporté cette foutue statuette pour le film, ni parce que je me suis encore plus rapprochée de Max Girard sur le plateau. Non, j'ai adoré tourner *Tout pour nous*, parce que si ça n'a pas amené Harry à lâcher la bouteille, ça l'a quand même sorti de son lit.

Quatre mois après la sortie du film, Harry et moi sommes allés ensemble aux Oscars. Max Girard y assistait accompagné d'un mannequin nommé Bridget Manners, mais il avait blagué, des semaines avant la cérémonie, sur le fait que tout ce qu'il désirait, c'était d'y aller avec moi, de m'avoir à son bras. Il s'était même mis à dire pour plaisanter qu'étant donné tous les hommes que j'avais épousés il était dévasté de n'en avoir jamais fait partie. Je devais admettre que Max devenait vite une personne dont je me sentais réellement proche. Alors, si techniquement il fréquentait bien quelqu'un, j'ai eu l'impression, tandis que nous étions tous assis ensemble au premier rang, que j'étais là avec les deux hommes qui comptaient le plus pour moi.

Connor était retournée à l'hôtel, regardant la cérémonie à la télé avec Luisa. Plus tôt dans la journée, elle nous avait fait un dessin chacun à Harry et moi. Le mien était une étoile dorée. Celui de Harry était un éclair. Elle nous a dit que c'était pour nous porter bonheur. J'ai glissé le mien dans ma pochette. Harry a mis le sien dans sa poche de smoking.

Quand on a appelé les nommées pour la meilleure actrice, j'ai pris conscience que je n'avais jamais vraiment cru que je pouvais gagner. Avec l'Oscar viendraient certaines choses que j'avais toujours voulues : la crédibilité, la gravité. Et si je m'étudiais sincèrement de l'intérieur, je m'apercevais que je ne pensais *pas* receler de crédibilité ni de gravité.

Harry m'a serré la main tandis que Brick Thomas ouvrait l'enveloppe. Et alors, contre toute attente, il a prononcé mon nom. J'ai regardé droit devant moi, avec ma poitrine qui se soulevait, incapable d'assimiler ce que j'avais entendu. Et puis Harry m'a regardée en me disant :

— Tu as réussi.

Je me suis levée et l'ai pris dans mes bras. J'ai marché jusqu'à la scène, j'ai accepté l'Oscar que Brick me tendait, et je me suis posé la main sur le cœur, pour essayer d'en ralentir le rythme.

Lorsque les applaudissements se sont atténués, je me suis penchée vers le micro pour faire un discours à la fois prémédité et improvisé. J'ai tenté de me rappeler ce que je m'étais préparée à dire toutes les autres fois où j'avais pensé peut-être gagner.

— Merci, ai-je déclaré, en regardant au loin un océan de visages magnifiques et familiers. Merci non seulement pour cette récompense, que je chérirai à jamais, mais aussi pour m'avoir laissée travailler dans ce milieu. Ça n'a pas toujours été simple, et Dieu sait si j'ai fait un parcours chaotique, mais j'ai le sentiment d'avoir une chance tellement incroyable de vivre cette vie. Alors merci, non seulement à tous les producteurs avec qui j'ai collaboré depuis le milieu des années 1950 – oh, Seigneur, je trahis vraiment mon âge, là –, mais en particulier à mon producteur préféré, Harry Cameron. Je t'aime. J'aime notre enfant. Coucou, Connor. Va te coucher maintenant, mon ange. Il est tard. Et à tous les autres acteurs et actrices avec qui j'ai tourné, à tous les réalisateurs qui m'ont aidée à évoluer en tant qu'artiste, spécialement Max Girard, je te remercie. Au fait, je crois que ceci compte comme un tour de chapeau, Max. Et il y a aussi quelqu'un, quelque part, à qui je pense tous les jours.

Dix ans auparavant, j'aurais été bien trop effrayée de rajouter quoi que ce soit. J'aurais probablement été trop effrayée même de dire cela. Mais il fallait que je le lui dise. Même si je ne lui avais pas parlé depuis des années. Je devais lui montrer que j'étais encore amoureuse d'elle. Que je le serais toujours.

— Je sais qu'elle me regarde en ce moment, et j'espère qu'elle sait à quel point elle compte pour moi. Merci à tous. Merci.

Tremblante, je suis allée en coulisse et me suis ressaisie. J'ai parlé à des journalistes. J'ai reçu des félicitations. Et je suis retournée à ma place juste à temps pour voir Max gagner le prix du meilleur réalisateur, et Harry celui du meilleur film. Après cela, nous avons posé tous les trois pour un enchaînement de photos, le sourire jusqu'aux oreilles.

Nous avions grimpé tout en haut de la montagne, et, ce soir-là, nous avons planté nos drapeaux au sommet.

Chapitre 49

Vers 1 heure du matin, alors que Harry était déjà reparti à l'hôtel pour voir comment allait Connor, Max et moi nous trouvions dans la cour d'un manoir que possédait le directeur de la Paramount. Il y avait une fontaine ronde, qui projetait de l'eau dans le ciel nocturne. Max et moi étions assis, à nous émerveiller de ce que nous avions accompli ensemble. Sa limousine s'est arrêtée.

— Est-ce que je peux te ramener à ton hôtel ? a-t-il proposé.

— Où est ton rancard ?

Il a haussé les épaules.

— Je crains qu'elle n'ait été uniquement intéressée par le ticket d'entrée à la cérémonie.

Je me suis esclaffée.

— Pauvre Max.

— Pas « pauvre Max », a-t-il dit en secouant la tête. J'ai passé la soirée avec la plus belle femme du monde.

J'ai secoué la tête à mon tour.

— Tu exagères.

— Tu as l'air d'avoir faim. Monte donc dans la voiture. On va chercher des hamburgers.

— Des hamburgers ?

— Je suis sûr que même Evelyn Hugo mange un hamburger de temps en temps.

Max a ouvert la portière de la limousine et a attendu que je grimpe à l'intérieur.

—Votre carrosse, a-t-il dit.

J'avais envie de rentrer voir Connor. J'avais envie de regarder la manière dont sa bouche restait ouverte quand elle dormait. Mais, en vérité, l'idée de prendre un hamburger avec Max Girard ne paraissait pas si mal.

Quelques minutes plus tard, le chauffeur de la limousine essayait de se frayer un chemin dans le drive-in d'un *Jack in the Box*, et Max et moi avons estimé qu'il serait plus simple de sortir de la voiture et d'entrer dans le restaurant. Nous avons tous les deux fait la queue, moi dans ma robe de soie bleu marine, lui dans son smoking, derrière deux adolescents qui commandaient des frites. Et puis, lorsque nous sommes arrivés au comptoir, la caissière a crié comme si elle avait vu une souris.

—Oh, mon Dieu! a-t-elle dit. Vous êtes Evelyn Hugo.

J'ai ri.

—Je ne vois pas du tout de quoi vous parlez, ai-je rétorqué.

Au bout de vingt-cinq ans, cette réplique fonctionnait encore à chaque fois.

—C'est vous. Evelyn Hugo.

—N'importe quoi.

—C'est le plus beau jour de ma vie, a-t-elle déclaré, avant d'appeler derrière elle. Norm, il faut que tu viennes voir ça. Evelyn Hugo est ici. En robe de soirée.

Max s'est mis à rire, tandis que de plus en plus de gens nous observaient. Je commençais à me sentir comme un animal en cage. C'est une chose à laquelle vous ne vous habituez jamais vraiment, des dizaines d'yeux rivés sur vous dans un espace restreint. Quelques-unes des personnes en cuisine se sont avancées pour me dévisager.

—La moindre chance que nous ayons deux hamburgers? a demandé Max. Un supplément fromage sur le mien, s'il vous plaît.

Tout le monde l'a ignoré.

—Est-ce que je peux avoir un autographe? a demandé la femme derrière le comptoir.

—Bien sûr, ai-je répondu gentiment.

J'espérais que ce serait bientôt terminé, que nous pourrions récupérer la nourriture et partir. J'ai commencé à signer des menus et des chapeaux en papier. J'ai signé quelques tickets de caisse.

—Nous devrions vraiment y aller, ai-je dit. Il est tard.

Mais personne ne s'est arrêté. Ils ont tous simplement continué de pousser des objets vers moi.

—Vous avez gagné un Oscar, a dit une dame âgée. Il y a seulement quelques heures. Je l'ai vu. Je l'ai vu de mes yeux vu.

—Oui, en effet, ai-je confirmé. (J'ai désigné Max avec le crayon que je tenais.) Lui aussi.

Max a salué de la main.

J'ai signé encore quelques autographes, serré encore quelques mains.

—OK, je dois vraiment y aller, ai-je dit.

Mais les gens s'attroupaient encore plus autour de moi.

—OK, a dit Max. Laissez la dame respirer.

J'ai regardé dans la direction de sa voix et je l'ai vu arriver vers moi, en fendant la foule. Il m'a tendu les hamburgers, m'a soulevée, balancée sur son épaule, et m'a portée directement du restaurant jusque dans la limousine.

—Waouh, ai-je dit lorsqu'il m'a reposée.

Il est monté à côté de moi. Il a pris le sac.

—Evelyn.

—Quoi?

—Je t'aime.

—Comment ça, tu m'aimes?

Il s'est penché, a écrasé les burgers, et m'a embrassée.

C'était comme si quelqu'un avait remis l'électricité en route dans un immeuble depuis longtemps abandonné.

Je n'avais pas été embrassée ainsi depuis que Celia m'avait quittée. Je n'avais pas été embrassée avec désir, ce genre de désir qui suscite le désir, depuis que l'amour de ma vie avait franchi la porte de notre appartement.

Et voilà qu'il y avait Max, deux burgers déformés entre nous, ses lèvres chaudes sur les miennes.

— C'est ça, que je veux dire, a-t-il répondu quand il s'est écarté de moi. Fais-en ce que tu veux.

Le lendemain matin, je me suis réveillée en oscarisée avec un trésor de six ans qui mangeait un petit déjeuner de room service dans mon lit.

On a frappé à la porte. J'ai attrapé ma robe de chambre. J'ai ouvert. Devant moi se trouvaient deux douzaines de roses rouges avec un mot disant :

« Je t'aime depuis que je t'ai rencontrée. J'ai essayé d'arrêter. Ça ne marchera pas. Quitte-le, ma belle. Épouse-moi. S'il te plaît. Tendres baisers, M. »

CHAPITRE 50

— Nous devrions nous arrêter là, dit Evelyn.

Elle a raison. Il se fait tard, et je me doute que j'ai un paquet d'appels manqués et d'e-mails auxquels répondre, y compris ce qui sera, je le sais déjà, un message vocal de David.

— OK, dis-je, en fermant mon bloc-notes et en stoppant l'enregistrement.

Evelyn rassemble des papiers et les tasses à café sales qui se sont accumulées au cours de la journée. Je consulte mon téléphone. Deux appels manqués de David. Un de Frankie. Un de ma mère. Je dis au revoir à Evelyn et me dirige vers la rue.

L'air est plus chaud que je ne m'y attendais, j'enlève donc mon manteau. Je sors mon portable de ma poche. J'écoute le message de ma mère en premier. Parce que je ne suis pas certaine d'être prête à découvrir ce que David a à dire. J'ignore ce que je *veux* qu'il dise et, par conséquent, je ne sais pas ce qui me décevra quand il ne le dira pas.

« Salut, chérie, dit ma mère. Je téléphone juste pour te rappeler que je serai là bientôt ! Mon avion arrive vendredi soir. Et je sais que tu vas insister pour me rejoindre à l'aéroport à cause de cette fois où je me suis perdue dans le métro, mais ne t'inquiète pas pour moi. Vraiment. Je peux trouver une solution pour me rendre à l'appartement de ma fille depuis JFK. Ou La Guardia. Oh, Seigneur, tu ne crois pas que j'ai accidentellement réservé le vol pour Newark, si ? Non, je n'ai pas fait ça quand même. Je n'aurais jamais fait ça. Bref, je suis tellement contente de te voir, mon petit chou. Je t'aime. »

J'ai le sourire aux lèvres avant même d'avoir écouté la fin de son message. Ma mère s'est perdue à New York à de nombreuses reprises, pas juste une fois. Et c'est toujours parce qu'elle refuse de prendre un taxi. Elle soutient qu'elle peut emprunter les transports en commun, même si elle est née et a été élevée à Los Angeles, et qu'elle n'a de ce fait aucune notion de la manière dont deux modes de transport se croisent. Par ailleurs, j'ai toujours détesté qu'elle m'appelle son petit chou. Surtout parce que nous savons, elle et moi, que c'est une référence à mon surpoids quand j'étais enfant ; j'avais l'air d'un chou saturé de crème.

Le temps que son message se termine et que j'aie fini de lui répondre par texto (*Trop hâte de te voir ! Je te rejoins à l'aéroport. Dis-moi juste lequel.*), je suis à la station de métro.

Je suis tentée d'attendre d'arriver à Brooklyn pour écouter le message de David. Et c'est presque ce que je fais. De très près. Mais au lieu de ça, je reste à l'extérieur de l'escalier et appuie sur LECTURE.

« Salut, dit-il, sa voix rocailleuse si familière. Je t'ai envoyé un texto. Mais je n'ai pas eu de nouvelles… Je suis à New York. Je suis à la maison. Je veux dire, je suis là, à l'appartement. Notre appartement. Ou… ton appartement. Peu importe. Je suis là. Je t'attends. Je sais que je te préviens à la dernière minute, mais je me dis qu'on devrait discuter de la situation. Tu ne crois pas qu'on a encore des choses à se dire ? Bon, je radote maintenant, alors je vais te laisser. Mais avec un peu de chance, je te vois bientôt. »

Quand le message est terminé, je descends en trombe l'escalier, je passe ma carte sur la borne, et me faufile dans le train à l'instant où celui-ci part. Je me tasse dans la voiture bondée et essaie de me calmer tandis que les arrêts défilent dans un vrombissement.

Mais qu'est-ce qu'il fout à la maison ?

Je sors du train et me dirige vers la rue. J'enfile mon manteau quand je suis saisie par l'air frais. Brooklyn paraît plus froid que Manhattan ce soir. Je m'efforce de ne pas courir à mon appartement. Je m'efforce de rester impassible, posée.

Tu n'as pas besoin de te précipiter, me dis-je.

Par ailleurs, je n'ai pas envie d'arriver à court d'haleine, et je ne tiens pas à saccager ma coiffure.

Je traverse l'entrée principale et gravis l'escalier.

Je glisse la clé dans ma porte.

Et le voilà.

David.

Dans ma cuisine, faisant la vaisselle comme s'il vivait là.

—Salut, dis-je, en le dévisageant.

Il est exactement le même. Les yeux bleus, des cils épais, les cheveux très courts. Il porte un tee-shirt bordeaux chiné et un jean gris foncé.

Quand nous nous sommes rencontrés, tandis que nous tombions amoureux, je me rappelle avoir pensé que le fait qu'il soit blanc simplifiait les choses parce qu'il ne me dirait jamais que je n'étais pas assez Noire. Je pense à Evelyn la première fois où elle a entendu sa bonne parler espagnol.

Je me rappelle avoir pensé que le fait qu'il ne soit pas très cultivé induisait qu'il ne me considérerait jamais comme un mauvais écrivain. Je pense à Celia disant à Evelyn qu'elle n'était pas bonne actrice.

Je me rappelle avoir pensé que le fait que je sois la plus attirante des deux me réconfortait, car je croyais que cela induisait qu'il ne partirait jamais. Je pense à la façon dont Don a traité Evelyn malgré le fait qu'elle soit, sans doute, la plus belle femme du monde. Evelyn s'est montrée à la hauteur de tous ces défis. Mais, en regardant David à présent, je vois bien que j'ai refusé de relever les miens. Peut-être toute ma vie.

—Salut, dit-il.

Je ne peux m'empêcher de cracher les mots. Je n'ai ni le temps, ni l'énergie, ni la retenue pour les organiser convenablement ou les exprimer avec légèreté.

—Qu'est-ce que tu fais ici? demandé-je.

David range le bol qu'il a en main dans le placard puis se retourne vers moi.

—Je suis revenu mettre deux ou trois choses à plat, dit-il.

—Et je suis une chose à mettre à plat?

Je pose mon sac dans le coin. Je retire mes chaussures d'un coup de talon.

—Tu es une chose que je dois corriger. J'ai commis une erreur. Je pense que nous en avons commis une tous les deux.

Pourquoi, jusqu'à cet instant, ne m'étais-je pas aperçue que le problème est ma propre confiance? Que la racine de la plupart de mes soucis est que j'ai besoin d'être assez rassurée sur qui je suis pour dire à quiconque qui n'apprécie pas ça d'aller se faire foutre? Pourquoi ai-je passé autant de temps à me contenter de moins quand je sais bien que le monde attend plus?

—Je n'ai commis aucune erreur, dis-je.

Et cet aveu me surprend tout autant, voire plus, que lui.

—Monique, nous agissions tous les deux impulsivement. J'étais contrarié que tu refuses de déménager à San Francisco. Parce que j'estimais avoir gagné le droit de te demander de te sacrifier pour moi, pour ma carrière.

Je commence à formuler une réponse, mais David poursuit.

—Et tu étais fâchée que je te demande de quitter New York, dès le départ, parce que les opportunités professionnelles y sont plus nombreuses qu'ailleurs. Mais… il y a d'autres manières de gérer la situation. On peut fonctionner en longue distance pendant un petit moment. Et, au final, je peux revenir habiter ici, ou toi t'installer à San Francisco plus tard.

Nous avons des options. C'est tout ce que je dis. Nous ne sommes pas obligés de divorcer. Nous ne sommes pas obligés de renoncer à tout ça.

Je m'assois sur le canapé, en me tripotant les mains tandis que je réfléchis. Maintenant qu'il le dit, je prends conscience de ce qui m'a tant attristée ces dernières semaines, de ce qui m'a rongée et m'a donné une sensation si terrible vis-à-vis de moi-même.

Il ne s'agit pas de rejet.

Et ce n'est pas du chagrin.

C'est un sentiment de défaite.

« Je n'avais pas le cœur brisé quand Don m'a quittée. J'avais juste le sentiment que mon mariage avait échoué. Et ce sont des choses très différentes. »

Evelyn a déclaré cela pas plus tard que la semaine dernière. Et je comprends à présent pourquoi ça m'a hantée. J'ai été sous le choc parce que j'ai échoué. Parce que je n'ai pas choisi le bon mec pour moi. Parce que je n'ai pas mis le pied dans le bon mariage. Parce que la vérité, c'est qu'à trente-cinq ans je n'ai pas encore aimé un homme au point de me sacrifier pour lui. Je n'ai pas encore ouvert mon cœur pour y faire autant entrer quelqu'un.

Certains mariages ne sont pas si formidables que ça en vérité. Certains amours ne sont pas absolus. Parfois, vous vous séparez parce que vous n'étiez pas si bien ensemble pour commencer. Parfois, le divorce n'est pas une perte fracassante. Parfois, il s'agit juste de deux personnes qui se réveillent avec l'impression d'émerger d'un épais brouillard.

— Je ne pense pas... Je pense que tu devrais rentrer chez toi à San Francisco, lui dis-je enfin. (David vient me rejoindre sur le canapé.) Et je pense que je devrais rester ici. Et je ne pense pas qu'un mariage longue distance soit le bon plan. Je pense... je pense que le divorce est la meilleure solution.

— Monique...

—Je suis désolée, dis-je tandis qu'il me prend la main. Je regrette de ressentir ça. Mais je suspecte qu'en ton for intérieur tu le penses aussi. Parce que tu n'es pas venu ici pour me dire combien je te manque. Ni combien c'est dur de vivre sans moi. Tu as juste dit que tu ne voulais pas renoncer. Et écoute, moi non plus, je ne veux pas renoncer. Je ne veux pas échouer. Mais ce n'est pas vraiment une super bonne raison de rester ensemble. Nous devrions avoir des raisons *pour lesquelles* nous ne voulons pas renoncer. Ce ne devrait pas se résumer *au fait* que nous refusons la perspective de l'échec. Et je ne… je n'en ai aucune.

Je ne sais pas trop comment le formuler délicatement. Alors je me contente de le dire.

—Je n'ai jamais eu l'impression que tu sois mon autre moitié.

Quand David se lève du canapé, je m'aperçois que je m'attendais à ce que nous restions assis là à discuter un long moment. Et lorsqu'il enfile sa veste, je devine qu'il s'attendait probablement à dormir là ce soir.

Mais une fois qu'il a la main sur la poignée de la porte, je m'aperçois que j'ai mis un terme à une vie médiocre dans le but d'en trouver finalement une qui soit fabuleuse.

—J'espère qu'un jour tu tomberas sur quelqu'un qui te donne l'impression d'être ton autre moitié, j'imagine, dit David.

Comme Celia.

—Merci. J'espère que tu trouveras ça aussi.

David esquisse un sourire qui ressemble davantage à un sourcillement. Et puis il s'en va.

Lorsque vous terminez un mariage, vous êtes censé en perdre le sommeil, non ? Mais pas moi. Je dors libre pour la première fois depuis bien longtemps.

Je reçois un appel de Frankie le lendemain matin au moment même où je prends place chez Evelyn. Je caresse l'idée de le transférer sur messagerie, mais ça tourbillonne déjà beaucoup trop dans mon cerveau. Ajouter *rappeler Frankie* pourrait me pousser à bout. Mieux vaut gérer ça maintenant. L'avoir derrière moi.

—Salut, Frankie, dis-je.

—Salut! répond-elle d'une voix légère, presque enjouée. Alors, nous devons programmer les photographes. Je suppose qu'Evelyn voudra qu'ils la rejoignent là-bas à l'appart?

—Oh, c'est une bonne question. Une seconde. (Je coupe le son de mon téléphone et me tourne vers Evelyn.) On me demande quand et où vous souhaitez faire la séance photo.

—Ici, ça ira. Disons vendredi.

—C'est dans trois jours.

—Oui, je crois que vendredi vient après jeudi. J'ai bon?

Je souris et secoue la tête vers elle, puis reprends Frankie.

—Evelyn dit ici à son appart vendredi.

—Fin de matinée, peut-être, précise Evelyn. Onze heures.

—Onze heures, c'est cool? dis-je à Frankie.

Elle accepte.

—Absolument fantastique!

Je raccroche et regarde Evelyn.

—Vous voulez faire une séance photo dans trois jours?

—Non, *vous* voulez que je fasse une séance photo, vous vous souvenez?

—Mais vous êtes sûre pour vendredi?

—Nous aurons fini d'ici là, dit-elle. Vous allez devoir bosser encore plus tard que d'habitude. Je veillerai à ce que Grace ait ces muffins que vous aimez tant, et le café de chez *Peet* qui a, je le sais, votre préférence.

—OK. Ça me va, mais on a encore du pain sur la planche.

— Ne vous inquiétez pas. Nous aurons terminé d'ici vendredi.

Quand je la regarde d'un air sceptique, elle ajoute :

— Vous devriez vous réjouir, Monique. Vous allez obtenir vos réponses.

CHAPITRE 51

Q uand Harry a lu le mot que Max m'avait envoyé, il en est resté muet de stupéfaction. Au début, j'ai cru avoir blessé ses sentiments en le lui montrant. Mais ensuite, je me suis rendu compte qu'il réfléchissait.

Nous avions amené Connor dans une aire de jeux à Coldwater Canyon à Beverly Hills. Notre avion retour pour New York décollait quelques heures plus tard. Connor s'amusait sur les balançoires pendant que Harry et moi la regardions.

— Ça ne changerait rien entre nous, a-t-il dit. Si nous divorcions.

— Mais, Harry…

— John est parti. Celia est partie. Il est inutile de se cacher derrière des doubles rancards. Rien ne changerait.

— *Nous* changerions, ai-je répliqué, en observant Connor qui poussait ses jambes plus fort, se balançait plus haut.

Harry la regardait à travers ses lunettes de soleil, en lui souriant. Il lui a fait signe.

— Bien joué, chérie, a-t-il crié. N'oublie pas de garder les mains bien serrées sur les chaînes si tu comptes aller aussi haut.

Il avait commencé à contrôler un peu sa boisson. Il avait appris à choisir soigneusement les moments où il se permettait ce plaisir. Et il ne laissait jamais rien interférer avec son travail ni sa fille. Mais je m'inquiétais malgré tout de ce qu'il ferait s'il se retrouvait trop livré à lui-même.

Il s'est tourné vers moi.

—Nous ne changerions pas, Ev. Je te le promets. Je vivrais dans ma maison, exactement comme aujourd'hui. Tu vivrais dans la tienne. Je passerais tous les jours. Connor dormirait chez moi les nuits qu'elle voudrait. En fait, d'un point de vue extérieur, ce serait peut-être plus sensé. Les gens vont commencer à se demander assez vite pourquoi nous possédons deux maisons distinctes.

—Harry…

—Tu fais ce que tu veux. Si tu n'as pas envie d'être avec Max, ne le fais pas. Je dis juste que nous avons d'assez bonnes raisons de divorcer. Et pas beaucoup d'inconvénients, à part que je ne t'appellerai plus mon épouse, ce dont j'ai toujours été si fier. Mais nous serons encore ce que nous avons toujours été. Une famille. Et… Je crois qu'il serait bon pour toi de tomber amoureuse de quelqu'un. Tu mérites d'être aimée de cette manière.

—Toi aussi.

Harry a souri avec tristesse.

—J'ai connu mon amour. Et il est parti. Mais pour toi, je pense qu'il est temps. Ce sera peut-être Max, peut-être pas. Mais tu devrais être avec quelqu'un.

—Je n'aime pas l'idée de divorcer de toi, ai-je dit. Aussi insignifiant que cela puisse être en vérité.

—Papa, regarde, a dit Connor.

Elle a lancé ses jambes en l'air, s'est balancée haut, avant de sauter en atterrissant sur les pieds. Elle m'a presque causé une crise cardiaque.

Harry s'est esclaffé.

—Remarquable! (Il s'est retourné vers moi.) Désolé. C'est peut-être bien moi qui lui ai appris ça.

—Je m'en doutais.

Connor est remontée sur la balançoire, et Harry s'est penché vers moi et a mis son bras autour de mes épaules.

— Je sais que tu n'aimes pas l'idée de divorcer de moi, a-t-il dit. Mais je pense par contre que tu aimes l'idée d'épouser Max. Sinon, je ne crois pas que tu te serais donné la peine de me montrer ce mot.

— Est-ce que tu es vraiment sérieux là-dessus ? ai-je demandé.

Max et moi étions de retour à New York, à son appartement. Cela faisait trois semaines qu'il m'avait avoué m'aimer.

— Je suis très sérieux. Quelle est l'expression ? Aussi sérieux que le cancer ?

— Qu'un infarctus.

— Bien. Je suis aussi sérieux qu'un infarctus.

— Nous nous connaissons à peine.

— Nous nous connaissons depuis 1960, *ma belle*. Tu ne te rends simplement pas compte du temps qui s'est écoulé. Cela fait plus de vingt ans.

J'étais au milieu de ma quarantaine. Max était plus âgé de quelques années. Avec une fille et un faux mari, je pensais que retomber amoureuse était hors de question pour moi. Je ne savais pas trop comment cela arriverait un jour.

Et voilà que se présentait un homme, séduisant, que j'aimais plutôt bien, avec qui je partageais une histoire, qui disait m'aimer.

— Tu suggères donc que je quitte Harry ? Juste comme ça ? À cause de ce que nous suspectons d'exister entre nous ?

Max m'a regardée en sourcillant.

— Je ne suis pas aussi stupide que tu le crois, a-t-il dit.

— Je ne crois pas du tout que tu sois stupide.

— Harry est homosexuel, a-t-il rétorqué.

J'ai senti mon corps se recroqueviller, aussi loin que possible de lui.

— Je ne vois pas du tout de quoi tu parles.

Max a ri.

—Cette réplique n'a pas fonctionné au fast-food, et elle ne fonctionnera pas maintenant non plus.

—Max…

—Est-ce que tu apprécies de passer du temps avec moi ?

—Bien sûr que oui.

—Et n'es-tu pas d'accord pour dire que nous nous comprenons, artistiquement parlant ?

—Bien sûr.

—Ne t'ai-je pas dirigée dans trois des films les plus importants de ta carrière ?

—Si.

—Et crois-tu que ce soit un hasard ?

J'y ai réfléchi.

—Non, ai-je répondu. Ce n'en est pas un.

—Non. C'est parce que je te *vois*. C'est parce que je te veux à en avoir mal. C'est parce que, dès la seconde où j'ai posé les yeux sur ton corps, le mien s'est empli de désir pour toi. C'est parce que je suis tombé amoureux de toi depuis des décennies. La caméra te voit comme je te vois. Et quand cela se produit, tu t'envoles.

—Tu es un réalisateur talentueux.

—Oui, bien sûr. Mais uniquement parce que tu m'inspires. Toi, mon Evelyn Hugo, tu es le talent qui alimente chaque film dans lequel tu joues. Tu es ma muse. Et moi, ton chef d'orchestre. Je suis la personne qui fait ressortir ton travail le plus fabuleux.

J'ai respiré profondément, en méditant ce qu'il disait.

—Tu as raison. Tu as absolument raison.

—Je ne vois rien de plus érotique que cela, a-t-il dit. Que d'être l'inspiration l'un de l'autre.

Il s'est penché près de moi. Je pouvais sentir sa chaleur sur ma peau.

—Et je ne vois rien de plus lourd de sens que la façon dont nous nous comprenons. Tu devrais quitter Harry. Ça irait pour lui. Personne ne sait ce qu'il est et, même dans le cas contraire, personne n'en parle. Il n'a plus besoin que tu le protèges. *Moi* j'ai besoin de toi, Evelyn. J'ai si affreusement besoin de toi, m'a-t-il chuchoté à l'oreille.

La tiédeur de son souffle, la façon dont sa barbe naissante m'a frotté la joue, m'ont éveillée.

Je me suis saisie de lui. Je l'ai embrassé. J'ai enlevé ma chemise. Je lui ai arraché la sienne. J'ai défait la ceinture de son pantalon, en projetant la boucle. J'ai brutalement ouvert les boutons de mon jean. Je me suis pressée contre lui.

À la manière dont il s'est à son tour emparé de moi, dont il bougeait, il était évident qu'il avait très envie de moi, qu'il ne croyait pas la chance qu'il avait de me toucher. Quand j'ai repoussé les bretelles de mon soutien-gorge et que j'ai exposé mes seins, il m'a regardée dans les yeux et a ensuite placé les mains sur ma poitrine comme s'il avait mis au jour un trésor caché.

C'était si bon. D'être touchée de la sorte. De libérer mon désir. Il s'est allongé sur le canapé, et je me suis assise sur lui, en remuant comme j'en avais envie, prenant de lui ce dont j'avais besoin, éprouvant du plaisir pour la première fois depuis des années. C'était comme une oasis dans le désert.

Après cela, je ne voulais pas m'éloigner de lui. Je voulais être pour toujours à ses côtés.

—Tu serais un beau-père, ai-je dit. Est-ce que tu comprends ça?

—J'adore Connor. J'adore les enfants. Alors pour moi, c'est un avantage.

—Et Harry sera toujours dans les parages. Il ne partira jamais. Il fait partie des meubles.

—Il ne me dérange pas. J'ai toujours apprécié Harry.

— Je voudrais rester vivre dans ma maison. Pas ici. Je ne vais pas déraciner Connor.

— Bien, a-t-il dit.

Je me suis tue. Je ne savais pas exactement ce que je voulais. Sauf que je voulais plus de lui. Je voulais encore ce que je venais de vivre avec lui. Je l'ai embrassé. J'ai gémi. Je l'ai installé sur moi. J'ai fermé les yeux et, pour la première fois depuis des années, je n'ai pas vu Celia.

— Oui, ai-je dit pendant qu'il me faisait l'amour. Je vais t'épouser.

DÉCEVANT
MAX GIRARD

◇◇◇

ALORS VOILÀ

11 juin 1982

EVELYN HUGO DIVORCE DE HARRY CAMERON, POUR ÉPOUSER LE RÉALISATEUR MAX GIRARD

Evelyn Hugo est du genre à convoler! Après quinze ans de mariage, le producteur Harry Cameron et elle se séparent. Ils sortent tout juste d'une série de succès, remportant tous deux l'or des Oscars un peu plus tôt cette année pour leur film *Tout pour nous*.

Mais certaines sources déclarent qu'Evelyn et Harry sont séparés depuis un bout de temps. Leur union est devenue guère plus qu'une amitié au cours des quelques dernières années. On dit que Harry vit dans la maison de leur ami défunt John Braverman, un peu plus loin dans la même rue qu'Evelyn.

Pendant cette période, Evelyn a dû commencer à apprécier Max Girard, qui l'a dirigée sur *Tout pour nous*. Ils ont annoncé des projets de mariage. Seul le temps nous dira si Max est le ticket gagnant pour emmener Evelyn vers le bonheur. Mais ce que nous savons, par contre, c'est qu'il sera le mari numéro six.

CHAPITRE 52

Max et moi nous sommes mariés à Joshua Tree, en présence de Connor, Harry, et du frère de Max, Luc. Au départ, Max avait suggéré Saint-Tropez ou Barcelone pour notre mariage et notre lune de miel. Mais nous venions tous les deux de finir des films tournés à Los Angeles, et l'idée m'a paru plaisante, juste nous en petit comité dans le désert.

Je ne me suis pas mariée en blanc, ayant depuis longtemps cessé de feindre l'innocence. À la place, je portais une robe longue bleu océan, mes cheveux blonds très légèrement effilés. J'avais quarante-quatre ans. Connor portait une fleur dans les cheveux. Harry se tenait à côté d'elle, en pantalon élégant et chemise à col boutonné. Max, mon futur époux, était vêtu de lin blanc. Nous avons plaisanté sur le fait que ce soit son premier mariage, il devait donc être celui qui portait du blanc.

Ce soir-là, Harry et Connor ont repris l'avion pour New York. Luc a fait de même pour rentrer chez lui à Lyon. Max et moi avons dormi dans un chalet, une rare nuit seuls. Nous avons fait l'amour sur le lit, sur le bureau et, au milieu de la nuit, sur le porche, à la lumière des étoiles.

Le matin, nous avons mangé du pamplemousse et joué aux cartes. Nous avons zappé à la télé. Nous avons ri. Nous avons parlé des films que nous adorions, de ceux que nous avions tournés, de ceux que nous voulions faire. Max a déclaré qu'il avait une idée de film d'action dont je serais la vedette. Je lui ai dit que je n'étais pas sûre d'être capable de jouer ce genre de rôle.

—J'ai la quarantaine, Max.

Nous marchions dans le désert, le soleil tapait. J'avais oublié l'eau dans le chalet.

—Tu n'as pas d'âge, m'a-t-il dit, en soulevant du sable avec les pieds tandis que nous avancions. Tu peux tout faire. Tu es Evelyn Hugo.

—Je suis Evelyn, ai-je rectifié. (Je me suis immobilisée, lui ai pris la main.) Tu n'es pas obligé de m'appeler en permanence Evelyn Hugo.

—Mais c'est ce que tu es. Tu es *la* grande Evelyn Hugo. Tu es extraordinaire.

J'ai souri et je l'ai embrassé. J'étais si soulagée de me sentir aimée, de ressentir de l'amour. J'étais si exaltée de vouloir être de nouveau avec quelqu'un. Je pensais que Celia ne me reviendrait jamais. Mais Max, il était là. Il était à moi.

Lorsque nous sommes retournés au chalet, nous étions tous les deux couverts de coups de soleil et déshydratés. Je nous ai préparé de la gelée avec du beurre de cacahouètes pour le dîner, et nous nous sommes assis au lit devant les infos. C'était si paisible. Rien à prouver, rien à cacher.

Nous nous sommes endormis, avec Max qui me tenait dans ses bras. Je sentais son cœur battre contre mon dos.

Mais le lendemain matin, quand je me suis réveillée, avec les cheveux en bataille et l'haleine chargée, j'ai regardé vers lui, en m'attendant à voir un sourire sur son visage. Au lieu de ça, il paraissait stoïque, comme s'il avait fixé le plafond depuis des heures.

—À quoi penses-tu? ai-je demandé.

—À rien.

Les poils de son torse grisonnaient. Je trouvais que ça lui donnait un air majestueux.

—Qu'est-ce qu'il y a? Tu peux me le dire.

391

Il s'est tourné face à moi. J'ai arrangé mes cheveux, quelque peu gênée de mon apparence négligée. Il a reporté son attention sur le plafond.

—Ce n'est pas comme je l'imaginais.

—Qu'est-ce que tu imaginais?

—Toi. J'imaginais la gloire d'une vie avec toi.

—Et maintenant, ce n'est plus le cas?

—Non, ce n'est pas ça, a-t-il dit en secouant la tête. Est-ce que je peux être honnête? Je crois que je déteste le désert. Il y a trop de soleil et rien de bon à manger, et pourquoi sommes-nous ici? Nous sommes des gens de la ville, mon amour. Nous devrions rentrer chez nous.

J'ai ri, soulagée que ce ne soit rien d'autre.

—Il nous reste trois jours ici, ai-je dit.

—Oui, oui, je sais, *ma belle*, mais s'il te plaît, rentrons à la maison.

—En avance?

—On peut prendre une chambre au Waldorf pendant quelques jours. Plutôt qu'ici.

—OK. Si tu es sûr de toi.

—Je le suis.

Et puis il s'est levé et a pris une douche.

Plus tard, à l'aéroport, alors que nous attendions d'embarquer, Max est allé acheter quelque chose à lire pendant le vol. Il est revenu avec le magazine *People*, et m'a montré le compte rendu de notre mariage. On m'appelait la «bombe audacieuse», et Max mon «chevalier blanc».

—Assez cool, non? s'est-il réjoui. On a des airs de famille royale. Tu es tellement belle sur cette photo. Mais évidemment. C'est ce que tu es.

J'ai souri, mais tout ce qui m'est venu à l'esprit, c'est la fameuse phrase de Rita Hayworth. «Les hommes vont au lit avec Gilda, mais se réveillent avec moi.»

—Je pense que je vais peut-être perdre quelques kilos, a-t-il dit, en se tapotant le ventre. Je veux être beau pour toi.

—Tu *es* beau. Tu l'as toujours été.

—Non, a-t-il répliqué en secouant la tête. Regarde cette image qu'ils ont de moi. On dirait que j'ai trois mentons.

—C'est juste une mauvaise photo. Tu es merveilleux en vrai. Je ne changerais pas la moindre chose chez toi, sincèrement.

Mais Max n'écoutait pas.

—Je pense que je vais arrêter de manger des aliments frits. Je suis devenu trop américain, tu ne trouves pas ? Je veux être séduisant pour toi.

Mais il ne voulait pas dire séduisant pour *moi*. Il voulait dire séduisant pour les photos qu'il prendrait *avec* moi.

Mon cœur s'est légèrement fendu quand nous avons embarqué. La brèche n'a fait que s'ouvrir un peu plus tandis que je le regardais lire le magazine pendant le vol.

Juste avant l'atterrissage, un homme voyageant en classe éco est venu en première pour utiliser les toilettes, et a jeté un deuxième coup d'œil en me voyant. Quand il est parti, Max s'est tourné vers moi en souriant, et m'a demandé :

—Tu crois que tous ces gens vont rentrer chez eux et raconter à tout le monde qu'ils étaient dans un avion avec Evelyn Hugo ?

Au moment où il a fini sa question, mon cœur s'était complètement déchiré en deux.

Il m'a fallu environ quatre mois pour prendre conscience que Max n'avait aucune intention d'*essayer* même de m'aimer, qu'il était seulement capable d'aimer l'*idée* d'être avec moi. Et puis, après ça, cela semble extrêmement stupide à dire, mais je ne voulais pas le quitter, parce que je ne voulais pas divorcer.

Jusque-là, je n'avais épousé qu'un homme que j'aimais. C'était seulement la seconde fois que je me lançais dans un mariage en croyant qu'il pourrait durer. Et, après tout, je n'avais pas quitté Don. C'était lui qui m'avait quittée.

Avec Max, je pensais que quelque chose pourrait changer, qu'il y aurait peut-être un déclic, un élément qui l'amènerait à me voir telle que j'étais vraiment et à m'aimer pour ça. Je pensais pouvoir éventuellement aimer assez le vrai Max pour qu'il se mette à aimer la vraie Evelyn. Je pensais pouvoir enfin vivre un mariage qui aurait du sens avec quelqu'un. Mais cela n'est jamais arrivé. Au lieu de ça, Max m'a exhibée partout en ville comme le trophée que j'étais. Tout le monde voulait Evelyn Hugo, et Evelyn Hugo le voulait, lui.

Cette fille dans *Boute-en-Train* les a tous fascinés. Même l'homme qui l'a créée. Et je ne savais pas comment lui dire que j'aimais cette fille, moi aussi. Mais je n'étais pas elle.

CHAPITRE 53

En 1988, Celia a joué le rôle de lady Macbeth dans une adaptation au cinéma. Elle aurait pu se proposer pour la meilleure actrice. Il n'y avait pas d'autre actrice avec un plus grand rôle qu'elle dans le film. Mais elle a dû présenter sa candidature pour le meilleur second rôle, car lorsque le scrutin est paru, c'était dans cette catégorie qu'elle était nommée. Je savais qu'elle avait fait ce choix. Elle était à ce point intelligente.

Naturellement, j'ai voté pour elle. Quand elle a gagné, j'étais à New York avec Connor et Harry. Max était allé seul à la cérémonie cette année-là. Cela a été un motif de querelle entre nous. Il me voulait à ses côtés, mais je voulais passer la soirée avec ma famille, pas en fourreau gainant et talons de quinze centimètres.

Par ailleurs, si je suis entièrement honnête, j'avais cinquante ans. Il y avait toute une nouvelle génération d'actrices avec qui rivaliser. Elles étaient toutes ravissantes, avec la peau lisse et les cheveux brillants. Lorsque vous êtes connue pour votre beauté, vous ne pouvez imaginer endurer pire sort que de vous tenir près de quelqu'un et ne pas être à la hauteur. Combien j'avais jadis été jolie importait peu. L'horloge tournait, et tout le monde pouvait le constater.

Mes rôles commençaient à se tarir. On me proposait d'interpréter des mères de grands rôles offerts à des femmes ayant littéralement la moitié de mon âge. La vie à Hollywood est une courbe de Gauss, et j'avais prolongé mon temps au sommet de celle-ci le plus possible. J'avais duré plus longtemps que la majorité. Mais j'étais arrivée au tournant à présent. Et on ne faisait rien d'autre que me mettre au placard.

Alors non, je n'avais aucune envie d'aller aux Oscars. Au lieu de prendre l'avion jusqu'à Los Angeles et de passer la journée dans un fauteuil de maquillage, pour ensuite rentrer mon ventre et me tenir droite devant des centaines de caméras et des millions d'yeux, j'ai passé la journée avec ma fille.

Luisa était en vacances, et nous n'avions trouvé personne que nous appréciions pour la remplacer, Connor et moi avons donc fait un jeu de nettoyer la maison toute la journée. Nous avons préparé le dîner ensemble. Ensuite, nous avons fait du pop-corn et nous sommes assises avec Harry pour regarder Celia gagner.

Celia portait une robe en soie jaune à volants. Ses cheveux roux, à présent plus courts, étaient tirés en arrière dans un chignon. Elle était plus âgée, certes, mais n'avait jamais été plus époustouflante. Quand on a appelé son nom, elle est montée sur scène avec la grâce et la sincérité pour lesquelles le public l'avait toujours connue. Et juste au moment où elle allait quitter le micro, elle a ajouté :

— Et à celui ou celle qui tenterait d'embrasser son écran de télé ce soir, s'il vous plaît, ne vous cassez pas de dent.

— Maman, pourquoi est-ce que tu pleures ? m'a demandé Connor.

J'ai porté la main à mon visage, et je me suis aperçue que j'avais fondu en larmes. Harry m'a souri en me frottant le dos.

— Tu devrais l'appeler, a-t-il dit. Ce n'est jamais une mauvaise idée d'enterrer la hache de guerre.

Au lieu de ça, j'ai écrit une lettre.

Ma très chère Celia,

Félicitations ! C'est absolument mérité. Il ne fait aucun doute que tu es l'actrice la plus talentueuse de notre génération.
Je ne te souhaite rien plus qu'un bonheur total. Je n'ai pas embrassé la télé cette fois, mais je t'ai acclamée tout aussi bruyamment que les autres fois.

Avec tout mon amour,

~~Edward~~
Evelyn

Je l'ai envoyée avec la même sérénité qu'en jetant une bouteille à la mer. C'est-à-dire que je n'attendais aucune réponse. Mais, une semaine plus tard, il y en avait une. Une petite enveloppe carrée couleur crème qui m'était adressée.

Ma très chère Evelyn,

Lire ta lettre m'a donné l'impression d'aspirer une bouffée d'air après avoir été piégée sous l'eau. J'espère que tu me pardonneras d'être aussi directe, mais comment avons-nous fait un tel bordel de tout ça ? Et que signifie, alors que nous ne nous sommes pas parlé depuis une décennie, que j'entende encore ta voix dans ma tête chaque jour ?

Tendres baisers,

Celia

Ma très chère Celia,

J'assume la responsabilité de tous nos faux pas. J'ai été égoïste et irréfléchie. Je peux seulement espérer que tu as trouvé le bonheur ailleurs. Tu mérites d'être tellement heureuse. Et je suis désolée de ne pas avoir pu te procurer cela.

Avec mon amour,

Evelyn

Ma très chère Evelyn,

Tu donnes dans l'histoire révisionniste. Je manquais de confiance en moi, j'ai été mesquine et naïve. Je t'ai reproché les choses que tu as faites pour garder nos secrets. Mais en vérité, chaque fois que tu as empêché le monde extérieur de s'infiltrer dans notre vie, j'ai éprouvé un immense soulagement. Et tous mes moments les plus joyeux, c'est toi qui les as orchestrés. Je ne t'ai jamais assez rendu hommage pour cela. Nous étions toutes les deux à blâmer. Mais tu as toujours été la seule à t'excuser. S'il te plaît, laisse-moi rectifier ça maintenant : je suis désolée, Evelyn.

Avec mon amour,

Celia

P.-S. : J'ai regardé 3 heures du matin il y a quelques mois. C'est un film courageux, audacieux, important. J'aurais eu tort de l'entraver. Tu as toujours été tellement plus talentueuse que je ne te l'ai jamais accordé.

Ma très chère Celia,

Crois-tu que les amantes puissent être un jour amies ? Je déteste songer aux années que nous avons gâchées en persistant à ne pas se parler.

Avec mon amour,

Evelyn

Ma très chère Evelyn,

Est-ce que Max est comme Harry ? Comme Rex ?

Avec mon amour,

Celia

Ma très chère Celia,

Je suis navrée de te dire que « non ». Il est différent. Mais j'ai désespérément envie de te voir. Pouvons-nous nous rencontrer ?

Avec mon amour,

Evelyn

Ma très chère Evelyn,

Pour être honnête, cette nouvelle m'anéantit. Je ne sais pas si je pourrais supporter de te voir compte tenu de ces circonstances.

Avec mon amour,

Celia

Ma très chère Celia,

Je t'ai appelée à de nombreuses reprises la semaine passée, mais tu ne m'as pas recontactée. Je ressaierai. S'il te plaît, Celia. S'il te plaît.

Avec mon amour,

Evelyn

CHAPITRE 54

—A llô ?
Sa voix était exactement la ême qu'avant. Douce mais ferme d'une certaine manière.

—C'est moi, ai-je dit.

—Salut.

La chaleur qu'a prise son intonation à cet instant m'a laissée espérer que je pourrais peut-être remettre ma vie sur la bonne voie, telle qu'elle aurait toujours dû l'être.

—Je l'aimais, en effet, ai-je déclaré. Max. Mais plus maintenant.

Silence au bout du fil. Puis elle m'a demandé :

—Qu'es-tu en train de dire ?

—Que j'aimerais te voir.

—Je ne peux pas te voir, Evelyn.

—Si, tu peux.

—Que veux-tu que nous fassions ? Qu'on se détruise mutuellement une nouvelle fois ?

—Est-ce que tu m'aimes toujours ? ai-je demandé.

Elle s'est tue.

—Moi, je t'aime toujours, Celia, ai-je dit. Je le jure.

—Je… Je ne pense pas que nous devrions parler de ça. Pas si…

—Pas si quoi ?

—Rien n'a changé, Evelyn.

—Tout a changé.

—Les gens ne peuvent toujours pas savoir qui nous sommes vraiment.

—Elton John a fait son coming out, ai-je fait remarquer. Depuis des années.

—Elton John n'a pas d'enfant ni de carrière reposant sur un public qui le pense hétéro.

—Tu insinues que nous allons perdre notre travail ?

—Je n'arrive pas à croire que j'aie à te le dire.

—Eh bien, permets-moi de t'annoncer quelque chose qui *a changé*, ai-je répliqué. Je m'en fous, maintenant. Je suis prête à tout laisser tomber.

—Tu ne peux pas être sérieuse.

—Je suis on ne peut plus sérieuse.

—Evelyn, on ne s'est même pas vues pendant des années.

—Je sais que tu as été capable de m'oublier. Je sais que tu étais avec Joan. Je suis sûre que tu as été avec d'autres.

J'ai attendu, espérant qu'elle me corrigerait, espérant qu'elle me dirait qu'il n'y avait eu personne d'autre. Mais elle ne l'a pas fait. Alors j'ai poursuivi.

—Mais peux-tu dire honnêtement que tu as cessé de m'aimer ?

—Bien sûr que non.

—Et moi non plus, je ne peux pas. Je t'ai aimée absolument chaque jour.

—Tu as épousé quelqu'un d'autre.

—Je l'ai épousé parce qu'il m'a aidée à t'oublier, ai-je rétorqué. Pas parce que j'ai cessé de t'aimer.

Je l'ai entendue respirer profondément.

—Je viendrai à Los Angeles, ai-je dit. Et toi et moi dînerons ensemble. OK ?

—Un dîner ?

—Juste un dîner. Nous avons des choses à aborder. Je pense que chacune doit à l'autre une longue et agréable conversation. Pourquoi pas la semaine après la prochaine ?

Harry peut surveiller Connor. Je pourrai rester quelques jours.

Celia est redevenue silencieuse. Je devinais qu'elle réfléchissait. J'ai eu l'impression que ce moment était décisif pour mon avenir, notre avenir.

—OK, a-t-elle acquiescé. Juste un dîner.

Le matin où je suis partie à l'aéroport, Max a traîné au lit. Il était censé être en plateau plus tard dans l'après-midi pour un tournage de nuit, j'ai donc serré sa main en guise d'au revoir, avant de prendre en vitesse mes affaires dans le placard.

Je n'arrivais pas à décider si je voulais emporter ou non les lettres de Celia. Je les avais toutes gardées, avec leurs enveloppes, dans une boîte rangée au fond du placard. Au fil des derniers jours, tandis que je rassemblais ce que j'emporterais, je les avais mises dans mes valises puis les avais retirées, essayant de faire mon choix.

Je les relisais chaque jour depuis que Celia et moi avions commencé à renouer. Je n'avais pas envie de m'en séparer. J'aimais passer mes doigts sur les mots, sentir le relief créé par le stylo dans le papier. J'aimais entendre sa voix dans ma tête. Mais je prenais l'avion pour la voir. J'ai donc estimé que je n'en avais pas besoin. J'ai enfilé mes bottes et pris ma veste, puis j'ai ouvert la fermeture Éclair de mon sac et j'en ai sorti les lettres. Je les ai cachées derrière mes fourrures. J'ai laissé un mot à Max : *Je serai de retour jeudi, Maximilien. Avec tout mon amour, Evelyn.*

Connor était dans la cuisine, s'emparant de tartelettes avant de se mettre en route pour la maison de Harry où elle demeurerait pendant que je serais partie.

—Ton papa n'a pas de tartelettes ? ai-je demandé.

—Pas celles au sucre roux. Il prend celles à la fraise, et je déteste ça.

Je l'ai prise pour l'embrasser sur la joue.

—Au revoir. Sois sage en mon absence.

Elle m'a regardée en roulant des yeux, et je ne savais pas vraiment si c'était à cause du baiser ou de la consigne. Elle venait d'avoir treize ans, entamait sa montée dans l'adolescence, et ça me brisait déjà le cœur.

—Ouais, ouais, ouais, a-t-elle répliqué. J'te verrai quand j'te verrai.

Je suis descendue sur le trottoir pour trouver ma limousine en train de m'attendre. J'ai donné mon sac au chauffeur, et à la toute dernière minute, il m'est venu à l'esprit qu'après notre dîner Celia me dirait peut-être qu'elle ne voulait plus me voir. Elle me dirait peut-être qu'elle pensait qu'on ne devrait plus se parler. Je ferais peut-être le trajet du retour, en me languissant d'elle plus que jamais. J'ai décidé que je voulais ses lettres. Je les voulais avec moi. J'en avais besoin.

—Attendez un instant, ai-je dit au chauffeur.

Puis je me suis précipitée à la maison. Je suis tombée sur Connor qui sortait de l'ascenseur juste quand j'entrais.

—Déjà revenue? a-t-elle dit, son sac sur le dos.

—J'ai oublié quelque chose. Amuse-toi bien ce week-end, chérie. Dis à ton père que je serai rentrée dans quelques jours.

—Ouais, OK. Au fait, Max vient de se réveiller.

—Je t'aime, ai-je soufflé en appuyant sur le bouton dans l'ascenseur.

—Je t'aime aussi.

Elle m'a fait au revoir de la main, avant de sortir par la porte principale. Je suis montée à l'étage pour entrer dans la chambre. Et là, dans mon dressing, se trouvait Max.

Les lettres de Celia, que j'avais conservées dans un état si impeccable, étaient jetées partout dans la pièce, la plupart arrachées de leur enveloppe, comme si ce n'était rien de plus que du courrier indésirable.

—Qu'est-ce que tu fabriques? ai-je demandé.

Il portait un tee-shirt noir et un bas de jogging.

— Qu'est-ce que *je* fabrique ? Ça, c'est la meilleure. Toi qui déboules ici en me demandant ce que *je* fabrique.

— Elles sont à moi.

— Oh, je vois ça, *ma belle.*

Je me suis baissée et j'ai essayé de les lui prendre. Il les a écartées de moi.

— Tu as une liaison ? a-t-il dit en souriant. Comme c'est français de ta part.

— Max, arrête.

— Un peu d'infidélité ne me dérange pas, ma chère. Si c'est fait avec respect. Et on ne laisse pas de preuves.

À la façon dont il a dit ça, j'ai pris conscience qu'il avait eu des relations extraconjugales, et je me suis demandé si la moindre femme était vraiment un jour à l'abri de types comme Max et Don. J'ai pensé au nombre de femmes sur cette terre imaginant qu'elles pourraient empêcher leur époux de les tromper si seulement elles étaient aussi ravissantes qu'Evelyn Hugo. Mais cela n'a jamais empêché aucun des hommes que j'ai aimés.

— Je ne te trompe pas, Max. Alors, tu veux bien arrêter ?

— Peut-être que tu ne me trompes pas. Je suppose que je peux croire ça. Mais ce que je n'arrive pas à croire, c'est que tu sois gouine.

J'ai fermé les yeux, embrasée intérieurement d'une colère si brûlante que j'avais besoin de fuir le monde, de rassembler un instant mes esprits.

— Je ne suis pas gouine.

— Ces lettres te contredisent.

— Ces lettres ne te regardent pas.

— Peut-être. Si ces lettres se résument juste à Celia St James qui te parle de ses sentiments pour toi dans le passé, alors là, je suis en tort. Et je vais les ranger maintenant, et te présenter immédiatement mes excuses.

—Bien.

—J'ai bien dit « si ». (Il s'est levé pour s'approcher de moi.) C'est un gros « si ». Si l'envoi de ces lettres a eu pour résultat que tu décides d'aller à Los Angeles aujourd'hui, alors je suis furieux, parce que tu me prends pour un abruti.

Je pense vraiment que si je lui avais affirmé n'avoir absolument aucune intention de voir Celia à Los Angeles, si vraiment je la jouais finement, il aurait laissé tomber. Il serait peut-être allé jusqu'à s'excuser et à me conduire lui-même à l'aéroport.

Et c'était là mon instinct, de mentir, de dissimuler, de maquiller ce que je faisais et qui j'étais. Mais, juste au moment où j'ouvrais la bouche pour lui servir un bobard, autre chose est sorti.

—J'allais la voir. Tu as raison.

—Tu allais me tromper ?

—J'allais te quitter. Je pense que tu le sais. Je pense que tu le sais depuis un certain temps. Je vais te quitter. Si ce n'est pas pour elle, c'est pour moi.

—Pour elle ? a-t-il dit.

—Je l'aime. Depuis toujours.

Max a eu l'air terrassé, comme s'il m'avait provoquée, en supposant que je déclarerais forfait. Il a secoué la tête avec incrédulité.

—Waouh, a-t-il lâché. Incroyable. J'ai épousé une gouine.

—Arrête de dire ça.

—Evelyn, si tu couches avec des femmes, tu es lesbienne. Ne sois pas une lesbienne qui se déteste. Ce n'est pas… ce n'est pas très flatteur.

—Je me fous de ce que tu trouves flatteur. Je ne déteste pas du tout les lesbiennes. J'en aime une. Mais je t'ai aimé, aussi.

—Oh, s'il te plaît, a-t-il dit. S'il te plaît, n'essaie pas de me prendre encore plus pour un idiot que tu ne l'as déjà fait.

J'ai passé des années à t'aimer, uniquement pour découvrir que cela ne représentait rien pour toi.

—Tu ne m'as jamais aimée un seul jour, bon Dieu! Tu aimais avoir une star de ciné à ton bras. Tu aimais avoir le droit d'être celui qui dormait dans mon lit. Ce n'est pas de l'amour. C'est de la possession.

—Je n'ai aucune idée de ce que tu racontes.

—Bien sûr que non, ai-je rétorqué. Parce que tu ne connais pas la différence entre les deux.

—M'as-tu jamais aimé?

—Oui. Quand tu me faisais l'amour, et que tu me faisais ressentir du désir, et que tu t'occupais bien de ma fille, et que je croyais que tu voyais en moi quelque chose que personne d'autre ne voyait. Quand je pensais que tu avais une vision et un talent que personne d'autre n'avait. Je t'aimais énormément.

—Alors, tu n'es pas lesbienne.

—Je ne veux pas discuter de ça avec toi.

—Eh bien, tu vas le faire. Tu es obligée.

—Non, ai-je protesté en rassemblant les lettres et les enveloppes pour les fourrer dans mes poches. Je n'y suis pas obligée.

—Si, a-t-il insisté en bloquant la porte. Oh que si.

—Max, dégage de mon chemin. Je m'en vais.

—Pas pour la voir, a-t-il répliqué. Tu ne peux pas.

—Bien sûr que si.

Le téléphone s'est mis à sonner, mais j'étais trop loin pour y répondre. Je savais que c'était le chauffeur. Je savais que si je ne partais pas, je risquais de rater mon avion. Il y aurait d'autres vols, mais je voulais attraper celui-là. Je voulais rejoindre Celia dès que possible.

—Evelyn, arrête, a dit Max. Réfléchis-y. C'est insensé. Tu ne peux pas me quitter. Je pourrais passer un seul coup de fil et te détruire. Je pourrais raconter ça à n'importe qui, absolument n'importe qui, et ta vie ne serait plus jamais la même.

Il ne me menaçait pas. Il m'expliquait simplement ce qui était d'une évidence si limpide. C'était comme s'il me disait : « Chérie, tu n'as pas les idées claires. Ça va mal finir pour toi. »

— Tu es un homme bon, Max, ai-je répondu. Je te vois assez en colère pour tenter de me faire du mal. Mais je t'ai toujours connu comme étant quelqu'un qui *essaie* au moins de faire ce qui convient la plupart du temps.

— Et si cette fois je ne le fais pas ?

Et voilà qu'arrivait finalement la menace.

— Je te quitte, Max. Ça se produit soit maintenant, soit plus tard, mais ça se produira à un moment donné. Si tu penses vouloir essayer de m'anéantir pour ça, alors j'imagine que c'est ce que tu devras faire.

Quand il a refusé de bouger, je l'ai poussé de mon chemin et suis passée droit devant lui pour sortir de la chambre.

Celia, l'amour de ma vie attendait, et je m'apprêtais à aller la récupérer.

CHAPITRE 55

Lorsque je suis arrivée à *Spago*, Celia était déjà assise. Elle portait un pantalon noir et un chemisier fin sans manches couleur crème. La température extérieure avoisinait les 26 °C, mais l'air conditionné du restaurant fonctionnait à haute puissance, et Celia paraissait avoir un tout petit peu froid. Elle avait les bras couverts de chair de poule.

Ses cheveux roux étaient toujours stupéfiants, mais clairement teints désormais. Les nuances dorées d'autrefois, résultant de la nature et du soleil, étaient à présent légèrement saturées, cuivrées. Ses yeux bleus étaient toujours aussi séduisants, mais la peau autour s'était détendue.

J'étais allée chez un chirurgien esthétique à quelques reprises les dernières années. Je la soupçonnais d'en avoir fait autant. Je portais une robe noire avec un décolleté en V plongeant, et une ceinture à la taille. Mes cheveux blonds, un peu plus clairs maintenant que le gris s'était infiltré, et coupés plus court, encadraient mon visage.

Elle s'est levée en me voyant.

— Evelyn.

Je l'ai serrée dans mes bras.

— Celia.

— Tu es resplendissante, a-t-elle dit. Comme toujours.

— Tu es exactement la même que la dernière fois où je t'ai vue.

— Nous ne nous sommes vraiment jamais menti, a-t-elle déclaré en souriant. Ne commençons pas aujourd'hui.

— Tu es magnifique.

— Idem.

J'ai commandé un verre de vin blanc. Elle a pris une eau gazeuse avec du citron.

— Je ne bois plus, a-t-elle expliqué. Ça ne me va plus comme avant.

— Pas de souci. Si tu veux, je peux jeter mon vin par la fenêtre à la seconde où il arrivera à table.

— Non, a-t-elle dit en riant. Pourquoi ma basse tolérance à l'alcool devrait être ton problème ?

— Je veux que tout ce qui te concerne soit mon problème, ai-je répondu.

— Est-ce que tu te rends compte de ce que tu dis ? m'a-t-elle chuchoté en se penchant au-dessus de la table.

Le col de son chemisier s'est ouvert et a plongé dans la corbeille à pain. Je craignais qu'il ne racle le beurre, mais il a réussi de quelque manière à l'éviter.

— Bien sûr que je me rends compte.

— Tu m'as détruite, a-t-elle lâché. Deux fois, maintenant, dans nos vies. J'ai passé des années à me remettre de toi.

— Est-ce que tu y es parvenue ? Une fois ou l'autre ?

— Pas complètement.

— Je pense que ça signifie quelque chose.

— Pourquoi maintenant ? a-t-elle demandé. Pourquoi ne pas m'avoir appelée il y a des années ?

— Je t'ai téléphoné un million de fois après que tu m'as quittée. J'ai pratiquement enfoncé ta porte, lui ai-je rappelé. Je pensais que tu me détestais.

— C'était le cas. (Elle s'est un peu reculée.) Je te déteste toujours, je crois. Au moins un tout petit peu.

— Tu imagines que je ne te déteste pas, moi aussi ? (J'ai essayé de garder une voix basse, de feindre qu'il s'agissait d'une conversation entre deux vieilles amies.) Juste un petit peu ?

Elle a souri.

—Non, je suppose que ce serait sensé.

—Mais je ne vais pas laisser ça m'arrêter.

Elle a soupiré et regardé son menu. Je me suis penchée, d'un air conspirateur.

—Je ne pensais pas avoir une chance, avant, lui ai-je dit. Après ton départ, je pensais que la porte était condamnée. Et à présent elle est entrouverte, et j'ai envie de l'ouvrir en grand pour entrer.

—Qu'est-ce qui te fait penser que la porte est ouverte ? a-t-elle demandé, en regardant le côté gauche du menu.

—Nous sommes en train de dîner ensemble, non ?

—En amies, a-t-elle précisé.

—Toi et moi, nous n'avons jamais été amies.

Elle a fermé son menu et l'a posé sur la table.

—J'ai besoin de lunettes de lecture, a-t-elle dit. Tu le crois, ça ? Des lunettes de lecture.

—Bienvenue au club.

—Je peux être méchante, parfois, quand je suis blessée, m'a-t-elle rappelé.

—Tu ne me révèles pas vraiment quelque chose que j'ignorais.

—Je t'ai donné l'impression que tu n'avais aucun talent, a-t-elle dit. J'ai essayé de te faire croire que tu avais besoin de moi parce que je te rendais légitime.

—Je sais ça.

—Mais tu l'as toujours été.

—Je sais ça, aussi.

—Je pensais que tu m'appellerais après avoir gagné ton Oscar. Je me disais que tu voudrais peut-être me le montrer, me l'envoyer dans la figure.

—Est-ce que tu as écouté mon discours ?

—Bien sûr que oui, a-t-elle répondu.

—Je t'ai tendu une perche.

J'ai pris un morceau de pain et l'ai beurré. Mais je l'ai reposé aussitôt, sans en prendre une seule bouchée.

—Je n'en étais pas certaine. Je veux dire, je n'étais pas certaine que ça me soit adressé.

—Je n'ai fait que prononcer ton prénom.

—Tu as dit « elle ».

—Précisément.

—J'ai pensé que tu avais peut-être une autre *elle*.

J'avais regardé d'autres femmes en dehors de Celia. Je m'étais imaginée avec d'autres femmes en dehors d'elle. Mais tout le monde, durant – m'avait-il semblé – toute ma vie, avait toujours été divisé en « Celia » et « pas Celia ». Toute autre femme avec qui j'envisageais d'engager la conversation aurait aussi bien pu avoir « pas Celia » estampillé sur le front. Si je comptais risquer ma carrière et tout ce que j'aimais pour une femme, ce serait pour elle.

—Il n'y a pas d'autre *elle* que toi, lui ai-je dit.

Celia a écouté en fermant les yeux. Puis elle a pris la parole. C'était comme si elle avait essayé de s'en empêcher, mais en avait été simplement incapable.

—Mais il y a eu des *il*.

—Cette vieille rengaine, ai-je rétorqué en m'efforçant de ne pas lever les yeux au ciel. J'étais avec Max. Tu étais clairement avec Joan. Est-ce que Joan m'arrivait à la cheville ?

—Non.

—Et Max ne t'arrivait pas non plus à la cheville.

—Mais tu es toujours mariée avec lui.

—Je suis en train de remplir les papiers du divorce. Il déménage. C'est terminé.

—C'est brutal.

—En fait, non. Ça n'a que trop tardé. Et, de toute façon, il a trouvé tes lettres.

—Et il te quitte ?

—Non, il me menace de se charger de mon coming out si je ne reste pas avec lui.

—Quoi?

—Je le quitte. Et je le laisse faire tout ce qu'il voudra. Parce que j'ai cinquante ans, et je n'ai pas l'énergie de contrôler tout ce que les gens diront sur moi jusqu'à ce que je meure de vieillesse. Les rôles qu'on me propose sont merdiques. J'ai l'Oscar sur ma cheminée. J'ai une fille fabuleuse. J'ai Harry. Je suis très connue. Mes films feront couler de l'encre pendant des années. Qu'est-ce que je veux de plus? Une statue en or à ma gloire?

Celia s'est esclaffée.

—C'est le principe de l'Oscar.

J'ai ri à mon tour.

—Exactement! Excellente remarque. J'ai déjà ça, alors. Il n'y a rien d'autre, Celia. Il n'y a pas d'autres montagnes à gravir. J'ai passé ma vie à me cacher afin que personne ne me fasse tomber de mon piédestal. Eh bien, tu sais quoi? J'en ai marre de me planquer. Qu'on vienne m'attraper. En ce qui me concerne, ils peuvent bien me jeter au fond d'un puits. Je suis encore sous contrat pour un dernier film avec la Fox plus tard cette année, et ensuite je m'arrête.

—Tu ne le penses pas.

—Si. Toute autre façon de penser… C'est comme ça que je t'ai perdue. Je ne veux plus perdre.

—Il ne s'agit pas juste de nos carrières, a-t-elle dit. Les conséquences sont imprévisibles. Et si on t'enlève Connor?

—Parce que je suis amoureuse d'une femme?

—Parce qu'on pense que les deux parents sont «déviants».

J'ai siroté mon vin.

—Je ne peux jamais gagner avec toi, ai-je fini par dire. Si je veux me cacher, tu me traites de trouillarde. Si j'en ai marre de me planquer, tu me dis qu'on va me retirer ma fille.

—Je suis désolée.

Elle ne paraissait pas tant désolée de ce qu'elle avait dit, que de vivre dans le monde dans lequel nous vivions.

—Est-ce que tu le penses? a-t-elle demandé. Est-ce que tu y renoncerais vraiment?

—Oui. Oui, vraiment.

—En es-tu absolument sûre? a-t-elle insisté juste au moment où le serveur posait son steak devant elle et ma salade devant moi. Je veux dire, absolument sûre?

—Oui.

Celia s'est tue un instant. Elle a rivé les yeux sur son assiette. Elle semblait méditer tout ce qui constituait ce moment, et plus elle mettait de temps à parler, plus je me suis retrouvée à me pencher en avant, à essayer de me rapprocher d'elle.

—J'ai une bronchopneumopathie chronique obstructive, a-t-elle fini par annoncer. Je ne vivrai probablement pas beaucoup plus longtemps que la soixantaine.

Je l'ai dévisagée.

—Tu mens.

—Non.

—Si, tu mens. Ça ne peut pas être vrai.

—C'est pourtant la vérité.

—Non, me suis-je entêtée.

—Si.

Elle a attrapé sa fourchette. Elle a siroté l'eau devant elle. J'avais l'esprit en ébullition, les pensées tournoyaient dans mon cerveau, et mon cœur cognait dans ma poitrine.

Et puis Celia a repris la parole, et la seule raison pour laquelle je suis parvenue à me concentrer sur ses propos était que je savais qu'ils étaient importants. Je savais qu'ils étaient lourds de sens.

—Je pense que tu devrais faire ton film, a-t-elle dit. Finis en beauté. Et ensuite… et ensuite, après ça, je pense que nous devrions déménager sur la côte en Espagne.

— Quoi?

— J'ai toujours aimé l'idée de passer les dernières années de ma vie sur une belle plage. Avec l'amour d'une femme bien.

— Tu es… tu es mourante?

— Je peux chercher des endroits en Espagne pendant que tu tournes. J'en trouverai un où Connor pourra recevoir une super éducation. Je vendrai ma maison ici. Je trouverai une propriété quelque part, avec assez de place pour Harry aussi. Et Robert.

— Ton frère Robert?

Celia a hoché la tête.

— Il est venu habiter ici pour ses affaires il y a quelques années. Nous sommes devenus proches. Il… Il sait qui je suis. Il me soutient.

— Qu'est-ce que la bronchopneumopathie… ?

— Un emphysème, plus ou moins. À cause de la cigarette. Est-ce que tu fumes toujours? Tu devrais arrêter. Dès maintenant.

J'ai secoué la tête, y ayant renoncé depuis des siècles.

— Ils ont des traitements pour ralentir la progression. Je peux mener une vie normale pour la majeure partie, pendant un moment.

— Et ensuite?

— Et ensuite, ça finira par devenir difficile d'être active, de respirer. Quand cela arrivera, je n'aurai plus beaucoup de temps devant moi. En tout, nous visons dix ans, plus ou moins, si j'ai de la chance.

— Dix ans? Tu n'as que quarante-neuf ans.

— Je sais.

Je me suis mise à pleurer. Je ne pouvais pas m'en empêcher.

— Tu te donnes en spectacle. Il faut que tu arrêtes.

— Je ne peux pas.

— OK, a-t-elle dit. OK.

Elle a pris son sac à main et a jeté un billet de cent dollars sur la table. Elle m'a tirée de ma chaise, et nous avons marché jusqu'au voiturier. Elle lui a donné son ticket. Elle m'a installée dans le siège passager de sa voiture. Elle m'a conduite chez elle, m'a assise sur le canapé.

— Est-ce que tu peux endurer ça ? a-t-elle demandé.

— Qu'est-ce que tu veux dire ? Bien sûr que non, je ne peux pas endurer ça.

— Si tu *peux*, a-t-elle dit, alors nous pouvons le faire. Nous pouvons être ensemble. Je pense que nous pouvons… Je pense que nous pouvons passer le restant de nos vies ensemble, Evelyn. Si tu as les épaules pour endurer ça. Mais je ne peux, en mon âme et conscience, le faire si tu ne penses pas y survivre.

— Survivre à quoi, exactement ?

— À la douleur de me perdre de nouveau. Je ne veux pas te laisser m'aimer si tu ne penses pas être capable de me perdre encore. Une dernière fois.

— Je ne peux pas. Bien sûr que non. Mais je le veux quand même. Je vais le faire quand même. Oui, ai-je fini par bredouiller. Je peux y survivre. Je préfère y survivre que ne jamais l'éprouver.

— En es-tu sûre ?

— Oui. Oui, sûre et certaine. Je n'ai jamais été plus sûre de quoi que ce soit. Je t'aime, Celia. Je t'ai toujours aimée. Et nous devrions passer le temps qu'il nous reste ensemble.

Elle m'a saisi le visage. Elle m'a embrassée. Et j'ai pleuré. Elle s'est mise à pleurer avec moi, et bientôt, je ne pouvais plus distinguer si les larmes que je goûtais étaient les miennes ou les siennes. Tout ce que je savais, c'était que je me retrouvais dans les bras de la femme que j'avais toujours été destinée à aimer.

Le chemisier de Celia a fini par terre, et ma robe retroussée autour de mes cuisses. Je sentais ses lèvres sur ma poitrine, ses mains sur mon ventre. J'ai enlevé ma robe. Ses draps étaient d'un blanc éclatant et d'une douceur absolue. Elle ne dégageait plus un parfum de cigarettes et d'alcool, mais d'agrumes.

Le lendemain matin, je me suis réveillée avec ses cheveux dans ma figure, étalés sur l'oreiller. J'ai roulé sur le côté et je me suis incurvée en cuillère contre son dos.

— Voilà ce qu'on va faire, a-t-elle dit. Tu vas quitter Max. Je vais appeler un de mes amis au Congrès. C'est un représentant du Vermont. Il a besoin d'exposition médiatique. Tu vas être aperçue en ville avec lui. Nous allons lancer la rumeur que tu trompes Max avec un homme plus jeune.

— Quel âge a-t-il ?

— Vingt-neuf ans.

— Seigneur, Celia ! C'est un gamin.

— C'est précisément ce que les gens diront. Ils seront choqués que tu le fréquentes.

— Et quand Max essaiera de me diffamer ?

— Ce qu'il tentera de claironner à ton sujet n'aura aucune importance. On aura l'impression qu'il est juste amer.

— Et ensuite ? ai-je demandé.

— Et ensuite, au bout du compte, tu épouses mon frère.

— Pourquoi est-ce que je devrais épouser ton frère ?

— Afin qu'à ma mort tout ce que je possède te revienne. Mes biens seront sous ton contrôle. Et tu pourras garder mon héritage.

— Tu pourrais me désigner comme bénéficiaire.

— Pour que quelqu'un essaie de te le retirer parce que tu étais mon amante ? Non. C'est mieux ainsi. C'est plus malin.

— Mais épouser ton frère ? As-tu perdu la tête ?

— Il le fera. Pour moi. Et parce que c'est un débauché qui aime coucher avec quasiment toutes les femmes qu'il rencontre. Tu ferais du bien à sa réputation. C'est du gagnant-gagnant.

—Tout ça au lieu de dire simplement la vérité?

Je sentais la cage thoracique de Celia se soulever et s'abaisser sous moi.

—Nous ne pouvons pas dire la vérité. Est-ce que tu as vu ce qu'on a fait à Rock Hudson? Si c'était du cancer qu'il mourait, il y aurait des téléthons.

—Les gens ne comprennent pas le sida, ai-je dit.

—Ils le comprennent parfaitement, a-t-elle rétorqué. Ils pensent juste qu'il mérite ce qui lui arrive à cause de la manière dont il l'a attrapé.

J'ai reposé la tête sur l'oreiller pendant que mon cœur sombrait. Elle avait raison, évidemment. Les dernières années, j'avais regardé Harry perdre un ami après l'autre, d'anciens amants, victimes du sida. Je l'avais regardé pleurer à en avoir les yeux rouges parce qu'il craignait de tomber malade, qu'il ignorait comment aider ceux qu'il aimait. Et j'ai regardé Ronald Reagan ne jamais même prendre acte de ce qui se déroulait sous nos yeux.

—Je sais que les mœurs ont changé depuis les années 1960, a-t-elle dit. Mais pas tant que ça. Ça ne fait pas si longtemps que Reagan a déclaré que les droits des gays n'étaient pas des droits civiques. Tu ne peux pas prendre le risque de perdre Connor. Alors je vais appeler Jack, mon ami de la Chambre des représentants. Nous allons monter cette histoire de toutes pièces. Tu vas tourner ton film. Épouser mon frère. Et nous partirons tous vivre en Espagne.

—Je vais devoir parler à Harry.

—Bien sûr, a-t-elle approuvé. Parles-en à Harry. S'il déteste l'Espagne, nous irons en Allemagne. Ou en Scandinavie. Ou en Asie. Je m'en fous. Il nous faut juste aller quelque part où les gens se moqueront de qui nous sommes, où ils nous laisseront tranquilles et où Connor pourra vivre une enfance normale.

—Tu auras besoin de soins médicaux.

— J'irai en avion là où ce sera nécessaire. Ou nous pourrons amener des gens jusqu'à moi.

J'y ai réfléchi.

— C'est un bon plan.

— Ouais ?

Celia était flattée, je le voyais.

— L'élève a dépassé le maître, ai-je dit.

Elle s'est esclaffée, et m'a embrassée.

— Nous sommes chez nous, ai-je déclaré.

Ce n'était pas chez moi. Nous n'avions jamais habité là ensemble. Mais elle savait ce que je voulais dire.

— Oui, a-t-elle acquiescé. Nous sommes chez nous.

ALORS VOILÀ

1ᵉʳ juillet 1988

EVELYN HUGO ET MAX GIRARD :
UN DIVORCE SUR FOND D'ADULTÈRE

Evelyn Hugo se dirige vers le tribunal une fois de plus. Elle a rempli le formulaire de divorce invoquant des différends irréconciliables cette semaine. Et si c'est une multirécidiviste dans ce domaine, ce divorce-là sera unique en son genre.

Certaines sources prétendent que Max Girard réclame une pension alimentaire, et Girard dénigre Hugo dans toute la ville.

« Il est tellement en colère qu'il raconte à peu près tout ce qu'il peut pour se venger d'elle, confie un proche de l'ancien couple. Tout ce qui vous vient à l'esprit, il l'aura dit. Elle est infidèle, lesbienne, elle lui doit son Oscar. À l'évidence, il a le cœur brisé. »

Hugo a été aperçue avec un homme *beaucoup* plus jeune la semaine dernière. Jack Easton, membre du Congrès, représentant démocrate du Vermont, a seulement vingt-neuf ans. Evelyn est donc son aînée de plus de *deux décennies*. Et les photos de leur dîner à Los Angeles laissent supposer une idylle naissante.

Hugo n'a pas des antécédents très reluisants en matière de relation amoureuse, et Girard ne se prive pas de le rappeler avec ses commentaires acerbes.

CHAPITRE 56

Harry n'était pas partant.

Il était l'unique pièce du plan qui ne dépendait pas de moi, la seule personne que je n'étais pas disposée à manipuler pour l'amener à faire ce que je voulais. Et il refusait de tout laisser derrière lui pour partir en Europe.

— Tu suggères que je prenne ma retraite, a dit Harry. Et je n'ai même pas encore soixante ans. Mon Dieu, Evelyn ! Qu'est-ce que je vais bien pouvoir faire toute la journée ? Jouer aux cartes sur la plage ?

— Ce n'est pas agréable comme perspective ?

— Si, pendant environ une heure et demie.

Il buvait ce qui semblait être du jus de fruits, mais que je suspectais d'être une vodka-orange.

— Et je serais ensuite coincé à essayer de m'occuper pour le restant de ma vie, a-t-il ajouté.

Nous étions assis dans ma loge sur le plateau de *La Sagesse de Theresa*. Harry avait trouvé le scénario et l'avait vendu à la Fox en m'attribuant le rôle de Theresa, une femme qui quitte son mari en essayant désespérément de garder ses enfants réunis.

C'était le troisième jour de tournage, et j'étais en costume, un tailleur-pantalon Chanel et un collier de perles, sur le point d'aller jouer la scène où Theresa et son époux annoncent au cours du dîner de Noël qu'ils divorcent. Harry était plus beau que jamais dans un élégant pantalon kaki et une chemise Oxford. Il avait à présent les cheveux presque entièrement gris, et je lui en voulais fortement de devenir de plus en plus séduisant avec l'âge, tandis que je devais regarder mes attraits physiques disparaître de jour en jour comme un citron qui moisit.

—Harry, ne veux-tu pas cesser de vivre dans le mensonge?

—Quel mensonge? Je comprends que ce soit un mensonge pour toi. Parce que tu veux faire en sorte que ça fonctionne avec Celia. Et tu sais que je soutiens ça, vraiment. Mais cette vie n'est pas un mensonge pour moi.

—Il y a des hommes, ai-je dit, d'une voix perdant patience, comme si Harry essayait de me mener en bateau. Ne me raconte pas qu'il n'y a aucun homme.

—Certes, mais pas un seul avec qui on pourrait nouer le moindre lien significatif. Parce que je n'ai aimé que John. Et il est parti. Je suis célèbre uniquement parce que tu l'es, Ev. On ne se soucie pas de moi ni de ce que je fais, à moins que ce soit plus ou moins en rapport avec toi. Tous les hommes qui passent dans mon lit, je les vois quelques semaines, et ensuite, ils disparaissent. Je ne vis aucun mensonge. Je vis juste ma vie.

J'ai inspiré profondément, en m'efforçant de me calmer avant de devoir aller en plateau jouer la WASP opprimée.

—Ça ne te touche pas que j'aie à me cacher?

—Si, a-t-il répondu. Bien sûr que si.

—Bon, alors…

—Mais pourquoi ta relation avec Celia devrait-elle induire que nous chamboulions l'existence de Connor? Et la mienne?

—C'est l'amour de ma vie, ai-je répondu. Tu le sais. Je veux être avec elle. Il est temps pour nous tous d'être de nouveau ensemble.

—Nous ne *pouvons* pas être de nouveau ensemble, a-t-il dit en posant la main sur la table. Pas nous tous.

Et il est parti.

Harry et moi reprenions l'avion tous les week-ends pour être avec Connor, et durant les semaines de tournage, j'étais avec Celia, et il était… eh bien, j'ignorais où il était. Mais il semblait heureux, je ne m'interrogeais donc pas sur le sujet. Une petite voix intérieure me soufflait qu'il avait peut-être rencontré quelqu'un capable de retenir son intérêt pendant plus que quelques jours.

Alors quand *La Sagesse de Theresa* a dépassé de trois semaines notre planning de tournage parce que l'acteur avec qui je partageais l'affiche, Ben Madley, a été hospitalisé pour épuisement, j'étais tiraillée. D'un côté, je voulais recommencer à être auprès de ma fille chaque soir. De l'autre, j'agaçais de plus en plus Connor au fil des jours. Elle estimait que sa mère était l'incarnation même de la gêne. Le fait que je sois une star de cinéma mondialement connue semblait n'avoir absolument aucune incidence sur l'immense idiote que je pouvais être à ses yeux. J'étais donc souvent plus heureuse à Los Angeles, avec Celia, que je ne l'étais à New York, constamment rejetée par ma chair et mon sang. Mais j'aurais tout largué en un battement de cœur si j'avais pensé que Connor pouvait souhaiter ne fût-ce qu'une soirée en ma compagnie.

Le lendemain de la fin du tournage, je remballais certaines de mes affaires en parlant à Connor au téléphone, faisant des projets pour le jour suivant.

— Ton père et moi prenons le vol de nuit ce soir, je serai donc là quand tu te réveilleras demain matin, lui ai-je dit.

— OK. Cool.

— Je me disais que nous pourrions aller prendre le petit déjeuner chez *Channing's*.

— Maman, plus personne ne va chez *Channing's*.

— Je déteste te l'apprendre, mais si *je* vais chez *Channing's*, *Channing's* sera toujours considéré comme étant cool.

—Voilà précisément ce dont je parle quand je dis que tu es insupportable.

—Tout ce que j'essaie de faire, c'est t'emmener manger du pain perdu français, Connie. Il y a des choses pires que ça.

On a frappé à la porte du bungalow de Beverly Hills que j'avais loué. J'ai ouvert, pour tomber sur Harry.

—Il faut que j'y aille, maman, a dit Connor. Karen va passer. Luisa nous prépare un pain de viande au barbecue.

—Attends une seconde. Ton père est là. Il veut te dire bonjour. Au revoir, chérie. On se voit demain.

J'ai tendu le téléphone à Harry.

—Salut, ma puce… Eh bien, elle a raison. Si ta mère se pointe quelque part, ça signifie en effet plus ou moins que, par définition, ce sera considéré comme un endroit à la mode… Ça va… Ça va… Demain matin, nous irons tous les trois prendre un petit déjeuner, et nous pouvons aller dans le nouvel endroit cool, quel qu'il soit… Comment ça s'appelle ? *Wiffles* ? Mais qu'est-ce que c'est que ce nom ?… OK, OK. Nous irons chez *Wiffles*. D'accord, chérie, bonne nuit. Je t'aime. On se voit demain.

Harry s'est assis sur mon lit et m'a regardée.

—Apparemment, nous allons chez *Wiffles*.

—Elle te mène par le bout du nez, Harry.

Il a haussé les épaules.

—Je n'en ressens aucune honte.

Il s'est levé pour se servir un verre d'eau pendant que je continuais de faire mes bagages.

—Écoute, j'ai une idée, a-t-il dit.

Tandis qu'il se rapprochait de moi, je me suis aperçue qu'il sentait vaguement l'alcool.

—À quel propos ?

—À propos de l'Europe.

—OK…

Je m'étais résignée à laisser tomber jusqu'à ce que Harry et moi nous soyons réinstallés à New York. Je me disais que nous aurions alors le temps, et la patience, d'en discuter plus en profondeur.

Je trouvais que l'idée était bonne pour Connor. New York, pour autant que je l'adorais, était devenu une ville quelque peu dangereuse où habiter. Le taux de criminalité grimpait en flèche, et les drogues étaient partout. Nous en étions relativement protégés dans l'Upper East Side, mais cela m'ennuyait de penser que Connor grandissait si près d'un tel chaos. Et, plus précisément, je n'étais plus certaine qu'une existence où ses parents vivaient pratiquement sur les deux côtes et où Luisa s'occupait d'elle en notre absence soit la meilleure situation pour elle. Oui, nous la déracinerions. Et je savais qu'elle me haïrait de l'obliger à dire adieu à ses amis. Mais je savais aussi qu'elle tirerait avantage de vivre dans une petite ville. Elle ne s'en porterait que mieux avec une mère qui pourrait être plus souvent là. Et, pour être honnête, elle devenait assez grande pour lire les rubriques potins et regarder les actualités people. Est-ce qu'allumer la télé et voir le sixième divorce de sa mère était vraiment la meilleure chose pour une enfant?

—Je crois que je sais quoi faire, a dit Harry. (Je me suis assise sur le lit, et il s'est assis à côté de moi.) Nous emménageons ici. Nous revenons habiter à Los Angeles.

—Harry…

—Et Celia épouse un de mes amis.

—Un ami à toi?

Il s'est décalé vers moi.

—J'ai rencontré quelqu'un.

—Quoi?

—On s'est rencontrés au studio. Il travaille sur une autre production. Je pensais que c'était juste une liaison

sans lendemain. Je crois que lui aussi. Mais je crois que je…
C'est un homme avec qui éventuellement je me verrais.

J'étais tellement heureuse pour lui à cet instant.

—Je pensais que tu ne pouvais te projeter avec personne, ai-je dit, surprise mais contente.

—C'était le cas.

—Et qu'est-ce qui s'est passé ?

—Maintenant, j'y arrive.

—Je suis ravie de l'entendre, Harry. Tu ne peux pas savoir. Je ne suis simplement pas certaine que ce soit une bonne idée. Je ne connais même pas ce type.

—C'est inutile. Je veux dire, ce n'est pas comme si j'avais choisi Celia. C'est toi qui l'as choisie. Et je… je pense que j'aimerais le choisir.

—Je ne veux plus être actrice, Harry.

Tout au long du tournage de ce dernier film, je me suis sentie épuisée. J'avais envie de lever les yeux au ciel quand on me demandait de refaire une scène. Jouer correctement me donnait l'impression de courir un marathon que j'avais déjà effectué un millier de fois auparavant. Si facile, si peu stimulant, si assommant, que vous n'appréciez même pas qu'on vous demande de lacer vos chaussures. Peut-être qu'en décrochant des rôles qui m'exaltaient, peut-être que si j'avais toujours la sensation d'avoir quelque chose à prouver, je ne sais pas, peut-être aurais-je réagi différemment.

Il y a tant de femmes qui continuent d'accomplir un travail incroyable à plus de quatre-vingts ou quatre-vingt-dix ans. Celia était ainsi. Elle aurait pu livrer une interprétation fascinante après l'autre éternellement, parce qu'elle était toujours consumée par la passion qu'elle éprouvait pour son métier. Mais mon cœur n'y était pas. Je n'avais jamais mis mon cœur dans l'art de jouer, seulement dans celui de *prouver*. Prouver mon pouvoir, prouver ma valeur, prouver mon talent. J'avais prouvé tout ça.

—Ce n'est pas un problème, a dit Harry. Tu n'es plus obligée d'être actrice.

—Mais si j'arrête, pourquoi vivrais-je à Los Angeles? Je veux vivre quelque part où je pourrai être libre, où personne ne me prêtera attention. Est-ce que tu te souviens, quand tu étais petit, et que ce soit dans ton quartier ou quelques rues plus loin, il y avait immanquablement une paire de vieilles dames qui vivaient ensemble en tant que colocataires, et personne ne posait de questions parce que tout le monde s'en foutait? Je veux être l'une de ces vieilles dames. Je ne peux pas faire ça ici.

—Tu ne peux faire ça nulle part. C'est le prix à payer pour la célébrité.

—Je ne l'accepte pas. Je pense qu'il m'est fort possible de faire ça.

—Eh bien moi, je ne veux pas. Alors ce que je propose, c'est qu'on se remarie toi et moi. Et Celia épouse mon ami.

—Nous pouvons parler de ça plus tard.

Je me suis levée et j'ai emporté mes affaires de toilette dans la salle de bains.

—Evelyn, il ne te revient pas de décider unilatéralement de ce que fait cette famille.

—Qui a parlé de faire quoi que ce soit unilatéralement? Tout ce que je dis, c'est que je veux en discuter plus tard. Il y a là un grand nombre d'options. Nous pouvons aller en Europe, nous pouvons emménager ici, nous pouvons rester à New York.

Harry a secoué la tête.

—Il ne peut pas déménager à New York.

J'ai soupiré, perdant patience.

—Raison de plus pour que nous en discutions *plus tard*.

Harry s'est levé, comme s'il s'apprêtait à me dire mes quatre vérités. Mais ensuite, il s'est calmé.

—Tu as raison, a-t-il dit. Nous pouvons en discuter plus tard.

Il est venu me rejoindre alors que je remballais mon savon et mon maquillage. Il m'a pris le bras et m'a embrassé la tempe.

—Tu viendras me chercher ce soir ? a-t-il demandé. Chez moi ? Nous aurons tout le trajet jusqu'à l'aéroport ainsi que le vol pour en parler davantage. On peut s'envoyer deux ou trois bloody mary dans l'avion.

—Nous résoudrons ce problème, ai-je répondu. Tu le sais, n'est-ce pas ? Je ne ferai jamais rien sans toi. Tu es mon meilleur ami. Ma famille.

—Je sais. Et tu es la mienne. Je ne pensais jamais pouvoir aimer quelqu'un d'autre après John. Mais ce gars… Evelyn, je suis en train de tomber amoureux de lui. Et de savoir que je *pourrais* aimer, que je *peux*…

—Je sais, ai-je dit en lui saisissant la main pour la serrer. Je sais. Je te promets de faire tout mon possible. Je te promets que nous trouverons une solution.

—OK, a acquiescé Harry, en me serrant à son tour la main avant de passer la porte. Nous trouverons une solution.

Mon chauffeur, qui s'est présenté comme étant Nick tandis que je montais à l'arrière de la voiture, est venu me chercher vers 21 heures.

—À l'aéroport ? a-t-il demandé.

—En fait, nous allons faire un crochet par le Westside d'abord, ai-je dit en lui donnant l'adresse du domicile où séjournait Harry.

Tandis que nous traversions la ville, en passant par les coins miteux d'Hollywood, sur le Sunset Strip, je me suis trouvée déprimée de constater combien Los Angeles était devenu une ville dangereuse depuis que j'étais partie. C'était similaire à Manhattan en ce sens. Les décennies ne lui avaient pas été favorables. Harry parlait d'y élever Connor, mais je ne pouvais me débarrasser du sentiment qu'il nous fallait quitter ces deux grandes villes pour de bon.

Alors que nous étions arrêtés à un feu rouge près de la location de Harry, Nick s'est brièvement retourné et m'a souri. Il avait la mâchoire carrée et les cheveux en brosse. Je devinais qu'il avait probablement couché avec un paquet de femmes, en me basant seulement sur son sourire.

— Je suis acteur, a-t-il annoncé. Exactement comme vous.

J'ai souri poliment.

— Bon boulot si vous y parvenez.

Il a hoché la tête.

— J'ai trouvé un agent cette semaine, a-t-il dit tandis que nous nous remettions en route. J'ai l'impression d'être vraiment lancé sur mon chemin. Mais, vous savez, si nous arrivons à l'aéroport avec un peu d'avance, je serais intéressé par tous les conseils que vous auriez pour quelqu'un qui débute.

— Hein, hein, ai-je dit, en regardant par la fenêtre.

J'ai décidé, tandis que nous montions les rues sinueuses et sombres du quartier de Harry, que si Nick me le redemandait, après notre arrivée à l'aéroport, j'allais lui dire qu'il était surtout question de chance. Et que vous devez être prêt à renier votre héritage, transformer votre corps en marchandise, mentir à des gens bien, sacrifier qui vous aimez au nom de ce que les autres vont penser, et choisir la version factice de vous-même à maintes reprises, jusqu'à ce que vous oubliiez sous laquelle de vos identités vous avez démarré, ou pourquoi vous avez commencé à faire ce métier au départ.

Mais à l'instant où nous avons pris le virage pour nous engager sur l'étroite voie privée de Harry, chaque pensée que j'avais eue avant ce moment-là a été effacée de mon esprit. À la place, j'étais penchée en avant, pétrifiée par le choc. Devant nous se trouvait une voiture. Pliée autour d'un arbre couché.

La berline avait l'air d'avoir foncé droit dans le tronc, en faisant tomber l'arbre sur elle.

—Heu, Miss Hugo…, a bredouillé Nick.

—Je vois.

Je ne voulais pas qu'il me confirme que c'était réellement devant nous, qu'il ne s'agissait pas juste d'une illusion d'optique.

Il s'est garé au bord de la route. J'ai entendu le raclement de branches du côté conducteur de la voiture tandis qu'il manœuvrait. J'ai figé ma main sur la poignée de la portière. Nick a bondi pour courir sur les lieux du drame. J'ai ouvert ma portière et posé le pied par terre. Nick se tenait sur le côté, essayant de voir s'il pourrait ouvrir l'une des portières de la voiture accidentée. Mais j'ai marché directement vers l'avant, près de l'arbre. J'ai regardé à travers le pare-brise. Et j'ai vu ce que j'avais craint tout en ne le croyant pourtant pas vraiment possible. Harry était affaissé sur le volant. J'ai tourné la tête, et j'ai vu un homme plus jeune sur le siège passager.

On suppose tous plus ou moins que, confronté à des situations de vie ou de mort, on va paniquer. Mais presque tous ceux qui ont véritablement vécu ce genre de choses vous diront que la panique est un luxe que vous ne pouvez pas vous permettre. Sur le moment, vous agissez sans réfléchir, en faisant tout ce que vous pouvez avec les informations dont vous disposez.

C'est quand c'est terminé que vous hurlez. Et pleurez. Et vous demandez comment vous avez surmonté ça. Fort probablement parce que, en cas de réel traumatisme, votre cerveau n'est pas très doué pour fabriquer des souvenirs. C'est presque comme si la caméra était en marche, mais que personne n'enregistrait. Alors ensuite, vous visionnez la cassette, et elle est entièrement vierge.

Voilà ce que je me rappelle. Je me rappelle Nick fracturant la portière conducteur. Je me rappelle avoir aidé à sortir Harry.

Je me rappelle avoir pensé qu'on ne devrait pas bouger Harry parce qu'on risquait de le paralyser. Mais je me rappelle avoir aussi pensé que je ne pouvais vraisemblablement pas attendre là et permettre que Harry reste ainsi affaissé sur le volant. Je me rappelle avoir tenu Harry dans mes bras tandis qu'il saignait. Je me rappelle l'entaille dans son arcade sourcilière, la façon dont le sang formait une couche épaisse rouge rouille sur la moitié de son visage. Je me rappelle avoir vu la coupure où la ceinture de sécurité avait tranché le côté inférieur de son cou. Je me rappelle deux de ses dents sur ses genoux. Je me rappelle l'avoir bercé d'avant en arrière. Je me rappelle avoir dit : « Reste avec moi, Harry. Reste-moi fidèle. » Je me rappelle l'autre homme gisant sur la route à côté de moi. Je me rappelle Nick me disant qu'il était mort. Je me rappelle avoir pensé que personne ressemblant à ça ne pouvait être en vie. Je me rappelle l'œil droit de Harry qui s'est ouvert. Je me rappelle combien cela m'a gonflée d'espoir, la manière dont le blanc de son œil paraissait si éclatant en contraste avec le rouge profond du sang. Je me rappelle combien son haleine et même sa peau sentaient le bourbon. Je me rappelle combien la prise de conscience a été saisissante ; une fois que j'ai su que Harry survivrait peut-être, je savais ce qu'il y avait à faire.

Ce n'était pas sa voiture. Personne ne savait qu'il était là. Il fallait que je l'emmène à l'hôpital, et que je veille à ce que personne ne découvre ce qui s'était passé. Je ne pouvais pas le laisser aller en prison. Et si on le jugeait pour homicide involontaire sous l'emprise de l'alcool ? Je ne pouvais pas laisser ma fille apprendre que son père avait conduit en état d'ivresse et tué quelqu'un. Avait tué son amant. Avait tué l'homme qui, selon lui, était en train de lui prouver qu'il pouvait aimer de nouveau.

J'ai fait appel à Nick pour m'aider à mettre Harry dans notre voiture. Je lui ai demandé de m'aider à remettre l'autre homme dans la berline défoncée, cette fois dans le siège conducteur. Et puis j'ai sorti en vitesse une écharpe de mon sac et j'ai nettoyé le volant avec, essuyé le sang, essuyé le siège. J'ai effacé toutes traces de Harry. Et puis nous l'avons emmené à l'hôpital.

Là-bas, tachée de sang et en sanglots, j'ai appelé la police d'une cabine téléphonique pour signaler l'accident. Quand j'ai raccroché, je me suis tournée et j'ai vu Nick, assis dans la salle d'attente, du sang sur le torse, les bras, même un peu dans le cou. J'ai marché vers lui. Il s'est levé.

— Vous devriez rentrer chez vous, ai-je dit. (Il a hoché la tête, toujours sous le choc.) Est-ce que vous en êtes capable ? Est-ce que vous voulez que j'appelle quelqu'un pour vous ramener ?

— Je ne sais pas.

— Je vais vous commander un taxi, dans ce cas.

J'ai pris mon sac à main. J'ai extrait deux billets de vingt dollars de mon portefeuille.

— Ça devrait suffire pour vous reconduire.

— OK.

— Vous allez rentrer chez vous, et vous allez oublier tout ce qui s'est passé. Tout ce que vous avez vu.

— Qu'est-ce qu'on a fait ? Comment avons-nous… Comment avons-nous pu… ?

— Vous allez me téléphoner, ai-je dit. Je vais prendre une chambre au Beverly Hills Hotel. Appelez-moi là-bas demain matin. À la première heure. Vous n'allez parler à personne d'autre d'ici là. Vous m'entendez ?

— Oui.

— Ni à votre mère, ni à vos amis, ni même au chauffeur de taxi. Est-ce que vous avez une petite copine ?

Il a nié de la tête.

— Un colocataire ?

Il a acquiescé.

432

— Vous lui dites que vous avez trouvé un homme dans la rue et que vous l'avez amené à l'hôpital, OK ? C'est tout ce que vous lui dites, et vous le lui dites seulement s'il demande.

— OK.

Il a hoché le menton. Je lui ai appelé un taxi et j'ai attendu avec lui jusqu'à ce que celui-ci arrive. Je l'ai installé à l'arrière.

— Qu'est-ce que vous allez faire à la première heure demain ? lui ai-je demandé par la vitre baissée.

— Je vais vous appeler.

— Bien. Si vous ne pouvez pas dormir, réfléchissez. Réfléchissez à ce dont vous avez besoin. Ce dont vous avez besoin de ma part pour vous remercier de ce que vous avez fait.

Il a acquiescé, et le taxi a filé.

Les gens me dévisageaient. Evelyn Hugo en tailleur-pantalon couvert de sang. Je craignais que les paparazzis ne débarquent à tout moment. Je suis retournée à l'intérieur. J'ai parlementé afin de pouvoir emprunter une blouse et avoir une chambre privée dans laquelle patienter. J'ai jeté mes vêtements. Lorsqu'un membre du personnel hospitalier m'a demandé une déclaration sur ce qui était arrivé à Harry, j'ai dit :

— Combien vous faudrait-il pour me laisser tranquille ?

J'ai été soulagée en découvrant que le nombre de dollars qu'il a proposé était inférieur à ce que j'avais dans mon sac à main.

Juste après minuit, un docteur est entré dans la chambre et m'a annoncé que l'artère fémorale de Harry avait été sectionnée. Il avait perdu trop de sang. Pendant un bref instant, je me suis demandé si je devais aller récupérer mes vieux habits, si je pourrais lui redonner un peu de son sang. Mais j'ai été distraite par les mots qui sont ensuite sortis de la bouche du docteur.

— Il ne tiendra pas.

J'ai commencé à suffoquer en m'apercevant que Harry, mon Harry, allait mourir.

—Souhaitez-vous lui faire vos adieux ?

Il était alité et inconscient quand je suis entrée dans la chambre. Il était plus pâle que d'habitude, mais on l'avait nettoyé un peu. Il n'y avait plus de sang partout. Je pouvais voir son beau visage.

—Il ne lui reste plus beaucoup de temps, a précisé le docteur. Mais nous pouvons vous accorder un instant.

Je ne pouvais pas me payer le luxe de paniquer. Alors je me suis glissée dans le lit auprès de lui. Je lui ai tenu la main, même si elle était inerte. Peut-être aurais-je dû être en colère contre lui pour avoir pris le volant en état d'ivresse. Mais je n'ai jamais pu en vouloir très longtemps à Harry. Je savais qu'il faisait toujours le mieux qu'il pouvait avec la peine qu'il éprouvait à tout moment. Et ceci, aussi tragique que ce fût, s'était révélé le mieux qu'il pouvait. J'ai collé mon front au sien, et je lui ai dit :

—Je veux que tu restes, Harry. Nous avons besoin de toi. Connor et moi. (J'ai serré sa main plus fort.) Mais si tu dois partir, alors pars. Pars si ça fait mal. Pars si c'est l'heure. Pars juste en sachant que tu étais aimé, que je ne t'oublierai jamais, que tu vivras dans tout ce que Connor et moi ferons. Pars en sachant que je t'aime d'un amour pur, Harry, que tu étais un père merveilleux. Pars en sachant que je t'ai raconté tous mes secrets. Parce que tu étais mon meilleur ami.

Harry est mort une heure plus tard. Après son départ, j'ai pu me payer ce luxe dévastateur de la panique.

Le lendemain matin, quelques heures après m'être enregistrée à l'hôtel, je me suis réveillée au son d'un coup de téléphone. J'avais les yeux gonflés d'avoir pleuré, et la gorge douloureuse. L'oreiller était encore taché de larmes.

J'étais quasiment sûre de n'avoir dormi qu'une heure, peut-être moins.

—Allô ? ai-je articulé.

—C'est Nick.

—Nick ?

—Votre chauffeur.

—Oh. Oui. Bonjour.

—Je sais ce que je veux.

Il avait la voix assurée. À un point qui m'a effrayée. Je me sentais alors si faible. Mais je savais que cet appel était mon idée. Sans même avoir à le formuler, le message était clair : « Dites-moi ce que vous voulez contre votre silence. »

—Je veux que vous fassiez de moi une star.

À la seconde où il a formulé sa requête, la toute dernière once d'affection que j'avais pour la célébrité m'a quittée.

—Vous rendez-vous compte de l'ampleur de ce que vous me demandez ? Si vous devenez célèbre, les événements d'hier soir seront dangereux pour vous, aussi.

—Ce n'est pas un problème, a-t-il répliqué.

J'ai soupiré, déçue.

—OK, ai-je acquiescé, résignée. Je peux vous obtenir des rôles. Le reste dépend de vous.

—Ça me va. C'est tout ce dont j'ai besoin.

Je lui ai demandé le nom de son agent, et j'ai raccroché. J'ai passé deux coups de fil. L'un à mon propre agent, pour lui dire de piquer Nick au sien. Le second à l'homme qui projetait de tourner le film d'action le plus juteux du pays. Ça parlait d'un chef de la police à la fin de sa cinquantaine qui met en échec des espions russes le jour où il est censé prendre sa retraite.

—Don ? ai-je dit lorsqu'il a répondu au téléphone.

—Evelyn ! Qu'est-ce que je peux faire pour toi ?

—J'ai besoin que tu embauches un de mes amis dans ton prochain film. Le plus grand rôle que tu puisses lui trouver.

—OK. Considère que c'est fait.

Il ne m'a pas demandé pourquoi. Il ne m'a pas demandé non plus si j'allais bien. Nous en avions assez vécu ensemble pour qu'il ne s'y hasarde pas. Je lui ai simplement donné le nom de Nick et j'ai raccroché.

Après avoir reposé le combiné sur le support, j'ai braillé, et hurlé. J'ai agrippé les draps. Le seul homme que j'aie jamais aimé avec une telle importance sur la durée me manquait. Mon cœur s'est morcelé dans ma poitrine à la perspective de l'annoncer à Connor, à la perspective d'essayer de vivre un seul jour sans lui, à la perspective d'un monde sans Harry Cameron. C'est Harry qui m'a créée, qui m'a insufflé mon énergie, qui m'a aimée de manière inconditionnelle, qui m'a donné une famille et une fille.

Alors j'ai beuglé dans ma chambre d'hôtel. J'ai ouvert les fenêtres, et j'ai crié à l'air libre. J'ai laissé mes larmes détremper tout ce qui se trouvait en vue. Si j'avais été dans un meilleur état d'esprit, je me serais étonnée du degré d'opportunisme et d'agressivité de Nick. Dans mes plus jeunes années, j'en aurais peut-être été impressionnée. Harry aurait très certainement déclaré qu'il avait du cran. Pas mal de gens peuvent tirer avantage de se trouver au bon endroit au bon moment. Mais Nick, d'une certaine façon, a transformé sa présence au mauvais endroit au mauvais moment en carrière. Là encore, peut-être que j'accorde à cet épisode trop de crédit dans la propre histoire de Nick. Il a changé de nom, s'est coupé les cheveux, et a fini par accomplir de très, très grandes choses. Et une petite voix me souffle que, même s'il n'avait jamais croisé mon chemin, il aurait gravi les marches du succès entièrement par lui-même. Je suppose que ce que je suis en train de dire, c'est qu'il ne s'agit pas uniquement de chance.

Il faut de la chance *et* être un fils de pute. Harry m'a appris ça.

ALORS VOILÀ

28 février 1989

LE PRODUCTEUR HARRY CAMERON EST MORT

Harry Cameron, producteur prolifique et ex-époux d'Evelyn Hugo, est mort d'un anévrisme durant le week-end à Los Angeles. Il avait cinquante-huit ans.

Ce producteur indépendant, ancien magnat des Sunset Studios, était connu pour avoir supervisé certains des chefs-d'œuvre d'Hollywood, y compris les classiques des années 1950, *Pour être avec toi* et *Les Quatre Filles du docteur March*, et quelques-uns des films les plus exaltants des années 1960, 1970 et 1980, tels que *Tout pour nous* en 1981. Il venait de boucler *La Sagesse de Theresa*, bientôt en salles.

Cameron était réputé pour son goût affûté et son attitude affable, mais ferme. Hollywood se retrouve le cœur brisé par la perte de l'un de ses favoris. « Harry était un producteur d'acteurs, a déclaré un ancien collègue. S'il choisissait un projet, vous saviez que vous vouliez en faire partie. »

Cameron laisse derrière lui la fille, aujourd'hui adolescente, qu'il a eue avec Evelyn Hugo, Connor Cameron.

ALORS VOILÀ

4 septembre 1989

SAUVAGEONNE

Article de source anonyme !

Quelle précieuse progéniture d'Hollywood a été surprise avec son pantalon baissé ? Et ce n'est pas une métaphore !

Cette fille d'ancienne actrice classée A++ connaît une mauvaise passe. Et il semble qu'au lieu de faire profil bas elle se déchaîne.

Nous avons ouï dire qu'à l'âge de quatorze ans cette sauvageonne manque à l'appel de son prestigieux lycée, et on l'aperçoit souvent dans l'un des nombreux clubs new-yorkais en vue… dans lequel elle est rarement, *hum*, sobre. Nous ne parlons pas juste d'alcool, non plus. *On dirait que tu as un peu de poudre sous le nez, là…*

Apparemment, sa mère tente de prendre la situation en main, mais les choses sont parties en vrille quand notre sauvageonne s'est fait surprendre avec deux camarades de lycée… au lit !

CHAPITRE 57

Six mois après la mort de Harry, j'ai su que je n'avais pas d'autre choix que sortir Connor de la ville. J'avais essayé tout le reste. J'ai été attentive et protectrice. J'ai essayé de lui faire entamer une thérapie. J'ai parlé de son père avec elle. Contrairement au reste du monde, elle savait qu'il avait eu un accident de voiture. Et elle comprenait pourquoi une telle chose devait être gérée avec délicatesse. Mais je savais que cela ne faisait qu'aggraver son stress. J'ai tenté de l'inciter à s'ouvrir à moi. Mais rien ne m'aidait à l'amener à faire de meilleurs choix. Elle avait quatorze ans, et venait de perdre son père de façon aussi soudaine que j'avais moi-même perdu ma mère tant d'années auparavant. Il me fallait prendre soin de mon enfant. Il fallait que je réagisse.

Mon instinct a été de l'éloigner des projecteurs, des gens disposés à lui vendre des drogues, à tirer avantage de son chagrin. Il fallait que je l'amène quelque part où je pourrais veiller sur elle, où je pourrais la protéger. Elle avait besoin de digérer et de guérir. Et ça lui était impossible avec la vie que je nous avais construite.

—Aldiz, a dit Celia.

Nous étions au téléphone. Je ne l'avais pas vue depuis des mois. Mais nous nous parlions tous les soirs. Celia m'a aidée à garder les pieds sur terre, à continuer d'avancer. Ces soirs-là, pour la plupart, allongée dans mon lit avec elle au bout du fil, je ne pouvais rien évoquer d'autre que la douleur de ma fille. Et quand je parvenais à aborder un sujet différent, c'était ma propre douleur. Je commençais juste à m'en sortir, à apercevoir la lumière à l'extrémité du tunnel, quand Celia a suggéré Aldiz.

— Où est-ce ? ai-je demandé.

— Sur la côte sud de l'Espagne. C'est une petite ville. J'ai parlé à Robert. Il attend un appel d'amis qu'il connaît à Málaga, qui n'est pas très loin. Il va se renseigner sur les établissements scolaires anglophones. C'est essentiellement un village de pêcheurs. Je n'ai pas l'impression que les gens s'intéresseront à nous.

— C'est calme ?

— Je pense, a-t-elle dit. Je crois que Connor devrait vraiment cesser sa manie de s'attirer des ennuis.

— Cela semble être son mode opératoire, ai-je dit.

— Tu seras là pour elle. Je ne serai pas loin. Robert sera là. Nous veillerons à ce qu'elle aille bien. Nous veillerons à ce qu'elle ait du soutien, des gens à qui parler. Qu'elle se fasse les bons genres d'amis.

Je savais que déménager en Espagne induisait de perdre Luisa. Elle était déjà partie de Los Angeles avec nous pour New York. Elle ne voudrait pas chambouler sa vie une fois de plus pour aller habiter en Espagne. Mais je savais également qu'elle prenait soin de notre famille depuis des décennies, et qu'elle était fatiguée. J'avais le sentiment que notre départ des États-Unis serait exactement l'excuse qu'il lui fallait pour sauter le pas. Je m'assurerais qu'elle ne manque de rien. Et, de toute façon, j'étais prête à adopter une approche plus concrète de l'entretien de ma maison. Je voulais être le genre de personne qui préparait le dîner, récurait les toilettes, restait disponible pour sa fille à tout moment.

— Est-ce que tu as des films qui cartonnent en Espagne ces temps-ci ? ai-je demandé.

— Aucun récemment, a répondu Celia. Et toi ?

— Juste *Boute-en-Train*. Donc, non.

— Crois-tu vraiment que tu seras capable de supporter ça ?

— Non, ai-je dit, avant même de savoir à quoi elle faisait allusion. De quelle partie veux-tu parler ?

— L'insignifiance.

J'ai ri.

— Oh, Seigneur. Oui. C'est à peu près la seule partie pour laquelle je suis prête.

Lorsque les plans ont été finalisés, que j'ai su à quelle école irait Connor, quelles maisons nous allions acheter, comment nous allions vivre, je suis entrée dans la chambre de Connor et me suis assise sur son lit.

Elle portait un tee-shirt de Duran Duran et un jean délavé. Ses cheveux blonds étaient crêpés au sommet du crâne. Elle était toujours consignée pour la fois où je l'avais surprise dans un plan à trois, elle n'avait donc pas d'autre choix que de rester assise là avec une mine renfrognée et d'écouter pendant que je parlais.

Je lui ai dit que je prenais ma retraite du cinéma. Je lui ai dit que nous déménagions en Espagne. Je lui ai dit qu'elle et moi serions plus heureuses en vivant avec des gens bien, loin de la célébrité et des caméras. Et puis, je lui ai dit, avec beaucoup de délicatesse, de timidité, que j'étais amoureuse de Celia. Je lui ai dit que j'allais épouser Robert, et je lui ai expliqué pourquoi, succinctement et clairement. Je ne l'ai pas traitée comme une enfant. Je lui ai parlé comme à une adulte. Je lui ai enfin livré la vérité. Ma vérité. Je ne lui ai pas parlé de Harry, ni révélé depuis combien de temps j'étais avec Celia, ni quoi que ce soit qu'elle n'avait pas besoin de savoir. Ces choses-là viendraient avec le temps. Mais je lui ai raconté ce qu'elle méritait de comprendre. Et j'ai conclu par ceci :

— Je suis prête à entendre tout ce que tu as à dire. Je suis prête à répondre à toutes les questions sans exception. Discutons-en.

Mais elle s'est contentée de hausser les épaules.

— Je m'en fous, maman, a-t-elle dit, assise sur son lit dos au mur. Je m'en fous complètement. Tu peux aimer n'importe qui. Épouser n'importe qui. Tu peux me faire habiter n'importe où. Aller dans n'importe quelle école que tu auras choisie. Je m'en fous, OK ? Je m'en fous, point à la ligne. Tout ce que je veux, c'est qu'on me foute la paix. Alors, juste… sors de ma chambre. S'il te plaît. Si tu peux faire ça, alors pour ce qui est du reste, je m'en fous.

Je l'ai regardée, droit dans les yeux, et son mal m'a fait mal. Avec ses cheveux blonds et son visage qui s'affinait, je commençais à craindre qu'elle ne me ressemble davantage qu'à Harry. Certes, académiquement parlant, elle serait plus séduisante si elle me ressemblait. Mais elle *devrait* ressembler à Harry. Le monde devrait nous donner cela.

— Très bien, ai-je dit. Je te fous la paix pour l'instant.

Je me suis levée. Je l'ai laissée respirer.

J'ai emballé nos affaires. J'ai embauché des déménageurs. J'ai fait des projets avec Celia et Robert. Deux jours avant que nous quittions New York, je suis entrée dans sa chambre et j'ai dit :

— Je t'accorderai ta liberté à Aldiz. Tu pourras choisir ta chambre. Je veillerai à ce que tu puisses revenir ici pour rendre visite à certains de tes amis. Je ferai tout mon possible pour te rendre la vie plus facile. Mais j'ai besoin de deux choses.

— Quoi ?

Elle avait un ton indifférent, mais elle me regardait. Elle me parlait.

— Dîner ensemble, tous les soirs.

— Maman…

— Je te laisse une grande marge de manœuvre, là. Beaucoup de confiance. Tout ce que je demande, ce sont deux choses. L'une, c'est dîner tous les soirs.

—Mais…

—C'est non négociable. Il ne te reste que trois ans avant d'aller à l'université, de toute manière. Tu peux supporter un repas par jour en ma compagnie.

Elle a détourné le regard.

—Bien. Quelle est la seconde ?

—Tu vas aller voir un psy. Au moins un petit moment. Tu as traversé beaucoup d'épreuves. Comme nous tous. Il faut que tu commences à parler à quelqu'un.

Quand j'avais évoqué une thérapie, des mois plus tôt, j'étais trop faible avec elle. Je l'autorisais à me dire « non ». Je n'allais pas le faire cette fois-ci. J'étais plus forte à présent. Je pouvais être une meilleure mère. Peut-être a-t-elle pu le détecter dans ma voix, car elle n'a pas essayé de s'opposer à moi. Elle m'a juste répliqué :

—OK, peu importe.

Je l'ai étreinte et embrassée sur la tête, et juste au moment où j'allais la lâcher, elle a enroulé ses bras autour de moi, et m'a serrée à son tour.

CHAPITRE 58

E velyn a les yeux humides. Ils le sont depuis un certain temps déjà. Elle se lève et va prendre un mouchoir à l'autre bout de la pièce.

C'est une femme si spectaculaire ; j'entends par là qu'elle est, elle-même, un spectacle. Mais elle est aussi profondément, profondément humaine. Et il m'est simplement impossible, à cet instant précis, de rester objective. Contre toute intégrité journalistique, j'ai juste trop d'affection à son égard pour ne pas être émue par sa douleur, pour ne pas avoir de peine pour tout ce qu'elle a traversé.

—Ce doit être si difficile… ce que vous faites, raconter votre histoire, avec tant de sincérité. Je veux juste que vous sachiez que je vous admire pour ça.

—Ne dites pas cela. OK ? Faites-moi une faveur, ne me dites pas une chose pareille. Je sais qui je suis. D'ici demain, vous le saurez aussi.

—Vous ne cessez de répéter ça, mais nous avons tous des défauts. Vous croyez vraiment ne plus être pardonnable ?

Elle ne tient pas compte de mon intervention. Elle regarde par la fenêtre, sans même me prêter attention.

—Evelyn. Honnêtement, est-ce que vous…

Elle me coupe la parole en retournant la tête vers moi.

—Vous aviez convenu de ne pas insister. Nous aurons fini bien assez tôt. Et vous ne resterez pas sans réponse sur quoi que ce soit.

Je l'ai observée d'un air sceptique.

— Vraiment, a-t-elle ajouté. Voilà un point sur lequel vous pouvez me faire confiance.

AGRÉABLE
ROBERT JAMISON

◊◊◊

ALORS VOILÀ

8 janvier 1990

EVELYN HUGO SE MARIE POUR LA SEPTIÈME FOIS

Evelyn Hugo a épousé samedi dernier le financier Robert Jamison. Alors que c'est la septième lune de miel pour Evelyn, il s'agit de la première pour Robert.

Si le nom du marié vous est familier, c'est peut-être parce que Evelyn n'est pas le seul membre de la royauté hollywoodienne auquel il soit relié. Jamison est un frère aîné de Celia St James. Selon nos sources, ils se sont rencontrés lors d'une soirée chez Celia il y a juste deux mois. Ils sont fous amoureux depuis.

La cérémonie a eu lieu à la mairie de Beverly Hills. Evelyn portait un tailleur couleur crème. Robert était élégant en costume rayé. Connor Cameron, la fille qu'Evelyn a eue avec feu Harry Cameron, était la demoiselle d'honneur.

Peu après, ils sont partis en voyage tous les trois en Espagne. Nous pouvons seulement supposer qu'ils rendent visite à Celia, qui vient récemment d'y acheter une propriété sur la côte sud.

CHAPITRE 59

Connor est revenue à la vie sur les plages rocheuses d'Aldiz. Le processus s'est révélé lent mais régulier, comme une germination. Elle aimait jouer au Scrabble avec Celia. Comme promis, elle dînait avec moi tous les soirs, descendant même parfois à la cuisine assez tôt pour m'aider à préparer des tortillas maison, ou le *caldo gallego* de ma mère. Mais c'était par Robert qu'elle était comme aimantée.

Grand et de large carrure, avec une petite bedaine et les cheveux gris, Robert ignorait totalement quoi faire avec une ado au départ. Je pense qu'elle l'intimidait. Il ne savait pas vraiment quoi dire. Alors il la laissait respirer, peut-être même s'en tenait-il carrément à distance. C'était Connor qui allait vers lui, qui lui demandait de lui apprendre à jouer au poker, de lui parler finances, qui lui proposait d'aller pêcher. Il n'a jamais remplacé Harry. Personne ne le pouvait. Par contre, il a atténué la douleur, un petit peu. Elle lui demandait son avis sur des garçons. Elle prenait le temps de lui trouver le pull parfait pour son anniversaire. Il lui a peint sa chambre. Il lui faisait ses *barbecue ribs* favoris le week-end.

Et lentement, Connor a commencé à croire que le monde était un endroit relativement sûr, peuplé de gens à qui ouvrir votre cœur. Je savais que les blessures causées par la perte de son père ne guériraient jamais vraiment, que le tissu cicatriciel se formerait tout au long de ses années de lycée. Mais je l'ai vue arrêter les fêtes. Je l'ai vue se mettre à récolter des A et des B. Et puis, quand elle est entrée à Stanford, je l'ai regardée, et j'ai pris conscience que j'avais une fille avec les deux pieds sur terre, et la tête vissée sur les épaules.

Celia, Robert et moi avons emmené Connor dîner dehors, la veille du jour où nous décollions elle et moi pour son université. Nous étions dans un minuscule restaurant sur l'eau. Robert lui avait acheté un cadeau qu'il avait emballé. C'était un jeu de poker. Il a dit :

— Prends l'argent de tout le monde, comme tu prends le mien avec toutes ces quintes flush.

— Et ensuite tu pourras m'aider à l'investir, a-t-elle déclaré avec une jubilation malicieuse.

— Voilà une bonne fille, a-t-il répliqué.

Robert a toujours prétendu m'avoir épousée parce qu'il aurait fait n'importe quoi pour Celia. Mais je pense qu'il l'a fait, un tant soit peu, parce que ça lui offrait l'occasion d'avoir une famille. Il n'allait jamais se caser avec une femme en particulier. Et les Espagnoles s'avéraient tout aussi sensibles à son charme que l'avaient été les Américaines. Mais ce système, cette famille, était du genre dont il pouvait faire partie, et je crois qu'il le savait en s'engageant.

Ou peut-être Robert a-t-il simplement mis le pied dans quelque chose qui a fonctionné pour lui, incertain de ce qu'il désirait avant de l'avoir. Il y a des gens qui ont cette chance. Moi, j'ai toujours couru après ce que je voulais de toutes mes forces. D'autres trébuchent dans le bonheur. Parfois, j'aimerais être comme eux. Je suis sûre que, parfois, ils aimeraient être comme moi.

Avec Connor repartie aux États-Unis, ne rentrant à la maison qu'aux vacances scolaires, Celia et moi disposions de plus de temps ensemble que nous n'en avions jamais eu. Nous n'avions à nous inquiéter d'aucun tournage de films ni de chroniques people. On ne nous reconnaissait presque jamais ; et si les gens effectivement reconnaissaient l'une d'entre nous, ils restaient à l'écart et le gardaient pour eux.

Là-bas, en Espagne, j'avais la vie que je voulais vraiment. Je me sentais en paix, me réveillant de nouveau tous les jours en voyant les cheveux de Celia étalés sur mon oreiller. Je chérissais chaque moment que nous avions pour nous seules, chaque seconde que je passais avec mes bras autour d'elle. Notre chambre avait un balcon gigantesque qui donnait sur l'océan. Souvent, la brise marine s'engouffrait dans la pièce en pleine nuit. Nous traînions assises là dehors certains matins, à lire le journal ensemble, nos doigts noircis par l'encre.

Je recommençais même à parler espagnol. Au début, je le faisais parce que c'était nécessaire. Il y avait tant de gens avec qui nous avions besoin de converser, et j'étais la seule y étant véritablement préparée. Mais je pense que cette obligation m'a été favorable. Parce que je ne pouvais pas trop m'inquiéter de mes hésitations ; je devais simplement aller au bout de la transaction. Et ensuite, avec le temps, je me suis surprise à être fière de la facilité avec laquelle ça me revenait. Le dialecte était différent – l'espagnol cubain de mon enfance ne s'accordait pas idéalement au castillan d'Espagne –, mais des années sans prononcer les mots n'en avaient pas effacé beaucoup de mon esprit. Je parlais souvent espagnol, même à la maison, forçant Celia et Robert à deviner ce que je disais à partir de leur propre connaissance limitée. J'adorais partager ça avec eux. J'adorais pouvoir exposer une part de moi-même que j'avais depuis longtemps enfouie. J'ai été heureuse de découvrir qu'au moment de la déterrer cette part était toujours là, à m'attendre. Mais bien entendu, aussi parfaites que pouvaient paraître les journées, un mal planait au-dessus de nous nuit après nuit. Celia n'allait pas bien. Sa santé se détériorait. Elle ne lui restait plus beaucoup de temps.

— Je sais que je ne devrais pas, m'a-t-elle dit un soir tandis que nous étions allongées dans le noir, encore toutes les deux éveillées. Mais quelquefois, je nous en veux tellement pour toutes les années que nous avons perdues. Pour tout le temps que nous avons gâché.

Je lui ai pris la main.

— Je sais, ai-je dit. Moi aussi.

— Si tu aimes assez quelqu'un, tu devrais être capable de surmonter n'importe quoi, a-t-elle déclaré. Et nous nous sommes toujours tant aimées, plus que j'aurais imaginé un jour pouvoir être aimée, plus que j'aurais imaginé un jour pouvoir aimer. Alors pourquoi… pourquoi n'avons-nous pas pu surmonter ça ?

— Nous l'avons fait, ai-je dit, en me tournant vers elle. Nous sommes ici.

Elle a secoué la tête.

— Mais les *années*, a-t-elle insisté.

— Nous sommes obstinées, ai-je dit. Et on ne nous a pas vraiment donné les outils pour réussir. Nous sommes toutes les deux habituées à être celle qui mène la danse. Nous avons toutes les deux tendance à penser que le monde tourne autour de nous…

— Et nous avons dû cacher que nous étions gays, a-t-elle ajouté. Ou plutôt, que je suis gay. Toi, tu es bisexuelle. (J'ai souri dans le noir et lui ai serré la main.) Le monde n'a pas rendu ça simple.

— Je pense que chacune de nous visait au-delà du réalisable. Je suis sûre que nous aurions pu faire fonctionner tout ça, nous deux, dans une petite ville. Tu aurais pu être prof. J'aurais pu être infirmière. Nous aurions pu nous rendre les choses plus faciles de cette manière.

Je sentais Celia secouer la tête à côté de moi.

— Mais ce n'est pas cela que nous sommes, ce n'est pas ce que nous avons un jour été ou pourrions un jour être.

J'ai acquiescé.

— Je pense qu'être toi-même – ton véritable toi, tout entier – te donnera toujours l'impression de nager à contre-courant.

— Ouais, a-t-elle dit. Mais si ces dernières années avec toi sont une quelconque indication, je pense que c'est également comme enlever ton soutien-gorge à la fin de la journée.

Je me suis esclaffée.

— Je t'aime, ai-je dit. Ne me quitte jamais.

Mais lorsqu'elle a répliqué :

— Je t'aime aussi. Je ne te quitterai jamais.

Nous savions toutes les deux qu'elle faisait une promesse qu'elle ne pourrait pas tenir.

Je ne supportais pas l'idée de la perdre de nouveau, et d'une façon irrévocable cette fois. L'idée de me retrouver pour toujours sans elle, sans lien avec elle, m'était insoutenable.

— Est-ce que tu veux m'épouser ? ai-je demandé.

Elle a ri, et je l'ai interrompue.

— Je ne plaisante pas ! Je veux t'épouser. Une bonne fois pour toutes. Est-ce que je ne mérite pas ça ? Au bout de sept mariages, ne devrais-je pas avoir le droit d'épouser l'amour de ma vie ?

— Je ne crois pas que ça marche de cette manière, mon ange, a-t-elle dit. Et ai-je besoin de te le rappeler, je volerais la femme de mon frère.

— Je suis sérieuse, Celia.

— Moi aussi, Evelyn. Il n'y a pas moyen que nous nous mariions.

— Un mariage, ce n'est rien d'autre qu'une promesse.

— Si tu le dis. C'est toi l'experte.

— Marions-nous ici et maintenant. Toi et moi. Dans ce lit. Tu n'as même pas à mettre de chemise de nuit blanche.

— De quoi est-ce que tu parles ?

— Je parle d'une promesse spirituelle, entre nous deux, pour le restant de nos jours.

Quand Celia s'est tue, j'ai su qu'elle y réfléchissait. Elle se demandait si cela pouvait signifier quoi que ce soit, nous deux dans ce lit.

— Voici ce que nous allons faire, ai-je dit, en tentant de la convaincre. Nous allons nous regarder droit dans les yeux et nous tenir les mains, et nous dirons ce que nous avons dans le cœur, et nous nous promettrons d'être là l'une pour l'autre. Nous n'avons pas besoin de documents du gouvernement, ni de témoins, ni de bénédiction religieuse. Ça n'a aucune importance que je sois déjà mariée légalement, parce que nous savons toutes les deux que quand j'ai épousé Robert, je le faisais pour être avec toi. Nous n'avons pas besoin des règles des autres. Nous avons juste besoin l'une de l'autre.

Elle est restée silencieuse. Elle a soupiré. Et puis elle a lâché :

— OK. Je suis partante.

— Vraiment ?

J'ai été surprise par l'importance qu'était en train de prendre ce moment.

— Ouais, a-t-elle dit. Je veux t'épouser. J'ai toujours voulu t'épouser. J'ai juste… Ça ne m'est jamais venu à l'esprit que nous en avions la possibilité. Que nous n'avions besoin de l'approbation de personne.

— Non, pas besoin, ai-je confirmé.

— Alors, je le veux.

J'ai ri et je me suis redressée dans notre lit. J'ai allumé la lampe sur ma table de chevet. Celia s'est assise, aussi. Nous nous sommes mises face à face, en nous tenant les mains.

— Je pense que tu devrais sans doute célébrer la cérémonie, a-t-elle dit.

— Je suppose que j'ai participé à plus de mariages, ai-je plaisanté.

Elle a ri, et j'ai ri avec elle. Nous avions la cinquantaine passée, mais étions comme étourdies à l'idée de faire enfin ce que nous aurions dû faire depuis des années.

— OK, ai-je dit. Reprenons notre sérieux. Nous allons procéder.

— OK, a-t-elle acquiescé, en souriant. Je suis prête.

J'ai inspiré. Je l'ai regardée. Elle avait des pattes d'oie autour des yeux. Des rides du sourire autour de la bouche. Les cheveux ébouriffés par l'oreiller. Elle portait un vieux tee-shirt des Giants de New York avec un trou à l'épaule. Au diable les conventions, elle n'avait jamais été plus belle.

— Très chers amis, ai-je commencé. Je suppose que c'est juste nous.

— OK. Je suis.

— Nous sommes rassemblés ici en ce jour pour célébrer l'union de… nous.

— Super.

— Deux personnes qui se réunissent pour passer le reste de leur vie ensemble.

— Validé.

— Celia, acceptes-tu de me prendre, moi Evelyn, pour épouse ? Dans la maladie comme dans la santé, dans la richesse comme dans la pauvreté, jusqu'à ce que la mort nous sépare ?

Elle m'a souri.

— Oui, je le veux.

— Et moi, Evelyn, est-ce que j'accepte de te prendre, toi Celia, pour épouse ? Dans la maladie comme dans la santé et tous les autres trucs ? Oui, je le veux. (J'ai pris conscience qu'il y avait un léger pépin.) Attends, nous n'avons pas d'alliances.

Celia a cherché du regard quelque chose qui pourrait suffire. Sans dégager mes mains des siennes, j'ai vérifié sur la table de chevet.

— Tiens, a dit Celia, en retirant l'élastique de ses cheveux.

J'ai ri en retirant le mien de ma queue de cheval.

—OK, ai-je dit. Celia, répète après moi. Evelyn, reçois cette alliance, symbole de mon amour éternel.

—Evelyn, reçois cette alliance, symbole de mon amour éternel.

Celia a pris l'élastique et l'a enroulé trois fois autour de mon annulaire.

—Dis : avec cette alliance, je t'épouse.

—Avec cette alliance, je t'épouse.

—OK. Maintenant, à moi. Celia, reçois cette alliance, symbole de mon amour éternel. Avec cette alliance, je t'épouse. (J'ai mis mon élastique sur son doigt.) Oh, j'ai oublié les vœux. Devrions-nous prononcer des vœux ?

—On peut, a-t-elle répondu. Si tu veux.

—OK. Tu réfléchis à ce que tu veux dire. Je vais faire pareil.

—Je n'ai pas besoin d'y réfléchir. Je suis prête. Je sais.

—OK, ai-je dit, étonnée de voir que mon cœur battait la chamade, impatiente d'entendre ses paroles. Vas-y.

—Evelyn, je suis amoureuse de toi depuis 1959. Je ne l'ai peut-être pas toujours montré, j'ai peut-être laissé des tas d'obstacles se mettre en travers du chemin, mais sache que je t'aime depuis aussi longtemps. Que je n'ai jamais cessé. Et que je ne cesserai jamais.

J'ai fermé brièvement les yeux, en assimilant ses propos. Et puis je lui ai adressé les miens.

—J'ai été mariée sept fois, et jamais une seule fois cela ne m'a semblé, ne serait-ce qu'à moitié, aussi légitime que ceci. Je pense que t'aimer a été la chose la plus sincère chez moi.

Elle souriait tellement fort que j'ai cru qu'elle allait peut-être pleurer. Mais non.

—Par les pouvoirs qui me sont conférés par… nous, ai-je poursuivi, je nous déclare maintenant épouses.

Celia a ri.

—Je peux à présent embrasser la mariée, ai-je dit, avant de lui lâcher les mains et de lui prendre le visage pour l'embrasser.

Embrasser ma femme.

CHAPITRE 60

Six ans plus tard, après que Celia et moi avions passé plus d'une décennie ensemble sur les plages d'Espagne, que Connor était sortie diplômée de l'université et avait pris un travail à Wall Street, après que le monde avait quasiment oublié *Les Quatre Filles du docteur March* et *Boute-en-Train* ainsi que les trois Oscars de Celia, Cecelia Jamison est morte d'une insuffisance respiratoire.

Elle était dans mes bras. Dans notre lit. C'était l'été. Les fenêtres étaient ouvertes pour laisser entrer la brise. La chambre sentait la maladie, mais si vous vous concentriez assez fort, vous pouviez toujours percevoir l'odeur salée de l'océan. Ses yeux se sont figés. J'ai appelé l'infirmière, qui se trouvait en bas dans la cuisine. Je crois que j'ai de nouveau cessé de fabriquer des souvenirs, dans ces instants où l'on m'a retiré Celia. Je me souviens seulement de m'être agrippée à elle, de l'avoir tenue du mieux que je pouvais. Je me souviens seulement d'avoir dit :

— Nous n'avons pas eu assez de temps.

C'était comme si, en emportant son corps, les ambulanciers m'arrachaient mon âme. Et alors, quand la porte s'est refermée, que tout le monde était parti, quand Celia n'était plus visible nulle part, j'ai tourné la tête vers Robert. Je me suis effondrée par terre. Les dalles étaient froides sur ma peau embrasée. La dureté de la pierre m'a fait mal aux os. En dessous de moi, des flaques de larmes se formaient, et pourtant, je n'arrivais pas à soulever ma tête du sol. Robert ne m'a pas aidée à me relever. Il s'est mis par terre à côté de moi. Et il a pleuré.

Je l'avais perdue. Ma moitié. Ma Celia. Mon âme sœur. La femme dont j'avais passé ma vie à gagner l'amour. Simplement partie. Irrévocablement, et pour toujours. Et le luxe dévastateur de la panique m'a de nouveau submergée.

ALORS VOILÀ

5 juillet 2000

LA REINE DU GRAND ÉCRAN CELIA ST JAMES EST MORTE

L'actrice trois fois oscarisée Celia St James est morte la semaine dernière des suites de complications liées à un emphysème. Elle avait soixante et un ans.

Issue d'une famille aisée originaire d'une petite ville de Géorgie, la rousse St James a souvent été surnommée l'Ange de Géorgie au début de sa carrière. Mais c'est son rôle de Beth dans l'adaptation en 1959 des *Quatre Filles du docteur March* qui lui a rapporté son premier Oscar et a fait d'elle une authentique star.

St James allait être nommée à quatre autres reprises et rentrer chez elle avec le trophée deux fois de plus au cours des trente années suivantes, dans la catégorie meilleure actrice en 1970 pour *Nos hommes*, et meilleur second rôle pour son interprétation de lady Macbeth dans l'adaptation de la tragédie shakespearienne en 1988.

En plus de son remarquable talent, St James était connue pour son allure de fille d'à côté et ses quinze ans de mariage avec le héros du football John Braverman. Ils ont divorcé à la fin des années 1970, mais sont restés en bons termes jusqu'au décès de Braverman en 1980. Elle ne s'est jamais remariée.

La fortune de St James devrait être gérée par son frère, Robert Jamison, mari de l'actrice – qui a aussi partagé l'affiche avec St James – Evelyn Hugo.

CHAPITRE 61

Celia, comme Harry, a été enterrée à Forest Lawn, à Los Angeles. Robert et moi avons programmé ses funérailles un jeudi matin. Elles ont eu lieu en privé. Mais les gens savaient que nous étions là. Ils savaient qu'elle se faisait inhumer. Lorsqu'on l'a mise en terre, j'ai rivé les yeux sur le trou dans le sol. J'ai rivé les yeux sur le reflet brillant du bois de son cercueil. Je n'ai pas pu me contenir. Je n'ai pas pu empêcher mon vrai moi de jaillir.

— J'ai besoin d'une minute, ai-je dit à Robert et Connor avant de me détourner.

J'ai marché. De plus en plus loin, en montant les chemins sinueux de la colline du cimetière, jusqu'à ce que je trouve ce que je cherchais. Harry Cameron. Je me suis assise devant sa pierre tombale, et j'ai pleuré toutes les larmes de mon corps. J'ai pleuré jusqu'à ce que je me sente vidée. Je n'ai absolument rien dit. Je n'en éprouvais aucune nécessité. Je parlais à Harry dans ma tête et mon cœur depuis si longtemps, depuis tant d'années, que j'avais l'impression que c'était au-delà des mots entre nous.

Il avait été celui qui m'aidait, me soutenait, dans toutes les épreuves que je traversais. Et à présent, j'avais besoin de lui plus que jamais. Alors je suis allée le trouver de la seule manière que je connaissais. Je l'ai laissé me guérir comme lui seul en était capable. Puis je me suis levée, j'ai épousseté ma jupe, et je me suis retournée. Là, dans les arbres, se tenaient deux paparazzis en train de me prendre en photo. Je n'étais ni furieuse ni flattée. Simplement, je m'en moquais. Ça coûtait tellement cher, de s'en soucier. Je n'avais aucune sorte de monnaie à dépenser là-dedans. Je me suis contentée de m'éloigner.

Deux semaines plus tard, après que Robert et moi sommes rentrés à Aldiz, Connor m'a envoyé un magazine avec la photo de moi sur la tombe de Harry en couverture. Elle avait attaché un message au recto. Ça disait, simplement : « Je t'aime. » J'ai détaché le message et lu le gros titre : *La légende Evelyn Hugo pleure sur la tombe de Harry Cameron des années plus tard.*

Même si j'avais depuis longtemps passé la fleur de l'âge, les gens avaient toujours le regard facilement détourné des sentiments que j'avais pour Celia St James. Mais, cette fois, c'était différent. Parce que je ne cachais rien.

La vérité s'était trouvée à portée de leurs yeux s'ils y avaient prêté attention. J'avais été mon moi le plus vrai, cherchant l'aide de mon meilleur ami pour apaiser la douleur de perdre mon amante. Mais, bien entendu, ils ont mal interprété la situation. Ils ne se sont jamais préoccupés de comprendre correctement. Les médias raconteront l'histoire qu'ils auront envie de raconter, quelle qu'elle soit. Ils l'ont toujours fait. Ils le feront toujours.

J'ai su alors que la seule fois où quiconque saurait quelque chose de vrai sur ma vie, ce serait lorsque je le leur révélerais directement. Dans un livre.

J'ai conservé la note de Connor, et mis le magazine à la poubelle.

CHAPITRE 62

Avec le décès de Celia, l'absence de Harry, et moi-même dans un mariage qui, quoique chaste, s'avérait stable, ma vie est officiellement devenue dénuée de tout scandale. Moi. Evelyn Hugo. Une vieille dame ennuyeuse.

Robert et moi avons vécu une union amicale pendant les onze années suivantes. Nous sommes retournés habiter à Manhattan au milieu des années 2000 pour être plus près de Connor. Nous avons donné un coup de neuf à cet appartement. Nous avons légué une partie de l'argent de Celia à des organisations LGBTQ+ et à la recherche contre les maladies pulmonaires. Chaque Noël, nous donnions des soirées caritatives au profit des organisations s'occupant de jeunes sans-abri à New York. Après des années sur une plage paisible, c'était agréable d'être de nouveau des membres de la société de quelque manière. Mais Connor était tout ce dont je me souciais réellement.

Elle avait gravi les échelons à Merrill Lynch, et ensuite, peu après que Robert et moi sommes revenus habiter à New York, elle lui a avoué qu'elle détestait le monde de la finance. Elle lui a dit qu'elle devait changer de voie. Il était déçu qu'elle n'ait pas été heureuse en faisant ce qui, lui, l'avait rendu heureux ; c'était évident. Mais il n'a jamais été déçu par Connor. Et il a été la première personne à la féliciter quand elle a pris un poste d'enseignante à Wharton. Elle n'a jamais su qu'il avait passé quelques coups de fil en sa faveur. Il n'a jamais voulu qu'elle le sache. Il souhaitait juste l'aider, par tous les moyens dont il disposait. Et il l'a fait, avec amour, jusqu'à ce qu'il meure, à quatre-vingt-un ans.

Connor a prononcé l'éloge funèbre. Son petit ami, Greg, faisait partie des porteurs de cercueil. Après ça, ils sont venus tous les deux habiter avec moi quelque temps.

— Maman, après sept maris, je ne suis pas sûre que tu aies la moindre expérience de la vie en solitaire, m'a-t-elle dit, assise à la table de ma salle à manger, la même à laquelle elle était installée dans une chaise haute avec Harry, Celia, John et moi.

— J'ai eu une vie bien remplie avant ta naissance, lui ai-je fait remarquer. J'ai vécu seule à un moment, et je peux le refaire. Greg et toi devriez aller vivre vos vies. Vraiment.

Mais à l'instant où j'ai fermé la porte derrière eux, j'ai réalisé combien cet appartement était immense, et calme. C'est alors que j'ai engagé Grace. J'avais hérité de multiples millions de Harry, Celia, et à présent Robert. Et je n'avais que Connor à gâter. J'ai donc gâté Grace aussi, ainsi que sa famille. Ça m'a procuré du bonheur de leur en procurer, de leur apporter une infime dose du luxe dont j'avais bénéficié la majorité de mon existence. Vivre seule n'est pas si mal une fois que vous vous y habituez. Et vivre dans un appartement comme celui-ci, eh bien… je l'ai gardé parce que je voulais le transmettre à Connor, mais j'en ai apprécié certains aspects. Bien entendu, je préférais toujours quand Connor y passait la nuit, surtout après qu'elle a rompu avec Greg.

Vous pouvez vous créer une vie assez belle en tenant des dîners de charité chez vous et en collectionnant de l'art. Vous pouvez trouver un moyen de vous accommoder de la vérité, quelle qu'elle soit. Jusqu'à ce que votre fille meure.

Connor a été diagnostiquée avec un cancer du sein en stade terminal il y a deux ans et demi, quand elle avait trente-neuf ans. Les médecins lui ont prédit quelques mois à vivre. Je savais ce que c'était de prendre conscience que celle que vous aimiez quitterait cette terre bien avant vous. Mais rien ne pouvait me préparer à la douleur de regarder mon enfant souffrir. Je l'ai tenue quand elle a vomi à cause de la chimio. Je l'ai enroulée dans des couvertures quand elle avait si froid qu'elle en pleurait. Je lui embrassais le front comme si elle redevenait mon bébé, parce qu'elle était à jamais mon bébé. Je lui ai répété chaque jour que sa vie avait été le plus beau cadeau que le monde m'ait offert, que je croyais que j'avais été mise sur terre non pas pour faire des films ni porter des robes vert émeraude et saluer les foules, mais pour être sa mère.

J'étais assise à côté de son lit d'hôpital.

— De tout ce que j'ai fait, ai-je dit, rien ne m'a jamais rendue plus fière que le jour où je t'ai donné naissance.

— Je sais, a-t-elle répondu. Je l'ai toujours su.

J'avais mis un point d'honneur à ne plus lui raconter de conneries depuis la mort de son père. Nous avions ce genre de relation où nous nous croyions l'une l'autre, où nous croyions l'une *en* l'autre. Elle se savait aimée. Elle savait qu'elle avait changé ma vie, qu'elle avait changé le monde.

Elle a tenu dix-huit mois avant de succomber. Et lorsqu'on l'a mise en terre à côté de son père, j'ai craqué comme jamais auparavant. Le luxe dévastateur de la panique m'a submergée à nouveau. Et ne m'a plus quittée.

CHAPITRE 63

Voilà comment s'achève mon histoire. Avec la perte de tous ceux que j'aie jamais aimés. Avec moi, dans un immense et bel appartement de l'Upper East Side, et le manque de tous ceux qui ont eu de l'importance à mes yeux. Lorsque vous écrirez la fin, Monique, veillez à ce qu'il soit bien clair que je n'aime pas plus que ça cet appartement, que je me moque de tout l'argent que j'ai, que je ne pourrais pas plus m'en foutre que le public me voie comme une légende, que l'adoration des foules n'a jamais réchauffé mon lit. Lorsque vous écrirez la fin, Monique, dites à tout le monde que ce sont les gens qui me manquent. Dites à tout le monde que je me suis trompée. Que j'ai choisi les mauvaises options la plupart du temps. Lorsque vous écrirez la fin, Monique, veillez à ce que le lecteur comprenne que tout ce que j'ai toujours cherché, c'était une famille. Veillez à ce qu'il soit clair que je l'ai trouvée. Veillez à ce qu'on sache que j'ai le cœur brisé sans elle. Faites-leur un dessin, s'il le faut. Dites qu'Evelyn Hugo s'en fout si tout le monde oublie son nom. Evelyn Hugo s'en fout si tout le monde oublie qu'elle a un jour vécu. Encore mieux, rappelez-leur qu'Evelyn Hugo n'a jamais existé. C'était une personne que j'ai inventée pour eux. Afin qu'ils m'aiment. Dites-leur que j'ai été confuse, très longtemps, à propos de ce qu'était l'amour. Dites-leur que je le comprends, maintenant, et que je n'ai plus besoin de leur amour. Dites-leur : « Evelyn Hugo veut juste rentrer chez elle.

Il est temps pour elle de retrouver sa fille, son amoureuse, son meilleur ami, et sa mère. » Dites-leur qu'Evelyn Hugo fait ses adieux.

CHAPITRE 64

— Qu'entendez-vous par «vos adieux»? Ne faites pas vos adieux, Evelyn.

Elle me regarde droit dans les yeux et ne tient pas compte de mes propos.

— Lorsque vous rassemblerez ces éléments en un récit, dit-elle, veillez à ce qu'il soit clair que de toutes les choses que j'ai faites pour protéger les membres de ma famille, je referais *chacune* d'elles. Et j'en aurais fait plus, je me serais montrée encore plus ignoble, si j'avais pensé que ça pourrait les sauver.

— Je pense que la plupart des gens éprouvent le même sentiment, lui dis-je. Concernant leur vie, leurs êtres chers.

Evelyn paraît déçue de ma réponse. Elle se lève et se dirige vers son bureau. Elle en sort un bout de papier.

Il est vieux. Fripé et plié, avec une nuance orange foncé sur un bord.

— L'homme dans la voiture avec Harry, dit-elle. Celui que j'ai laissé.

Ceci, bien entendu, est la chose la plus extrême qu'elle ait jamais faite. Mais je ne pourrais affirmer que je n'aurais pas fait pareil pour quelqu'un que j'aime. Je ne dis pas que j'aurais fait pareil. Juste que je ne peux pas affirmer le contraire.

— Harry était tombé amoureux d'un homme Noir. Il s'appelait James Grant. Il est mort le 26 février 1989.

Chapitre 65

Voilà ce qui se passe avec la fureur. Elle se déclenche dans votre poitrine. D'abord sous forme de peur. Ensuite vient le déni. *Non, ce doit être une erreur. Non, c'est impossible.* Et puis, la vérité vous frappe. *Oui, elle a raison. Oui, c'est possible.* Parce que vous prenez conscience : *Oui, c'est bien vrai.* Et alors, vous avez le choix. Êtes-vous triste, ou en colère ? Et, en fin de compte, la ligne ténue entre les deux se réduit à *une* question. Pouvez-vous désigner un coupable ?

La perte de mon père, quand j'avais sept ans, a été quelque chose dont j'ai toujours eu une seule personne à accuser. Mon père. Mon père conduisait en état d'ivresse. Il n'avait jamais rien fait de tel auparavant. Ça ne lui ressemblait absolument pas. Mais c'est arrivé. Et je pouvais soit le détester pour ça, soit essayer de comprendre. *Ton père conduisait sous influence et a perdu le contrôle de la voiture.* Mais ceci. Savoir que mon père n'a jamais pris le volant de son plein gré en ayant bu, qu'il a été abandonné sur le bord de la route par cette femme, portant le chapeau pour sa propre mort, son héritage terni. Le fait que j'aie grandi en pensant qu'il avait été à l'origine de l'accident. La lourde accusation qui flotte dans l'air n'attend que d'être épinglée sur la poitrine d'Evelyn. Et la façon dont elle est assise devant moi, pleine de remords, annonce sans ambiguïté qu'elle est prête à se faire épingler. Cette accusation est comme un coup de silex à mes années de souffrance. Et ça dégénère en fureur.

Mon corps devient incandescent. Mes yeux pleurent. Mes mains se serrent en poings, et je m'éloigne car j'ai peur de ce que je risque de faire. Et puis, parce que m'éloigner d'elle me paraît trop généreux, je me rapproche doucement de là où elle se trouve, et je la pousse contre le dossier du canapé, et lui crache :

— Je suis contente qu'il ne vous reste plus personne. Je suis contente qu'il n'y ait plus personne en vie pour vous aimer.

Je la lâche, m'étonnant moi-même. Elle se redresse, me regarde.

— Vous pensez que me donner votre histoire compense la moindre miette de tout ça ? lui demandé-je. Pendant tout ce temps, vous m'avez fait asseoir ici, écouter votre vie, afin que vous puissiez vous confesser, et vous croyez que votre *biographie* compense ça ?

— Non. Je pense que vous me connaissez suffisamment bien à présent pour savoir que je suis loin d'être assez naïve pour croire en l'absolution.

— Quoi, alors ?

Evelyn tend le bras et me montre le papier dans sa main.

— J'ai trouvé cette lettre dans la poche de pantalon de Harry. La nuit où il est mort. Je pense qu'il l'a lue et que c'était la raison pour laquelle il avait tant bu au départ. Elle venait de votre père.

— Et alors ?

— Alors, je... J'ai trouvé une grande sérénité dans le fait que ma fille sache la vérité à mon sujet. Je voulais... Je pense être la seule personne vivante en mesure de vous donner cela. De le donner à votre père. Je veux que vous sachiez qui il était vraiment.

— Je sais qui il était pour moi, dis-je, tout en m'apercevant que ce n'est pas tout à fait exact.

— Je me disais que vous voudriez tout savoir de lui. Prenez ça, Monique. Lisez la lettre. Si vous n'en voulez pas, vous n'êtes pas obligée de la garder. Mais j'ai toujours eu l'intention de vous l'envoyer. J'ai toujours pensé que vous méritiez de savoir.

Je la lui arrache des mains, refusant même de pousser la gentillesse jusqu'à la prendre délicatement. Je m'assois. Je l'ouvre. Il y a ce qui ne peut être que des taches de sang en haut de la page. Je me demande brièvement s'il s'agit du sang de mon père. Ou de Harry. Je décide de ne pas y songer. Avant de pouvoir lire ne serait-ce qu'une ligne, je relève les yeux vers elle.

— Est-ce que vous pouvez partir ? dis-je.

Evelyn acquiesce et sort de son propre bureau. Elle ferme la porte derrière elle. Je baisse les yeux. Il y a tant à recadrer dans mon esprit.

Mon père n'a rien fait de mal. Mon père n'a pas causé sa propre mort. J'ai passé des années de ma vie à le voir sous cet angle, à faire la paix avec lui par ce prisme. Et maintenant, pour la première fois depuis presque trente ans, j'ai de nouveaux mots, des pensées fraîches, provenant de mon père.

Cher Harry,

Je t'aime. Je t'aime d'une manière que je n'aurais jamais crue possible. J'ai passé une si grande partie de ma vie à penser que ce type d'amour était un mythe. Et le voilà à présent, si réel que je peux le toucher, et je comprends enfin de quoi les Beatles parlaient dans leurs chansons durant toutes ces années.

Je n'ai pas envie que tu partes habiter en Europe. Mais je sais aussi que c'est peut-être la meilleure chose qui puisse t'arriver d'aller vivre là-bas. Alors, malgré mes désirs, je pense que tu devrais y aller.

Je ne suis et ne serai pas capable de te donner la vie dont tu rêves ici à Los Angeles.

Je ne peux pas épouser Celia St James ; même si, je suis d'accord avec toi, c'est une actrice époustouflante de beauté, et je dois admettre que j'avais un petit faible pour elle dans Mariage royal.

Mais le fait demeure que même si je n'ai jamais aimé ma femme comme je t'aime, je ne la quitterai jamais. J'aime trop ma famille pour nous déchirer même un temps. Ma fille, que j'espère désespérément un jour pouvoir te présenter, est ma raison de vivre. Et je sais qu'elle est le plus heureuse avec sa mère et moi. Je sais qu'elle s'épanouira seulement si je reste à leurs côtés.

Angela n'est peut-être pas l'amour de ma vie. Je sais cela maintenant, maintenant que j'ai éprouvé la vraie passion. Mais je pense qu'à de nombreux égards elle représente pour moi ce qu'Evelyn représente pour toi. C'est ma meilleure amie, ma confidente, ma compagne. J'admire le franc-parler avec lequel Evelyn et toi discutez de votre sexualité, de vos désirs. Mais ce n'est pas ainsi qu'Angela et moi fonctionnons, et je ne suis pas certain de vouloir changer ça. Nous n'avons pas une vie sexuelle palpitante, mais je l'aime comme on aime une partenaire. Je ne me pardonnerais jamais de lui faire de la peine. Et j'aurais une affreuse envie de l'appeler, d'entendre ses pensées, de savoir comment elle va, chaque moment de chaque jour si je n'étais pas avec elle.

Ma famille, c'est mon cœur. Et je ne peux pas nous briser. Pas même pour le genre d'amour que j'ai trouvé avec toi, mon Harry.

Va en Europe. Si tu crois que c'est le mieux pour ta famille.

Et sache qu'ici, à Los Angeles, je suis auprès de la mienne, avec toi dans ma tête.

À toi pour toujours,

James

Je pose la lettre. Je regarde dans le vide, droit devant moi. Et à ce moment-là, seulement à ce moment-là, je percute. Mon père était amoureux d'un homme.

CHAPITRE 66

J'ignore combien de temps je reste assise sur le canapé, les yeux rivés au plafond. Je fais défiler mes souvenirs avec mon père, comment il me lançait en l'air dans le jardin, comment il m'autorisait de temps en temps à manger un banana-split au petit déjeuner. Ces souvenirs ont toujours été empreints de nostalgie à cause de la manière dont il est mort. Ils ont toujours eu un côté doux-amer parce que je croyais que c'étaient ses propres erreurs qui l'avaient arraché trop tôt à moi.

Et maintenant, je ne sais pas quoi faire de lui. Je ne sais plus comment penser à lui. Un trait caractéristique a disparu pour céder la place à tellement plus… en mieux et en pire.

À un moment donné, après avoir commencé à repasser les mêmes images en boucle dans mon esprit – des souvenirs de mon père en vie, des images que je me suis façonnées de ses derniers instants et de sa mort –, je m'aperçois que je ne peux plus rester immobile. Alors je me redresse, je marche dans le couloir, et je me mets à chercher Evelyn. Je la trouve dans la cuisine avec Grace.

— Donc, c'est pour ça que je suis ici ? dis-je, en brandissant la lettre.

— Grace, auriez-vous l'amabilité de nous laisser un moment ?

Grace se lève de son tabouret.

— Bien sûr.

Elle disparaît dans le couloir. Lorsqu'elle est partie, Evelyn me regarde.

—Ce n'est pas la seule raison pour laquelle je voulais vous rencontrer. Je vous ai traquée afin de vous donner la lettre, évidemment. Et je cherchais un moyen de me présenter à vous qui ne sorte pas autant de l'ordinaire, qui ne soit pas si choquant.

—*Vivant* vous y a aidée, à l'évidence.

—Ça m'a donné un prétexte, oui. J'étais plus à l'aise qu'un grand magazine vous envoie, plutôt que de vous appeler pour essayer de vous expliquer comment je savais qui vous étiez.

—Alors vous vous êtes dit que vous alliez juste m'attirer jusqu'ici avec la promesse d'un best-seller.

—Non, proteste-t-elle en secouant la tête. Une fois que j'ai commencé à vous rechercher, j'ai lu la majorité de votre travail. Surtout, j'ai lu votre article sur le droit de mourir.

Je pose la lettre sur la table. Je pense éventuellement m'asseoir.

—Et alors?

—Je l'ai trouvé magnifiquement écrit. Il était éclairé, brillant, mesuré et compatissant. Il avait du cœur. J'ai admiré l'habileté avec laquelle vous avez traité un sujet émouvant et compliqué.

Je n'ai pas envie de la laisser me dire des gentillesses, parce que je ne veux pas avoir à l'en remercier. Mais ma mère m'a insufflé une politesse qui se manifeste même quand je m'y attends le moins.

—Merci.

—Quand je l'ai lu, je me suis doutée que vous feriez un travail remarquable avec mon histoire.

—À cause d'un petit article que j'ai rédigé?

—Parce que vous avez du talent, et que si quelqu'un pouvait comprendre la complexité de ce que je suis et ce que j'ai fait, c'était probablement vous. Et plus j'apprends à vous connaître, plus je sais que j'avais raison. Quel que soit le livre que vous écrirez sur moi, il ne contiendra pas de réponses faciles. Mais il sera, je le prédis, inébranlable. Je voulais vous donner cette lettre, et je voulais que vous écriviez mon histoire, parce que je crois que vous êtes la personne idéale pour cette tâche.

— Vous m'avez donc fait subir tout ceci pour apaiser votre culpabilité et veiller à obtenir la biographie que vous souhaitiez ?

Evelyn secoue la tête, prête à me corriger, mais je n'ai pas terminé :

— C'est incroyable, vraiment. Comme vous pouvez être égocentrique. Que même maintenant, même quand vous semblez vouloir vous racheter, il n'est toujours question que de vous.

Evelyn lève la main.

— Ne vous comportez pas comme si vous ne tiriez aucun bénéfice de tout ceci. Vous y avez participé de votre plein gré. Vous vouliez le récit. Vous avez tiré avantage – avec brio et intelligence, puis-je ajouter – de la position dans laquelle je vous ai mise.

— Evelyn, sérieusement, dis-je. Arrêtez vos conneries.

— Vous ne voulez pas de ce récit ? demande-t-elle, en me défiant. Si vous n'en voulez pas, ne le prenez pas. Laissez mon histoire mourir avec moi. Ce n'est pas un problème.

Je me tais, ne sachant vraiment comment répondre, comment je *veux* répondre.

Evelyn tend la main, dans l'expectative. Elle ne va pas permettre que sa suggestion soit hypothétique. Elle n'a rien de rhétorique. Elle exige une réponse.

— Allez-y, insiste-t-elle. Récupérez vos notes et les enregistrements. Nous pouvons tous les brûler dès maintenant.

Je ne bouge pas, bien qu'elle me laisse largement le temps de le faire.

—C'est ce qui me semblait, dit-elle.

—Je mérite au moins ça, lui dis-je, sur la défensive. C'est le putain de minimum que vous pouvez me donner.

—Personne ne mérite quoi que ce soit. Il est simplement question de qui est disposé à aller s'emparer des choses. Et vous, Monique, avez prouvé que vous apparteniez à cette catégorie de gens. Alors soyez honnête là-dessus. Nul n'est juste victime ou victorieux. Tout le monde se trouve quelque part entre les deux. Ceux qui se baladent en s'attribuant l'un ou l'autre rôle ne font que se voiler la face, mais manquent aussi affreusement d'originalité.

Je me lève de table pour aller à l'évier. Je me lave les mains, parce que je déteste combien elles sont moites. Je les sèche. Je la regarde.

—Je vous déteste, vous savez.

Evelyn hoche la tête.

—Tant mieux pour vous. C'est un sentiment tellement simple, non ? La haine ?

—Oui, réponds-je. En effet.

—Tout le reste est plus complexe dans la vie. En particulier votre père. Voilà pourquoi je trouvais si important que vous lisiez cette lettre. Je voulais que vous *sachiez*.

—Quoi, exactement ? Qu'il était innocent ? Ou qu'il aimait un homme ?

—Qu'il *vous* aimait. Ainsi. Il était prêt à refuser l'amour romantique afin de rester à vos côtés. Savez-vous quel père merveilleux vous aviez ? Savez-vous combien vous étiez aimée ? Beaucoup d'hommes clament qu'ils ne quitteront jamais leur famille, mais votre père a été mis à l'épreuve et n'a même pas remué un cil. Je voulais que vous sachiez cela. Si j'avais un père pareil, j'aurais voulu le savoir.

Personne n'est entièrement bon ou mauvais. Je sais cela, bien sûr. J'ai dû l'apprendre à un âge précoce. Mais parfois, c'est facile d'oublier combien c'est vrai. Que ça s'applique à *tout le monde*.

Jusqu'à ce que vous vous retrouviez assise devant la femme qui a mis le cadavre de votre père dans le siège conducteur d'une voiture pour sauver la réputation de son meilleur ami, et que vous preniez conscience qu'elle s'est accrochée à une lettre pendant presque trois décennies parce qu'elle voulait que vous sachiez combien vous étiez aimée. Elle aurait pu me donner la lettre plus tôt. Elle aurait aussi pu la jeter. Et voilà Evelyn Hugo, typique, quelque part au milieu.

Je m'assois et pose les mains sur mes yeux, les frotte, espérant qu'en les frottant assez fort je pourrai peut-être prendre le chemin d'une réalité différente. Quand je les ouvre, je suis toujours là. Je n'ai d'autre choix que de m'y résigner.

— Quand puis-je sortir le livre?

— Je ne serai plus là très longtemps, dit Evelyn, en s'asseyant sur un tabouret devant l'îlot central.

— Assez de caprices, Evelyn. Quand puis-je sortir le livre?

Elle commence à plier distraitement une serviette de table qui traînait sur le comptoir. Puis elle relève les yeux vers moi.

— Ce n'est pas un secret que le gène du cancer du sein peut être héréditaire, dit-elle. Quoique, s'il y avait une justice en ce bas monde, la mère en mourrait bien avant la fille.

J'observe les traits de son visage. J'observe les commissures de ses lèvres, les coins de ses yeux, l'orientation de ses sourcils. Il y réside très peu d'émotion. Elle garde une expression aussi stoïque que si elle me lisait le journal.

— Vous avez un cancer du sein? lui demandé-je.

Elle acquiesce.

— À quel stade?

479

—Assez avancé pour que j'aie besoin de me dépêcher de finir tout ça.

Je me détourne lorsqu'elle me regarde. Je ne sais pas vraiment pourquoi. Ce n'est pas par colère, à vrai dire. C'est par honte. Je me sens coupable qu'une si grande part de moi n'ait pas de peine pour elle, et stupide à cause de la part qui en éprouve.

—J'ai vu ma fille endurer ce calvaire, dit-elle. Je sais ce qui m'attend. C'est important que je mette mes affaires en ordre. En plus de finaliser la dernière version de mon testament et de m'assurer que Grace ne manquera de rien, j'ai confié mes plus précieuses robes à Christie's. Et ceci… ceci est le point final. Cette lettre. Et ce livre. Vous.

—Je m'en vais, dis-je. Je ne peux plus en supporter davantage pour aujourd'hui.

Evelyn ouvre la bouche, et je l'interromps.

—Non, dis-je. Je ne veux plus rien entendre de vous. Ne prononcez plus un foutu mot, OK?

Je ne peux pas dire que je suis étonnée lorsqu'elle prend quand même la parole.

—J'allais juste dire que je comprenais et que je vous verrais demain.

—Demain? dis-je, juste au moment où je me rappelle qu'elle et moi n'en avons pas terminé.

—Pour la séance photo, ajoute-t-elle.

—Je ne suis pas sûre d'être prête à revenir ici.

—Eh bien, dit Evelyn, j'espère vivement que vous le ferez.

CHAPITRE 67

Quand je rentre chez moi, je jette instinctivement mon sac sur le canapé. Je suis fatiguée, en colère, et j'ai les yeux secs, comme du linge essoré jusqu'à la dernière goutte.

Je m'assois, sans prendre la peine d'ôter mon manteau ni mes chaussures. Je réponds au mail de ma mère comportant les informations sur son vol du lendemain. Puis je soulève les jambes et pose mes pieds sur la petite table. Tandis que je le fais, ils touchent une enveloppe qui se trouve sur la surface. Je m'aperçois seulement alors que, pour commencer, j'ai de nouveau une petite table. David l'a rapportée. Et dessus, il y a une enveloppe qui m'est adressée.

M.

Je n'aurais jamais dû prendre la table. Je n'en ai pas besoin. C'est idiot qu'elle reste au garde-meuble. Je me suis montré mesquin en partant.
Ci-joint ma clé de l'appart et la carte de visite de mon avocat.
Je suppose qu'il n'y a pas grand-chose à dire, à part que je te remercie d'avoir fait ce dont j'étais incapable.

D.

Je repose la lettre sur la table. Je remets mes pieds dessus. Je me débats pour sortir de mon manteau. Je retire mes chaussures d'un coup de talon. Je pose ma tête en arrière. Je respire.

Je ne pense pas que j'aurais mis fin à mon mariage sans Evelyn Hugo. Je ne pense pas que j'aurais tenu tête à Frankie sans Evelyn Hugo. Je ne pense pas que j'aurais eu la chance d'écrire un best-seller garanti sans Evelyn Hugo. Je ne pense pas que je comprendrais les véritables profondeurs de la dévotion de mon père envers moi sans Evelyn Hugo. Alors je pense qu'Evelyn a tort sur au moins un point. Ma haine n'est pas simple.

CHAPITRE 68

Lorsque j'arrive à l'appartement d'Evelyn le lendemain matin, je ne suis même pas sûre du moment où j'ai vraiment pris la décision de venir. Je me suis simplement réveillée puis retrouvée en chemin. Quand j'ai passé l'angle, en marchant jusque-là depuis le métro, je me suis rendu compte que je n'aurais jamais pu ne *pas* venir. Je ne peux et ne veux rien faire pour compromettre ma position chez *Vivant*. Je ne me suis pas battue afin d'être nommée journaliste reporter pour flancher au dernier moment.

Je suis pile à l'heure, mais étrangement, il ne manquait plus que moi. Grace m'ouvre la porte, et a déjà l'air d'avoir été frappée par un ouragan. Ses cheveux s'échappent de sa queue de cheval, et elle s'efforce plus que d'habitude de garder le sourire.

— Ils sont arrivés avec presque quarante-cinq minutes d'avance, me chuchote-t-elle. Evelyn a fait venir une maquilleuse à l'aube pour la préparer avant celle du magazine. Elle a fait venir un consultant en éclairage à 8 h 30 ce matin pour la conseiller sur la lumière la plus flatteuse de la maison. Il s'avère que c'est celle de la terrasse, que je n'ai pas eu le zèle de nettoyer, parce qu'il fait encore très froid dehors tous les jours. Bref, ça fait deux heures que je la récure de fond en comble. (Elle pose sa tête sur mon épaule pour plaisanter.) Dieu merci, je pars en vacances.

— Monique ! lance Frankie lorsqu'elle me voit dans le couloir. Qu'est-ce qui t'a pris si longtemps ?

Je consulte ma montre.

—Il est 11 heures… 06.

Je me rappelle le jour où j'ai rencontré Evelyn Hugo pour la première fois. Je me rappelle combien j'étais nerveuse. Je me rappelle combien elle semblait impressionnante. Elle est à présent terriblement humaine à mes yeux. Mais ceci est tout nouveau pour Frankie. Elle n'a pas vu la vraie Evelyn. Elle pense toujours que nous photographions plus une icône qu'une personne.

Je sors sur la terrasse et j'aperçois Evelyn parmi des projecteurs, réflecteurs, câbles et appareils photo. Il y a des gens en cercle autour d'elle. Elle est assise sur un tabouret. Une machine à vent fait flotter ses cheveux blond gris. Elle porte sa couleur distinctive, du vert émeraude, cette fois dans une robe en soie à manches longues. Quelque part, une enceinte diffuse du Billie Holiday. Le soleil brille derrière Evelyn. On dirait qu'elle est le centre même de l'univers. Elle est tout à fait dans son élément. Elle sourit pour l'objectif, ses yeux marron étincellent d'une façon différente de tout ce que j'ai pu voir. Elle paraît en paix d'une certaine manière, entièrement exposée, et je me demande si la vraie Evelyn n'est *pas* la femme à qui je parle depuis ces deux dernières semaines, mais plutôt celle que j'ai devant moi en ce moment. Même à près de quatre-vingts ans, elle force le respect comme jamais je ne l'ai vu auparavant. Une star est toujours et éternellement une star.

Evelyn est née pour être célèbre. Je pense que son corps l'y a aidée. Je pense que son visage l'y a aidée. Mais pour la première fois, en la voyant en action, bouger devant l'objectif, j'ai la sensation qu'elle ne s'est pas rendu justice sur un point : elle aurait pu naître avec considérablement moins d'atouts physiques et probablement réussir quand même. Elle a simplement ce *truc*. Cette qualité indéfinissable qui amène tout le monde à s'arrêter pour lui prêter attention.

Elle me repère alors que je me tiens derrière l'un des types de l'éclairage, et elle interrompt ce qu'elle est en train de faire. Elle me fait signe de la rejoindre.

— Écoutez-moi tous, dit-elle. Il nous faut quelques photos de Monique et moi. S'il vous plaît.

— Oh, Evelyn, protesté-je. Je n'ai pas envie de ça.

Je n'ai même pas envie d'être près d'elle.

— S'il vous plaît, insiste-t-elle. Pour garder un souvenir de moi.

Ils sont deux ou trois à rire, comme si Evelyn plaisantait. Parce que, bien entendu, personne ne pourrait oublier Evelyn Hugo. Mais je sais qu'elle est sérieuse.

Et donc, en jean et blazer, je vais auprès d'elle. Je retire mes lunettes. Je sens la chaleur des lumières, leur éclat aveuglant dans mes yeux, le vent sur mon visage.

— Evelyn, je sais que je ne vous apprends rien, s'exclame le photographe, mais bon sang, l'objectif vous adore !

— Oh, dit-elle, en haussant les épaules. Ça ne fait jamais de mal de l'entendre une fois de plus.

Sa robe est échancrée, révélant son décolleté toujours généreux, et il me vient à l'esprit que la chose même qui l'a créée sera celle qui finira par la détruire.

Evelyn croise mon regard et sourit. C'est un sourire sincère, gentil. Il y a quelque chose de presque maternel, comme si elle me regardait pour voir comment je vais, comme si elle s'en souciait. Et alors, en un instant, je prends conscience que c'est le cas. Evelyn Hugo veut savoir que je vais bien, qu'avec tout ce qui s'est passé je vais quand même bien me porter.

Dans un moment de vulnérabilité, je me surprends à mettre mon bras autour d'elle. Une seconde après, je m'aperçois que je veux le retirer, que je ne suis pas prête à être si proche.

— J'adore ! dit le photographe. Exactement comme ça.

Je ne peux pas dégager mon bras maintenant, alors je fais semblant. Je fais semblant, pour une photo, de ne pas être une boule de nerfs. Je fais semblant de ne pas être furieuse, perturbée, inconsolable, déchiquetée, déçue, choquée et mal à l'aise. Je fais semblant d'être simplement captivée par Evelyn Hugo. Parce que, malgré tout, je le suis encore.

Après le départ du photographe, après que tout le monde a rangé son matériel, que Frankie a quitté l'appartement, tellement contente que des ailes auraient pu lui pousser dans le dos pour la ramener en volant jusqu'au bureau, je me prépare à partir. Evelyn est à l'étage, en train de se changer.

— Grace, dis-je tandis que je la vois ramasser des tasses jetables et des assiettes en carton dans la cuisine. Je voulais prendre un moment pour vous dire au revoir, puisque Evelyn et moi avons terminé.

— Terminé ? s'étonne Grace.

J'acquiesce.

— Nous avons bouclé l'histoire hier. Séance photo aujourd'hui. À présent, je me mets à l'écriture, dis-je, bien que je n'aie pas la moindre idée, même la plus floue, de la façon dont je vais aborder cela, ni quelle sera exactement ma prochaine étape.

— Oh, murmure Grace en haussant les épaules. J'ai dû mal comprendre. Je pensais que vous seriez ici avec Evelyn pendant mes congés. Mais honnêtement, la seule chose sur laquelle j'arrivais à me concentrer, c'était que j'avais deux billets pour le Costa Rica dans les mains.

— Voilà qui est excitant. Quand partez-vous ?

— Tout à l'heure, par le vol de nuit. Evelyn me les a donnés hier soir. Pour mon mari et moi. Tous frais payés. Une semaine. Nous séjournons près de Monteverde. Tout ce que j'ai entendu, c'est « tyrolienne dans la forêt nébuleuse », et j'ai été conquise.

—Vous le méritez, déclare Evelyn tandis qu'elle apparaît en haut de l'escalier et descend nous rejoindre.

Elle est en jean et tee-shirt, mais elle a gardé sa coiffure et son maquillage. Elle est ravissante, mais également nature. Deux choses que seule Evelyn Hugo peut être simultanément.

—Êtes-vous certaine que vous n'avez pas besoin de moi ici ? Je pensais que Monique serait par là pour vous tenir compagnie, s'inquiète Grace.

Evelyn secoue la tête.

—Non, ne vous inquiétez pas. Vous avez tant fait pour moi récemment. Vous avez besoin de temps pour vous. En cas de problème, je peux toujours appeler en bas.

—Je n'ai pas besoin de…

Evelyn lui coupe la parole.

—Si. Il est important que vous sachiez combien j'apprécie tout ce que vous avez accompli ici. Alors laissez-moi vous remercier de cette manière.

Grace sourit avec modestie.

—OK, acquiesce-t-elle. Si vous insistez.

—J'insiste. D'ailleurs, rentrez chez vous maintenant. Vous avez fait le ménage toute la journée, et je suis sûre que vous n'avez pas bouclé vos valises. Alors allez-y, sortez d'ici.

Étonnamment, Grace ne proteste pas. Elle dit simplement merci et rassemble ses affaires. Tout semble se dérouler sans heurt, jusqu'à ce qu'Evelyn arrête Grace alors qu'elle partait pour la prendre dans ses bras. Grace semble légèrement surprise, quoique ravie.

—Vous savez que je n'aurais jamais pu passer ces dernières années sans vous, n'est-ce pas ? dit Evelyn en s'écartant d'elle.

Grace rougit.

—Merci.

—Amusez-vous bien au Costa Rica. Les meilleures vacances de votre vie.

Et une fois que Grace a passé la porte, je crois comprendre ce qui se trame. Evelyn n'allait certainement pas laisser la chose qui l'a créée être celle qui la détruirait. Elle n'allait certainement pas laisser quoi que ce soit, même une partie de son corps, avoir ce genre de pouvoir. Evelyn va mourir quand elle le voudra. Et elle veut mourir maintenant.

—Evelyn, dis-je. Qu'est-ce que vous…

Je ne peux me résoudre à le prononcer, ni même le suggérer. Cela paraît si absurde, rien que d'y songer. Evelyn Hugo qui prend sa propre vie. Je m'imagine le dire à voix haute et ensuite regarder Evelyn se moquer de moi, du fait que j'aie une imagination si débordante, que je sois si bête. Mais je m'imagine aussi le dire, et voir Evelyn répondre avec une confirmation franche et résignée. Et je ne suis pas persuadée de supporter l'un ou l'autre scénario.

—Hum ? s'enquiert-elle, en me regardant.

Elle ne semble pas inquiète, perturbée ni nerveuse. Elle se comporte comme un jour ordinaire.

—Rien, dis-je.

—Merci d'être venue aujourd'hui. Je sais que vous n'étiez pas certaine d'en être capable, et je… je suis juste contente que vous l'ayez fait.

Je déteste Evelyn, mais je pense que je l'aime aussi beaucoup. Je voudrais qu'elle n'ait jamais existé, et pourtant je ne peux m'empêcher de l'admirer énormément. Je ne sais pas trop quoi faire de cette confusion de sentiments. Je ne sais pas trop ce que la moindre part de tout ça signifie.

Je tourne la poignée de la porte d'entrée. Tout ce que je parviens à bredouiller est l'essence même de ce que je veux dire :

—S'il vous plaît, prenez soin de vous, Evelyn.

Elle tend la main et prend la mienne. Elle la serre brièvement puis la lâche.

—Vous aussi, Monique. Vous avez un avenir exceptionnel devant vous. Vous extirperez le meilleur de ce monde. Je le crois vraiment.

Evelyn me regarde, et durant une fraction de seconde, j'arrive à déchiffrer son expression. Elle est subtile, et fugace. Mais elle est là. Et je sais que j'ai deviné juste.

Evelyn Hugo fait ses adieux.

CHAPITRE 69

Tandis que je pénètre dans le tunnel du métro et que je passe le tourniquet, je ne cesse de me demander si je devrais rebrousser chemin. Devrais-je frapper à sa porte ? Devrais-je appeler le 911 ? Devrais-je l'en *empêcher* ?

Je peux remonter directement les marches du métro. Je peux mettre un pied devant l'autre, retourner chez Evelyn et dire : « Ne faites pas ça. » J'en suis capable. J'ai juste à décider si je veux le faire. Si je devrais le faire. Si c'est la chose qu'il faut faire.

Elle ne m'a pas seulement choisie parce qu'elle avait le sentiment de m'être redevable. Elle m'a aussi choisie pour mon article sur le droit de mourir. Elle m'a choisie parce que j'ai su défendre le droit à mourir dans la dignité. Elle m'a choisie parce qu'elle croit que je suis capable d'indulgence. Elle m'a choisie parce qu'elle me fait confiance. Et j'ai l'impression qu'elle me fait confiance à cet instant.

Mon train arrive en grondant dans la station. Il faut que je monte dedans pour retrouver ma mère à l'aéroport. Les portes s'ouvrent. La foule déferle. La foule s'engouffre. Un ado avec un sac à dos m'écarte du passage d'un coup d'épaule. Je ne pose pas le pied dans le wagon. Le signal de la rame retentit. Les portes se referment. La station se vide. Et je reste plantée là. Pétrifiée. Si vous pensez qu'une personne va mettre fin à ses jours, n'essayez-vous pas de l'en empêcher ? N'appelez-vous pas la police ? N'abattez-vous pas des murs pour la rejoindre ?

La station recommence à se remplir, lentement. Une mère avec son enfant. Un homme avec des provisions. Trois hipsters barbus en flanelle. Les gens commencent à affluer trop vite pour que je puisse les compter à présent.

Il faut que je monte dans le prochain train pour voir ma mère et laisser Evelyn derrière moi.

Il faut que je tourne les talons pour aller sauver Evelyn d'elle-même.

Je vois les deux lumières douces sur la voie qui signalent l'approche du train. J'entends le rugissement. Ma mère peut se rendre chez moi toute seule.

Evelyn n'a jamais eu besoin d'être sauvée par qui que ce soit.

Le train entre dans la station. Les portes s'ouvrent. La foule se déverse. Et c'est uniquement lorsque les portes se referment que je m'aperçois que je suis montée dans le train.

Evelyn me fait confiance pour son histoire. Evelyn me fait confiance pour sa mort. Et dans mon cœur, je crois que ce serait une trahison de l'en empêcher. Quoi que je puisse ressentir pour Evelyn, je sais qu'elle a toute sa tête. Je sais que ça va. Je sais qu'elle a le droit de mourir comme elle a vécu, entièrement selon ses propres conditions, sans rien laisser au destin ni à la chance, mais plutôt en tenant le pouvoir de tout cela entre ses mains.

J'agrippe la barre de métal froid devant moi. J'oscille dans l'élan du wagon. Je change de train. Je monte dans l'AirTrain. C'est seulement une fois que je me trouve à la porte des arrivées et que je vois ma mère me faire signe, que je m'aperçois de l'état presque catatonique dans lequel je suis depuis une heure. Il y a simplement trop de choses. Mon père, David, le livre, Evelyn. Et au moment où ma mère est assez près pour un contact, je mets mes bras autour d'elle et niche le visage au creux de son épaule. Je pleure. J'ai l'impression de verser des larmes accumulées depuis des décennies. C'est comme si une ancienne version de moi-même s'échappait, lâchait prise, disait au revoir, dans l'effort visant à faire de la place pour un nouveau moi ; plus fort, et d'une certaine manière plus cynique vis-à-vis des gens et en même temps plus optimiste concernant ma position dans le monde.

—Oh, ma chérie, dit ma mère.

Elle laisse tomber son sac par terre, sans se soucier d'où il atterrit, ni des gens qui sont obligés de nous contourner. Elle me serre fermement, en me frottant le dos avec tendresse.

Je n'éprouve aucune pression pour m'arrêter de pleurer. Je n'éprouve aucun besoin de m'expliquer. Vous n'avez pas besoin de prendre sur vous avec une bonne mère ; une bonne mère prend sur elle pour vous. Et ma mère a toujours été une bonne mère, une mère géniale.

Quand j'ai terminé, je m'écarte. Je m'essuie les yeux. Il y a des gens qui nous dépassent sur la droite et sur la gauche, des femmes d'affaires avec des attachés-cases, des familles avec des sacs à dos. Certains nous dévisagent. Mais j'ai l'habitude que les gens nous dévisagent, ma mère et moi. Même dans le melting-pot qu'est New York, il y en a encore beaucoup qui ne s'attendent pas à ce qu'une mère et sa fille ressemblent à la paire que nous formons.

—Qu'est-ce qui se passe, ma chérie ? me demande-t-elle.

—Je ne sais même pas par où commencer, dis-je.

Elle me prend la main.

—Et si je renonçais à essayer de te prouver que je comprends le réseau du métro et que nous attrapions un taxi ?

J'acquiesce en riant, et me sèche les coins des yeux.

Le temps que nous nous retrouvions sur la banquette arrière d'un vieux taxi, avec des séquences des infos du matin diffusées en boucle sur le tableau de bord, je me suis suffisamment ressaisie pour respirer avec facilité.

—Alors dis-moi, reprend-elle. Qu'est-ce qui te tracasse ?

Est-ce que je lui dis ce que je sais ? Est-ce que je lui dis que l'événement déchirant auquel nous avons toujours cru – que mon père s'est tué en conduisant ivre – n'est pas vrai ? Vais-je échanger cette transgression contre une autre ? Qu'il avait une liaison avec un homme quand il a perdu la vie ?

— David et moi divorçons officiellement, dis-je.

— Je suis tellement navrée, mon ange. Je sais que cela a dû être difficile.

Je ne peux pas l'accabler avec mes soupçons concernant Evelyn. Je ne peux simplement pas.

— Et papa me manque. Est-ce qu'il te manque ?

— Oh, Seigneur ! répond-elle. Chaque jour.

— Était-il un bon mari ?

Elle semble prise de court.

— C'était un mari formidable, oui. Pourquoi poses-tu la question ?

— Je ne sais pas. J'imagine que je viens de me rendre compte que je n'en savais pas beaucoup sur votre relation. Comment était-il ? Avec toi ?

Elle commence à sourire, comme si elle essayait de s'en empêcher, mais qu'elle en était juste incapable.

— Oh, il était très romantique. Il m'achetait des chocolats absolument tous les ans le 3 mai.

— Je croyais que votre anniversaire était en septembre.

— En effet, s'esclaffe-t-elle. Simplement, il me gâtait tous les 3 mai, pour quelque raison. Il disait qu'il n'y avait pas assez de dates officielles pour me célébrer. Il disait qu'il avait besoin d'en inventer une rien que pour moi.

— C'est vraiment mignon, dis-je.

Notre chauffeur prend la sortie pour emprunter l'autoroute.

— Et il écrivait les plus belles lettres d'amour, poursuit-elle. Vraiment jolies. Avec des poèmes qui exprimaient combien il me trouvait ravissante, ce qui était idiot, parce que je n'ai jamais été ravissante.

—Bien sûr que si.

—Non, répond-elle d'un ton neutre. Je ne l'étais pas vraiment. Mais bon sang, comme il me donnait l'impression d'être Miss Amérique !

J'éclate de rire.

—On dirait que c'était un mariage assez passionné.

Ma mère garde le silence.

—Non, finit-elle par répliquer en me tapotant la main. Je ne sais pas si je le qualifierais de passionné. C'est juste que nous nous aimions vraiment *bien*. C'était presque comme si, en le rencontrant, je rencontrais cette autre facette de moi-même. Quelqu'un qui me comprenait et me donnait le sentiment d'être en sécurité. Ce n'était pas passionné, en vérité. Jamais du genre à nous arracher mutuellement nos vêtements. Nous savions juste que nous pourrions être heureux ensemble. Nous savions que nous pourrions élever un enfant. Nous savions aussi que ce ne serait pas simple et que nos parents n'apprécieraient pas. Mais de diverses manières, cela n'a fait que nous rapprocher. Lui et moi contre le monde entier, plus ou moins. Je sais que ça ne se fait pas de le dire. Je sais qu'on recherche une espèce de mariage sexy de nos jours. Mais j'étais vraiment heureuse avec ton père. J'adorais vraiment avoir quelqu'un qui veillait sur moi, avoir quelqu'un sur qui veiller. Avoir quelqu'un avec qui partager mes journées. Je l'ai toujours trouvé si fascinant. Toutes ses opinions, son talent. Nous pouvions avoir une conversation à propos de presque tout. Pendant des heures d'affilée. Nous restions debout tard, même quand tu étais toute petite, juste à *parler*. C'était mon meilleur ami.

—Est-ce que c'est pour ça que tu ne t'es jamais remariée ?

Ma mère réfléchit à la question.

— Tu sais, c'est drôle. En parlant de passion. Depuis que nous avons perdu ton père, j'ai connu la passion avec des hommes, de temps à autre. Mais j'échangerais tout ça sans hésiter contre quelques jours de plus avec lui. Juste *une* dernière discussion tardive. La passion ne m'a jamais beaucoup importé. Mais ce type d'intimité que nous avions ? Voilà ce que je chérissais.

Peut-être un jour lui raconterai-je ce que je sais. Peut-être ne le ferai-je jamais. Peut-être le mettrai-je dans la biographie d'Evelyn, ou peut-être en donnerai-je la version d'Evelyn sans jamais révéler qui était assis sur le siège passager de cette voiture. Peut-être omettrai-je complètement cette partie. Je pense que je serais disposée à mentir sur la vie d'Evelyn pour protéger ma mère. Je pense que je serais disposée à cacher la vérité au public afin de préserver le bonheur et l'équilibre mental d'une personne que j'aime profondément. Je ne sais pas encore ce que je vais faire. Je sais juste que je serai guidée par ce que je crois être le mieux pour ma mère. Et si cela se fait au détriment de l'honnêteté, si ça me retire une petite portion d'intégrité, ça ne me dérange pas. Absolument, incroyablement pas.

— Je pense que j'ai juste eu beaucoup de chance de trouver un compagnon comme ton père, dit ma mère. De trouver ce genre d'âme sœur.

Lorsque vous creusez un tout petit peu sous la surface, la vie amoureuse de chacun est originale, intéressante, nuancée, et défie toute définition facile. Et peut-être qu'un jour je trouverai quelqu'un que j'aimerai comme Evelyn aimait Celia. Ou peut-être que je pourrais juste trouver quelqu'un que j'aimerais comme mes parents s'aimaient. Savoir qu'il faut le chercher, savoir qu'il existe toute sorte de grand amour, me suffit pour l'instant.

J'en ignore encore beaucoup sur mon père. Peut-être était-il gay. Peut-être se voyait-il comme un hétéro amoureux d'un seul homme. Peut-être était-il bisexuel. Ou une multitude d'autres termes. Mais ça n'a vraiment aucune importance, en vérité. Il m'aimait. Et il aimait ma mère. Et rien de ce que je pourrais apprendre sur lui aujourd'hui ne changera cela. Pas d'un pouce.

Le chauffeur nous dépose devant mon perron, et je prends le sac de ma mère. Nous nous dirigeons toutes les deux à l'intérieur. Ma mère propose de me faire sa fameuse soupe de maïs pour le dîner, mais en voyant que je n'ai presque rien dans le réfrigérateur, elle me concède que commander une pizza serait peut-être mieux. Quand le repas arrive, elle me demande si je veux regarder un film d'Evelyn Hugo, et je manque de rire avant de m'apercevoir qu'elle est sérieuse.

—Ça me démange de regarder *Tout pour nous* depuis que tu m'as dit que tu l'interviewais, avoue-t-elle.

—Je ne sais pas.

Je ne veux rien avoir à faire avec Evelyn, mais j'espère aussi que ma mère va m'en convaincre, car je sais qu'à un certain niveau je ne suis pas encore prête à réellement dire au revoir.

—Allez, insiste-t-elle. Pour moi.

Le film commence, et je m'émerveille de voir combien Evelyn est dynamique à l'écran, combien il est impossible de regarder autre chose qu'elle quand elle est là. Après quelques minutes, j'éprouve le besoin urgent de me lever, d'enfiler mes chaussures, et de défoncer sa porte pour la dissuader de mettre son projet à exécution. Mais je le réprime. Je la laisse tranquille. Je respecte ses souhaits. Je ferme les yeux et m'endors au son de la voix d'Evelyn.

Je ne sais pas quand ça se produit exactement – je me soupçonne d'avoir compris les choses quand je rêvais –, mais lorsque je me réveille le lendemain matin, je me rends compte que même s'il est encore trop tôt, un jour, je lui pardonnerai.

NEW YORK TRIBUNE

Evelyn Hugo, sirène légendaire du cinéma, est morte

PAR PRIYA AMRIT   26 mars 2017

Evelyn Hugo est morte vendredi soir à l'âge de soixante-dix-neuf ans. Les premiers rapports n'indiquent pas la cause du décès, mais de multiples sources déclarent qu'on privilégie la thèse de l'overdose accidentelle, car il apparaît que des médicaments sur ordonnance en interaction ont été trouvés dans l'organisme de Hugo. Les rumeurs selon lesquelles la star luttait contre les stades précoces d'un cancer du sein au moment de sa mort n'ont pas été confirmées.

L'actrice doit être enterrée au Forest Lawn Cemetery à Los Angeles.

Icône de la mode des années 1950, transformée en bombe sexuelle dans les années 1960 et 1970, puis oscarisée dans les années 1980, Hugo s'est fait un nom avec sa silhouette voluptueuse, ses rôles audacieux au cinéma, et sa vie amoureuse tumultueuse. Elle a été mariée sept fois et a survécu à tous ses époux.

Après avoir pris sa retraite du cinéma, Hugo a consacré une grande part de son temps et de son argent à des organisations telles que les refuges pour femmes battues, les communautés LGBTQ+, et la recherche contre le cancer. On a annoncé récemment que Christie's avait accueilli douze de ses plus célèbres robes pour les mettre aux enchères au profit de l'American Breast Cancer Foundation. Il ne fait aucun doute que ces enchères, déjà assurées de rapporter des millions, vont maintenant s'envoler.

Il n'est guère surprenant que le testament de Hugo lègue la majorité de ses biens, à l'exception de généreux dons aux personnes qui ont travaillé pour elle, à des œuvres de charité. Le principal bénéficiaire semble être la GLAAD.

«On m'a tant donné dans cette vie, a déclaré Hugo l'an dernier lors d'un discours pour la Human Rights Campaign. Mais j'ai dû me battre bec et ongles pour ça. Si je peux un jour rendre ce monde un peu plus sûr et un peu plus simple pour ceux qui passent derrière moi... eh bien, peut-être que tout ça en vaudra alors la peine.»

VIVANT

Evelyn et moi

PAR MONIQUE GRANT   Juin 2017

Quand Evelyn Hugo, actrice légendaire, productrice et philanthrope, est morte au début de l'année, nous étions elle et moi en train d'écrire ses mémoires. Dire que passer les deux dernières semaines de la vie d'Evelyn en sa compagnie était un honneur serait à la fois un euphémisme et, pour être franche, quelque peu mensonger.

Evelyn était une femme très complexe, et mon temps avec elle s'est avéré tout aussi compliqué que son image, sa vie, et sa légende. À ce jour, je me débats avec qui était Evelyn, et l'impact qu'elle a eu sur moi. Certains jours, je me retrouve convaincue que, de toutes les personnes que j'ai pu rencontrer, elle est celle que j'admire le plus, et d'autres, je la considère comme une menteuse et une tricheuse. Je pense qu'Evelyn en serait plutôt satisfaite, en réalité. L'adoration pure ou le scandale sulfureux ne l'intéressaient plus. Elle se concentrait essentiellement sur la vérité.

Ayant relu nos transcriptions des centaines de fois, ayant repassé chaque moment de nos journées ensemble dans ma tête, je pense qu'il est juste de dire que je connais peut-être Evelyn encore mieux que je ne me connais moi-même. Et je sais que ce qu'Evelyn voudrait révéler dans ces pages, avec les photos stupéfiantes prises seulement quelques heures avant sa mort, est une chose très surprenante, mais magnifiquement vraie. Et la voici : Evelyn Hugo était bisexuelle, et a passé la majorité de sa vie follement amoureuse de sa consœur, l'actrice Celia St James.

Elle voulait que vous le sachiez parce qu'elle a aimé Celia d'une manière tour à tour époustouflante et déchirante. Elle voulait que vous le sachiez parce qu'aimer Celia St James a peut-être été son plus grand acte politique. Elle voulait que vous le sachiez parce que, au fil de sa vie, elle a pris conscience de la responsabilité qu'elle avait envers les autres dans la communauté LGBTQ+ d'être visible, d'être vue. Mais plus que tout, elle voulait que vous le sachiez parce que c'était l'essence même de sa personne, l'élément le plus vrai et honnête chez elle. Et, à la fin de sa vie, elle était enfin prête à être vraie. Je vais donc vous montrer la vraie Evelyn.

Ce qui suit est un extrait de ma biographie à venir, *Les Sept Maris d'Evelyn Hugo*, à paraître l'année prochaine. Je me suis décidée pour ce titre parce que je lui ai demandé un jour si elle était gênée d'avoir été mariée tant de fois. J'ai dit :

« Est-ce que ça ne vous dérange pas ? Que vos époux soient devenus une telle matière à gros titres, si souvent mentionnés, qu'ils ont presque éclipsé votre travail, et vous-même ? Que tout ce que l'on évoque quand on parle de vous, ce sont les sept maris d'Evelyn Hugo ? »

Et sa réponse, c'était elle tout craché :

« Non. Parce que ce sont juste des maris. *Je* suis Evelyn Hugo. De toute façon, je pense qu'une fois que les gens sauront la vérité, ils s'intéresseront beaucoup plus à mon épouse... »

REMERCIEMENTS

C'est un témoignage de la grâce, la foi et l'aplomb de mon éditrice, Sarah Cantin, qui, lorsque je lui ai dit que je voulais écrire quelque chose de complètement différent, reposant sur le fait que le lecteur croirait qu'une femme avait été mariée sept fois, m'a dit : « Fonce. » Dans la sécurité de cette confiance, je me suis sentie libre de créer Evelyn Hugo. Sarah, c'est avec mes plus sincères remerciements que je reconnais la chance que j'ai de t'avoir comme éditrice.

Un grand, grand merci également à Carly Watters pour tout ce qu'elle a fait pour ma carrière. C'est un privilège de continuer à travailler avec toi sur tant de livres.

À mon incomparable équipe de représentants : vous êtes si bons dans votre travail, et semblez le faire avec une telle passion, que j'ai l'impression d'être armée de tous les côtés. Theresa Park, merci d'être montée à bord à si vive allure, avec une force et une élégance sincèrement inégalées. Avec toi à la barre, j'éprouve l'incroyable assurance de pouvoir atteindre de nouveaux sommets. Brad Mendelsohn, merci de tenir les rênes en croyant si fort en moi, et de supporter héroïquement les aspects les plus complexes de ma névrose. Sylvie Rabineau et Jill Gillett, il n'y a peut-être que votre compassion pour dépasser votre intelligence et votre talent. À Ashley Kruythoff, Krista Shipp, Abigail Koons, Andrea Mai, Emily Sweet, Alex Greene, Blair Wilson, Vanessa Martinez et tous les autres chez WME, Circle of Confusion et Park Literary & Media, je suis honnêtement bouleversée par la continuité avec laquelle vous fournissez invariablement de l'excellence. Remerciements particuliers à Vanessa *para el español. Me salvaste la vida.*

À Judith, Peter, Tory, Hillary, Albert, et tous les autres chez Atria qui s'efforcent d'aider mes livres à se frayer un chemin dans le monde, je vous en remercie profondément.

À Crystal, Janay, Robert, et le reste de l'équipe chez BookSparks, vous êtes des machines de communication brillantes et impossibles à arrêter, et de merveilleux humains. Mille émojis de mains en prière pour vous et tout ce que vous faites.

À tous les amis qui sont venus à maintes reprises m'écouter lire, acheter mes livres, recommander mon travail à d'autres gens, et mettre subrepticement mes livres à l'avant du magasin, je leur suis éternellement reconnaissante. À Kate, Courtney, Julia et Monique, merci de m'avoir aidée à écrire sur des gens différents de moi. C'est un défi de taille que je relève avec humilité, et ça m'aide tellement de vous avoir à mes côtés.

Aux blogueurs littéraires qui écrivent, tweetent et prennent des photos pour s'efforcer de parler de mes livres aux gens, vous êtes la raison pour laquelle je peux continuer à faire ce que je fais.

Et je dois tirer mon chapeau à Natasha Minoso et Vilma Gonzalez parce que, simplement, elles déchirent.

Aux familles Reid et Hanes, merci de me soutenir, de m'acclamer le plus fort, et d'être toujours là quand j'ai besoin de vous.

À ma mère, Mindy, merci d'être fière de ce livre et toujours aussi impatiente de lire quoi que j'écrive.

À mon frère, Jake, merci de me voir telle que je veux être vue, de comprendre ce que j'essaie de faire avec une telle profondeur, et de m'empêcher de devenir dingue.

Au seul et unique Alex Jenkins Reid : merci d'avoir compris pourquoi ce livre était aussi important pour moi, et d'avoir été aussi impliqué. Mais encore plus primordial, merci d'être le genre d'homme qui m'encourage à crier plus fort, rêver plus grand, et me laisser moins emmerder. Merci de ne jamais me donner l'impression que je devrais me faire plus petite pour que quelqu'un d'autre se sente mieux. Cela me procure une fierté et une joie sans pareilles de savoir que notre fille grandit avec un père qui restera à ses côtés qui qu'elle soit, qui lui montrera comment elle devrait s'attendre à être traitée en lui donnant l'exemple. Evelyn n'a pas eu cela. Je n'ai pas eu cela. Mais elle, elle l'aura. Grâce à toi.

Et enfin, à mon bébé. Tu étais toute minuscule – de la taille de la moitié du point à la fin de cette phrase, je crois – quand j'ai commencé à écrire ce livre. Et quand je l'ai terminé, tu n'étais qu'à quelques jours de faire ton apparition. Tu as été avec moi à chaque étape. Je suspecte que c'est *toi*, en grande partie, qui m'as donné la force de l'écrire.

Je promets de te retourner la faveur en t'aimant de façon inconditionnelle et en t'acceptant toujours, afin que tu te sentes assez forte et en sécurité pour faire tout ce à quoi tu attelles ton esprit. Evelyn souhaiterait cela pour toi. Elle dirait : « Lilah, lance-toi, sois gentille, et saisis à deux mains ce que tu veux de ce monde. » Enfin, elle n'aurait peut-être pas mis un tel accent sur le fait d'être gentille. Mais, en tant que mère, je me dois d'insister.

Achevé d'imprimer en août 2022
Par CPI Brodard & Taupin à La Flèche
N° d'impression : 3049436
Dépôt légal : septembre 2022
Imprimé en France
38122355-1